BASTEI
LÜBBE
TASCHENBUCH

Weiterer Titel des Autors:

16282 KILLER

Über den Autor:

Michael MacConnell, Jahrgang 1973, ist Australier, fühlt sich aber auch in den Vereinigten Staaten zu Hause. Er studierte Politik und Geschichte an der Universität von Sydney und arbeitet bei einer Behörde in New South Wales. Er lebt mit seiner Frau an der Central Coast. Zu seinen Hobbys gehören Bogenschießen, Reiten und das Lesen von Spannungsliteratur.
Bei Bastei Lübbe erschien bereits KILLER, sein viel beachtetes Debüt. Über den ersten Roman mit der sympathischen FBI-Agentin Sarah Reilly urteilte der *Newcastle Herald*:
»Michael MacConnell ist ein großer Wurf gelungen.«
Women's Weekly schrieb dazu:
»Einfach unmöglich, dieses Buch aus der Hand zu legen.«

Michael MacConnell

Glassplitter

Thriller

Aus dem australischen Englisch von
Rainer Schumacher

BASTEI
LÜBBE
TASCHENBUCH

BASTEI LÜBBE TASCHENBUCH
Band 16441

1. Auflage: Juni 2010

Vollständige Taschenbuchausgabe

Bastei Lübbe Taschenbuch in der Bastei Lübbe GmbH & Co. KG

Deutsche Erstausgabe

Lektorat: Regina Maria Hartig
Textredaktion: Wolfgang Neuhaus
Titelillustration: © getty-images / Jon Shireman
Umschlaggestaltung: Kirstin Osenau
Satz: hanseatenSatz-bremen, Bremen
Gesetzt aus der Stempel Garamond
Druck und Verarbeitung: Norhaven
Printed in Denmark
ISBN 978-3-404-16441-7

Die beste Erziehungsmethode ist die,
ein Kind inmitten schöner Dinge spielen zu lassen.

Platon

Wenn sie schweigen, schreien sie.

Cicero

Tijuana,
an der Grenze zwischen den USA und Mexiko

Gegenwart

Der kleine Junge weinte leise.

Er war voller Blut. Es waren feine Spritzer, doch es reichte aus, um sein Gesicht, seine Haare und seinen Oberkörper mit einer klebrigen roten Schicht zu bedecken.

Der Wüstensand, aufgewirbelt von den heißen Santa-Ana-Winden, haftete an seiner Haut und seinem T-Shirt. Tränen rannen ihm in schmutzig braunen Rinnsalen über die Wangen und tropften zu Boden.

Mit dem linken Arm hielt Sarah Reilly den Jungen fest an ihre Brust gedrückt und wiegte ihn vor und zurück, während immer wieder ein Schluchzen den kleinen Körper durchlief. Sarah wusste nicht, ob der Junge verletzt war, und sie hätte ihn loslassen müssen, um das festzustellen.

Aber das würde sie nicht tun.

Sarah wusste, dass die anderen näher rückten.

Langsam senkte sie den rechten Arm und legte die Pistole auf ihren Schenkel. Der Lauf war immer noch heiß.

Sarah starrte auf den Sterbenden, vor dessen Anblick sie den Jungen schützen wollte, und kämpfte gegen den überwältigenden Drang, sich zu übergeben. Am liebsten hätte sie sich eine

Kugel durch den Kopf gejagt – ein Gedanke, mit dem sie in letzter Zeit oft gespielt hatte. So etwas Schreckliches hatte sie noch nie gesehen. Im blendenden Licht der Bajasonne brannte sich das Bild der Fleischmasse förmlich in ihre Netzhaut.

Wenn doch nur das Geräusch aufhören würde! Das blutige Röcheln. Die Laute des langsamen Sterbens.

Sarah fragte sich, ab wann alles aus dem Ruder gelaufen war.

Und dabei schoss ihr immer wieder ein und derselbe Gedanke durch den Kopf:

Es hätte ganz anders laufen sollen.

1

Los Angeles
Acht Wochen zuvor

Paul Forrester saß im Büro der Staatsanwaltschaft und wünschte sich, man hätte ihm wenigstens Zeit gegeben, sich umzuziehen. Der stellvertretende Bezirksstaatsanwalt trug noch immer den Smoking, den er zur Oscarverleihung getragen hatte. Auf einer der Partys nach der Show hatte er seine Freundin stehen lassen müssen, nachdem sein BlackBerry geklingelt und man ihn ins Büro gerufen hatte. Die Freundin war gar nicht glücklich gewesen, doch Forrester wusste schon, wie er es wiedergutmachen konnte.

Das Leben hatte es gut gemeint mit dem 35-jährigen, sportlichen und blitzgescheiten Juristen. Er hatte in ganz L. A. die richtigen gesellschaftlichen Verbindungen, eine bildschöne Freundin, eine makellose Erfolgsquote vor Gericht, den Respekt seiner Kollegen und das Ohr seines Chefs. Forrester konnte gar nicht verlieren. Noch ein paar Jahre als öffentlicher Ankläger, und er hätte die Chance, einen Job als Anwalt für eines der großen Filmstudios zu bekommen. Das würde viel Geld und Prestige bedeuten. Es war ein erstrebenswertes Ziel … und vor dem Verschwinden des siebenjährigen Milo Kane hätte Forrester es vermutlich ohne weiteres erreichen können.

An diesem Morgen jedoch war das Glück Paul Forrester nicht hold. Übernächtigt saß er im Büro seines Chefs und hörte zu, während ihm der Kane-Fall zugeschoben wurde. Kaum hatte er die Namen gehört, glaubte er zu verstehen, wie ein Fußballspieler sich fühlte, der gerade den alles entscheidenden Elfmeter verschossen hat. Der Bezirksstaatsanwalt führte eine ganze Reihe von Gründen dafür an, warum er selbst nicht in den Fall verwickelt werden dürfe: Beispielsweise besitze er Anteile an der Consolidated Vision Group – ein äußerst einflussreiches Studio, bei dem die Kanes unter Vertrag standen – und kenne jedes Mitglied des Aufsichtsrats persönlich. Demnach sei es für ihn »moralisch nicht vertretbar«, sich selbst des Falles anzunehmen, erklärte er. Und er hatte sogar noch die Dreistigkeit, Paul dabei anzulächeln.

Paul widersprach nicht, nickte bloß und versicherte seinem Chef, er werde alles tun, um die Situation so schnell und glatt wie möglich zu bereinigen.

Im Licht der langsam aufgehenden Sonne, das die Villa in Bel Air erstrahlen ließ, dämmerte es Paul allmählich: Er steckte bis zum Hals im Dreck. L. A. war eine riesige Stadt, doch ihre offiziellen Vertreter waren überall bekannt. So kannten auch die vor dem imposanten Eisentor versammelten Journalisten Paul sowohl vom Namen als auch vom Ansehen her. Das Anwesen der Kanes war geradezu ideal für einen Medienrummel, denn es lag, umgeben von schattenspendenden Bäumen, am Ende der Bel Air Road, inmitten des exklusivsten Wohnbezirks der Stadt. Wie Maden wimmelten die Reporter um Pauls Wagen; als er vorsichtig an die Polizeiabsperrung heranfuhr, musste er die Augen vor dem Blitzlichtgewitter mit der Hand abschirmen.

Erst als er über das Anwesen zum Haus gefahren war und vor dem Eingang hielt, erkannte er, wie schlimm es tatsächlich stand. Die Streifenpolizisten, die als Erste vor Ort gewesen waren, hatten ganze Arbeit geleistet. Sie hatten zwar die Zufahrt zum Grundstück abgesperrt, hatten sich aber gar nicht erst bemüht, den internen Zugang zu beschränken. Amateurhafter ging es nicht mehr. Uniformierte Polizisten schlenderten durchs Haus und über das Anwesen zusammen mit

Freunden der Familie, Verwandten, dem Manager der Kanes, Sicherheitsberatern, Anwälten und einigen Mitarbeitern der Opferbetreuung.

Paul stand im Hauseingang und schüttelte ungläubig den Kopf. Er wusste bereits, dass Alan Meade, ein Detective vom Raubmorddezernat, per Funk gemeldet hatte, er stecke im Stau fest. Nun, da Paul sich umsah, schien jedoch kein einziger Polizist hier zu sein, der im Rang über einem gewöhnlichen Streifenbeamten stand. Demnach organisierte offenbar auch niemand den Polizeieinsatz. Das schreckte den Manager der Kanes – einen großen Mann namens Eli Haldermann, der einen maßgeschneiderten Anzug trug – allerdings nicht davon ab, es zu versuchen. Er erteilte doch tatsächlich Polizeibeamten Aufträge.

Paul ging zu einem pickelgesichtigen Officer, der neben der Tür stand, und wies sich aus. »Paul Forrester, stellvertretender Bezirksstaatsanwalt. Wer hat die Anwesenheitsliste?«

Der junge Polizist errötete. »Wir ... äh, haben gerade damit angefangen. Ich glaube, Rodriguez hat sie.«

Paul kniff die Augen zusammen und rieb sich die Nase. Er wusste, was das bedeutete: Seit Stunden kamen und gingen Leute, und niemand hatte notiert, wer sie waren oder was sie hier zu suchen hatten. »Was haben Sie hier eigentlich die ganze Zeit gemacht? Die Lamborghinis angegafft?« *Und vermutlich alles vermasselt.* »Wo sind die Jungs vom FBI?« Der junge Polizist blinzelte Paul an, während er verzweifelt nach einer Entschuldigung suchte. »Officer«, sagte Paul, »bitte, sagen Sie mir, dass irgendjemand das FBI verständigt hat.« Aber noch bevor der Beamte antworten konnte, ging Paul bereits zum Musikzimmer.

Das Federal Bureau of Investigation hätte sofort verständigt werden müssen. Kidnapping fiel in seinen Zuständigkeitsbereich. Aber niemand hatte sich die Mühe gemacht und angerufen. Doch es kam noch schlimmer. Paul wusste, dass der erste Fauxpas des LAPD, des städtischen Police Departments, wohl den größten Schaden verursacht hatte. Bei Entführungsfällen gehörte es zum Standard, abseits vom Tatort, an einem sicheren Ort, eine Schaltzentrale einzurichten, von der aus die Zivilbeamten ihre Untersuchungen führen konnten. Hier hätte eigentlich gar niemand sein dürfen.

Nichts, *gar nichts* war hier vorschriftsmäßig gehandhabt worden, nicht einmal die grundlegendsten Dinge. Paul schaute durch die großen Fenster des Musikzimmers und sah die Reporter, die sich am Zaun drängelten und das Haus umzingelten wie eine Horde Barbaren. *Das LAPD hat mit seinem Scheiß sogar der Oscarverleihung die Schau gestohlen.* Vermutlich boten sich den Journalisten hier die besseren Schlagzeilen, zum Bespiel: »LAPD ruiniert vielversprechende Karriere des stellvertretenden Bezirksstaatsanwalts.« Paul hätte die Nachricht auf seinem BlackBerry nie beantworten dürfen, denn allein vom Standpunkt des Strafverfolgers aus betrachtet war die Situation hier ziemlich mies.

Paul musste hier Ordnung schaffen, und zwar schnell. Es war sein Fall. Sein Job. Sein Arsch. Also schluckte er den Frust herunter und machte sich an die Schadensbegrenzung.

Er warf die Gaffer hinaus, suchte dann Ethan und Rebecca Kane auf und versuchte, sie von ihrem Gefolge loszueisen. Es gelang Paul, Rebecca zu überreden, sich ins Gästehaus jenseits des gepflegten Gartens und des riesigen Pools zu begeben. Veronica Hudson, Chefin der Opferbetreuung, begleitete sie. Paul kannte Veronica gut; er war froh, dass man sie gerufen hatte. Ethan Kane wiederum, der einfach nur wütend zu sein schien, ging nirgendwohin. Paul diskutierte auch gar nicht erst mit ihm. Als stellvertretender Bezirksstaatsanwalt wusste er ganz genau, welche Schlacht er gewinnen konnte und welche nicht. Außerdem war das Haus bereits kontaminiert.

Fünfzehn Minuten nach seiner Ankunft gab irgendjemand Paul den Entführerbrief.

Mr. Kane,

lesen Sie unsere Worte aufmerksam. Wir sind eine kleine Gruppe von Ausländern, die alle dasselbe Ziel verfolgen und Entschädigung von den Vereinigten Staaten verlangen. Wir bewundern Ihre Filme, verachten aber die Kultur, die sich von ihnen nährt. Gegenwärtig befindet sich Ihr Sohn in unserer Hand. Er ist bei guter Gesundheit. Sollten Sie ihn in diesem Zustand auch wieder zurückbekommen wollen, so müssen Sie sich genau an unsere Anweisungen halten.
Gehen Sie zu Ihrer Bank, und heben Sie 878.000 Dollar ab. Der Großteil davon kann ruhig in 100-Dollar-Scheinen sein, 80.000 aber in 50ern. Sie werden einen Behälter von angemessener Größe brauchen, um das Geld nach Hause zu transportieren. Sobald Sie wieder zurück sind, werden Sie es in drei große Plastikmüllsäcke stopfen. Morgen früh werde ich Sie noch vor neun anrufen, um Ihnen mitzuteilen, wo Sie das Geld übergeben sollen. Das wird sehr anstrengend für Sie werden, also schlafen Sie sich vorher aus. Vergessen Sie nicht, dass wir Sie beobachten! Sollten Sie früher zur Bank gehen, werden wir es erfahren und Ihnen die geänderten Pläne mitteilen, um Milo schneller freilassen zu können.
Sollten Sie unseren Erwartungen nicht entsprechen, werden wir Ihren Sohn ohne Zögern eliminieren. Die Männer, die gegenwärtig bei ihm sind und ihn bewachen, hegen keinerlei Mitgefühl für Sie. Ich würde Ihnen empfehlen, sie nicht zu verärgern. Sollte das Geld, das Sie uns übergeben, in irgendeiner Form zurückverfolgt werden können, stirbt er. Wir kennen die Techniken der Polizei und des FBI.

Tun Sie, was wir Ihnen sagen, Ethan! Versuchen Sie nicht, clever zu sein! Sie sind bei weitem nicht der einzige reiche Schauspieler; also versuchen Sie nicht, uns hinters Licht zu führen. Wir wollen Ihren Sohn nicht töten, Ethan, aber wenn Sie uns dazu zwingen, werden wir es tun.

Magnum bonum!
S.P.U.

Paul war kein Spezialist für Handschriften, aber er erkannte das Gesülze eines Irren, wenn er es sah. Das FBI musste her. Sofort. Paul versuchte, den für solche Fälle zuständigen Special Agent im örtlichen Büro zu erreichen, einen langjährigen Freund, und erwischte ihn schließlich daheim.

Während er telefonierte, sah er Adam Meade zur Tür hereinkommen. Sofort stieg Detective Meade mitten in dem großen marmornen Foyer auf einen Stuhl und machte jedem in Hörweite unmissverständlich klar, dass nun er das Kommando habe. Meade war ein bisweilen unangenehm offener, aber kompetenter Beamter, und Paul atmete erst einmal auf. Er klappte sein Handy zu und ging zu Meade, um sich vorzustellen.

»Paul Forrester, stellvertretender Bezirksstaatsanwalt. Ich freue mich, dass Sie es doch noch geschafft haben. Das FBI ist auf dem Weg. Rebecca Kane befindet sich im Gästehaus, und Ethan …«

»Detective!« Eine panische Stimme hallte durchs Haus, und ein junger Streifenpolizist stürmte in den Raum und kam zu Meade. »Sir … bitte, entschuldigen Sie … Mr. Kane hat etwas gefunden.«

Der Detective war lange genug im Geschäft, um zu wissen, wann man ihn ohne guten Grund unterbrach. Das hier war kein solcher Fall.

Es war im Keller, hinter einer verschlossenen Tür, die zu öffnen bisher niemandem eingefallen war. Milo Kane war nicht entführt worden. Er war im Haus. Und er war tot. Sein Vater hatte ihm die Plastiktüte abgenommen, die man ihm über den Kopf gestülpt hatte, und versuchte vergeblich, ihn wiederzubeleben.

Zum zweiten Mal an diesem Morgen rief Paul Forrester das FBI an. Dessen Zuständigkeit war im selben Augenblick erloschen, da Milo Kane gefunden worden war. Es gab keinen Bedarf mehr für die Spezialisten des FBI, die stets bei Kindesentführungen hinzugezogen wurden. Mord war das Problem des LAPD.

Ein paar Stunden später ging Paul über den Kies zu seinem Wagen. Gähnend schaute er auf die Uhr: 9.30 Uhr. Seine Freundin müsste bereits aufgestanden sein. Er wählte eine Nummer auf seinem Handy. »Blumen nach Melrose ... nein, nur abliefern ... Orchideen, danke, je größer, desto besser ...«

2

Boston
Sieben Wochen zuvor

Die Sonne ging über dem Wald östlich des Boston College auf. Ihr Licht spiegelte sich auf dem stillen Wasser des Sees auf dem Campus. Selbst um fünf Uhr morgens joggten schon die ersten Frühaufsteher um den See herum – eine Strecke, die im Frühling und Sommer besonders beliebt war, denn über dem Wasser kühlte der Wind ein wenig ab, und die Bäume spendeten Schatten.

Eine Person mochte diesen Ort ganz besonders – vor allem die jungen Studentinnen, die hier jeden Morgen joggten. Bis jetzt hatte er sich zwei von ihnen geschnappt, hatte sie vom Weg in die Büsche gezerrt und brutal vergewaltigt. Und so, wie er es schon an verschiedenen anderen Colleges in Neuengland getan hatte, würde er noch ein-, zweimal zuschlagen und dann weiterziehen, bevor man seine Spur aufnehmen konnte. Das Schöne daran war, dass viele seiner Opfer derart traumatisiert waren, dass sie den Vorfall nicht einmal der Polizei gemeldet hatten.

Er verließ sich sogar darauf.

Special Agent Sarah Reilly hatte die letzten Wochen damit verbracht, ein Profil des Vergewaltigers zu erstellen. Als die Bostoner Polizei die Details zweier Vergewaltigungsfälle an die VICAP-Datenbank übermittelt hatte, die zentrale Datenbank zur Verfolgung von Gewaltverbrechern, hatte es dort einen Volltreffer gegeben. Ursprünglich nur zur Datensammlung und zum Abgleich der Fakten bei Mordfällen gedacht, wurden in der VICAP-Datenbank inzwischen auch Informationen über andere Gewaltverbrechen gesammelt – von versuchtem Mord über Entführung bis hin zu sexuellen Übergriffen. In diesem Fall ähnelten die Informationen aus Boston jenen, die vor gut einem Jahr aus Vermont ins VICAP eingespeist worden waren. Damals waren mehrere Studentinnen des Vermont College of Fine Arts unter weitgehend identischen Umständen überfallen und vergewaltigt worden. Der Täter schien ein sexuelles Raubtier ganz besonderer Art zu sein, und seine Instinkte waren offenbar hervorragend: Immer wenn er merkte, dass die Behörden ihm auf die Spur zu kommen drohten, verschwand er.

Nun aber hatte er erneut zugeschlagen.

Agenten des FBI-Büros in Boston hatten sich mit Beamten des örtlichen Police Departments zusammengetan. Alle sahen jung genug aus, um als Studenten durchzugehen, und alle kannten sich auf dem Campus aus. Rund um die Uhr erschienen sie in Jogginganzügen, arbeiteten jeweils zu zweit zusammen und liefen die Strecke um den See. Manchmal stolperten sie absichtlich oder wechselten die Route, um nicht allzu sehr aufzufallen.

Vier Wochen ging das nun schon so, und bis jetzt deutete nichts darauf hin, dass der Vergewaltiger sich noch in der Gegend aufhielt. Es war durchaus möglich, dass er die Taktik der Polizei durchschaut hatte. Vielleicht war er längst weitergezogen, so wie jedes Mal. Für die Lockvögel war dies entmutigend; viele hofften bereits darauf, dass die Aktion bald abgeblasen würde.

Nicht so Sarah Reilly. Wütend widersprach sie jeder dahingehenden Andeutung. Doch die Stimmung wurde zunehmend gereizter. Als einer der Bostoner Cops taktlos scherzte, eines der beiden Opfer sei selbst schuld, weil der Jogginganzug der jungen Frau »eher Reizwäsche als Sportbekleidung« gewesen sei, musste Sarah von ihrer neuen Partnerin, Jocelyn Conway, zurückgehalten werden.

FBI Special Agent Jocelyn »Joss« Conway war schon seit fünf Jahren beim FBI. Die letzten drei Jahre hatte sie bei der Gegenspionage gearbeitet, einer Eliteeinheit. Joss Conway war eine der wenigen weiblichen Agenten des FBI mit afroamerikanischem Hintergrund, was sie allerdings ebenso wenig kümmerte wie die Rassenpolitik im Allgemeinen. Sie war zum FBI gegangen, um Verbrecher hinter Gitter zu bringen, nicht um die schwarze Vorzeigefrau zu spielen. Und sie war verdammt gut in ihrem Job.

Ein paar Leute wunderten sich, warum man Joss ausgerechnet mit Sarah Reilly zusammengetan hatte. Für die anderen Agenten im Bostoner Büro waren sie »Ebony and Ivory«, »Ebenholz und Elfenbein«, und die Chemie zwischen den beiden hatte sofort gestimmt. Beide waren in Süd-Boston aufgewachsen, stammten aus FBI-Familien und hatten geliebte Menschen durch Gewaltverbrechen verloren. Bei Joss war es ihr Freund von der Polizei-Akademie. Vor einem Jahr war er bei dem Versuch erschossen worden, eine Belagerung auf friedliche Art zu beenden. Und was Sarah betraf … Nun, jeder im Bostoner Büro kannte und vermisste Drew Dyson. Alle hatten Sarah im Anschluss an das Geschehen unterstützt und ihr dabei geholfen, wieder ins Leben zurückzufinden.

An vorderster Front stand dabei jener Agent, den man dazu bestimmt hatte, Frank Gideon als Chef des Bostoner FBI-Büros nachzufolgen. Der leitende Special Agent Cameron Langford war intelligent, politisch geschickt und erstaunlich cool. Er hatte schon lange die Tollkühnheit abgelegt, die jene Jungs, mit denen er in Quantico seinen Abschluss gemacht hatte, noch immer anzutreiben schien. Mit Ende dreißig galt er als ziemlich jung, um ein Außenbüro des FBI zu leiten, doch in seiner kurzen Karriere war es ihm bereits mehrere Male gelungen, jene Art von Fällen zu lösen, von denen die meisten Agenten nur träumten. Er war sogar vom Präsidenten persönlich ausgezeichnet worden, auch wenn der betreffende Fall noch immer unter Verschluss war, sodass niemand Einzelheiten kannte.

Langford hatte Sarah und ihren Vater schon gekannt, bevor man ihn nach Boston versetzt hatte. Harry war einer seiner Lehrer an der FBI-Akademie gewesen. Tatsächlich kannte Langford die Familie Reilly noch aus der Zeit, als sie vollständig gewesen war, bevor Sarah ihre Mutter Louise verloren und Harry als Folge davon einen Nervenzusammenbruch erlitten hatte. Hinter verschlossenen Türen hatte Langford außerdem eine Schlüsselrolle bei der Entscheidung des FBI gespielt, Harry und seine Tochter nach dem Harkness-Gunther-Desaster zu unterstützen. Als Stimmen laut wurden, Sarah und ihren Kollegen Jack Mortimer wegen Gehorsamsverweigerung zu feuern, hatte Langford damit gedroht, seinen Rücktritt einzureichen und anschließend alles an die Öffentlichkeit zu bringen. Das hatte gewirkt. Dieselben Leute, die Sarah Reilly zum Sündenbock machen wollten, hatten das Ganze in einen PR-Coup für das FBI verwandelt und sogar dafür gesorgt, dass Sarah vom FBI-Direktor persönlich ausgezeichnet wurde.

Langford überließ die Erbsenzähler nur allzu gern ihren Spielchen, solange er die richtigen Leute für den jeweiligen Job hatte. Sarah Reilly war aus demselben Holz geschnitzt wie ihr Vater. Sie war zäh, klug und fähig. Sie war genau die Art von Agentin, die man auf Irre wie Bill Gunther und David Harkness hetzte, denn wenn der Rauch sich legte, waren es Leute wie Sarah, die noch standen. Außerdem besaßen die Reillys ein schier unglaubliches Talent, gegen die Regeln zu verstoßen und damit durchzukommen. Langford war nicht blind. Er wusste, dass die Grenzen bisweilen verschwommen waren und dass man die Vorschriften hinterfragen musste. Wenn das FBI hin und wieder zu schmutzigen Tricks greifen musste, um mit Mördern, Gangstern, Terroristen und Gott weiß was für Scheißkerlen fertig zu werden, dann war das eben so.

Langford hatte Joss Conway Sarah zugeteilt, weil beide Frauen vom gleichen Schlag waren, und er hatte seine Entscheidung nicht eine Sekunde bereut. Während Sarah sich noch von dem Gunther-Fall erholte, war Joss für sie da. Langford wünschte nur, er selbst hätte mehr Zeit für Sarah gehabt, doch angesichts seiner neuen Position und der damit verbundenen Veränderung in ihrer professionellen Beziehung war das unmöglich. Er war jetzt ihr Boss. Und in dieser Eigenschaft würde er sie bald darüber informieren müssen, dass er beschlossen hatte, die Sondereinheit vom Boston College abzuziehen.

Dabei war es nicht so, als wäre die Sondereinheit eine schlechte Idee. Wenn der Verdächtige sich noch da draußen herumtrieb, hatte diese Einheit vermutlich sogar die besten Chancen, den Kerl zu schnappen. Tatsache war aber auch, dass es dem FBI in Boston nicht gerade an Fällen mangelte. Dafür brauchte man Personal, und der größte Teil von Langfords Leuten joggte gerade gemütlich um einen künstlichen See herum und wartete darauf, dass jemand aus den Büschen sprang und sie attackierte.

Langford freute sich nicht gerade darauf, es Sarah zu sagen. Es war ihr erster Fall, seit sie wieder im Dienst war, und sie hatte eine Menge darin investiert. Sie hatte persönlich die Opfer befragt und unzählige unbezahlte Überstunden angesammelt. Sie und Joss waren sogar selbst um den See gejoggt, wenn die anderen Teams nicht da waren. Vielleicht hatten sie ja Glück. Langford hatte es ihnen aus Sicherheitsgründen untersagt, obwohl er natürlich wusste, dass sie sich nicht daran halten würden.

Außerdem hatte er jetzt schon Mitleid mit dem Mann, der versuchte, sich mit Sarah Reilly und Joss Conway anzulegen.

3

Los Angeles
Sechs Wochen zuvor

Die Nachricht hatte sich wie ein Lauffeuer verbreitet. Milo Kane war tot. Der Siebenjährige hatte die Welt mit dem gleichen Pressegetöse verlassen, mit dem er sie betreten hatte, nachdem er im Keller der 40-Millionen-Dollar-Villa seiner Eltern gefunden worden war.

Die Straßensperre hatte Fotoreporter und Kamerateams nicht davon abgehalten, alles zu versuchen, um den ultimativen Schnappschuss zu bekommen: ein Leichensack in Kindergröße, der auf einer Bahre hinausgefahren und in den Van des Gerichtsmediziners verfrachtet wird. Außerdem waren sämtliche Reporter geradezu versessen auf ein Interview mit den Kanes. Weniger als sechs Stunden, nachdem Milos Leiche gefunden worden war, hatte die PR-Agentur der Familie eine Erklärung herausgegeben, in der sie ihre Trauer bekundete. Doch diese Nachricht war schon überholt, als sie gesendet wurde. Die Zuschauer wollten keine langweilige Erklärung der Tatsachen. Sie wollten ungefilterte Emotionen: ein Requiem in Echtzeit, das in bester Tonqualität aus ihren Surround-Anlagen kam und in den prächtigsten Farben auf ihren Plasmabildschirmen erschien.

Doch nach dem Tod ihres Sohnes waren Ethan und Rebecca Kane nicht daran interessiert, die Rollen zu spielen, die jeder von ihnen erwartete. Sie waren untergetaucht. Außer ihrem Manager, ihrem Anwalt und der Polizei hatte sie seit jener Nacht niemand mehr gesehen.

Dabei hätte diese Nacht die erfolgreichste ihres Lebens werden sollen. Die Kanes hatten bei der Oscarverleihung zu den Favoriten gehört. Sie waren Hollywoods Crème de la Crème und noch jung genug, um hip zu sein, konnten sich zugleich aber ihre Projekte aussuchen, um auch von anspruchsvollen Kritikern ernst genommen zu werden. Beide hatten kürzlich in den Filmen renommierter Regisseure die Hauptrollen gespielt. Dass die Filme kommerzielle Flops gewesen waren, spielte dabei keine Rolle. Zumeist kümmerte die Akademie sich nicht um Einspielergebnisse. Sie war mehr daran interessiert, ob ein Film zur richtigen Zeit die richtige Botschaft auf die richtige Art und Weise vermittelte.

Die Studiobosse waren vom Oscargewinn der Kanes ebenso überzeugt gewesen wie ihre Manager. Selbst ihre PR-Beraterin, normalerweise eine sehr vorsichtige Frau, hatte ein paar Stunden vor der Verleihung Journalisten gegenüber erklärt, die Kanes seien »eine sichere Wette«.

Doch die Akademie hatte andere Vorstellungen. Ein paar Stunden, bevor Milos Leichnam gefunden worden war, ging die Meldung um den Erdball, das berühmteste Promipaar der Welt sei bei den Oscars leer ausgegangen.

Die Kanes hatten verloren, mit Pauken und Trompeten – erst die Oscars und dann ihr jüngstes Kind.

Und nun war der stellvertretende Bezirksstaatsanwalt Paul Forrester vollauf damit beschäftigt, Detective Meade im Zaum zu halten. Meade hatte sich mit der Feinfühligkeit eines gereizten Rottweilers auf die Ermittlungen gestürzt. Den trauernden Eltern hatte er dabei kaum Aufmerksamkeit geschenkt. Wie ein Elefant im Porzellanladen war er auf ihren Gefühlen herumgetrampelt und hatte darauf bestanden, dass sie die ersten Verhöre sofort über sich ergehen lassen mussten, noch bevor der Leichnam ihres Sohnes unterwegs in die Gerichtsmedizin war. Meade sprach getrennt mit Rebecca und Ethan Kane. Paul war bei den Verhören zugegen, und zumindest für ihn glichen die Geschichten der beiden sich fast bis aufs Haar. Gegen zwei Uhr morgens waren die Kanes von der Oscar-Gala nach Hause gekommen. Ihr ältester Sohn Brian – ein Teenager, den sie als Baby adoptiert hatten – verbrachte die Nacht bei einem Freund in der Nähe. Die Kanes behaupteten, noch einmal nach Milo gesehen zu haben und dann ins Bett gegangen zu sein. Dabei sei ihnen nichts Ungewöhnliches aufgefallen.

Weiter sagten sie aus, sie hätten bis vier Uhr morgens geschlafen, als Ethan von einem lauten Geräusch geweckt worden sei; Rebecca habe es nicht gehört. Er sei aufgestanden, um nach Milo zu sehen, aber der sei nicht in seinem Bett gewesen. Es habe keinerlei Hinweise auf einen Kampf gegeben. Ethan habe angenommen, sein Sohn sei in der Küche, um sich etwas zu essen zu holen. Den Brief der Entführer habe er ordentlich gefaltet auf der letzten Stufe der Hintertreppe gefunden. Daraufhin habe er voller Panik seine Frau geweckt.

Anschließend hatte Ethan seinen Leibwächter gerufen und ihm gesagt, er solle sofort die Polizei verständigen. Stattdessen hatte Hal Vasquez jedoch Eli Haldermann kontaktiert, den Manager des Paars, der auch versprochen hatte, sofort zu kommen. Schließlich hatte Rebecca Kane die Polizei angerufen, doch als sie eintraf, leitete Eli Haldermann bereits die Show.

Hal Vasquez und Haldermann bestätigten später weitgehend die Aussagen der Kanes; die Abweichungen waren kaum erwähnenswert. Doch Paul war nach den Verhören irgendwie unzufrieden, und Meade war fest davon überzeugt, dass die Eltern wichtige Informationen zurückhielten. Und als die Kanes sich auf Anraten ihres Anwalts hin weigerten, sich einem Lügendetektortest zu unterziehen, wusste Paul, dass Meades Misstrauen dadurch nur bestärkt würde.

Detective Meade ging durch den Fuhrpark, das Gesicht vor Zorn gerötet. Er suchte nach seinem Chevrolet. Schon in seinem Büro hatte er zehn Minuten nach dem Schlüssel gesucht, und jetzt konnte er die verdammte Karre nicht finden. Paul musste laufen, um mit Meade Schritt zu halten.

»Forrester, ich habe es Ihnen doch schon gesagt: Das Zeug des Killers stammt aus dem Haus. Vom Stift und dem Papier, das für den Brief verwendet worden ist, bis hin zu den Plastikbeuteln und Klebebändern, wie sie auch um den Kopf des Jungen gewickelt waren. Das Meiste davon kann zu den Kanes zurückverfolgt werden.«

»Was ist mit dem Kartenhandy im Gästezimmer?«

»Verdammt! Sehen Sie sich das an! Ich kann mich beim besten Willen nicht erinnern, hier geparkt zu haben.« Meade kratzte sich das Kinn und blickte auf seinen Wagen. »Ja, es gibt ein paar Absonderlichkeiten. Doch auf dem Handy gab es weder Fingerabdrücke noch eine Anrufliste. Es wurde erst vor kurzem gekauft und nie benutzt. Das ist eine Sackgasse. Aber ich muss jetzt wirklich los. Sie sollten ebenfalls nach Hause fahren. Es ist fast halb elf.«

Es war der vierzehnte Tag der Ermittlungen, und Paul schob jede Menge Überstunden. Mit einem Taxi kehrte er in sein Büro zurück und nahm sich noch einmal die Akte vor.

Die Analyse des Erpresserbriefs durch drei unabhängige Experten war eindeutig. Alle drei waren zu dem Schluss gekommen, dass der Brief von einer einzigen Person geschrieben worden war, vermutlich von einer Frau, und dass er darauf abzielte, die Ermittler in die Irre zu führen. Natürlich hatte man bereits Handschriftenproben von den Kanes und ihren Angestellten genommen, doch keine stimmte mit dem Brief überein.

Paul wusste, dass Meade Rebecca Kane verdächtigte. Ihre Drogen- und Medikamentensucht war allgemein bekannt;

allerdings behauptete ihre PR-Managerin, Rebecca habe die Sucht schon seit Jahren überwunden. Ein Ereignis, das sich zwei Wochen vor dem Mord zugetragen hatte und auch nicht gerade für Mrs. Kane sprach, war ebenfalls wieder an die Oberfläche gekocht. Man hatte sie dabei fotografiert, als sie Milo in einem Freizeitpark im Süden von L.A. eine Ohrfeige gab. Das Thema hatte sich zunächst rasch erledigt, doch nun betrachteten die Medien es in einem anderen Licht.

Um halb zwölf schaltete Paul seine Schreibtischlampe aus und rieb sich die blutunterlaufenen Augen. Auf dem Weg durch die Rezeption in die Tiefgarage nahm er sich ein Exemplar der *Daily News*, die in großen Lettern mit der Schlagzeile »Kanes reden immer noch nicht« aufmachte. Paul war nicht angewidert, allerdings ein wenig überrascht, dass die Medien ihnen noch nicht den Prozess machten.

Der richtige Zirkus würde erst noch beginnen, das wusste Paul. Zwei Wochen nach dem Mord hatte die Nation aufgehört, um das tote Kind zu trauern; nun würde es nicht mehr lange dauern, bis sie sich auf die Eltern stürzte.

Paul kannte die Geschichte. Jeder kannte sie. Die Kanes hatten ihren Sohn schon ins Rampenlicht gezerrt, kaum dass er das Licht der Welt erblickt hatte. Sie hatten seine Babyfotos verkauft und Exklusivverträge für seine Geburtstage und seinen ersten Schultag abgeschlossen. Überall hatten sie den Jungen wie das neueste Must-Have-Produkt angepriesen. Kurz vor seinem Tod hatte Milo dann sogar sein Leinwanddebüt gefeiert. In einem Independent-Film, der auf dem Sundance Film Festival Premiere gefeiert hatte, hatte er ein Opfer von Kindesmissbrauch gespielt. Die Rolle hatte ebenso viel öffentlichen Zorn wie Lob provoziert. Viele betrachteten die Rolle für einen solch kleinen Jungen als unangemessen, und die militantesten Gegner des Films hatten sogar vor diversen Kinos demonstriert. Nun, da Milo ermordet worden war, erklärten einige Spinner doch tatsächlich, sie seien erleichtert über Milos Tod, denn auf diese Weise seien dem Jungen »weitere Demütigungen erspart geblieben«.

Sieben Tage nach dem Mord hatte ein gut informierter Insider des LAPD Einzelheiten der Ermittlungen an die Boulevardpresse weitergegeben. Dazu gehörte, dass die Kanes noch am Tag von Milos Ermordung einen Top-Anwalt engagiert hatten; sie hatten sich geweigert, sich einem Lügendetektortest zu unterziehen, hielten sich versteckt und lehnten es strikt ab, noch einmal mit der Polizei zu sprechen, ohne dass ihr Anwalt zugegen war. Dies alles deuteten die Zeitungen dahingehend, dass die Kanes nicht nur sich selbst, sondern auch die Wahrheit verbargen.

Zwölf Tage nach dem Mord begannen Gerüchte über sexuellen Missbrauch die Runde zu machen. Ein Reporter hatte jemanden im Cedar's Sinai Hospital aufgetrieben, der behauptete, vor einigen Monaten hätten die Kanes Milo mit »ungewöhnlichen und besorgniserregenden Verletzungen« in die Notaufnahme gebracht. Was genau das für Verletzungen waren, konnte oder wollte der Angestellte nicht sagen, doch die Andeutung reichte aus. Bereits zwei Tage später kursierte die Geschichte nicht mehr nur in der Boulevardpresse, sondern auch in den gängigen Medien. Talkshowgäste mit exotischen akademischen Graden und dubiosen Arbeitgebern wurden im ganzen Land in Fernseh- und Aufnahmestudios gekarrt, um über die Zustände im Hause Kane zu spekulieren. Das Bild der typisch amerikanischen Familie sei nur eine schillernde Fassade, erklärten diese Leute, hinter der sich ein Abgrund von Kindesmissbrauch und Mord verberge.

Nach Milos Tod hatte sich das Leben der Kanes endgültig verändert. Doch in der Stadt, die sie ihre Heimat nannten, drehte sich der Wind und wehte jegliche Unschuldsannahme davon. Fast jeder in L. A. war fest davon überzeugt, dass die Kanes selbst ihren kleinen Jungen getötet hatten.

Die Familie blieb in ihrem Versteck.

»Sir, bei allem gebührenden Respekt, die Beweise müssen noch gründlicher gesichtet werden.« Paul beugte sich auf seinem Stuhl vor und blickte seinen Chef an. »Sicher, es stimmt. Was wir bisher wissen, deutet auf die Kanes als Täter hin, aber wir haben nichts Handfestes, worauf wir eine Anklage stützen könnten. Es gibt nur Gerüchte und Vermutungen. Und die eigentliche Spur ist längst kalt.«

Der DA zuckte mit den Schultern. »Wir haben sie genau da, wo wir sie haben wollen. Das sollte Sie doch freuen, Forrester.«

Der DA, ein gewiefter Politiker, war inzwischen zu dem Schluss gekommen, dass der kleine Milo doch seine Aufmerksamkeit verdiene. Nun, zwanzig Tage nach dem Tod des Jungen, war die öffentliche Meinung eindeutig gegen die Kanes, und jedes weitere Zögern würde man als Bevorzugung werten. Das Leben des DA wiederum wurde von der öffentlichen Meinung bestimmt; deshalb hatte er für eine Vorverhandlung plädiert und Paul zu einem Gespräch in sein Büro gebeten.

Paul tat es zwar leid für Rebecca und Ethan Kane, aber die Idee seines Chefs bot ihm einen einfachen Ausweg, und so akzeptierte er mit Freuden.

Der DA roch leichte Beute und tappte geradewegs in die Falle, die der Anwalt der Kanes ihm gestellt hatte. W. Dean Shaughnessy, ein Mann über vierzig, war ein Strafverteidiger par excellence. Als Sohn einer Arbeiterfamilie in Massachusetts geboren, war Shaughnessy berühmt dafür – oder berüchtigt, je nachdem –, jene Leute mit Feuereifer zu verteidigen, die andere nicht einmal mit der Kneifzange anfassen würden:

Bankräuber, Vergewaltiger, Drogenbarone und Mörder aller Art, einschließlich Serienkiller.

Anstatt gegen den Antrag des Bezirksstaatsanwalts Berufung einzulegen, riet er den Kanes, einem schnellen Prozess zuzustimmen. Damit beabsichtigte Shaughnessy, gleich zwei Fliegen mit einer Klappe zu schlagen: Für die Öffentlichkeit würde es so aussehen, als hätten die Kanes nichts zu verbergen; aber das LAPD sowie die Staatsanwaltschaft wagten sich damit in einen Sumpf, der sie nachhaltig verlangsamen und Shaughnessy die Gelegenheit geben würde, eine Verteidigungsstrategie zu entwickeln. Sollte dabei abermals etwas seitens des LAPD an die Öffentlichkeit durchsickern, böte das Shaughnessy eine ideale Möglichkeit, die Professionalität der Polizei in Frage zu stellen.

Am ersten Verhandlungstag, nachdem der DA sein Eröffnungsplädoyer gehalten hatte, begann Shaughnessy, die Fehler des LAPD am Tattag aufzuzählen. »Euer Ehren«, sagte er, »die Beamten haben es versäumt, den Tatort abzuriegeln, das FBI zu verständigen und eine Einsatzzentrale abseits des Hauses einzurichten …« Paul Forrester saß neben seinem Chef und stimmte Shaughnessy im Geiste bei jedem Punkt zu. Die Litanei der Irrtümer war beschämend.

Shaughnessy, der nie in kleinen Dimensionen dachte, stellte anschließend die alleinige Zuständigkeit des LAPD in Frage und verlangte, das FBI zu den Ermittlungen hinzuzuziehen. »Warum hat die Polizei von Los Angeles nicht sofort das FBI verständigt, nachdem die Entführung bekannt geworden war?«, fragte er. »Das Versagen des LAPD vor Ort war nicht nur unerhört und hatte fatale Folgen; das Außenvorlassen des FBI stellt überdies einen eklatanten Verstoß gegen Bundesgesetze dar.« Er beendete seine Eingangsrede mit einer großen Geste, indem er dem Richter einen ganzen Stapel Boulevardzeitungen aufs Pult knallte. Jede einzelne Schlagzeile verlangte, dass man die Kanes endlich in den Knast werfen solle – oder Schlimmeres.

Der Antrag der Verteidigung wurde gebilligt. Als die Kaution zur Sprache kam, wurde der Antrag des DA, diese zu verweigern, zurückgewiesen. Die Kaution wurde auf fünf Millionen Dollar pro Angeklagtem festgelegt. Ethan und Rebecca Kane wurden fotografiert, als sie mit gesenkten Köpfen das Gericht verließen.

Dean Shaughnessy saß dem Chef des FBI-Büros von L. A. im Restaurant »London« in West Hollywood gegenüber.

»Ersparen Sie mir die Scheiße, Dean! Sie haben mich nicht in ein schickes Restaurant eingeladen, damit wir uns in lyrischen Lobpreisungen der Dessertkarte ergehen können ... Das Meiste, was da draufsteht, kann man ohnehin nicht aussprechen. Sagen Sie mir einfach, was Sie wollen, und ich werde Ihnen sagen, was ich weiß. Unser Direktor würde Sie vermutlich nicht einmal ausreden lassen.« Der FBI-Agent lächelte.

Shaughnessy erwiderte das Lächeln. »Nun, wie der Zufall es will, habe ich vor einer Weile einen Ihrer Leute bei einem Spiel der Red Sox getroffen. Harry Reilly. Vom Alkohol weg und wieder in Amt und Würden. Er sah gut aus.« Reilly, das wusste Shaughnessy, war ein scharfer Hund und besaß jene Art von Integrität, die man nicht mit Geld kaufen konnte. Auch war er der einzige Mann, der Shaughnessy je ausgetrickst hatte. Wenn irgendjemand herausfinden konnte, was in jener Nacht wirklich im Haus der Kanes geschehen war, dann Harry; davon war Shaughnessy überzeugt.

Shaughnessy führte die Gabel zu seinem delikaten Garnelen-Ravioli-Entree. »Was macht er heutzutage so?«

»Reilly? Gute Wahl, aber wie ich gehört habe, ist er vor kurzem in den Ruhestand gegangen.«

Shaughnessy ruckte nervös auf seinem Stuhl. Damit hatte er nicht gerechnet. »Schade.«

»Haben Sie seine Tochter vor ein paar Monaten in den Nachrichten gesehen? Vor einer Woche bin ich zu einem Meeting in den Osten geflogen, und da haben Sie noch immer über sie geredet. Offensichtlich ist sie genauso hart wie ihr alter Herr. Einige Leute meinen, sie ist sogar noch schärfer. Sie hat ihr Examen in Quantico als Klassenbeste gemacht. Sie heißt Simone … Susan …«

»Sarah«, sagte Shaughnessy und trank einen Schluck Wein.

»Ja, richtig. Woher wissen Sie das?«

Shaughnessy antwortete nicht. Er verstand sich gut darauf, Fragen zu umgehen, die seinen Absichten nicht dienlich waren.

Als er ein paar Stunden später vom Restaurant nach Hause fuhr, rief Shaughnessy den neuen FBI-Direktor an, einen alten Zimmergenossen vom College. Er musste ihn um einen Gefallen bitten.

Noch am selben Abend erhielt Paul Forrester einen Anruf seines Chefs, der leicht angetrunken klang. Paul hatte den Fall Kane wieder am Hals.

4

Boston
Fünf Wochen zuvor

Zwei junge Frauen liefen um den künstlichen See des Boston Colleges herum, fünfzig Meter voneinander entfernt. Es ging auf sechs Uhr früh zu, und sie waren bereits fast eine Stunde unterwegs.

Allmählich ging ihnen die Puste aus.

Schweiß schimmerte auf ihrer Haut, zart und hell bei der Hellhäutigen, karamellfarben bei der Dunkelhäutigen. Beide waren fit, jung und bewegten sich mit fließenden Bewegungen. Vermutlich waren sie Studentinnen mit einem Sportstipendium – zumindest glaubte das der Mann, der ungesehen aus den Büschen aufgetaucht war und nun hinter ihnen herlief.

Natürlich war er schon viel früher an den See gekommen. Er hatte auf der anderen Seite des Waldes geparkt, vor einer Pizzeria mit Namen »Roggie's«, und war durch das dichteste Gestrüpp zur Laufstrecke vorgedrungen. Vom Waldrand aus hatte er lange beobachtet. Die beiden Frauen waren in getrennten Autos und zu unterschiedlichen Zeiten eingetroffen. Sie hatten einander nicht begrüßt, und während der ganzen Zeit, da er sie beobachtet hatte, schien keine der beiden die andere auch nur zu bemerken. Vermutlich würde keiner von beiden auffallen, wenn die andere plötzlich von der Strecke verschwand, so konzentriert wirkten beide auf ihr Morgenritual.

Der Mann suchte sich die hintere Läuferin aus.

Die dunkelhäutige Schönheit.

Sie war kleiner als die Weiße weiter vorn und hatte weichere Gesichtszüge. Sie sah verletzlich aus – wie jemand, der keine allzu große Gegenwehr leisten würde. Vermutlich würde er sie nur ein-, zweimal schlagen müssen, bevor sie seinen Forderungen nachgab. Danach würde alles glattgehen.

Wie Honig.

Der Mann steigerte sein Tempo.

Sie liefen gegen den Uhrzeigersinn um den See. Deshalb war es wichtig, die Frau genau hinter dem Bootshaus einzuholen. Wenn ihm das nicht gelang, hätte er keine Gelegenheit, sie schnell und lautlos in den Wald zu zerren. Dann würde er bis zur nächsten Runde warten müssen. Bis dahin könnte die vordere Läuferin jedoch abgebremst und mit Lockerungsübungen begonnen haben. War das der Fall, erhöhte sich die Wahrscheinlichkeit dramatisch, dass der Mann beobachtet wurde. Damit hätte er dann auch die Chance verpasst, ein letztes Mal eine scharfe Schlampe aus Boston zu vernaschen.

Das war inakzeptabel.

Heute war sein *Tag.*

Yihaaa!

Als er zu der jungen schwarzen Frau aufgeschlossen hatte, streckte er die Arme aus und legte sie um den Hals seines Opfers. Mit geübter Bewegung drückte er ihr die rechte Hand auf den Mund, schob gleichzeitig die linke in ihre Achselhöhle und riss sie brutal zurück, sodass sie augenblicklich das Gleichgewicht verlor.

Die Bäume waren nur zwei Meter entfernt. Binnen drei Sekunden hatte er die Frau in den Schatten des Waldes gezerrt. Dort hielt er sie einen Augenblick fest und beobachtete die andere Läuferin. Sie verringerte weder ihr Tempo, noch schaute sie hinter sich. Sie lief einfach weiter.

Braves Mädchen!

»Sie weiß gar nicht, was sie versäumt«, murmelte er leise

vor sich hin, während er seine Beute tiefer in die Dunkelheit schleppte. »Aber du wirst es erleben, Süße. Und du wirst es für den Rest deines Lebens nicht mehr vergessen.«

Fünf Sekunden, nachdem der Mann sie aus den Augen gelassen hatte, bog Sarah Reilly scharf vom Pfad ab und lief direkt in den nördlichen Teil des Waldes. Ihre Hand bewegte sich zu der Tasche, die sie am Taillenband trug, und kam mit einer 9mm Glock wieder heraus. Sarah senkte den Kopf, rannte durch den Wald, so schnell sie konnte, und bog dann nach Süden ab.

»Er hat sie knapp nördlich des Bootshauses in den Wald gezerrt. Pass auf dich auf, Sarah!« Agent Jack Mortimer saß hoch oben am Stadion der Eagles, von wo aus er das gesamte Areal im Blick hatte. Es war ein außergewöhnlich guter Beobachtungspunkt, hatte jedoch einen gravierenden Nachteil: Jack war viel zu weit entfernt, um irgendwie helfen zu können. Und nun, da sowohl Sarah als auch Joss zwischen den Bäumen verschwunden waren, kam er sich vollkommen nutzlos vor.

Während sie durch den Wald lief, wusste Sarah, dass sie Angst haben sollte. Sie wusste, dass sie sich genauso fühlen sollte wie in jener Nacht vor ein paar Monaten, in East Boston, als ein irrer Killer versucht hatte, sie umzubringen. Oder als sie in die abgelegene Hütte gegangen war, um nach ihrem Vater zu suchen, und Profikiller nur auf die Chance gewartet hatten, ihr den Schädel wegzupusten. Eigentlich hätte ihr das Herz bis zum Hals schlagen müssen bei den Gedanken daran, was alles schiefgehen konnte, und die Angst vor den drohenden Gefahren hätte ihr den Atem rauben müssen. Diesmal aber war die Furcht ausgeblieben. Stattdessen kochte Wut in Sarah.

Sie verlangsamte die Geschwindigkeit und überließ ihren

Instinkten das Kommando. Sie musste nicht lange warten. Nur wenige Sekunden später bemerkte sie aus dem Augenwinkel heraus eine Bewegung: ein Mann in Laufhose und College-T-Shirt. Er hatte Joss am Hals gepackt und zerrte sie rückwärts durch den Wald in Richtung einer kleinen Lichtung. Sarah hätte sich den Kerl am liebsten sofort geschnappt, doch sie wusste, dass sie damit alles vermasselt hätte. Bis jetzt konnten sie ihm »nur« einen tätlichen Angriff auf eine FBI-Agentin vorwerfen. Sie mussten ihn auf frischer Tat ertappen; andernfalls mussten sie damit rechnen, dass er nach kurzer Zeit wieder auf freien Fuß gesetzt würde.

Das wollte Sarah nicht zulassen.

Geduckt huschte sie von einer Deckung zur anderen und beobachtete, wie der Mann Joss auf die Lichtung schleppte und sie grob zu Boden stieß. Dann stand er einen Moment einfach nur da, musterte Joss von Kopf bis Fuß und genoss den Anblick ihrer langen Beine und der schlanken, biegsamen Figur. Dann begann er, sich die Hose auszuziehen.

Als er den Blick wieder hob, hatte Joss sich von einem ängstlich wimmernden Opfer in ein Raubtier verwandelt. Sie griff in die Tasche an ihrer Seite, riss die Waffe heraus und richtete sie auf den Kerl. Mit großen Augen starrte er in den Lauf und war so perplex, dass er weiter den Reißverschluss öffnete, ohne sich dessen bewusst zu sein.

»Die Party ist vorbei, Süßer!«, zischte Joss, den Finger am Abzug. »Mach die Hose zu! Und dann runter auf die Knie und die Hände hinter den Kopf!«

Der Mann gehorchte.

Joss stand auf, trat vorsichtig hinter den Mann, bog ihm die Arme hinter den Rücken und legte ihm eine Plastikfessel an. Binnen Sekunden war er vom Herrn der Situation zum hilflosen Gefangenen geworden.

Er begann kläglich zu flennen.

In diesem Augenblick schlenderte Sarah gelassen auf die Lichtung.

Joss nickte ihr zu. »Dafür steckt Langford uns einen Orden an die Brust«, bemerkte sie und grinste breit. »Wenn man mal davon absieht, dass ich mir wochenlang den Arsch abgelaufen habe, war das geradezu lächerlich einfach.« Sie drückte auf etwas, was in ihrem Ohr verborgen war. »Hier unten ist alles klar, Jack. Ruf die Truppe. Wir haben den Kerl.«

Der Mann drehte sich zu Sarah um. Tränen strömten ihm über die Wangen, und ein kalter Schauder lief ihm über den Rücken. Zum ersten Mal fiel ihm auf, wie Sarah ihn anschaute. So starrte eine Schlange auf die Maus. Kalt und gnadenlos. In ihrem Blick lag das Verlangen, ihm wehzutun. Als sie auf den Mann zu trat, rutschte er ängstlich auf den Knien zurück.

Sarah drückte ihm die Mündung ihrer Waffe an die Schläfe, und der Kerl spürte, wie seine Blase sich entleerte.

Joss trat einen Schritt vor. »Sarah, lass gut sein! Wir haben ihn kalt erwischt. Der wird lange Zeit kein ungefiltertes Sonnenlicht mehr sehen. Das heißt, natürlich nur, wenn man ihn im Knast nicht zu Tode vergewaltigt.«

Der Mann schaute in Sarahs kalte grüne Augen und sah nichts darin, gar nichts, nicht den Hauch eines Zögerns. Er wusste, wenn sie sich entschied, den Abzug zu betätigen, dann war es das. Nichts und niemand würde sie aufhalten können. Er würde hier im Wald sterben, die Hose von seiner eigenen Pisse durchnässt.

Sein Wimmern wurde lauter.

»Halt dein verdammtes Maul!« Joss durchbohrte ihn mit Blicken. »Willst du unbedingt sterben?« Der Mann schüttelte heftig den Kopf. »Dann sei still!« Ruhig trat Joss neben Sarah, legte vorsichtig die Hand auf die Waffe ihrer Partnerin und schob sie zur Seite.

Sarah leistete keinerlei Widerstand. Sie, die noch vor einer

Sekunde bereit gewesen war, zu töten, steckte die Glock wie beiläufig wieder in die Gürteltasche und wandte sich ab.

»Alles klar bei dir?«, fragte Joss und blickte Sarah in die Augen.

»Ja, ja. Kein Problem.«

Die Bostoner Polizei war binnen Minuten vor Ort und zeigte sich um das Wohlbefinden des Vergewaltigers ebenso wenig besorgt wie die beiden FBI-Agentinnen. Sie rammten seinen Kopf gegen das Dach des Streifenwagens, bevor sie ihn auf die Rückbank warfen. Anschließend dauerte es noch zwanzig Minuten, bis die Bostoner Detectives einen vollständigen Bericht erhalten hatten; dann konnten Joss, Jack und Sarah gehen.

Ihnen war ein dicker Fisch ins Netz gegangen, und Jack war dementsprechend aufgeregt. Er löcherte seine Kolleginnen, ihm Einzelheiten der Verhaftung zu erzählen, bis Joss ihm schließlich ihre Wagenschlüssel in die Hand drückte und ihn bat, das Auto für sie zur Federal Plaza zurückzufahren. Da es sich dabei um eine schwarze Corvette handelte, musste sie ihn nicht groß überreden.

Die beiden Frauen fuhren in Sarahs neuem Ford Explorer gemeinsam in die Stadt zurück. Sarah hatte den Wagen erst vor wenigen Wochen auf den Rat ihres Vaters hin gekauft. Es war ein schweres Fahrzeug mit entsprechend hohem Benzinverbrauch, und da einige ihrer Kollegen umweltbewusst waren, hatte Sarah inzwischen ein gewisses Geschick darin entwickelt, Fragen nach dem Kohlendioxidausstoß aus dem Weg zu gehen.

Eine Zeitlang sagte keine von beiden ein Wort, während Sarah sich durch den Morgenverkehr schlängelte. Doch als sie sich der Stadt näherten und der Verkehr dichter wurde, baute sich Spannung auf.

»Du wolltest dem Kerl den Schädel wegpusten«, sagte Joss und wandte sich ihrer Partnerin zu.

»Ich habe mit dem Gedanken gespielt, ja.«

»Das wäre nicht leicht zu erklären gewesen, zumal der Bursche die Hände auf dem Rücken gefesselt hatte.«

»Hm.« Sie kamen an eine weitere rote Ampel, und Sarah seufzte ungeduldig. Es war noch immer Frühling, aber sie mussten offensichtlich mit einem sehr heißen Sommer rechnen. Der Tag war jetzt schon warm; dabei war es noch nicht einmal acht Uhr. Sarah steuerte mit der rechten Hand und ließ mit der Linken das Fenster herunter, stützte den Ellbogen auf die Tür und legte den Kopf in die Hand.

Joss blieb beharrlich. »Du kannst nicht einfach so eine Scheiße abziehen, Sarah.«

»Ich weiß.«

»Was hast du dir dabei gedacht?«

»Willst du das wirklich wissen?« Sarah schaute zu ihrer Partnerin und rieb sich die Stirn. »Ich bin nicht sicher, was das Problem ist. Nach dem Harkness-Fall bin ich zu unseren Seelenklempnern gegangen, und die haben mir alle das Gleiche erzählt von wegen Trauer zulassen und Trauma überwinden. Im ersten Moment habe ich geglaubt, ich hätte sie verstanden. Aber es ist nur die Theorie, in der Praxis klappt das nicht. All die Dinge, die ich fühlen *sollte*, die jeder normale Mensch fühlen *würde* … Ich fühle sie einfach nicht.

Versteh mich nicht falsch! Es vergeht kein Tag, an dem ich Drew nicht vermisse. Aber dass es mir leidtun sollte, David Harkness' Männer getötet zu haben, dieses Gefühl hat sich nie eingestellt. Ich habe zugeschaut, wie sie Drew erst gefoltert und dann ermordet haben. Als sich die Chance bot, die Kerle umzubringen, hatte ich nicht den Luxus, groß darüber nachzudenken. Und hinterher habe ich deswegen nicht die geringste Reue empfunden. Sie hätten mich genauso umgebracht. Letztlich habe ich mich nur verteidigt.

Und was den Kerl da hinten am College betrifft … Hätte

der auch nur den Hauch einer Chance gehabt, er hätte uns beiden die Kehle durchgeschnitten. Dann hätte er noch ein, zwei Dutzend junge Frauen vergewaltigt, bis man ihn geschnappt hätte, falls überhaupt. Das ist mir durch den Kopf gegangen, als ich dir zu Hilfe geeilt bin. Die ganze Zeit – von dem Moment an, als er dich auf den Boden geworfen hat – hatte ich seinen Kopf im Visier. Hätte er auch nur einen Schritt auf dich zu gemacht, als du deine Waffe gezogen hast, oder hätte er versucht, zu seiner eigenen Waffe zu greifen, ich hätte ihm sofort eine Kugel ins Hirn gejagt.

Wenn du mich also fragst, was ich mir dabei gedacht habe, als ich ihm die Knarre an den Kopf hielt, lautet meine Antwort: nicht mehr, als würde ich eine Fliege an der Wand zerquetschen. Ich wollte den Kerl erledigen, sodass man ihn gar nicht erst einlocht oder in eine Klapsmühle steckt. Ich wollte ihn ausknipsen. So einfach ist das.«

Joss nickte, wusste aber nicht, was sie darauf erwidern sollte. Ihr fehlten die Worte.

Die Autos vor ihnen setzten sich in Bewegung, und sie fuhren weiter. Ehe sie ausstiegen und mit dem Aufzug in ihr Büro fuhren, sagte Sarah etwas, was Joss für den Rest des Tages nicht mehr aus dem Kopf bekam: »Ich bin nicht wütend, Joss. Das ist ja das Beunruhigende. Ich habe auch nicht die Kontrolle verloren. Ich *empfinde* nichts mehr. Ich habe Angst, dass ich mich auf eine Art und Weise verändert habe, die ich nicht verstehe, und dass ich nie wieder die Alte sein werde.«

5

Washington, D.C.

Der FBI-Direktor mochte Dean Shaughnessy nicht, konnte der Logik dieses Mannes aber nicht widersprechen.

Er saß in seinem Büro, erwog ernsthaft, nach Hause zu gehen, und grübelte über die Situation. Das LAPD hatte Mist gebaut, und nun warteten die Jungs in Kalifornien darauf, dass das FBI alles wieder geraderückte. Für die PR bot sich damit eine goldene Gelegenheit. Der Ruf des FBI hatte ein wenig gelitten, nachdem man mehreren Agenten in San Diego Verbindungen zu Gangs nachgewiesen hatte. Dies war die große Chance, das Ansehen des FBI wieder aufzubessern.

So hatte Dean Shaughnessy zumindest schamlos argumentiert. Der Direktor schüttelte den Kopf. Dieser kleine Bastard aus Boston hatte wirklich Mumm. Aber er hatte auch Verstand. Der Direktor wusste, dass Shaughnessy recht hatte: Eine solche Aktion ließ sich leicht verkaufen. Shaughnessy verlangte nur, dass der FBI-Mann die Leitung der Ermittlungen übernehmen sollte … genauer gesagt, die FBI-*Frau*.

Sarah Reilly. Der Name kam dem Direktor seltsam vertraut vor. Er drehte sich zu seinem Computer um und griff auf die Personaldatei zu.

Er kannte die Agentin tatsächlich. Erst vor zwei Monaten hatte er ihr persönlich einen Orden verliehen. Als er die Akte durchging, erinnerte er sich wieder daran. Fast im Alleingang hatte sie eine paramilitärische Miliz infiltriert und ausgeschaltet, einschließlich Bill Gunthers, einen der berüchtigsten Serienmörder Amerikas.

Obwohl Shaughnessy zweifellos richtig erkannt hatte, dass dies eine perfekte Gelegenheit für das FBI war, bestand dennoch die Gefahr, dass sich alles in einen Albtraum verwandelte. Die Kanes waren nicht einfach nur hochbezahlte Schauspieler, sie waren auch lautstarke Unterstützer des gegenwärtigen Präsidenten. Sie hatten beachtliche Summen für dessen Wahlkampf gespendet und waren in den Wochen vor der Wahl bei verschiedenen Veranstaltungen persönlich aufgetreten und hatten die Werbetrommel für ihn gerührt. Möglicherweise könnte der Fall über die goldenen Mauern von Hollywood hinwegschwappen und Persönlichkeiten in Washington treffen.

Wenn das nicht richtig gehandhabt wird, rollen Köpfe.

Zehn Minuten und mehrere Anrufe später hatte sich der Verdacht des Direktors bestätigt: Keiner der Top-5-Kidnappingexperten des FBI wollte diesen Fall übernehmen. Tatsächlich hatte jeder von ihnen sogar ausdrücklich darum gebeten, ihn *nicht* zugeteilt zu bekommen. Wenigstens hatten sie nicht irgendwelche fadenscheinigen Entschuldigungen vorgeschoben. Alle fünf hatten sie eine solide Karriere vor sich, und deshalb wollten sie keine größeren Risiken eingehen. Öffentliche Risiken, hieß das.

Der Direktor schaute sich erneut die Personalakte auf seinem Bildschirm an. Reillys Akte war makellos. Niemand würde ihre Berufung hinterfragen. Und sollte doch alles den Bach hinuntergehen, konnte man das immer noch auf das Trauma zurückführen, das Reilly erst vor kurzem erlitten hatte. Damit wäre die Sache dann gegessen.

Zum letzten Mal an diesem Abend nahm der Direktor den Hörer von der Gabel, um Langford im Bostoner Büro anzurufen.

6

Boston

Special Agent Cameron Langford starrte über seinen Schreibtisch hinweg auf Joss Conway und runzelte die Stirn. »Das sind schwerwiegende Vorwürfe, Agentin Conway. Sie hat in letzter Zeit viel durchgemacht. Sind Sie sicher?«

Joss schüttelte den Kopf. »Ich war dort, Sir, nur zwei Meter entfernt.«

Langford spielte an einem Kugelschreiber herum, was seine Irritation erkennen ließ. »Und? Was schlagen Sie vor?«

»Ich werde es nicht tun«, erwiderte Joss.

»Wie meinen?«

»Ich werde keinen Bericht schreiben. Ich werde nichts davon zu Papier bringen.«

»Sarah Reilly hat einem Verdächtigen die Waffe an den Kopf gehalten, und Sie wollen es nicht melden?«

»So ist es.«

»Okay.« Langford seufzte. »Warum sind Sie dann hier?«

»Weil Sarah unsere Hilfe braucht.«

»Da bin ich ganz Ihrer Meinung. Aber was können wir tun, was wir nicht schon getan haben?«

»Sie muss für einige Zeit weg von hier«, sagte Joss und beugte sich leicht auf dem Stuhl vor. »Sie muss eine Zeitlang weg von den Erinnerungen an Drew, den Mann, den sie geliebt hat. Sie muss weg von den Erinnerungen an Frank Gideon, der ein Freund der Familie und eine Art Mentor für sie gewesen ist.«

»Und was soll ich tun?«

»Versetzen Sie Sarah und mich. Es müssen unbedingt wir beide zusammen sein, damit Sarah nicht glaubt, es würde aus psychologischen Gründen geschehen. Schicken Sie uns zur Akademie, um dort die Frischlinge zu trainieren. Meine Fähigkeiten sind mindestens so gut wie die der Ausbilder in Quantico, und was Sarah angeht, hat in den letzten Jahren niemand einen besseren Abschluss gemacht als sie.«

»Ich kann Sie nicht einfach an die Akademie versetzen«, erklärte Langford, stand auf und durchquerte das Zimmer, um aus dem Fenster zu schauen. »Es hat nichts mit Ihrer Qualifikation zu tun. Es hat politische Gründe.«

»Okay, dann versetzen Sie uns anderswohin. Meinetwegen nur für kurze Zeit. Irgendwohin, wo die Wahrscheinlichkeit nicht allzu groß ist, dass wir einem bewaffneten Irren über den Weg laufen. Nach Ohio vielleicht. Oder Iowa.«

Langford lachte. »Das halte ich für keine gute Idee. Ich fürchte, da gibt es auch solche Typen.«

Er verfiel in nachdenkliches Schweigen. Schließlich nahm er den Blick von der Straße, kehrte langsam an seinen Schreibtisch zurück und drückte einen Knopf auf der Telefonanlage. »Sarah Reilly bitte, Kate. Sofort, wenn sie noch da ist.« Er lächelte Joss beruhigend zu. »Machen Sie sich keine Sorgen. Was wir hier besprochen haben, bleibt unter uns. Und ob Sie's glauben oder nicht, ich werde Ihrem Vorschlag entsprechen – zumindest, wenn Sie und Sarah einen bestimmten Auftrag übernehmen.«

»Und der wäre?«

»Ich würde gerne warten, bis Sarah hier ist. Dann kann ich es Ihnen beiden erklären.«

Ein paar Sekunden später betrat Sarah den Raum, nachdem sie flüchtig angeklopft hatte. Sie zwinkerte ihrer Partnerin zu und setzte sich neben sie. »Was gibt's?«

»Ich habe gestern Nacht einen Anruf bekommen«, erklärte Langford. »Vom Direktor.«

»Hat er dir zu deinem neuen Job gratuliert?«, fragte Sarah. »Das wurde aber auch Zeit.«

»Nicht ganz. Er hat wegen dir angerufen, Sarah.« Langford zog das Schweigen in die Länge. Als er sicher war, Sarahs ungeteilte Aufmerksamkeit zu haben, fuhr er fort: »Wie viel weißt du über den Mord an Milo Kane?«

»Ein Kindsmord in Los Angeles«, antwortete Sarah. »Ist vor gut einem Monat passiert. Das Opfer war das jüngere von zwei Kindern. Ersten Berichten zufolge war er entführt worden. Dann aber hat man seine Leiche im Keller des Hauses der Familie gefunden. Er ist erstickt, nachdem man ihm eine Plastiktüte über den Kopf gestülpt und am Hals mit Klebeband zugeschnürt hat. Die Presse hat von Anfang an den Eltern die Schuld gegeben, und die Bezirksstaatsanwaltschaft von L. A. ist auf den Zug aufgesprungen. Die Vorverhandlung ist allerdings ziemlich übel für sie gelaufen. Es sieht so aus, als würden das LAPD, das Büro des Bezirksstaatsanwalts und jetzt auch die Außenstelle des FBI in einem gerichtlichen Sumpf feststecken. Offenbar hat Onkel Dean es noch immer drauf.«

Langford blickte sie verwirrt an.

»Der Anwalt der Kanes, Dean Shaughnessy«, erklärte Sarah. »Er ist nicht mein richtiger Onkel, sondern ein Freund der Familie. Er ist ab und zu vorbeigekommen, um ein bisschen mit meinem Vater zu reden. Einmal hat er Dad sogar in den Zeugenstand gerufen …«

»Und der hat den Boden mit Shaughnessy aufgewischt«, unterbrach Langford sie und nickte. »Ich hatte in Quantico einen Kurs bei deinem Dad. Was er uns über die Vorbereitung von Aussagen vor Gericht und Beweispräsentation zu sagen hatte, war unbezahlbar.«

»Was hat denn der Kane-Mord mit uns zu tun?«, fragte Joss.

»Und ich frage mich«, sagte Sarah und schaute Langford dabei in die Augen, »warum der Direktor dich deswegen mitten in der Nacht angerufen hat.«

»Er will dich auf den Fall ansetzen«, antwortete Langford. »Und zwar nicht nur als einfache Ermittlerin, sondern als Leiterin des Einsatzteams, das derzeit mit dem LAPD zusammenarbeitet.«

»Oh Scheiße, nein«, warf Joss ein. »Dieser Fall ist Gift für die Karriere. Das FBI ist doch nur dazugerufen worden, weil irgendein aalglatter Anwalt weiß, dass wir uns mit dem LAPD werden anlegen müssen, damit überhaupt etwas passiert. Da braucht man doch nur zu warten, bis es knallt.«

»Das ist nicht gesagt«, erwiderte Langford. Er schaute noch immer zu Sarah, die bis jetzt keine Reaktion gezeigt hatte. »Sicher, der Fall ist politisch sensibel, aber das Büro des Bezirksstaatsanwalts hat keine Einwände gegen das Hinzuziehen des FBI vorgebracht. Wir haben die Schlacht also schon halb gewonnen, bevor sie überhaupt angefangen hat. Was nun die Zusammenarbeit mit dem LAPD betrifft, müsst ihr euch nur ein paar Freunde an den richtigen Stellen machen und alles über diese Leute laufen lassen. Was immer dann von der Polizei kommt, können sie abwehren. Wenn ihr so geschützt seid, könnt ihr nicht verlieren.«

»So einfach ist das also, ja?« Joss verdrehte die Augen. »Mir kommt das eher wie eine Schnappfalle vor. Das sieht jetzt schon übel aus.«

»Zeigen Sie mir einen Kindsmord, der nicht übel ist«, erwiderte Langford.

»Ich mach's.«

Joss und Langford blickten zu Sarah.

»Ich mach's«, wiederholte sie. »Ich will den Fall. Aber wenn ich ihn nehme, will ich mein eigenes Einsatzteam. Meine eigenen Leute. Ich will mich nicht mit irgendwelchen Luschen herumschlagen müssen, die gerade erst aus Quantico gekommen sind. Ich will ein kleines, diskretes Team von erfahrenen Leuten, mit denen ich bereits zusammengearbeitet habe. Ich will Leute, denen ich vertrauen kann, dass sie nichts an die Presse durchsickern lassen.«

Langford lächelte. Sarahs letztes Argument war ziemlich clever, vor allem der Hinweis auf das Durchsickern von Informationen. Offenbar hatte Sarah ihrem Vater eines voraus: Harry Reilly gab sich nicht mit Politik ab. Bei seiner Tochter hingegen hatte es den Anschein, als wüsste sie dieses Spiel durchaus zu spielen.

»Wen willst du?«, fragte Langford, obwohl er genau wusste, dass die Antwort ihn Personal kosten würde, das zu verlieren er sich nicht leisten konnte.

»Erst einmal brauche ich Joss, um mir den Rücken freizuhalten«, begann Sarah. »Dann brauche ich noch Jack Mortimer für die Kommunikation und die Computerforensik sowie Alan Thrace für die Spurensicherung.«

»Thrace?« Langford schaute sie überrascht an. Alan Thrace war neu in Boston. Erst vor kurzem war er von Albuquerque hierher versetzt worden. Er war arrogant und frauenfeindlich; er und Sarah waren seit seiner Ankunft kein einziges Mal einer Meinung gewesen. »Ich dachte, ihr beide kommt nicht miteinander aus.«

»Tun wir auch nicht«, antwortete Sarah. »Aber ich habe ihn arbeiten sehen. Er ist ein Ass.«

»Und wer noch?«

»Das wären alle. Sollte ich sonst noch etwas benötigen, werde ich auf die Ressourcen des Büros vor Ort zurückgreifen. Oder ist das ein Problem?«

Langford schüttelte den Kopf. »Die Anweisung kommt vom Direktor höchstpersönlich. Dein Team hat Vorrang. Wenn du etwas brauchst, bekommst du es.«

Sarah nickte zufrieden. »Ist das alles, worüber du mit mir reden wolltest?«

»Ich werde dem DA in Los Angeles Bescheid geben, dass du kommst …«

»Lass mich Jack und Alan zusammenrufen. Wenn es nicht mit einem anderen Fall kollidiert, fliegen wir noch heute Abend rüber.« Joss folgte Sarah, als diese ihren Stuhl zurückschob und aufstand. Sie schaute zu ihrem Chef. »Ich werde dich auf dem Laufenden halten.«

Sarah und Joss verließen Langfords Büro.

»Kannst du mir einen Gefallen tun, Joss?«, fragte Sarah, als sie ihr Großraumbüro betraten. »Schnapp dir Jack und Alan und scheuch sie in Raum sieben! Ich muss erst mal aufs Klo. In fünf Minuten bin ich da.«

Joss nickte und machte sich auf den Weg zur Kriminaltechnik. Sarah blickte ihr nicht hinterher. Sie war bereits auf dem Weg zur Damentoilette. Kaum hatte sie die Tür hinter sich geschlossen, schob sie den Riegel vor und lehnte sich mit dem Rücken gegen die kalten Fliesen. Erst jetzt begann sie, tief und schnell zu atmen. Ihre Finger zitterten, als sie ihre Jacke aufknöpfte. Sie hatte widerstanden, solange sie konnte; jetzt brachen die Dämme.

Die Panikattacke verebbte nach und nach, und schließlich hatten Sarahs Puls und Atmung sich wieder normalisiert. Sie ging zum Waschbecken und ließ sich Wasser über die Hände laufen. Dann tupfte sie sich vorsichtig die Wangen ab und befeuchtete leicht den Nacken. Zusammen mit der kühlen Luft aus der Klimaanlage fühlte sich das Wasser eiskalt, aber angenehm an. Sarah schaute in den Spiegel und sah, dass ihre Wangen rot waren. Auch das würde in gut einer Minute wieder verschwunden sein. Mit einer wütenden Bewegung drehte sie den Hahn ab und starrte auf ihr Spiegelbild.

Sie hatte geglaubt, das Problem mit den Panikattacken endlich überwunden zu haben. Doch wie die Seelenklempner des FBI vorausgesagt hatten, waren die Anfälle zurückgekehrt und würden ihr wohl für den Rest ihres Lebens zu schaffen machen.

Sarah war froh, dass sie wenigstens nicht mehr unter Flashbacks litt. Bevor sie David Harkness und Bill Gunther begegnet war, hatte sie posttraumatischen Stress immer als Psychogelaber abgetan. Doch wie sie inzwischen nur allzu gut wusste, war das plötzliche und erschreckende Auftauchen der Erinnerungen an Angst und Gewalt überaus real. Untermalt von beruhigenden Geräuschen und verständnisvollem Lächeln hatten die Psychologen Sarah erklärt, die Panikattacken und Flashbacks seien eine ganz normale Reaktion auf extreme Erfahrungen.

Allerdings hatte Sarah den Seelenklempnern *nicht* erzählt, dass sie jeden Morgen emotional taub aufwachte und nicht einmal mehr das geringste Mitgefühl gegenüber Gewalttätern besaß. Hätten die Psychologen das gewusst – sie hätten Sarah nicht so schnell wieder diensttauglich geschrieben.

Nun, wenigstens höre ich keine Stimmen … noch nicht.

Sarah konnte scherzen, so viel sie wollte – tief im Innern wusste sie, dass sie Probleme unterdrückte, mit denen sie sich irgendwann würde auseinandersetzen müssen. Wie schon ihr Vater verstand auch Sarah es sehr gut, Schmerz zu verdrängen, damit sie weiter funktionieren und sich auf ihre Arbeit konzentrieren konnte. Das Problem war nur, dass man so etwas nicht ewig durchstand. Harry hatte es bewiesen, als der Tod von Sarahs Mutter ihn in den Alkohol getrieben hatte.

Sarah atmete mehrmals tief durch, richtete ihr Haar, so gut es ging, und zwang sich zu einem Lächeln. Als sie ihre Jacke zuknöpfte, war sie schon wieder zuversichtlicher. Es mochte eine Weile dauern, aber sie würde alles wieder in den Griff bekommen. Sie hatte sich in ihrem Leben schon größeren Herausforderungen gestellt.

Sarah drehte sich um und kehrte ins Büro zurück.

Das Haus war verlassen, denn Harry leitete ein Seminar an der FBI-Akademie. Sarah blieb nicht lange. Sie war nur nach Hause gekommen, um sich einen Koffer zu holen und ein paar Sachen einzupacken. In ein paar Stunden sollte sie sich mit den anderen am Flughafen treffen und nach Westen fliegen, immer vor der aufgehenden Sonne her. Sarah war nicht gerade ein Fan von Flugzeugen, und so rechnete sie auch nicht damit, während des Fluges viel schlafen zu können.

Sie ging mit dem gepackten Koffer in die Küche und stellte ein Tiefkühlgericht in die Mikrowelle. Dann schenkte sie sich ein Glas Wein ein und ging zum Wohnzimmer durch, während das leise Summen der Mikrowelle als einziges Geräusch die nächtliche Stille störte. Im Wohnzimmer blieb Sarah stehen und schaute sich die Fotos an der Wand an. Sie gewährten Einblicke in eine andere Zeit, als das Leben noch einfach erschienen war. Sarahs Blick fiel auf ein ganz besonderes Foto. Es war vor Jahren an einem Sommertag aufgenommen worden; damals war Sarah noch in der Grundschule gewesen. Es zeigte sie alle drei, Harry, Louise und Sarah, wie sie inmitten einer Menge standen, die sich auf dem Sportplatz versammelt hatte. Sarah konnte sich erinnern, dass sie an jenem Tag sämtliche Laufwettbewerbe gewonnen hatte. Und sie erinnerte sich auch noch, was ihr Vater in der Nacht zuvor zu ihr gesagt hatte, als ihre Nerven blank gelegen hatten: »Halt einfach durch.« Dabei hatte er ihr in die Augen geschaut und mit ihr geredet wie mit einer Erwachsenen. »Wenn alle anderen aufgeben, wenn sie das Rennen innerlich schon verloren haben, dann sag dir, dass du gewonnen hast – dass du einfach nur länger durchhalten musst als die anderen.« Harry zufolge war

Siegen bloß eine Frage des Nichtaufgebens. Er hatte ein Talent dafür, die Dinge einfach zu formulieren.

Sarah beugte sich näher an das Foto heran. Ihre Eltern sahen so jung aus – besonders Harry. Sein dunkles Haar war inzwischen silbern, doch noch immer so dicht wie das eines Schuljungen. Er lächelte Sarah mit einer Selbstsicherheit an, um die sie ihn nur beneiden konnte. Erschrocken wurde ihr klar, dass er auf dem Bild vermutlich nur fünf, sechs Jahre älter war als sie jetzt. Zu der Zeit hatte er bereits schreckliches Grauen erlebt, sowohl auf den Schlachtfeldern in Vietnam als auch in den Straßen von Boston. Doch in seinem Gesicht war keine Spur davon zu sehen. Er hatte eine Familie und einen großartigen Job; das Leben war gut zu ihm.

Sarah konzentrierte sich erneut auf das Foto und sah ihr Spiegelbild im Glas. Und in diesem Augenblick tat sie das, was auch ihr Vater getan hätte: Sie wandte den Blick ab, hörte zu grübeln auf und ging in die Küche, um ihr Abendessen aus der Mikrowelle zu holen.

Sie aß im Dunkeln am Esstisch der Familie. Ihre Dienstpistole lag im Holster neben dem Teller auf dem Tisch.

7

Los Angeles
Vier Wochen zuvor

Der Internationale Flughafen von Los Angeles war der letzte Ort, an dem Paul Forrester um sechs Uhr morgens sein wollte. Seit einer halben Stunde schon schimpfte Detective Meade über die Einmischung des FBI, und bereits drei Mal hatte Paul sich auf die Toilette geflüchtet, um der Tirade zu entkommen. Nun musste er wirklich, hatte jedoch Angst, die Bostoner Agenten zu verpassen, wenn sie durch das Gate kamen. Er wusste, wie Meade über das FBI dachte und darüber, dass sie sich in »seine« Untersuchung einmischten; deshalb würde Paul nicht zulassen, dass Meade ihr erster Kontakt wurde.

Meade trug einen zerknitterten Anzug, vermutlich denselben, den er schon am Tag zuvor getragen hatte, und er hatte sich nicht die Mühe gemacht, eine Krawatte umzubinden. Paul schaute noch einmal auf die Ankunftstafel. Seit fünf Minuten hatten sich die Anzeigen nicht verändert: Der Flug der Southwest Airlines war gelandet, und die Passagiere gingen von Bord.

Paul wusste, er würde als Puffer zwischen Meade und dem FBI agieren müssen. Dabei hatte er schon genug um die Ohren, zumal der DA öffentlich die Finger von dem Fall ließ. Doch Paul wusste, dass der wahre Architekt seines Elends W. Dean Shaughnessy war, der Strafverteidiger der Kanes. Paul bezeichnete ihn gern als kleinen, selbstgefälligen, silber haarigen Kobold des Verderbens. Er hatte sogar ein Bild von Shaughnessy an einer Dartscheibe befestigt, die an seiner Bürotür hing. Wann immer er bis in die Nacht hinein an dem Fall arbeiten musste, warf er ein paar Pfeile auf Shaughnessys grinsendes Gesicht.

Paul dachte gerade an diese befriedigende Methode, sich abzureagieren, als Special Agent Sarah Reilly die Rampe zum Gate herunterkam, flankiert von drei Anzugträgern – zwei Männern und einer Frau. Sarah schien zu wissen, wer Paul war, denn sie kam geradewegs auf ihn zu. Mit der linken Hand zog sie einen Rollkoffer hinter sich her, die rechte streckte sie Paul entgegen, und auf ihrem durchaus anziehenden Gesicht lag ein freundliches Lächeln.

Paul schüttelte ihr die Hand. »Paul Forrester, stellvertretender Bezirksstaatsanwalt.« Sofort hasste er sich dafür, den Titel benutzt zu haben.

»Sarah Reilly«, erwiderte sie, und ihr Lächeln wurde noch breiter. Sie ließ Pauls Hand los und deutete auf ihre Begleiter. »Das sind meine Partnerin, Joss Conway, unser Computerexperte, Jack Mortimer, und unser Spurensicherer, Alan Thrace.«

Paul schüttelte ihnen nacheinander die Hand; erst dann erinnerte er sich daran, dass auch er jemanden vorstellen musste. Er drehte sich zu dem Detective um. »Das ist …«

»Detective Meade, Raubmorddezernat des LAPD.« Meade trat einen Schritt vor, bot aber niemandem die Hand an. »Ich leite die Ermittlungen.«

Paul zuckte unwillkürlich zusammen, doch Sarah Reilly wechselte nahtlos von warmer Freundlichkeit zu professioneller Kühle. Sie nickte Meade zu, um seine Anwesenheit anzuerkennen, nicht aber seine Autorität. Dann drehte sie sich wieder zu Paul um, und das Lächeln kehrte auf ihr Gesicht zurück.

»Ich hoffe, Sie haben einen Van mitgebracht«, sagte sie. »Nach dem langen Flug sehnen wir uns danach, endlich wieder die Beine ausstrecken zu können.«

»Wir wär's mit einem Chevy Suburban?«

»Ich bin zwar mehr ein Ford-Mädchen, aber das geht schon.«

Sarah schaute auf das tiefblaue Wasser des Pazifik, auf dem sich rosa und golden das Licht der aufgehenden Sonne spiegelte. Doch allzu schnell verschwand das Meer außer Sicht, denn der Blick wurde von einer Reihe Strandhäuser versperrt. Sarah wandte sich vom Fenster ab und schaute zur Fahrerseite. Dabei sah sie Paul Forrester im Profil und bemerkte zum ersten Mal, wie gut aussehend er war. Am Flughafen war sie gewissermaßen auf Autopilot gelaufen und hatte sich nur auf die Diplomatie konzentriert. Nun aber war sie deutlich entspannter und somit anderen Beobachtungen gegenüber offen.

»Sagen Sie mal, Paul, gibt es hier irgendwelche halbwegs ordentlichen Diner, die um diese Morgenstunde geöffnet haben?«

Paul lächelte. Es gefiel ihm, dass sie ihn beim Vornamen nannte. Und ihr Akzent glich nicht im Mindesten dem der kalifornischen Frauen, mit denen er es Tag für Tag zu tun hatte. Sarah klang gebildet, doch hinter ihrer akzentuierten Sprechweise verbarg sich Bostoner Zähigkeit.

»Darauf können Sie wetten«, antwortete Paul auf Sarahs Frage. »Ich kenne da einen Laden im Osten der Stadt. Die machen das beste Frühstück in L. A.« Er schaute im Spiegel nach Jack. »Was ist mit Ihnen, Kumpel? Knurrt Ihnen auch schon der Magen?«

Jack lächelte breit. »Der knurrt schon, seit wir Pennsylvania überflogen haben.«

»Ich glaube, er entstammt der Familie der Nagetiere«, bemerkte Joss und lehnte sich nach vorne. »Er hat den Stoffwechsel einer Ratte.«

Paul lachte, schaltete hoch und beschleunigte auf dem Freeway. Um diese Uhrzeit, noch vor der Rushhour, kam man gut voran. Paul hatte die FBI-Agenten bereits ins Kyoto-Grand-Hotel gefahren, um einzuchecken, und Alan Thrace hatte beschlossen, dort zu bleiben. Paul hatte sich darüber gewundert, genauso wie über die Zurückhaltung des Agenten auf der Fahrt vom Flugplatz. Inzwischen wusste er, dass es zumindest einen Spannungspunkt im FBI-Team gab.

Sarah streifte die Schuhe von den Füßen und ließ die kühle Morgenbrise durch ihr Haar wehen. Sie lehnte sich gegen die Wagentür, blickte auf die vorüberhuschenden Palmen und hinauf zum tiefblauen Himmel, der höher und weiter wirkte als im Osten. Sie nahm Los Angeles in sich auf. Zwar konnte sie Anaheim nicht von San Bernardino unterscheiden, doch das Gefühl der Stadt war irgendwie vertraut. Es lag nicht nur daran, dass auch hier an jeder Ecke zwielichtige Gestalten herumlungerten, die üblichen üblichen Neonleuchten die Straßen säumten und sich Meeresluft mit den Gerüchen der Stadt vermischte, was einen angenehmen, berauschenden Duft ergab. Sarah konnte nicht den Finger darauflegen, was es war, aber mit der Zeit würde sie es schon herausfinden.

Das »Clementine« lag in einem Außenbezirk von East Los Angeles, nur einen Katzensprung vom Santa Monica Boulevard entfernt. Das Café/Diner bot eine Zuflucht vor dem lauten Treiben der Stadt, das um sieben Uhr morgens gerade erst begann.

Während Sarah und Joss ein Müsli mit fettarmem Joghurt genossen, hatten Jack und Paul keinerlei Bedenken, was die Aufnahme einer großen Kalorienmenge betraf. Jack hatte sich für ein europäisches Frühstück entschieden, dazu ein Buttermilchbiskuit, womit er bewies, dass er seinen drahtigen Körper der Natur verdankte. Paul aß Eier Benedikt, obwohl sie auf der Karte als Samstagspezialität aufgeführt waren, doch er stand mit dem Koch auf gutem Fuß.

Wie schon im Auto sprachen sie nicht über den Mord an Milo Kane. Beide Seiten betrachteten es als unethisch, die Einzelheiten zu diskutieren, bevor die FBI-Leute sich die Beweise angeschaut hatten. Es durfte nicht der Verdacht aufkommen, dass die Bezirksstaatsanwaltschaft sich mit dem FBI abgesprochen hatte, dessen Untersuchungen unparteiisch sein mussten.

Doch es mangelte nicht an Gesprächsthemen; schließlich waren sie in L. A. Jack erkundigte sich hauptsächlich nach Orten, an denen er ein persönliches Interesse hatte, wie dem Observatorium, während Joss Paul mit Fragen über Will Smith bombardierte.

»Du Stalker«, bemerkte Sarah trocken und nippte an ihrem Orangensaft.

»Was soll ich machen? Der Typ ist heiß.« Joss lehnte sich zurück und verschränkte die Arme vor der Brust. »Und willst du mir etwa sagen, es gibt Filmstars, die du nicht gerne kennenlernen würdest?«

»Klar doch«, sagte Jack. »Lindsay Lohan.«

»Ich habe mit Sarah geredet, du Hornochse.« Joss seufzte und verkniff sich ein Lächeln. »Komm, Mädchen, sag schon: Wer macht dich an?«

»Hm, ich weiß nicht ... Jack Nicholson«, antwortete Sarah widerwillig.

»Gute Wahl«, sagte Paul. »Ein interessanter Typ.«

»Kennst du ihn?« Joss gelang es, angewidert und eifersüchtig zugleich auszusehen. Inzwischen hatten sie beschlossen, einander zu duzen.

Paul wollte gerade antworten, als sein Blick vom Tisch zu einem Wagen schweifte, der an den Bürgersteig fuhr. Ein Mann stieg aus. Er trug einen weiten grauen Anzug und ein gebügeltes blaues Oxfordhemd mit Krawatte. Ein breites Grinsen erschien auf Pauls Gesicht. Als die anderen sich ebenfalls nach dem Mann umdrehten, holte er einen Stuhl heran.

»Erwartest du Gesellschaft?«, fragte Joss. »Wer ist das?«

»Das werdet *ihr* mir gleich sagen.« Paul zwinkerte den anderen zu. »Wartet, bis er die Sonnenbrille abnimmt.«

»Hui!« Joss' Blicke klebten förmlich an dem Mann, als der an ihrem Tisch stehen blieb und die Fliegerbrille abnahm. Die klaren blauen Augen, das markante Gesicht, das kurze dunkle Haar – Jack und Joss erkannten ihn sofort.

»Hi«, sagte Sarah. »Wer sind Sie?«

»Was denn, Sarah? Du kennst ihn nicht?«, rief Joss, ohne den Blick von dem Fremden zu nehmen. »Das ist der Schauspieler, der in ›Stirb Langsam 4.0‹ den Bösewicht gespielt hat. Ich liebe diesen Film.« Sie blickte den Fremden an. »Aber verstehen Sie mich nicht falsch. In ›Deadwood‹ waren Sie auch großartig.«

Der Fremde kniff die Augen zusammen und schaute zu Paul. »Das genießt du, stimmt's?«

»Immer«, erwiderte Paul süffisant.

»Tut mir leid, aber ich habe Ihren Namen vergessen«, sagte Jack zu dem Neuankömmling.

»Das ist Timothy Olyphant, du Depp.« Joss stand auf und streckte die Hand aus. »Freut mich, Ihre Bekanntschaft zu machen. Ich habe alle Ihre Filme gesehen.«

Der Fremde lächelte schief und schüttelte Joss die Hand.

»Nein, er ist kein Schauspieler«, sagte Sarah, die noch immer auf den Neuankömmling schaute, aber nicht aufstand.

»Was redest du da?«, fragte Joss und blickte über die Schulter. »Wie kommst du darauf?«

»Fahren die Schauspieler hierzulande Wagen mit Antennen nach Regierungsstandard? Halten sie unbewusst nach möglichen Bedrohungen Ausschau, bevor sie aus dem Auto steigen? Tragen sie zwei Dienstwaffen an der Hüfte und dazu noch zwei Ersatzpistolen in Fußholstern?« Sarah schob sich einen weiteren Löffel Müsli in den Mund. »Möglich wär's«, sagte sie kauend. »Wir sind schließlich in L. A.«

Paul lächelte. »Ich habe noch nie erlebt, dass jemand das sofort bemerkt hat«, sagte er. »Du bist die Erste.«

»*Was* gemerkt?«, fragte Joss und schaute zwischen Paul, Sarah und dem Neuankömmling hin und her.

»Darf ich euch das schönste Gesicht des FBI-Büros von L. A. vorstellen?«, sagte Paul. »Special Agent Nicholas Aubrey.« Er musterte den Mann von Kopf bis Fuß. »Moment mal ... Du trägst ja Krawatte, Nick! Das tut du sonst nie. Was ist los?«

»Du bist also nicht der Schauspieler?«, platzte Jack ein wenig enttäuscht heraus.

»Nee, ich sehe nur so aus«, antwortete Aubrey in entschuldigendem Tonfall und setzte sich auf den Stuhl, den Paul an den Tisch gezogen hatte. »Aber Paul verschafft das 'nen Kick. Wie übrigens auch dem FBI, wenn sie jemanden auf eine Party mit Gästen von der A-Liste einschleusen wollen. Das ist verdammt schwer, selbst für eine Bundesbehörde. Oh, und ignoriert bitte meinen kichernden spießigen Freund hier. Ich trage durchaus Krawatten, wenn auch nicht oft.«

Paul stellte Joss und Jack vor, diesmal richtig. Aubrey schüttelte ihnen nacheinander die Hand. Als Sarah an der Reihe war, hielt er kurz inne.

»Sarah Reilly«, sagte er und schaute sie mit einem Blick an, als versuche er, sich an irgendetwas zu erinnern. »Die Sarah Reilly, die ...«

»Genau die«, unterbrach Sarah ihn.

»Warum ist mir das nicht gleich aufgefallen?« Auf Pauls Gesicht zeigte sich ehrliches Erstaunen. »Ich habe in der *Times* über Sie gelesen.«

»Hör auf zu schleimen, Forrester«, sagte Aubrey. »Inzwischen ist sie es vermutlich leid, darüber zu reden.«

»Das ist keine große Sache«, sagte Sarah. »Es ist besser gelaufen, als es hätte laufen können.«

»Wie schlimm haben die Kollegen Ihnen mitgespielt, als der Staub sich gelegt hat?«, wollte Aubrey wissen.

Sarah lachte. »Es war die Hölle. Ich habe mich wie eine Anfängerin gefühlt. Die Jungs in Boston sind nicht gerade tolerant, was Kollegen betrifft, die plötzlich im Rampenlicht stehen.«

»Ich weiß, was Sie meinen.« Aubrey schaute Sarah kurz in die Augen, ehe er auf seine Uhr sah. »Tut mir leid, Leute, aber ich muss eure Chefin für ein paar Stunden entführen.«

»Wo geht's denn hin?«, fragte Paul.

»Nach Downtown. Im Rathaus findet eine Pressekonferenz statt. Der DA wird dort sein. Also solltest du wohl auch kommen, Paul.«

Paul schüttelte den Kopf. »Der DA teilt das Scheinwerferlicht nicht gerne. Nimm Sarah mit! Ich fahre Joss und Jack ins FBI-Büro.«

Aubrey reichte Sarah die Schlüssel. »Das ist ein beschlagnahmter Wagen, Agentin Reilly. Den Explorer, den Sie gewollt haben, konnte ich nicht bekommen. Tut mir leid.« Im Gegensatz zu den anderen Agenten siezte Aubrey Sarah als Leiterin der Untersuchung.

»Oh, mir gefällt er«, erwiderte Sarah und betrachtete den brandneuen schwarzen Ford Roush Mustang, ehe sie Aubrey anlächelte. »Ich glaube, ich werde beantragen, dass er mir als Dienstwagen zur Verfügung gestellt wird.«

»Gewöhnen Sie sich nicht zu sehr an ihn. Er ist eine Leihgabe der Beschlagnahmestelle. Ich habe dem Chief erklärt, Sie bräuchten etwas, mit dem Sie in Beverly Hills nicht auffallen, wobei ein Mustang eher das untere Ende der Skala darstellt.«

Mit einem Knopfdruck schloss Sarah den Wagen auf, und die beiden Agenten stiegen ein.

»Wissen Sie, wo Bel Air liegt?«, fragte Aubrey.

»Ich dachte, wir fahren zur Pressekonferenz.«

»Bis dahin ist noch ein wenig Zeit. Ich dachte, Sie würden sich als Erstes gerne das Haus der Kanes ansehen. Ohne Ihr Gefolge, meine ich.«

Aubrey hatte Sarahs Gedanken gelesen. Das gefiel ihr.

8

Sarah fuhr in Richtung Westen über die Wilshire auf den San Diego Freeway. Zuerst fuhr sie zurückhaltend, um ein Gefühl für den hubraumstarken Motor des Mustangs zu bekommen. Nun jedoch, da der Freeway offen vor ihnen lag, gab sie Gas.

Aubrey beschwerte sich nicht. Tatsächlich grinste er sogar noch ein wenig breiter. »Ihr Team scheint mir aus guten Leuten zu bestehen«, bemerkte er und schaute zu Sarah hinüber.

»Jack und Joss sind Topleute. Mit Joss arbeite ich zwar erst seit ein paar Monaten zusammen, aber Jack Mortimer kenne ich schon lange. Er ist noch jung, hat aber mehr drauf als neunzig Prozent aller Agenten, mit denen ich bisher zusammengearbeitet habe.«

»Sie haben noch einen dritten Mann im Team?«

»Ja. Alan Thrace, unseren Spurensicherer. Er ist im Hotel. Er wird die meiste Zeit mit dem Leichenbeschauer zusammenarbeiten; also werden Sie vermutlich nicht viel von ihm sehen.«

»Wie ist er so?«

»Er ist ein Ass in seinem Job, wenn Sie das meinen.«

Die Antwort war kühl, und Aubrey hakte nicht weiter nach. »Ich habe übrigens ein Jahr vor Ihnen meinen Abschluss in Quantico gemacht.«

Sarah nahm kurz den Blick von der Straße und schaute zu Aubrey hinüber. »Woher wissen Sie das?«

Aubrey zuckte die Schultern.

»Dann haben Sie also schon meine Akte gelesen.« Sarah

schüttelte den Kopf. »Sie wussten genau, wen Sie heute Morgen an diesem Tisch treffen würden.«

»Kein Kommentar«, sagte Aubrey.

»Haben Sie deshalb eine Krawatte angezogen?« Sarah lachte leise. »Wegen mir?«

»*Wirklich* kein Kommentar.«

»Okay, dann erzählen Sie mir von dieser Krawattengeschichte. Die Kleidervorschriften verlangen von männlichen Agenten das Tragen einer Krawatte. Warum haben Sie was dagegen?«

»Wollen Sie das wirklich wissen?«, fragte Aubrey.

Sarah hob die Augenbrauen, sodass es beinahe komisch aussah. Aubrey deutete es als Ja.

»Ich habe im Morddezernat des LAPD gearbeitet«, erzählte er. »Meade war damals mein Partner. Jedenfalls … eines Tages bin ich mit einem Mordverdächtigen in Pasadena aneinandergeraten. Er war ein Riese, und ich konnte nicht schnell genug meine Waffe ziehen. Wir sind uns an die Kehle gegangen, und er hat meine Krawatte wie einen Galgenstrick benutzt, bevor ich ihm eins auf die Nase gegeben habe. Einen Monat lang hatte ich einen blauen Striemen unter dem Kragen, der aussah wie ein Halsband. Seitdem habe ich nie wieder eine Krawatte getragen.« Er schaute zu Sarah. »Ich glaube, das ist Ihr erstes Mal in L. A.«

»Haben Sie das auch aus meiner Akte?«

»Nein, da gab es keinen Abschnitt mit der Überschrift ›Urlaube‹.«

»Sie haben recht. Ich bin noch Jungfrau, was L. A. betrifft. Ich hätte nie gedacht, dass ich mal hier arbeiten würde.«

»Warum?«

»Boston ist eine ganz andere Stadt. Sie hat sich langsam entwickelt, über Jahrhunderte hinweg. Generationen errichteten ihre Gebäude über denen der Generationen vor ihnen. Das kann ein bisschen einschüchternd auf jemanden wirken, der nicht dort aufgewachsen ist. L. A. hingegen ist auf dem Reißbrett geplant, eine typische neue Stadt.«

Aubrey schüttelte den Kopf. »Sie wissen doch, dass die Stadt 1781 gegründet wurde, oder?«

Sarah winkte ab. »Neulinge, Aubrey.«

»Woher wissen Sie eigentlich, dass ich es vorziehe, mit Aubrey angeredet zu werden?«

»Genau so, wie ich weiß, dass Paul seinen Vornamen vorzieht. Wenn Sie einander aufziehen, benutzen Sie jeweils den Namen, den der andere *nicht* mag. Er nennt Sie Nick, und Sie nennen ihn Forrester. Außerdem gibt es noch subtilere, körperliche Hinweise. Männer sind leicht zu durchschauen.«

»Wollen Sie ein Profil von mir erstellen, Agentin Reilly?«

Der Hauch eines Lächelns umspielte Sarahs Lippen. »Sie sind nicht der Einzige, der eine Personalakte lesen kann, Aubrey.«

»Sie sollten übrigens wieder von Warp auf Impulsgeschwindigkeit umschalten, wenn Sie die Ausfahrt West Sunset nehmen wollen«, schlug Aubrey vor und deutete nach rechts.

»Ich weiß«, sagte Sarah und klopfte liebevoll auf das Navi. Als die ersten Villen in Sichtweite kamen, stieß sie einen leisen bewundernden Pfiff aus.

»Ja, ziemlich nette Wohngegend hier«, sagte Aubrey. »Allerdings nicht ganz meine Größenordnung. Die meisten Häuser hier sind mehr wert, als ich in dreißig Jahren beim FBI verdiene.«

»Dafür ist unser Job höchst befriedigend.«

»Na ja. Die Villen hier sind übrigens erst der Anfang. Sie werden noch größer. *Viel* größer. Die richtig teuren sind weiter die Hügel hinauf. Warten Sie's ab.«

Sarah bog nach links auf die South Beverly Glen Road ab und fuhr den Berg hinauf. Als sie in die Bel Air Road einbog, war die Veränderung sofort zu sehen. Zu ihrer Linken befand sich die weitläufige, gepflegte Anlage des Golfplatzes von Bel Air. Überall waren die Insignien unverhohlenen Reichtums zu sehen. Je weiter sie den sanft ansteigenden Hang hinauffuhren, desto größer wurden die Villen, die sich hinter Mauern, Zäunen und Bäumen verbargen.

»Welche Hausnummer haben die Kanes?«, fragte Sarah.

»Die brauchen Sie nicht. Die Villa ist direkt geradeaus, oben auf der Kuppe. Das Grundstück ist fast so groß wie ein ganzer Block.«

Ein ganzer Block? Hier? Sarah konnte sich einen solchen Reichtum nicht einmal vorstellen.

»Das ist nur Show«, erklärte Aubrey, als hätte er Sarahs Gedanken gelesen. »In der Unterhaltungsindustrie geht es nur darum, was man besitzt, und das zeigt man dann auch gerne. Das ist so, seit es die großen Studios gibt. Allerdings hätte wohl selbst Cecil B. DeMille sich so ein Haus nicht vorstellen können.« Er deutete nach vorne, wo die Straße in eine T-Kreuzung mündete. Dahinter ragte das Anwesen auf. Sarah konnte das Gelände noch nicht richtig einsehen, erkannte aber jetzt schon, dass die Fläche riesig sein musste.

»Links oder rechts?«, fragte sie.

»Links. Wenn Sie weiter die Straße runterfahren, schauen Sie an meinem Fenster hinaus. Das Gelände wird eben, und Sie können die Villa zwischen den Bäumen hindurch sehen.«

Sarah tat, wie ihr geheißen. Als der Baumbestand lichter wurde, hätte sie am liebsten angehalten, um den Anblick in sich aufzunehmen. Die Villa sah aus wie ein modernes Märchenschloss. Sarah sah riesige Swimmingpools, einen Tennisplatz und mehrere Gästehäuser, jedes davon so groß wie ein großes Vorstadthaus, die das Haupthaus umstanden, dessen Türme und Giebel hoch in den Himmel ragten. Der leicht verwitterte Stein verstärkte das schlossartige Äußere des Gebäudes. Hinzu kam seine beherrschende Lage über dem Tal von Los Angeles. Die Villa muss Abermillionen Dollar wert sein.

»Wie viel Geld haben diese Leute?«, fragte Sarah beinahe im Flüsterton.

»Mehr als Sie und ich zusammen.«

»Den Eindruck habe ich auch«, sagte Sarah.

Am Eingang ließ Sarah das Seitenfenster herunter und beugte sich zur Sprechanlage vor. »Special Agents Reilly und Aubrey, FBI«, meldete sie sich.

Die Sprechanlage knackte. »Fahren Sie langsam zur Vordertür. Sie haben dreißig Minuten für den vereinbarten Rundgang.« Der Mann sprach mit starkem Akzent und ohne jede Höflichkeit.

»In Ordnung.« Sarah fuhr das Fenster wieder hoch.

»Das war Vasquez«, erklärte Aubrey. »Der Sicherheitschef der Kanes. Ich glaube, er war früher bei den Federales.«

»Hört sich so an, als würde er uns mögen.«

»Das ist Ihnen also aufgefallen? Nein, Hal ist eigentlich gar kein übler Kerl. Er ist nur in einer ziemlich blöden Lage, weil er zwei Herren dient. Auf der einen Seite ist es sein Job, die Familie Kane zu beschützen, auf der anderen Seite unterschreibt das Studio seine Schecks.«

»Was hat er mit ›vereinbartem Rundgang‹ gemeint?« Sarah lenkte den Mustang durch das Tor. »Ich nehme an, der Tatort ist noch nicht freigegeben und der Durchsuchungsbefehl gilt noch. Warum so eine Terminvereinbarung?«

»Aus Höflichkeit. Es war Pauls Idee, und sein Chef war einverstanden. Die Kanes sind Verdächtige, aber sie sind auch prominent und stinkreich, und sie haben sehr gute Verbindungen. Würde das LAPD sie ernsthaft verhören, würden sie sich hinter einer Mauer aus Anwälten verschanzen. So, wie man es jetzt handhabt, versucht man, sich ihre Kooperation zu sichern und gleichzeitig in der Presse gut auszusehen.«

»Das ist ziemlich clever, aber …« Sarah stockte, als der Fahrweg sich gabelte.

»Links ist die Zufahrt für die Angestellten«, sagte Aubrey. »Soviel ich weiß, fallen auch wir in diese Kategorie.«

Sarah bog nach links ab und fuhr auf den erstbesten Parkplatz. Sie und Aubrey stiegen aus. Sofort schlug ihnen glutheiße Luft entgegen. Sarah zog die Jacke aus und schaute sich auf dem Gelände um. Gepflegte Gärten umgaben das Haupthaus und sämtliche anderen Gebäude.

»Ganz schön beeindruckend, was?«, sagte Aubrey. »Aber die Kanes sind normale Leute wie Sie und ich. Lassen Sie sich nur nichts gefallen.«

»Das ist nicht meine Absicht.«

Vasquez, ein kräftig gebauter Mann, starrte sie von der Eingangstür her an. Er trug einen Anzug und ein frisch gestärktes weißes Hemd, das er bis oben zugeknöpft hatte. Die Krawatte war straff gebunden. Die Hitze schien ihm nichts auszumachen.

»Wo wollen Sie anfangen?«, fragte Aubrey. Er hatte sich einen Aktenordner unter den Arm geklemmt, als sie gemeinsam über den Kiesweg gingen. Als sie näher kamen, bemerkte Sarah, dass Vasquez noch nicht einmal schwitzte.

»Wie wäre es mit dem Keller?«, fragte sie.

9

Sarah stand in der kalten Dunkelheit, die Augen geschlossen, und atmete die muffige Luft. Als sie die Augen aufschlug, sah sie sofort den Unterschied zwischen den Ziegeln, aus denen die Kellerwand gemauert war, und den neueren, glatteren Ziegeln des Stockwerks darüber.

»Ist der Keller älter als der Rest des Hauses?«

»Keine Ahnung«, antwortete Aubrey, der in der grabesgleichen Atmosphäre unbewusst die Stimme gesenkt hatte. »Ich weiß nur, dass das Haus im Laufe der Jahre erheblich umgebaut worden ist.«

Sarah nahm sich noch mehrere Minuten Zeit, um den Keller genauer in Augenschein zu nehmen. Schwaches Licht fiel durch Schlitzfenster, die an einer Seite regelmäßig verteilt waren. »Was ist damit?«, fragte sie und deutete zu den Fenstern. »Sind die alarmgesichert?«

Aubrey schüttelte den Kopf. »Nein, aber laut LAPD kommt kein Erwachsener da durch. Ungefähr einen Meter über den Fenstern befindet sich ein Metallgitter, das sich über die gesamte Länge des Hauses hinzieht. Das Gitter ist allerdings nicht gesichert.«

In der Ecke stand ein großer ungenutzter Boiler. Das schwarze Metall war mit jahrzehntealtem Staub und Rost bedeckt. Auf der anderen Seite des Raums stapelten sich verschiedene Haushaltsgegenstände: unbenutzte Fitnessgeräte, Kisten mit der Aufschrift »Kleidung«, Koffer, ein Vogelkäfig, Spielzeug.

»Würden Sie bitte mal das Licht für mich einschalten, Aubrey?«

Aubrey legte den Schalter um, doch nichts geschah. Er runzelte die Stirn und versuchte es noch einmal. Wieder nichts. »Die Birne scheint kaputt zu sein.«

Es spielte keine Rolle: Das Tageslicht, das durch die Fenster fiel, reichte Sarah, um sich zurechtzufinden. Sie hockte sich neben den Boiler und suchte Wand und Boden ab. »Haben Sie ein LED-Licht?«

Aubrey warf ihr eine kleine Taschenlampe zu. Sarah schaltete sie ein und ließ den hellen weißen Strahl über die Wände wandern.

»Hier wurde der Junge gefunden.« Aubrey stand neben dem Boiler und deutete nach unten.

»Haben Sie die Bilder vom Opfer?«

»Da bin ich Ihnen schon voraus.« Aubrey legte ein halbes Dutzend Hochglanzfotos im Format 8x10 auf den Boden und ordnete sie sorgfältig nebeneinander an.

Sarah trat zu ihm und betrachtete die Bilder über Aubreys Schulter hinweg. »Die Leiche war in eine Decke gewickelt.«

Aubrey nickte. »Und diese Decke stammt aus dem Zimmer des Jungen. Das könnte auf eine gewisse Vertrautheit der Täter zu ihm hindeuten.«

»Könnte sein.«

»Sie glauben nicht?« Aubrey blickte sie an.

»Die meisten Kidnapper sind ausschließlich von Gier getrieben. War die Nacht kalt, hätte der Täter es seinem Opfer so angenehm wie möglich gemacht, um Krankheiten oder andere Komplikationen zu vermeiden, aber niemals aus emotionalen Gründen.«

»Oder er wollte das Kind unter der Decke verbergen, wenn er nach draußen auf die Straße tritt.«

»Genau.« Sarah beugte sich näher an die Fotos heran und

kniff die Augen zusammen. »Sehen Sie sich mal an, *wie* die Decke gewickelt ist. Sie bedeckt nur den Torso des Opfers, nicht Beine und Füße. Da hatte es jemand ziemlich eilig.«

»Oder jemand hat sich an der Leiche zu schaffen gemacht.«

»Wer hat den Jungen gefunden?«

»Ethan Kane.« Aubrey stand auf, ging zu dem Aktenordner, den er beiseitegelegt hatte, und blätterte darin, bis er gefunden hatte, wonach er suchte. »Er hat gesagt, er hätte die Plastiktüte weggerissen, die über den Kopf seines Sohnes gezogen war, und Wiederbelebungsmaßnahmen eingeleitet, bis die Leute von der Opferbetreuung gekommen sind und übernommen haben.«

»Nun, damit wäre eine Inszenierung durch den Vater ausgeschlossen«, sagte Sarah.

»Wie meinen Sie das?«

Sarah deutete auf eines der Bilder. »Das absichtliche Zurechtmachen des Leichnams.«

»Ja, da ist was dran. Ich verstehe nur nicht, wie Sie ausschließen können, dass Kane es getan hat.«

»Falls der Mörder den Leichnam auf irgendeine Weise präpariert hat, hätten Kanes Wiederbelebungsversuche dies zunichtegemacht.«

Aubrey schien etwas erwidern zu wollen, änderte dann aber offenbar seine Meinung.

Sarah hob die Augenbrauen. »Was wollten Sie sagen?«

»Das LAPD hatte die Kanes von Anfang an im Visier. Sie haben alles ignoriert, was in eine andere Richtung deutet. Der DA ist derselben Meinung. Er wird allem widersprechen, was Sie ihm vorlegen und was den Verdacht gegen die Kanes nicht untermauert. Sie werden erst beweisen müssen, dass die Theorie vom LAPD falsch ist …«

»Erst dann werden wir den Spielraum haben, frei zu agieren.« Sarah nickte. »Worauf gründet Meade seine Theorie?«

»Auf die Zugangsmöglichkeiten. Offenbar hätte niemand von außen die Sicherheitssysteme der Kanes überwinden können.«

»Hatte Vasquez nicht vergessen, die Alarmanlage einzuschalten?«

»Die innere Anlage, die im Haus. Die äußere Alarmanlage ist rund um die Uhr scharf, sieben Tag die Woche. Bewegungsmelder, Sensoren jeder Art, sogar Geräuschmesser, die mit den Fußwegen und Terrassen verbunden sind. Sie sind sicher, dass niemand das Haus unbemerkt hätte betreten und wieder verlassen können.«

»Und was denken Sie?«

Aubrey biss sich auf die Unterlippe. »Ich weiß es nicht. Kein System ist fehlerfrei, und mag es noch so aufwändig sein. Das Gelände ist riesig. Da *muss* es einfach Schwachstellen geben.«

»Das sehe ich genauso. Okay, konzentrieren wir uns erst mal auf das Grundlegende. Haben Sie die Aussagen der Eltern?«

Als Aubrey sie vorlas, bemerkte Sarah, dass sie nur in wenigen Details voneinander abwichen. Ethan Kane hatte zum Beispiel keinerlei Erinnerung daran, dass seine Frau noch einmal nach Milo gesehen hatte, bevor sie zu Bett gegangen waren, doch alles in allem waren die Aussagen schlüssig. Sarah war sehr feinfühlig, wenn es darum ging, Unregelmäßigkeiten in Zeugenaussagen zu finden, und auf den ersten Blick konnte sie nichts Ungewöhnliches in den Reaktionen der beiden erkennen. Sie hatten emotional reagiert, wie es bei den meisten Eltern der Fall gewesen wäre: mit Angst, Wut und Entsetzen.

»Sie haben gesagt, die Plastiktüte sei mit Isolierband zugebunden gewesen?«

»Ja. Um den Hals.«

»Gibt es irgendeinen Hinweis darauf, dass man den Jungen auch damit geknebelt hat?«

»Nicht, dass ich wüsste. Ich habe Meade vorgeschlagen, an den üblichen Stellen nach Kleberückständen zu suchen. Ich glaube aber nicht, dass er dem Vorschlag gefolgt ist.«

Sarah holte ihr Handy aus der Tasche und drückte eine Schnellwahltaste. »Alan? Ich bin's, Sarah. Ich bin mit Agent Aubrey bei den Kanes. Es besteht die Möglichkeit, dass der Pathologe nicht nach Rückständen von Klebstoff an Mund und Handgelenken des Opfers gesucht hat. Der Junge wurde mit Isolierband getötet. Ich würde gern wissen, ob er damit auch gefesselt und geknebelt wurde.«

»Haben wir noch die Klebebandrolle?«, fragte Alan.

Sarah leitete die Frage an Aubrey weiter.

»Die müsste noch im Beweismittelraum sein. Wir können sie auf dem Rückweg holen.«

»Hast du das gehört?«

»Ja«, antwortete Alan. »Bevor ihr geht … Ich habe ein Treffen mit dem Pathologen vereinbart. Um drei Uhr in seinem Büro. Für den Fall, dass du auch kommen willst.«

»Okay. Wir treffen dich um halb drei in Wilshire.«

Sarah legte auf und ließ das Handy wieder in ihre Tasche gleiten. Dann ging sie langsam durch den Keller und schaute sich in den Ecken um.

Nach fünf Schritten blieb sie stehen. Ihr stockte der Atem.

Inmitten der hier unten gelagerten Sachen waren ihr vier Koffer aufgefallen, die ordentlich nebeneinanderstanden. Ein fünfter Koffer jedoch, größer und stabiler als die anderen, befand sich ein Stück entfernt. Außerdem stand er aufrecht und in einem Neunziggradwinkel zur Wand. Sarah hockte sich hin, hob eine Ecke des Koffers an und leuchtete mit der Taschenlampe über die Unterseite. Der Staub unter dem Koffer war nicht vom Staub auf dem Boden zu unterscheiden.

»Der Koffer ist vor kurzem bewegt worden«, sagte Sarah. »Haben Sie in Ihrem Aktenordner auch die Tatortfotos und die Skizze?«

Aubrey hatte die Akte auf eine der Kisten gelegt und blätterte nun durch die losen Seiten. Sarah trat neben ihn, und gemeinsam schauten sie sich die Fotos an. Die meisten waren auf den Bereich konzentriert, wo die Leiche gefunden worden war, neben dem Boiler. Dann sah sie es. Auf einem der Fotos, hinter Milo Kanes Leiche, war deutlich der Koffer zu sehen. Er befand sich neben dem Boiler, genau auf der entgegengesetzten Seite des Kellerraumes, an der er nun stand. Dort sah er sogar noch mehr fehl am Platze aus.

Sarah nahm das Foto aus der Klarsichthülle und ging zum Boiler. Sie versuchte, die Entfernungen abzuschätzen, um die genaue Position des Koffers zu bestimmen, doch das Bild war aus einem ungewöhnlichen Winkel aufgenommen, sodass man keine klare Vorstellung bekommen konnte.

Aubrey, der Sarah gefolgt war, legte eine Fingerspitze auf das Foto, auf eine Stelle unmittelbar über dem Koffer. »Was ist das?«

Sarah schaute sich die Aufnahme genauer an und blickte dann auf die Wand. Dann schaltete sie die Taschenlampe wieder an und sah genau das, was sie zu finden gehofft hatte. Etwas, was nicht hierhergehörte. Ein langer, blasser Fleck zog sich über die Wand, ungefähr einen halben Meter über der Stelle, wo an dem Morgen, an dem Milo Kane gefunden worden war, der Koffer gestanden hatte.

Aubrey ging zu der Stelle und kauerte sich hin. Mit dem Finger fuhr er von unten nach oben über den Fleck. Der Strahl von Sarahs Taschenlampe wanderte weiter die Wand hinauf bis zu einem der Fenster.

»Verdammt!«, fluchte Aubrey leise. »Ich kann nicht glauben, dass Meade das übersehen hat.«

»War das Fenster offen oder geschlossen, als der Tatort entdeckt wurde?«, fragte Sarah.

»Meades Notizen zufolge waren alle Fenster geschlossen.«

Sarah runzelte die Stirn. Die schmalen Kellerfenster waren nicht mit der Alarmanlage verbunden. Ein Eindringling hätte durch die Fenster ins Haus gelangen und sich ungehindert bewegen können, ohne einen Alarm auszulösen.

Sarah schaltete die Taschenlampe aus. »Zeit für einen Spaziergang.«

10

Es war ein wundervoller Tag – klar und hell, mit strahlend blauem Himmel. Doch als Sarah und Aubrey sich vom Haus entfernten, waren sie sich bewusst, dass sie beobachtet wurden. Mexikanische Gärtner, deren braune Haut vor Schweiß glänzte, sprachen leise miteinander. Sie hielten lange genug in ihrer Arbeit inne, um die beiden FBI-Agenten hinter dem Haus verschwinden zu sehen.

Aubrey deutete auf ein Gitter in antikem Design, das sich am Fuß der gesamten nördlichen Wand des Hauses entlangzog. Es diente dazu, Frischluft in den ansonsten unzugänglichen Keller zu lassen. Sarah bückte sich, um ein Stück herauszuheben. Es war leicht.

»Ich schätze, der Abstand bis zur Mauer ist ungefähr achtzig Zentimeter«, sagte Sarah. »Und das LAPD glaubt, hier könnte niemand durchkommen?«

»Offenbar reicht der Platz nicht aus, dass jemand sich hindurchwinden könnte.« Aubrey schaute skeptisch drein. »Sehen Sie sich das an.« Er ging an das entgegengesetzte Ende des Gitters zu einer Stelle, wo der Nordflügel des Hauses dem Garten am nächsten war. Dort deutete er auf eine Efeuranke, die über den Rasen bis unter das Gitter gewachsen war.

Gemeinsam hoben Sarah und Aubrey die Gitterteile heraus. Das Efeu darunter war nur teilweise verrottet. Es war offensichtlich, dass jemand irgendwann das Gitter hoch genug gehoben hatte, dass die Efeuranke daruntergeraten war. Es war ein dummer Fehler, doch in der Dunkelheit, unter Zeitdruck und in dem Bemühen, nicht entdeckt zu werden, konnte so etwas auch dem cleversten Einbrecher passieren.

»Ich rufe unseren Fotografen«, sagte Aubrey. Er stand auf und entfernte sich ein paar Schritte, während er telefonierte.

Sarah beugte sich über den Rand und spähte in die Öffnung hinunter. Der Betonboden, von verrotteten Pflanzenteilen und Dreck bedeckt, fiel steil ab und endete an einem Drainagerohr, das unter der Erde verschwand. Deutlich erkannte Sarah die schmalen Kellerfenster. Ihr wurde klar, dass sie sich genau dort befanden, wo in der Mordnacht der Koffer gestanden hatte.

»Hat es seit dem Mord in L. A. geregnet?«, fragte sie, als Aubrey sich anschickte, zum Haus zurückzugehen.

»Keinen Tropfen. Seit über einem Monat ist es hier knochentrocken. Der Pegelstand in den Wasserspeichern ist dramatisch gefallen.«

»Schauen Sie sich das hier mal an.« Sarah wies in die Öffnung hinunter. »Bilde ich es mir nur ein, oder hat sich da wirklich jemand zu schaffen gemacht?«

Aubrey schaute in das Loch und verglich den Boden direkt unter ihnen mit dem unmittelbar daneben. Wo das Efeu unter dem Gitter gefangen gewesen war, wirkte der Untergrund aufgewühlt. Zwar waren keine Fußabdrücke zu sehen, aber das war nicht weiter verwunderlich – schließlich war seit dem Verbrechen ein Monat vergangen.

»Da will ich doch verdammt sein«, sagte Aubrey und schüttelte den Kopf. »Es ist allerdings nur eine *mögliche* Einstiegsstelle, wie der DA mit Sicherheit sagen wird. Nur ein Indiz.«

»Ich habe eine Idee. Kommen Sie, helfen Sie mir, das Ding wieder an seinen Platz zu legen.«

Sie legten das Gitter zurück und machten sich auf den Rückweg zum Haus, wobei sie das Gebäude umrundeten, sodass Sarah sich ein Bild von der Aufteilung machen konnte.

Dann stiegen sie die einzelnen Stockwerke hinauf, wobei sie die Hintertreppe nahmen und nicht die prachtvolle Treppe auf der Vorderseite des Gebäudes.

»Führt diese Treppe vom Keller hinauf?«, fragte Sarah. Sie befanden sich inzwischen im dritten Stock, wo auch die Kinderzimmer lagen.

»Nein, aber die Kellertreppe ist nur ein paar Fuß von der hier entfernt.«

»Glauben Sie, jemand könnte mitten in der Nacht unbemerkt von einer Treppe zur anderen gehen?«

»Natürlich.«

Milo Kanes Zimmer war typisch für ein Hollywood-Kid: Es war ungefähr fünfmal so groß wie das eines normalen kleinen Jungen und voll mit allem erdenklichen Spielzeug. Das Bett besaß die Gestalt eines Sportwagens – eines Ferrari –, und an der Wand hing ein riesiger Plasmabildschirm.

Sarah nahm einen Band von *Harry Potter* vom Nachttisch. »Ist das Zimmer noch in dem ursprünglichen Zustand?«, fragte sie.

»Schwer zu sagen. Die Kanes und ihr Stab haben nun schon seit Wochen unbeobachtet Zugang zum Haus. In der Zeit hätte man alles Mögliche hinzufügen, verändern oder entfernen können.«

Sarah nahm die Fotos aus dem Aktenordner, die am Tattag von Milos Zimmer aufgenommen worden waren. Soweit sie sehen konnte, war der Raum unverändert. Die Gegenstände auf dem Nachttisch sahen noch immer so aus, als hätte man sie möglichst weit weg vom Bett geschoben.

»Das ist mir auch aufgefallen«, sagte Aubrey. »Ziemlich seltsam für einen Siebenjährigen, nicht wahr? Als ich in dem Alter war, hatte ich allen möglichen Krempel auf dem Nachttisch liegen.«

Sarah ließ den Blick langsam durchs Zimmer schweifen.

Milo Kane war kein besonders ordentliches Kind gewesen; deshalb fiel der Nachttisch sofort auf. Die Oberfläche schien sauber zu sein; dennoch nahm Sarah sich vor, sie auf Spuren untersuchen zu lassen. Sie ging durchs Zimmer, schaute sich alles genau an. Schließlich drehte sie sich zu Aubrey um. »Wie wär's mit einem Schreitest?«

»Sicher. Eins bis zehn?«

»Okay.«

»Geben Sie mir eine Minute, um ins Schlafzimmer der Eltern zu kommen und die Tür zu schließen.«

Rebecca Kane hatte gesagt, sie habe Milos Tür geschlossen, nachdem sie nach dem Jungen gesehen hatte. Sarah tat nun das Gleiche. Dann setzte sie sich aufs Bett. Nach wenig mehr als einer Minute holte sie tief Luft und begann laut zu zählen, wobei sie jeweils fünf Sekunden Pause zwischen den Zahlen machte. Bei drei war sie schon deutlich lauter geworden; bei sechs rief sie, und bei zehn schrie sie sich die Seele aus dem Leib.

»Ungefähr ab acht«, erklärte Aubrey, als er wieder ins Zimmer zurückkam.

»Acht? Da habe ich schon geschrien, was das Zeug hält.«

»Ich weiß. Und anders als die Kanes war ich hellwach und wusste, woher das Geräusch kommt.«

»Wann haben die Kanes ihrer Aussagen zufolge das Opfer zuletzt im Bett gesehen?«

»Gegen zwei Uhr früh.«

»Und wann haben sie sein Verschwinden bemerkt?«

»Kurz nach vier. Ethan behauptet, von einem lauten Geräusch geweckt worden zu sein.«

»Und man kann wohl mit einiger Sicherheit behaupten, dass die Kanes nach einem langen Tag der Vorbereitungen auf die Oscarverleihung, bei der sich dann auch noch ihre Träume in Luft auflösten, sich ein paar Drinks genehmigt haben …«

»Oder auch ein paar mehr.«

»Allerdings.« Sarah nickte. »Sie sind spät nach Hause gekommen und ins Bett gefallen. Sie werden tief und fest geschlafen haben.«

Aubrey lehnte sich gegen eine Kommode, verschränkte die Arme vor der Brust und dachte laut nach. »Stellen wir uns mal vor, Sie wären ein verängstigter kleiner Junge und würden die Treppe in den Keller hinuntergeschleppt. Wie stünden die Chancen, dass ihre besoffenen Eltern Sie hören?«

»Falls das Opfer zu dem Zeitpunkt überhaupt noch in der Lage war, ein Geräusch von sich zu geben«, sagte Sarah. Sie drehte sich um und schaute zum Fenster und in den Garten hinaus. »Erzählen Sie mir Detective Meades Version der Geschichte.«

»Die Eltern sind in mieser Stimmung nach Hause gekommen, vermutlich betrunken, und das Opfer hat irgendwie ihren Zorn erregt. Es kommt zu einer gewalttätigen Auseinandersetzung, bei der Milo einen Schlag auf Kopf abbekommt, vermutlich mit einem stumpfen Gegenstand oder durch Sturz auf eine harte Oberfläche. Der Junge stirbt. Die Eltern geraten in Panik, schaffen die Leiche in den Keller und staffieren sie mit irgendwelchen Gegenständen aus, um die Sache wie einen bizarren Fetischmord aussehen zu lassen.«

»Das mit der Kopfverletzung wurde vor den Medien verschwiegen, um keine Trittbrettfahrer auf den Plan zu rufen, nicht wahr?« Sarah konnte sich nicht erinnern, davon gelesen zu haben.

»Stimmt.«

»Und Ethan Kanes erste Reaktion auf den Fund des Opfers war, ihm die Plastiktüte und das Klebeband herunterzureißen, das er angeblich erst wenige Stunden zuvor selbst angebracht hat, um damit die Polizei in die Irre zu führen.«

»Warum tun Sie das?«, fragte Aubrey.

»Warum tue ich was?«

»Warum sprechen Sie von dem Jungen immer als dem ›Opfer‹?«

»Würde es denn einen Unterschied machen, wenn ich ihn beim Namen nenne? Er ist tot, Aubrey.«

Aubrey erkannte an Sarahs Tonfall, dass er einen Schritt zu weit gegangen war. Er versuchte, sich etwas einfallen zu lassen, was die Spannung löste, doch mit einem Mal hatte irgendetwas draußen vor dem Fenster Sarahs Interesse geweckt.

»Was für ein Auto fahren die Kanes?«, fragte sie.

»Kommt darauf an, welches von dem Dutzend Sie meinen.«

»Als sie sich nach der Tat zurückgezogen haben – was für einen Wagen haben sie da genommen?«

»Einen Rolls, glaube ich. Einen schwarzen Phantom.«

»So wie der, der gerade vorfährt?«

Als Aubrey ans Fenster trat, gingen Ethan und Rebecca Kane bereits mit zielstrebigen Schritten vom Wagen zum Haus.

»Wie wollen Sie jetzt weiter vorgehen?«, fragte er.

»Wir gehen runter und sagen Hallo.«

»Mr. und Mrs. Kane«, sagte Sarah und kam mit ausgestreckter Hand die Treppe herunter. »Mein Name ist Sarah Reilly. Das ist mein Kollege Nicholas Aubrey. Wir gehören zum FBI.«

Ethan Kane schüttelte beiden die Hände und hielt einen Augenblick inne, um sich Aubrey genauer anzuschauen. »Wissen Sie was? Sie sehen aus wie …«

»Ich weiß. Das bekomme ich oft zu hören.«

»Nun, jedenfalls danke ich Ihnen beiden, dass Sie gekommen sind.« Ethan zwang sich zu einem Lächeln. »Dean Shaughnessy hat gesagt, wenn jemand uns helfen kann, dann Sie.«

»Bei allem gebotenen Respekt, Mr. Kane«, erwiderte Sarah, »es ist nicht unser Job, Ihnen zu helfen. Es ist unsere Aufgabe herauszufinden, was mit Ihrem Sohn passiert ist.«

»Und damit helfen Sie uns, Agent Reilly. Meine Frau und ich werden alles tun, um zu beweisen, dass wir nichts mit Milos Tod zu tun hatten. Wir haben unseren Sohn geliebt. Wir wollen Ihnen helfen, die Bestie zu finden, die unserer Familie das angetan hat.«

»Würden Sie uns zum Wilshire Boulevard begleiten? In unser Büro? Zu einem Gespräch mit mir, unter vier Augen?«, fragte Sarah.

Unsicher schaute Ethan zu seiner Frau und wandte sich dann wieder Sarah zu. »Ich weiß nicht, ob unser Anwalt …«

»Dean hat Ihnen doch gesagt, dass ich unparteiisch bin, nicht wahr? Dass ich fair bin?« Sarah lächelte den Schauspieler freundlich an, der mit einem knappen Nicken antwortete. »Niemand versucht, Ihnen Ihre Rechte streitig zu machen, Mr. Kane«, fuhr Sarah fort. »Ich werde Dean persönlich anrufen und ihn bitten, bei dem Gespräch dabei zu sein. Wir wollen die Wahrheit herausfinden. Dafür müssen wir zunächst einmal Sie und Ihre Angestellten als Verdächtige ausschließen können.«

»Ich dachte, unsere Angestellten wären bereits von der Liste der Verdächtigen gestrichen«, sagte Rebecca und blickte über ihre Sonnenbrille hinweg nervös zwischen Sarah und Aubrey hin und her.

»Das LAPD hat sie von der Liste gestrichen, Mrs. Kane, nicht das FBI«, erwiderte Sarah. »Wir müssen absolut sicher sein, dass niemand aus Ihrem näheren Umfeld in die Tat verwickelt ist, bevor wir die Ermittlungen ausweiten. Das ist die übliche Vorgehensweise …«

»Wir verstehen schon, Agentin Reilly«, sagte Ethan und nahm die Hand seiner Frau.

»Gut. Mr. Aubrey und ich waren gerade auf dem Weg hinaus. Ich werde mich wegen der Gespräche mit Mr. Shaughnessy in Verbindung setzen.«

Minuten später fuhren die beiden Agenten den West Sunset in Richtung Meer hinunter, jeder in seine eigenen Gedanken versunken. Die Sonne hatte gerade den Zenit überschritten und ließ die Klimaanlage des Mustangs auf Hochtouren arbeiten. Als sie an einer Ampel hielten, beobachtete Sarah wie in Trance, wie die Luft über dem heißen Asphalt waberte.

Aubrey lehnte sich im Sitz zurück. »Und?«, fragte er und schaute zu Sarah hinüber. »Was halten Sie von den Leuten?«

»Sie sind professionelle Schauspieler«, antwortete Sarah, ohne den Blick von der Straße zu nehmen. »Ich glaube, wir haben nichts von den *wahren* Kanes gesehen.«

11

Der Presseraum war groß, doch das Heer der Journalisten ließ ihn deutlich kleiner erscheinen. Sarah folgte dem Bezirksstaatsanwalt und dem Chief des LAPD, wobei sie immer wieder von den aufzuckenden Blitzlichtern geblendet wurde. Als Sarah sich dem kleinen Podest näherte, betete sie im Stillen, sich nicht vor dem ganzen Land zum Narren zu machen.

Als Erster ergriff der DA das Wort. Er übernahm die Vorstellungen und buchstabierte die Namen für die Reporter, die sich eifrig Notizen machten.

»Ich kann nicht deutlich genug betonen, wie froh ich bin«, begann er, »im Mordfall Milo Kane auf die Fachkenntnis der Bundesbehörden zurückgreifen zu können. Meine Dienststelle ist ausschließlich daran interessiert, die Wahrheit herauszufinden …«

Blablabla. Sarah wusste nicht, ob der DA alles ernst meinte, was er von sich gab, doch sie hatte die Erfahrung gemacht, dass Bezirksstaatsanwälte nicht anders waren als andere gewählte Amtsinhaber.

»Dass Agentin Sarah Reilly erst vor kurzem persönlich vom FBI-Direktor ausgezeichnet wurde, dürfte für sich sprechen …«

Der leidenschaftliche Vortrag enthielt jedes Klischee, das man sich vorstellen konnte. Doch Sarah wusste genau, was der DA tat: Er stellte ihr eine Falle. Sollten die Ermittlungen schlecht laufen, konnte er auf Sarah verweisen und erklären, nicht einmal das FBI könne ihm die für eine Anklage notwendigen Beweise beschaffen. Sarah wurde schon jetzt als möglicher Sündenbock präpariert. Dennoch behielt sie ihr Lächeln bei.

Die Rede des Polizeichefs fiel erfrischend kurz aus und enthielt bei weitem nicht so viele rhetorische Feinheiten. Es gebe nichts Neues über die Untersuchung zu berichten, erklärte er und reichte das Mikrofon dann nach unbeholfenem Übergang an Sarah weiter.

»Guten Morgen«, begann Sarah. Wieder blitzten überall im Raum Kameras auf. »Zunächst einmal möchte ich dem Bezirksstaatsanwalt und Chief Watkins für ihre freundlichen Worte und ihre Bemühungen danken, das Team des FBI in die laufenden Ermittlungen im Fall Milo Kane einzubinden.

Der Tod eines Kindes ist eine schreckliche Tragödie. *Jeder* Mord an einem Kind ist unvorstellbar. Es ist ganz normal, dass Zivilisten und Fahnder bei der Untersuchung eines Kindsmords persönliche Gefühle entwickeln. Aber wir müssen darauf vertrauen, dass das Recht schlussendlich siegt und dass wir die Verantwortlichen ihrer gerechten Strafe zuführen. In Fällen wie diesem ist niemandem damit gedient, wenn man seinen Gefühlen freien Lauf lässt, am allerwenigsten dem Opfer. Daher bitte ich sowohl die Medien als auch die Öffentlichkeit, Vertrauen in die Bezirksstaatsanwaltschaft, die Polizei von Los Angeles und das FBI zu haben. Gemeinsam werden wir herausfinden, wer für dieses Verbrechen verantwortlich ist, darauf können Sie sich verlassen.

In den kommenden Wochen werden wir regelmäßig Pressemitteilungen an Agenturen und Networks herausgeben. Jede neue Information wird umgehend veröffentlicht. Diese Untersuchung wird mit aller Offenheit geführt und auch den strengsten Blicken standhalten.« Sie ließ den Blick über die Versammelten schweifen. »Ich möchte Sie bitten, mit Ihren Fragen bis zu einem anderen Termin zu warten. Mein Team und ich sind erst heute Morgen in Los Angeles eingetroffen. Ich danke Ihnen.«

Sarah trat vom Pult zurück und wartete, während der DA noch ein paar Schlussbemerkungen machte; dann machte Sarah sich auf den Weg zur Tür. Draußen wartete Aubrey auf sie. Er hatte die Pressekonferenz auf einem Monitor verfolgt.

»Das war grauenhaft«, sagte Sarah, als sie neben ihm durch den Haupteingang ging und die Treppe vor dem Rathaus hinunterstieg. »Mir hat das Herz bis zum Hals geschlagen. Ich muss wie ein verängstigtes Kind ausgesehen haben.«

»Also, für mich sah das ziemlich cool aus«, erwiderte Aubrey. »Außerdem sollen Sie die Leute ja nicht mit Ihrem Charme verzaubern. Ihre Aufgabe besteht darin, sie auf dem Laufenden zu halten und zu beschwichtigen. Diesen Leuten ist es letztendlich egal, ob wir einen guten Job machen oder nicht. Ob sie Lobeshymnen auf uns singen oder uns für unsere Unfähigkeit verdammen – für sie zählen nur Einschaltquoten und Auflagen. Mehr gibt es nicht dazu zu sagen. Übrigens, mir hat besonders Ihr ›Darauf können Sie sich verlassen‹ gefallen. Richtig ausdrucksstark.«

»Danke.«

»Gern geschehen.«

Sarah lächelte. »Gehen wir zu den anderen. Es wird Zeit, dass wir loslegen.«

Nach Sarahs Maßstäben war es ein riesiges Büro.

Sie stand auf der Schwelle, schaute hinein und schüttelte verwundert den Kopf. Das war typisch Kalifornien: kein Sinn für Größenverhältnisse. Aber sie würde sich nicht beschweren. Sarah schaute sich um und sah, dass die oberste Schublade eines der drei Aktenschränke offen stand. Sie ging hinüber und blickte hinein. Zwei Schränke waren bereits mit den

Mitschriften von Zeugenaussagen gefüllt, die das LAPD aufgenommen hatte, mit Aufzeichnungen der Gerichtsmediziner und der Beamten vor Ort sowie mit Milo Kanes Krankengeschichte und biografischen Angaben zu seinen Eltern. Im dritten Schrank befanden sich Unterlagen über die Finanzen der Kanes, ihre Auslandsreisen sowie Kontaktinformationen zu ihren Angestellten.

Sarah wollte die Schublade gerade wieder schließen, als Jack in den Raum kam und einen leisen Pfiff ausstieß. »Nettes Zimmerchen, Sarah«, sagte er. »Dein neuer Rang hat wohl so seine Privilegien, hm?«

»Tolles Privileg.« Sie trat gegen einen der Aktenschränke. »Es wird Monate dauern, sich durch den ganzen Mist zu wühlen.«

»Alan und ich haben schon damit angefangen. Alles, was von Bedeutung ist, hängen wir im Besprechungsraum aus.«

»Und welcher ist das?«

»Konferenzraum zwölf. Neben den Toiletten.«

»Danke, Jack.«

»Kein Problem. Ich hab mir übrigens gedacht, dass du heute Nachmittag vielleicht mal zur Gerichtsmedizin fahren willst.«

»Ich liebe es, wenn du dein Superhirn darauf verwendest, meine Gedanken zu lesen.«

Jack lachte und rieb sich den Nacken. Dann wurde er wieder ernst. »Nur, damit du Bescheid weißt ... Ich habe mit Alan gesprochen.«

Sarah lehnte sich gegen ihren Schreibtisch und verschränkte die Arme vor der Brust.

»Ich glaube, es tut ihm leid«, sagte Jack und überlegte sich die nächsten Worte sorgfältig. »Er weiß, dass er sich wie ein Idiot benommen hat. Er hat die Situation einfach nicht erfasst. Er hat dich nur ein paarmal in den Nachrichten gesehen und hat sich eine falsche Vorstellung von dir gemacht. Außerdem ist er vom Büro in Albuquerque zu uns gekommen, und du weißt ja, dass die sich da oben ständig irgendwelche Streiche spielen.«

»Schon in Ordnung, Jack …«

»Er ist dir sehr dankbar, dass du bei Langford keine Beschwerde gegen ihn eingereicht hast. Weißt du, Alan ist ein Typ, bei dem vor lauter Stolz manchmal der gesunde Menschenverstand aussetzt. Deshalb hat er sich auch nicht entschuldigt und …«

»Jack«, unterbrach Sarah seinen Redefluss. »Mir ist es egal, ob Alan eine lahmarschige Parodie von mir spielt, um sich bei seinen neuen Kollegen einzuschleimen. Das würde mich nur dann ärgern, wenn mir seine Meinung etwas bedeuten würde, was nicht der Fall ist. Aber er hat diese Kommentare von sich gegeben, als er an Drew Dysons Tisch gesessen hat – einen Tag, nachdem ich Drews Mutter die persönliche Habe ihres Sohnes gebracht habe. Er sollte *sehr* dankbar sein, dass ich ihm nicht persönlich den Arsch aufgerissen habe!« Sarah hielt eine Sekunde inne, um ihren Worten Nachdruck zu verleihen. »Ist das klar?«

Jack nickte langsam.

»Gut. Und jetzt vergiss diesen Blödsinn. Ich muss jemanden anrufen.«

»Das kannst du dir in die Haare schmieren!«, brüllte Shaughnessy in sein Handy, und sein normalerweise bleiches Gesicht war knallrot. »Der Apfel fällt wirklich nicht weit vom Stamm. Das ist ein Überfall.« Er riss das Steuer hart nach rechts und wich nur um Haaresbreite einem Wagen aus, der an der Wilshire Road geparkt war.

»Regt es dich so auf, dass ich frage, oder bist du einfach nur sauer, weil du es nicht hast kommen sehen, Onkel Dean?«, fragte Sarah in zuckersüßem Tonfall.

»Werd mir bloß nicht frech, junge Dame. Bin ich eigentlich auf Lautsprecher?«

»Natürlich nicht«, log Sarah, lehnte sich im Schreibtischstuhl zurück und lächelte Aubrey zu, der mit dem Rücken am Türrahmen stand. »Das ist ein reines Vier-Ohren-Gespräch, um einen Deal auszuhandeln, der dir, mir und deinen Mandanten zugutekommen wird.«

»Du bist also jetzt unter die Wundertäter gegangen, ja?«

Sarah beugte sich vor. Ihr Lächeln war verschwunden. »Deinen Mandanten wird die Hölle heiß gemacht. Die Presse wird schon dafür sorgen, dass jeder Geschworene, der den Gerichtssaal betritt, von vornherein fest von ihrer Schuld überzeugt ist. Deine Mandanten müssen die Sache umdrehen, und zwar schnell. Wenn sie eine weiße Weste haben, werden sie zum Schluss auch so dastehen. Und? Sind die Kanes unschuldig, Onkel Dean?«

»Natürlich.«

»Dann bring sie heute Abend her. Pünktlich. Es ist bereits alles arrangiert.«

»Wer wird die ›Gespräche‹ leiten, wie du es ihnen gegenüber genannt hast? ›Verhör‹ wäre wohl ehrlicher gewesen.«

»Ich leite die Gespräche. Ein weiterer Agent wird als Beobachter dabei sein.«

Shaughnessy dachte darüber nach. Schließlich sagte er resigniert: »Okay, du wirst deine Gespräche bekommen. Aber glaub ja nicht, dass du mich reinlegen kannst, Mädchen. Ich kenne dich länger, als du dich selbst kennst.«

Sarah legte auf und blickte zur Wanduhr. Es war drei Uhr nachmittags. Sie wandte sich Aubrey zu. »Thrace ist im Besprechungsraum. Sollen wir?«

12

Der Chefpathologe des Los Angeles Police Department war nicht gerade erfreut; aber das war nicht anders zu erwarten gewesen. Er saß in seinem Büro den drei FBI-Agenten gegenüber, die sich aufmerksam seine Untersuchungsergebnisse anschauten. Der Pathologe war ein kleiner Mann mit großer Brille, der ständig herumzappelte und ins Stammeln geriet, wenn man ihm schwierige Fragen stellte.

»Wenden wir uns den Ursachen zu«, sagte Thrace und schaute dem Gerichtsmediziner in die Augen. Sarah und Aubrey steckten ihre Nasen weiterhin in die Laborberichte. »Was war Ihrer Meinung nach die genaue Todesursache?«

»Eindeutig Hirnblutung, verursacht durch ein Schädeltrauma nach einem Schlag mit einem stumpfen Gegenstand.«

Sarah hob den Blick und setzte sich auf.

»Davon steht nichts im Bericht des Beamten, der als Erster vor Ort war«, sagte Thrace.

»Die Wunde befand sich unter dem Haar des Opfers. Die Haut war nicht gerissen; deshalb haben wir die Verletzung erst entdeckt, als wir den Kopf rasiert haben.«

»Detective Meade ist ebenfalls der Meinung, dass das Opfer an einem Schädeltrauma gestorben ist«, warf Sarah ein. »Glauben Sie, der Täter hat nur versucht, Ersticken vorzutäuschen, nachdem er das Opfer durch einen Schlag getötet hat?«

»Ja, das glaube ich.«

»Wenn das Kind nicht mal teilweise eine Unterversorgung

mit Sauerstoff erlitten hat, wie erklären Sie sich dann die leichten Blutungen unter den Augenlidern?«, fragte Thrace.

»Diese Verletzung hat entweder nichts mit den anderen zu tun oder ist das Ergebnis eines emotionalen Schocks unmittelbar vor Eintritt des Todes. In der Spüle wurde ein zerbrochenes Kinderglas gefunden. Es ist möglich, dass das Opfer über dieses Missgeschick geweint hat. Das könnte eine solch minimale Blutung hervorgerufen haben.«

Sarah wusste, dass so etwas möglich war, doch ihrer Erfahrung nach war es bei jüngeren Opfern selten. Ältere Menschen neigten eher zu Augenbluten.

Thrace blätterte entschlossen durch die Seiten. »Können Sie bestätigen, dass man kleine elliptische Narben am Hals des Opfers gefunden hat?«

»Ja.«

»Waren es alte oder frische Wunden?«

»Das kann man nicht genau sagen.« Der Pathologe ruckte nervös auf seinem Stuhl herum. »Allerdings sind die Wunden dem Opfer definitiv nicht post mortem zugefügt worden. Aber wann genau und wie, dazu kann sich jeder seine eigenen Gedanken machen.«

Du bist ein schlechter Lügner, dachte Sarah. Der Mann wusste genau, woher die Narben stammten: Es waren Kratzer von einem Kind, das verzweifelt versucht hatte, die Tüte von seinem Kopf herunterzureißen.

Thrace hob erneut den Blick. »Sind Sie sicher?«

Der Gerichtsmediziner nickte. »Ziemlich.«

»Gibt es Anzeichen, dass das Kind regelmäßig misshandelt worden ist?«

Der Pathologe zögerte; dann schüttelte er den Kopf.

Eine tiefe Falte erschien zwischen Thrace' Augenbrauen. »Man hat mir berichtet, dass die Kanes das Kind in gewissem Maße …«

»Das kann ich nicht bestätigen«, unterbrach der Pathologe ihn schroff.

Thrace hielt kurz inne und starrte den Mann an. »Dann haben wir also ein Opfer, ein Kind, das niemals misshandelt worden ist, bis es plötzlich und unerklärlicherweise angegriffen wurde, möglicherweise von seinen eigenen Eltern. Anschließend hat der Täter versucht, sein Verbrechen zu verschleiern, indem er es so aussehen ließ, als wäre jemand mit einem Erstickungsfetisch ins Haus eingedrungen.«

»Allerdings hat der Täter vergessen, eine Spur zu legen, die hätte erklären können, *wie* der Eindringling ins Haus gekommen ist«, fügte Sarah hinzu. »Und statt es der Polizei zu überlassen, die Leiche zu finden, macht er es selber, reißt dem kleinen Jungen die Tüte vom Kopf und das Klebeband vom Mund und versucht ihn wiederzubeleben, wodurch er all die schönen Spuren wieder vernichtet hat, die er angeblich nur wenige Stunden zuvor mit so großer Sorgfalt gelegt hat.«

»Es ist nicht ungewöhnlich, dass verzweifelte Menschen irrational handeln«, erwiderte der Gerichtsmediziner. »An diesem Punkt hätten Gott weiß was für Fehler passieren können.«

»Und doch waren diese Leute nüchtern genug, eine Lösegeldforderung zu schreiben«, sagte Sarah und schaute sich die dem Bericht beiliegende Kopie des Schreibens an. »Ich muss sagen, das kommt mir nicht wie das Werk eines Menschen vor, der gerade sein eigenes Kind ermordet hat.«

»Dazu kann ich nichts sagen«, erwiderte der Pathologe. »Ich bin kein Schriftexperte. Und Kinder habe ich auch nicht.«

»Blättern wir mal auf Seite neunzehn«, sagte Thrace. Er lehnte sich zurück und wartete, bis alle die Seite hatten. »Offenbar befanden sich zwei runde Brandwunden auf der Haut des Jungen.« Thrace deutete auf eine Nahaufnahme von Milo Kanes Schulterblatt. »Eine ist ungefähr so groß wie eine Vierteldollarmünze und sieht wie eine Verbrennung dritten Grades aus. Die andere ist etwa ein Drittel so groß und bei weitem nicht so schlimm.« Er blickte den Pathologen an. »Ich habe mir Ihre Audioaufzeichnungen von der Autopsie angehört und Ihre Notizen gelesen, aber nirgends habe ich auch nur ein Wort über diese Verbrennungen gefunden.«

»Das liegt schlicht und einfach daran, dass der Ursprung der Wunden nicht zu bestimmen ist.«

»Warum haben Sie das nicht in Ihrem Bericht erwähnt?«, hakte Thrace nach und blickte dem Pathologen unverwandt in die Augen.

»Ich nehme an, ich habe einfach nur vergessen, es in die Endfassung zu übernehmen. Ein dummer kleiner Fehler.«

Thrace lächelte den Gerichtsmediziner an und klappte die Akte zu. »Noch eine letzte Sache. Sie haben einen Glassplitter aus dem linken Unterarm des Jungen entfernt. Diesen Splitter haben Sie dem zerbrochenen Glas in der Küche zugeordnet. Wie sind Sie zu diesem Ergebnis gekommen?«

»Einer der Beamten, die als Erste vor Ort waren, hat mit einem Hausangestellten gesprochen, und der wiederum hat gesehen, wie das Kind das Glas am Nachmittag zerbrochen hat. Da es überdies keine Reizung auf der umliegenden Haut gab, handelte es sich wahrscheinlich um einen Unfall.«

Aubrey und Thrace tranken schwarzen Kaffee, während Sarah sich für eine Flasche kalten Apfelsaft entschieden hatte. Sie saßen um einen Tisch in dem kleinen Coffeeshop nicht weit von der Gerichtsmedizin und genossen die kühle Luft aus der Klimaanlage.

»Ich habe nur eine Frage«, sagte Sarah. »Wie politisch ist dieser Fall eigentlich? Ich meine, auf lokaler Ebene.«

»Auf einer Skala von eins bis zehn?«, erwiderte Aubrey. »Ungefähr dreiundzwanzig. Sie haben gerade einen der wichtigsten Akteure in diesem Spiel dabei beobachten können, wie unser Pathologe seine Rolle bis aufs i-Tüpfelchen genau gespielt hat. Ist Ihnen der Name an seiner Tür aufgefallen?«

»Ja. Es war nicht sein Büro«, antwortete Sarah.

»Doch, war es. Aber das Namensschild verrät, dass sein Vorgänger erst vor kurzem ausgezogen ist. Der Kerl, mit dem wir gerade gesprochen haben, ist nur Chefpathologe auf Probe. Natürlich wird er sich da an die offizielle Marschrichtung halten. Die Kanes haben ihren Sohn getötet und dann ein anderes Verbrechen vorgetäuscht, um die Ermittler von der Spur abzubringen.«

»Und solange der Pathologe seinen Job nicht sicher hat, wird er keine Wellen schlagen«, fügte Thrace hinzu und schüttelte den Kopf.

»Wisst ihr, was mir wirklich Kopfzerbrechen macht?«, sagte Sarah, nachdem sie einen großen Schluck Saft getrunken hatte. »Diese Kombination Plastiktüte-Kopfwunde.«

»Völlig unvorstellbar ist das nicht. Die Leute machen den größten Blödsinn, wenn …«

»Aber sie mussten doch wissen, dass wir die Kopfwunde finden. Sie können doch nicht ernsthaft geglaubt haben, dass es uns verborgen bleibt.«

»Wir haben es hier vermutlich nicht gerade mit kriminellen Genies zu tun«, warf Thrace ein. »Die menschliche Dummheit kann mich schon seit Jahren nicht mehr überraschen.«

»Hm, ja«, sagte Aubrey und überlegte sich seine nächsten Worte sorgfältig. »Die Kanes sind keine aktenkundigen Kindesmisshandler, und sie haben absolut kein Motiv, ihren jüngsten Sohn zu ermorden. Nur ein Soziopath schlimmster Sorte könnte sein Kind zu Tode prügeln und dann in aller Ruhe ein Entführungsschreiben aufsetzen.«

Sarah nippte an ihrem Saft und schaute durchs Fenster auf die geschäftige Straße hinaus. Es war Nachmittag; der Verkehr wurde dichter. Die meisten Fahrer klammerten sich an ihre Lenkräder und starrten ungeduldig auf die Stoßstange des Wagens vor ihnen. Wer keine Klimaanlage hatte, lehnte lässig den Ellbogen aus dem offenen Fenster. Die meisten Leute waren auf dem Weg von der Arbeit nach Hause und wollten einfach nur raus aus dem verdammten Verkehr.

Sarah stellte die Flasche auf den Bierdeckel und schaute Aubrey an. »Das LAPD hat die Alibis der aktuellen Angestellten der Kanes bereits überprüft, nicht wahr?« Aubrey nickte. »Was ist mit ehemaligen Angestellten?«

»Ich werde Meade anrufen und nachfragen.« Aubrey holte sein Handy aus der Tasche und drückte eine Kurzwahltaste.

»Wenn es darum geht, die Integrität einer Person zu überprüfen, ist dieses Baby hier besser als alles, was es sonst gibt«, sagte Jack Mortimer aufgeregt. Er zog sich einen Stuhl an die Workstation und schaltete seinen Laptop ein. Während der Computer langsam hochfuhr, schauten Sarah, Joss und Aubrey über Jacks Schulter auf den Bildschirm. »Okay, Leute«, sagte er. »Was wir hier sehen, ist ein kleines Freizeitprojekt von mir. Eine Art Software-Frankenstein, wenn ihr so wollt.«

»Frankenstein hat das Monster erschaffen, er war es nicht selbst«, korrigierte ihn Joss.

»Wirklich?« Jack runzelte die Stirn und schob die Brille hoch. »Dann habe ich gewisse Defizite, was meine Literaturkenntnisse betrifft, aber den Kram hier kenne ich.«

»Und was *ist* dieser Kram, Jack?« Sarah verlor allmählich die Geduld.

»Das ist ein Lügendetektor. Genau genommen sind es sogar zwei, die parallel arbeiten. Die beiden genauesten Ehrlichkeitsmesser, die es gibt.«

»Und wie funktioniert das?«, fragte Aubrey.

»Ganz einfach. Man lässt das Baby hier den Audiofeed aus

dem Verhörraum anzapfen. Das erste Programm wurde in Europa entwickelt. Es misst das Mikrozittern in der Stimme des Sprechers.«

»Das *was?*«, fragte Joss.

»Wenn eine Person normal spricht, lässt sich ein sogenanntes Mikrozittern messen. Lügt eine Person jedoch bewusst, verschwindet es. Das Programm findet und überwacht diese Veränderungen.«

»Und was macht das zweite Programm?«, hakte Sarah nach.

»Nun, das ist ein wenig anders. Es wurde hier in den guten, alten Vereinigten Staaten entwickelt. Vereinfacht gesagt, findet es Lügen, indem es die Sprachwahl des Probanden untersucht ... Syntax, Veränderungen der Zeitform, Erzählperspektive, Pronomen und Wortwahl im Allgemeinen. Ursprünglich wurde es entwickelt, um Schriftstücke zu analysieren, aber ich habe es ein wenig ausgebaut und eine Spracherkennung installiert. In Verbindung mit dem ersten Programm ist das eine fast narrensichere Sache.«

Sarah schaute zu Aubrey. »Haben Sie das mit der Rechtsabteilung abgeklärt?«

Aubrey lächelte schief und zuckte mit den Schultern. »Es gibt genügend Präzedenzfälle. Das Heimatschutzministerium greift immer auf diese Methode zurück, wenn sie es für notwendig erachten, und die sind noch nie verklagt worden.«

»Die hatten es vermutlich aber auch noch nie mit Mr. und Mrs. Hollywood zu tun«, murmelte Joss.

»Kannst du das Ding in einer Stunde einsatzbereit haben, Jack?«, fragte Sarah und schaute auf die Wanduhr. »Ich möchte nicht, dass irgendetwas schiefgeht. Keine plötzlichen Rückkopplungen im Mikrofon, okay?«

»Überlass das ruhig mir.«

Sarah drehte sich zu ihrer Partnerin um. »Joss, kann ich mal kurz unter vier Augen mit dir sprechen?«

Joss nickte und folgte Sarah in deren Büro. Sarah ließ sich auf ihren Schreibtischstuhl sinken und lehnte sich zurück. Joss nahm auf dem Besucherstuhl Platz. »Ich möchte Aubrey als Backup mit mir da drin«, begann Sarah, »aber du sollst wissen, dass das nicht ...«

»Ist schon okay«, sagte Joss und lächelte. »Er ist halt der Ortskundige. Wenn sie versuchen, dich reinzulegen, wird er es merken. Trotzdem danke, dass du an mich gedacht hast.« Sarah erwiderte das Lächeln ihrer Partnerin. »Ich werde mich um den einen Kane kümmern, während du den anderen grillst«, fuhr Joss fort. »Ein kleines verständnisvolles Gespräch in harmloser Umgebung wird sie vielleicht ermutigen, sich ein wenig zu öffnen.«

»Perfekt. Als Ersten nehmen wir uns Ethan vor. Rebecca ist eher der nervöse Typ. Versuch mal, ob du es schaffst, dass sie sich ein wenig entspannt.«

Aubrey erschien in der Tür, noch immer sein Handy in der Hand. »Ich habe gerade eine Rückmeldung vom LAPD bekommen, was die ehemaligen Angestellten der Kanes betrifft«, sagte er.

»Und?«, fragte Sarah.

»Alle haben wasserdichte Alibis, mit einer Ausnahme. Patterson. Owen Patterson. Ein ehemaliger Bodyguard. Man hat ihn gefeuert und Hal Vasquez als Nachfolger geholt.«

»Und warum kann Mr. Patterson nicht belegen, wo er zum Tatzeitpunkt gewesen ist?«, fragte Sarah.

»Weil ihn niemand finden kann.«

»Aha. Irgendeine Idee, wo man suchen sollte?«

»Vielleicht. In der Hollywood Division heißt es, dass er mit einer Bordsteinschwalbe herumhängt, einer gewissen Vikky Cole.«

»Ist sie teuer?«

»Nein. Mehr der Typ, der nachts auf dem Ventura Boulevard herumlungert und für zehn Dollar alles macht.«

»Arbeitet sie auch heute Nacht?«, fragte Sarah und hob die Augenbrauen.

»Ich rufe einen Kumpel bei der Sitte an und frage mal nach.«

13

»Das FBI ist sich bewusst …«

»Das ist Scheiße, Aubrey.« Dean Shaughnessy wuchtete unbeholfen seine stämmige Gestalt aus dem Rolls Royce. Rebecca und Ethan Kane waren bereits auf der anderen Seite ausgestiegen. Sie standen in der gesicherten, von Halogenlampen erhellten Tiefgarage des FBI vor Agent Aubrey und einer Phalanx teilnahmslos dreinblickender Special Agents. »Das FBI ist sich eines Scheißdrecks bewusst!«

»Ich freue mich auch, Sie zu sehen, Mr. Shaughnessy«, sagte Aubrey und schüttelte dem Anwalt die Hand.

»Wo ist Sarah?«

»Agentin Reilly wartet oben auf uns.«

»Gut. Dann lassen Sie uns mit dieser Scharade anfangen.«

Jack saß an der Workstation am anderen Ende des Großraumbüros in Wilshire. Das Audiofeed von Ethan Kanes Mikrofon wurde direkt in das Headset geleitet, das er sich ans Ohr geklemmt hatte. Über das Headsetmikrofon konnte er nur mit Sarah und Aubrey sprechen, die bequeme kleine Empfänger in den Ohren trugen, wie das FBI sie beim Personenschutz benutzte.

Shaughnessy und sein Mandant saßen auf einer Seite des Tisches, Sarah und Aubrey auf der anderen. Mit einem Knopfdruck aktivierte Sarah das Aufnahmegerät und die Kamera. Mit lauter, klarer Stimme nannte sie Datum, Uhrzeit, die Namen der anwesenden Agenten und die des Vernommenen sowie seines Rechtsbeistands.

»Ich danke Ihnen, Mr. Kane, dass Sie bereit waren, sich heute Abend mit uns zu treffen.« Sarah lächelte entschuldigend und legte genug mädchenhafte Unsicherheit in ihre Stimme, dass Kane sich entspannte.

Ethan erwiderte das Lächeln. »Schon in Ordnung, Agentin Reilly. Wenn wir Ihnen damit helfen können.«

Sarah schlug die Aktenmappe auf, die vor ihr lag. »Ihr vollständiger Name lautet Ethan Matthew Kane?«

»So ist es.«

»Und Sie sind in Nevada geboren?«

»In Las Vegas, ja.«

»Sie haben die Universität von Nevada besucht und Ihren Abschluss in Schauspiel gemacht?«

»Ganz recht.«

»Und vor zwölf Jahren haben Sie Rebecca Mary Dutton geheiratet?«

»Ja.«

Jacks Stimme erklang zum ersten Mal in Sarahs Ohrstöpsel. »Okay, alles klar. Die Grundparameter sind eingestellt. Jetzt kannst du ihm die Daumenschrauben anlegen.«

»Vor ungefähr einem Monat – in der Nacht, als Sie und Ihre Frau an der Oscarverleihung teilgenommen haben – wurde Ihr Sohn Milo ermordet. Kennen Sie jemanden, der ein Motiv haben könnte, Ihrer Familie zu schaden?«

Ethan dachte einen Augenblick nach.

»Schwer zu sagen«, erklärte er dann. »Wenn Sie wie Rebecca und ich ständig im Rampenlicht stehen … Nein, das kann man unmöglich sagen. Allerdings bekommen wir bisweilen Morddrohungen. Nachdem wir Milo in dieser Miniserie haben mitspielen lassen, ist die Zahl dieser Drohungen sprunghaft gewachsen. Aber bis zu diesem schrecklichen Morgen habe ich mir nicht einmal vorstellen können, dass uns tatsächlich jemand angreift.«

»Also kennen Sie niemanden, der ein Motiv und Zugang zu Ihrem Grundstück gehabt hätte. Könnte es nicht jemand gewesen sein, der Ihr Haus schon mal besucht hat?«

»Nein. Da fällt mir niemand ein. Am besten, Sie reden mit Hal Vasquez.«

»Gut. Ich werde mich in den nächsten Tagen bei ihm melden.« Sarah ließ sich Zeit. Sie nippte an ihrem Wasserglas und zog das Schweigen in die Länge. Schließlich schaute sie Ethan wieder an. »Jeder Ihrer ehemaligen Angestellten hat ein Alibi – bis auf einen. Erinnern Sie sich an Mr. Owen Patterson?«

»Natürlich. Er war unser Bodyguard.«

»Warum ist er aus Ihren Diensten ausgeschieden?«

»Wegen Familienproblemen.«

»Woher wissen Sie das?«

»Das hat Eli Haldermann uns erzählt, unser Manager.«

»Und nach Pattersons Kündigung haben Sie Hal Vasquez angestellt, nicht wahr?«

»Nun, genau genommen war es das Studio, nicht wir. Eli und das Studio kümmern sich um alles.«

»Hatten Sie Kontakt zu Mr. Patterson, seit er aus Ihren Diensten ausgeschieden ist?«

»Nein.«

»Ich verstehe«, erwiderte Sarah. »Was nun die Nacht des Mordes an Ihrem Sohn angeht, Mr. Kane … Könnte es sein, dass Sie bei Ihrer ursprünglichen Aussage etwas vergessen haben? Irgendeine Kleinigkeit, die Sie uns jetzt mitteilen wollen?«

»Nein. Nichts«, antwortete Ethan, ließ den Blick durch den Raum schweifen und schaute dann wieder auf Sarah. »Jedenfalls fällt mir im Moment nichts ein.«

Du lügst, dachte Sarah. Ihr Ohrstöpsel summte; dann bestätigte Jack ihren Verdacht: »Die Anzeige schlägt voll aus. Er verbirgt etwas.«

Ja, aber was? Sorgfältig ging Sarah im Kopf die Möglichkeiten durch. Sie musste gezielter fragen, musste tiefer bohren. Solange sie nicht die richtige Frage stellte, konnte selbst der ausgefeilteste Lügendetektor nicht ermitteln, was Ethan Kane verbarg.

»Ist seit dem Mord irgendetwas Ungewöhnliches passiert?«, fragte sie. »Seltsame Telefonanrufe? Gesichter auf der Straße, von denen Sie hätten schwören können, sie schon einmal gesehen zu haben, ohne sie zuordnen zu können?«

»Nein. Nichts.«

Er wird vorsichtiger, ging es Sarah durch den Kopf.

»Er lügt noch immer«, erklang Jacks Stimme in Sarahs Kopfhörer. »Daran besteht kein Zweifel. Es gefällt ihm nicht, in welche Richtung du fragst.«

»Haben Sie niemanden bemerkt, der Ihnen gefolgt ist?«

»Niemanden.«

»Das stimmt«, meldete sich Jack.

»Keine Telefonanrufe?«

»Wie ich bereits sagte, nichts dergleichen.« Ethan beugte sich vor und wischte sich eine Haarsträhne aus der Stirn.

»Schon wieder eine Lüge«, erklärte Jack.

»Haben Sie im vergangenen Monat eine ungewöhnlich große Summe Geld abgehoben oder überwiesen, Mr. Kane?«

Ethan zögerte, bevor er antwortete: »Ich verstehe nicht.«

Sarah lehnte sich auf ihrem Stuhl zurück. »Große Abhebungen, Überweisungen auf andere Konten …«

»Nein, nichts dergleichen.«

»Er spielt mit uns«, erklärte Jack, und ein Hauch von Verärgerung schlich sich in seine Stimme. »Seine Aussagen werden noch immer als unwahr registriert, aber nicht mehr so eindeutig.«

»Haben Sie im vergangenen Monat etwas Ungewöhnliches mit Ihren Finanzen gemacht? Oder mit Ihrem persönlichen Besitz?«

Ethan runzelte die Stirn. »Nein. Das sagte ich doch schon.«

»Bingo! Eine glatte Lüge.« Sarah hörte Jack leise lachen.

Toll. Aber was fange ich damit an? Dann kam Sarah ein Gedanke. Sie musste es Kane leicht machen, sich zu öffnen. Also zielte sie auf die wahrscheinlichste Option: große bewegliche Vermögenswerte.

»Wenn man bedenkt, welchen Schock Sie erlitten haben, Mr. Kane, wäre es nicht überraschend, wenn Sie erst vor kurzem bemerkt hätten, dass in der Nacht der Ermordung Ihres Sohnes etwas Wertvolles im Haus abhanden gekommen ist. Vielleicht haben Sie die Entdeckung ja erst so kurzfristig gemacht, dass Sie noch nicht einmal die Gelegenheit hatten, Ihre Versicherung zu verständigen.«

Ethan Kane nahm sich viel Zeit und starrte auf den Tisch. Dann schaute er wieder zu Sarah und nickte. »Ja. Jetzt, da Sie es erwähnen ... Es gibt da tatsächlich etwas. Als ich heute Morgen nachgesehen habe, war es nicht mehr an seinem üblichen Platz in unserem Safe. Wir waren ja nicht da. Deshalb hatten wir keine Gelegenheit, unsere Sachen durchzugehen ...«

»Natürlich«, sagte Sarah. »Das war ja auch nicht anders zu erwarten. Falls es Ihnen nichts ausmacht, könnten Sie mir wohl eine Beschreibung des Gegenstandes geben?«

»Es handelt sich um eine Halskette. Ich habe sie Rebecca vor ein paar Jahren zu unserem Hochzeitstag gekauft. Es ist eine Goldkette mit Brillanten und einem einzelnen Saphir. Dieser Saphir ist ein berühmter Stein. Er hat einmal einem indischen König gehört, oder einem Maharadscha, was weiß ich.«

»Und der geschätzte Wert?«

»Vor ein paar Jahren habe ich die Kette für eins Komma neun Millionen Dollar gekauft. Inzwischen müsste sie so um die drei Millionen wert sein.«

»Haben Sie die Kette von einem Experten schätzen lassen?«

»Nein.«

»Wie würden Sie Ihre Beziehung zu Ihrer Frau beschreiben, Mr. Kane?«

Ethan grinste. Auf die Frage hatte er gewartet. »Als bestens. Natürlich geht es in unserer Beziehung auf und ab wie in jeder anderen auch, und die Medien machen es uns im Augenblick mit Sicherheit nicht leichter.«

»Ich kann mir durchaus vorstellen, dass das eine zusätzliche Belastung darstellt.«

Ethan nickte.

»Haben Sie oder Ihre Frau Affären gehabt?«

»Was?« Ethan schaute zu seinem Anwalt und dann wieder zu Sarah. »Was hat das denn mit ...?«

Shaughnessy beugte sich vor und legte Ethan die Hand auf die Schulter. »Bitte, Sarah. Ist das wirklich nötig?«

»Ich glaube schon«, antwortete Sarah, den Blick weiterhin auf Ethan gerichtet.

»Ist schon okay, Ethan«, sagte Aubrey und mischte sich zum ersten Mal in das Gespräch ein. »Wir müssen vollkommen aufrichtig zueinander sein. Außerdem ist es kein Verbrechen, ein bisschen von fremden Tellern zu naschen, sonst säße ich längst im Knast.«

Ethan lächelte nicht, doch sein Zorn wich Verdrossenheit. »Keiner von uns beiden hat sich derart verlaufen!«

»Er lügt«, meldete sich Jack. »Da war jemand ein böser Junge.«

Sarah war die Treue oder Untreue der Kanes vollkommen egal. Ihre Frage diente dazu, ihr eine Einstiegsmöglichkeit zu schaffen – eine Möglichkeit, Ethans Mauer niederzureißen.

Das Problem mit Schauspielern war, dass sie es hervorragend verstanden, sich emotional von einer Situation zu distanzieren. Sarah wusste, dass sie wesentlich mehr Druck machen musste als gewöhnlich, wollte sie etwas aus dem Mann herausbekommen. Und wenn sie die Situation richtig eingeschätzt hatte, bot sich ihr nun die Gelegenheit: Um weitere schlechte PR für die Kanes zu vermeiden, würde Shaughnessy alles tun, aber mit Sicherheit nicht, das Verhör jetzt zu beenden.

»Aber es gibt doch bestimmt Versuchungen genug«, fuhr Sarah fort. »Schauspielerkolleginnen, Fans …«

»Ich habe ein ausgefülltes Sexualleben, Agentin Reilly, wenn Sie darauf hinauswollen.« Ethans Wangenmuskeln zuckten.

»Kommen Sie schon«, sagte Sarah. »Sie sind doch auch nur ein Mensch. Und mit den Kindern … Nun, es hat seinen Grund, dass ich selbst keine Kinder habe. Sie kommen einem immer in die Quere, verlangen nach ständiger Aufmerksamkeit …«

»Milo war nicht so«, sagte Ethan mit dumpfer Stimme, als hätte er einen Kloß im Hals. »Er war ein guter Junge. Er hat uns nie irgendwelche Schwierigkeiten gemacht.«

»Er sagt die Wahrheit«, meldete sich Jack.

»Davon bin ich überzeugt«, sagte Sarah und musste an einen Artikel denken, den sie auf dem Flug hierher gelesen hatte. »Sie haben auf die Rolle des Achilles in Dan Keiffers Verfilmung verzichtet, obwohl es stets Ihr Wunsch war, mit Keiffer zusammenzuarbeiten, nicht wahr? Aber dann ist Milo krank geworden, und Sie mussten bei ihm bleiben, weil Ihre Frau bereits zu Dreharbeiten war.«

»Also, *das* hätte mich richtig sauer gemacht«, bemerkte Aubrey.

»Kommen Sie, Ethan«, sagte Sarah mit ruhiger Stimme. »Unfälle passieren nun mal. Ich bin sicher, Sie haben das nicht gewollt, und die Geschworenen werden es verstehen. Aber Sie müssen mit uns reden. Sie müssen uns die Wahrheit sagen, damit wir Ihnen helfen können und …«

»Ich habe Milo nichts getan!«, schrie Ethan, sprang auf und schlug mit der flachen Hand auf den Tisch. »Ich würde meinem Kind nie etwas antun! Und das gilt auch für meine Frau! Ficken Sie sich, Agentin Reilly!«

Sarah stand ebenfalls auf. Sie legte die Hände auf den Tisch und beugte sich so nah an Ethan heran, dass sie den Zigarettenrauch in seinem Atem riechen konnte. Sie schaute ihm in die Augen. Zwanzig Sekunden lang schwiegen beide und rührten sich nicht.

Dann sagte Sarah: »Ich glaube Ihnen.«

»Das solltest du auch«, meldete sich Jack. »Das Programm zeigt, dass er es hundertprozentig ernst meint.«

Sarah brauchte kein Programm. Ethans knallrote Wangen, der bohrende Blick aus seinen glasigen, geschwollenen Augen und die Art, wie er ohne das geringste Zögern sprach, verrieten Sarah alles, was sie wissen musste.

»Bitte«, sagte sie, deutete auf Ethans Stuhl und setzte sich wieder. Widerwillig löste er den Blick von ihr und zog erneut den Stuhl an den Tisch. Er atmete schwer, sagte aber kein Wort.

Shaughnessy lehnte sich zurück, und seine Lippen verzogen sich zu einem kaum wahrnehmbaren Lächeln. Er wusste genau, was vor sich ging.

Sarah blätterte erneut durch die Akte. »Mr. Kane, in Ihrer Aussage haben Sie erklärt, Sie und Ihre Frau hätten das Haus nach dem Opfer durchsucht, während Sie auf die Polizei gewartet haben. Später haben Sie dann noch einmal gesucht, zusammen mit Ihrem Nachbarn. Beide Male haben Sie nichts gefunden. Ist das korrekt?«

»Ja.«

»Wann haben Sie das Opfer dann gefunden …?«

»Verdammt noch mal, nennen Sie ihn beim Namen!« Sarah hob den Blick. Ethan starrte sie an. »Bitte, benutzen Sie seinen Namen.«

Sarah spürte, wie sie errötete, und unterdrückte das Verlangen, sich zu entschuldigen. Sie nickte und schaute wieder in die Akte. »Um wie viel Uhr ungefähr haben Sie Milo im Keller entdeckt?«

»Gegen sechs.«

Sarah schaute auf. »Als die Polizei da war?«

»Die Polizei hatte gerade mit meiner Frau und unseren Angestellten gesprochen, ja.«

»Wie kommt es, dass Sie ihn da gefunden haben und nicht die anderen?«

»Das Licht ... Zu dieser Zeit fällt Tageslicht durch die Kellerfenster.«

Sarah wusste, dass die Kriminaltechniker des LAPD ihre eigenen Scheinwerfer mitgebracht hatten. Deshalb überraschte es sie nicht, dass niemand sich die Mühe gemacht hatte, im Keller die Glühbirne zu wechseln. Das hieß allerdings, dass der Eindringling – falls es einen gab – sich im Dunkeln im Haus zurechtgefunden haben musste.

Sarah schlug eine andere Richtung ein.

»Wie war Milos Beziehung zu seinem Bruder?«

»Gut. Typisch Geschwister halt ... Natürlich haben sie sich auch schon mal gestritten.«

»Haben die beiden sich auch an dem Nachmittag gestritten, als Sie zur Oscarverleihung gefahren sind?«

»Das weiß ich nicht«, antwortete Ethan, und ein Schatten legte sich auf sein Gesicht. »Ich war ganz mit den Vorbereitungen beschäftigt. Kurz bevor wir gefahren sind, hat Rebecca noch einmal kurz mit ihnen gesprochen. Sie sollten *sie* danach fragen.«

14

»Mrs. Kane, wir wissen, dass Ihr älterer Sohn, Bryan, ein Adoptivkind ist, während Milo Ihr leibliches Kind war. Hat das zu Spannungen zwischen den beiden geführt?« Die grundsätzlichen Fragen waren abgehakt; nun wagte Sarah sich auf schwierigeres Terrain vor.

»Meine Jungs haben einander geliebt. Sicher, es kam schon mal zu Streitereien, aber das ist ja normal für Jungs, die zusammen aufwachsen – besonders, wenn man bedenkt, unter welchem Druck sie standen.«

Als Rebecca Kane in den Verhörraum gekommen war, hatte sie verstohlen den Blick zwischen Sarah, Aubrey und ihrem Anwalt schweifen lassen. Die Frau war sichtlich nervös, und das würde Sarah ausnutzen. »Die Jungen standen unter Druck?«, hakte sie nach.

»Ja. Weil sie unsere Söhne sind.« Rebecca seufzte, als würde sie mit leicht zurückgebliebenen Kindern reden. »Die Medien haben unser Leben schon immer unerträglich gemacht. Wo wir auch hingehen, sind sie uns auf den Fersen. Von dem Augenblick an, da ich Milo aus dem Krankenhaus mit nach Hause gebracht habe, bis zum Tag seines Todes haben sie sich förmlich überschlagen, um die besten Fotos von ihm zu bekommen. Es ist keine Woche vergangen, in der er nicht auf dem Cover irgendeiner Illustrierten oder im Fernsehen zu sehen war. *Das* meine ich mit Druck, Agentin Reilly.«

Sarah hätte Rebecca natürlich fragen können, inwieweit dieses Medieninteresse mit ihren Bemühungen zu tun gehabt hatte, die Schauspielkarriere ihres Sohnes anzuleiern, doch sie besann sich eines Besseren.

»Bei diesen Streitereien, die Sie erwähnt haben, hat Bryan Milo dabei irgendwann einmal ernsthaft verletzt?«

»Nein.«

»Auch nicht aus Versehen?«

»Nie.«

Bedächtig nahm Sarah eine Aktenmappe vom Stapel auf ihrem Tisch und legte sie vor Rebecca. Das Logo des Cedar's Sinai Hospital war darauf zu sehen.

»Das ist Milos Krankenakte«, erklärte Sarah. »Wollen Sie Ihre Aussage vielleicht noch einmal überdenken?«

Sarah rechnete damit, dass Rebecca, der Lüge überführt, nun entweder die Beherrschung verlieren oder aus dem Saal stürmen würde. Glücklicherweise tat sie weder das eine noch das andere. Stattdessen strich sie sich die Kleiderärmel glatt und hielt lange inne, bevor sie antwortete:

»Also gut. Ich habe gelogen. Ja, Milo ist einmal verletzt worden. Aber das war wirklich nicht Bryans Schuld. Er hatte Milo durchs Haus gejagt, weil der ihm eines seiner Videospiele geklaut hatte, und dabei ist Milo die Haupttreppe vor dem Haus heruntergefallen und hat sich den Arm gebrochen. Das hat Bryan nicht gewollt.«

»Sie sagt die Wahrheit … glaubt sie zumindest.« Sarah hörte Jack klar und deutlich in ihrem Ohrstöpsel. »Das ist einer der Nachteile dieser Technologie«, fuhr er fort. »Wenn jemand aus tiefstem Herzen etwas leugnet, wenn er es sich immer wieder selbst einredet, können wir Realität nicht mehr von Fiktion unterscheiden.«

Sarah hatte sich bereits vorgenommen, auch mit Bryan Kane persönlich zu sprechen; also hakte sie in dieser Richtung nicht weiter nach. »Ich würde Ihnen gerne ein paar Fragen zu Ihren ehemaligen Angestellten stellen …«

»Jeder von ihnen hat ein Alibi.«

»Hola!«, rief Jack. »Ihr Stresslevel ist gerade durch die Decke gegangen. Ich glaube, du hast einen Nerv getroffen.«

»Nein«, widersprach Sarah ruhig. »Für einen Ihrer einstigen Angestellten hat das LAPD kein Alibi. Es handelt sich um einen ehemaligen Bodyguard. Owen Patterson.«

»Ich weiß nicht, wo er ist.«

Sarah legte den Kopf auf die Seite. »Danach habe ich Sie nicht gefragt, Mrs. Kane.«

Rebecca schob den Stuhl vom Tisch zurück und verschränkte die Arme vor der Brust.

»Sie sagt die Wahrheit«, meldete Jack sich zu Wort. »Sie weiß wirklich nicht, wo er ist.«

Aubrey beugte sich vor, faltete die Hände und legte sie auf den Tisch. »Haben Sie und Owen sich im Guten getrennt?«

»Ja.«

»Und warum ist er gefeuert worden, Mrs. Kane?«, fragte Sarah.

»Ich habe gehört, er habe daheim Probleme gehabt. Genaueres weiß ich aber nicht. Da müssen Sie Eli fragen. Er kümmert sich um solche Dinge.«

»Ja, Mr. Haldermann werden wir später auch noch befragen, Mrs. Kane.« Sarah lächelte. »Haben Sie Mr. Patterson gesprochen, seit er aus Ihren Diensten ausgeschieden ist?«

»Nein. Warum sollte ich?«

Jack seufzte. »Und schon wieder gelogen.«

Ja, aber warum? Sarah wusste, dass Rebecca Kane tausend Gründe dafür haben könnte.

»Haben Sie gewusst, dass Mr. Patterson mit einer Frau namens Vikky Cole liiert war?« Sarah beobachtete, wie ein zorniges Funkeln in Rebeccas Augen erschien.

»Nein«, log Rebecca. »Ich hatte keine Ahnung.«

Sarah wusste, dass es keinen Sinn hatte, weiter Druck zu

machen. Rebecca würde sich noch weniger kooperativ zeigen. Hatten sie Patterson erst einmal gefunden, konnten sie immer noch auf Rebecca zurückkommen und Pattersons Aussage als Druckmittel benutzen. Trotz Jacks ausgefeiltem Lügendetektor musste man für gewöhnlich große Umwege gehen, wollte man tatsächlich die Wahrheit herausfinden.

»Sie haben ein wunderschönes Haus«, wechselte Sarah das Thema. »Hat dort in den vergangenen Monaten irgendetwas stattgefunden, in das Außenstehende verwickelt waren? Partys? Renovierungsarbeiten? Reparaturen?«

»Die Wohltätigkeitstour. Wie dumm von mir. Vor ein paar Tagen ist mir eingefallen, dass ich das niemandem gegenüber erwähnt habe, nicht mal in meiner Aussage. Aber es hat mich auch niemand nach so etwas gefragt, deshalb ...«

»Wovon reden Sie?«, unterbrach Shaughnessy sie. »Was für eine Wohltätigkeitstour?«

»Das war ungefähr fünf Wochen, bevor Milo ermordet worden ist. Für die Kinderkrebshilfe. Viele Promis und Hausbesitzer an der Bel Air Road haben ihre Grundstücke für die Öffentlichkeit geöffnet. Jeder, der eine entsprechende Spende leistete, konnte sich über unsere Grundstücke führen lassen. Unser Besitz war einer der beliebtesten. Es müssen gut tausend Leute da gewesen sein.«

Sarah hatte die Akte beiseitegeschoben und saß steif auf ihrem Stuhl. »Die Touren waren *geführt*? Die Besucher waren ständig unter Beobachtung?«

Rebecca schüttelte den Kopf und schürzte die Lippen. »Das hatten die Organisatoren uns zwar versichert, aber Hal Vasquez hat hinterher berichtet, dass ein paar Leute in gesperrte Bereiche vorgedrungen sind. Sie haben da Müll hinterlassen.«

»War auch jemand im Keller?«, fragte Sarah.

»Da werden Sie mit Hal sprechen müssen.«

Vor dem Aufzug machte Aubrey ein bisschen Smalltalk mit den Kanes, während Sarah sich von ihrem »Onkel Dean« zur Seite führen ließ, um unter vier Augen mit ihm zu sprechen.

»Sarah, das sind West-Coast-Schickimickis, halbgare Schauspieler, die sich kaum selbst die Schuhe zubinden können, geschweige denn den Mord an ihrem kleinen Sohn planen. Du weißt das. Das sehe ich dir an.«

»Ich glaube auch nicht, dass sie ihn getötet haben«, sagte Sarah und hielt dabei bewusst die Stimme gesenkt. »Aber um sie zu entlasten, wirst du sie davon überzeugen müssen, dass sie nicht ständig versuchen sollen, uns an der Nase herumzuführen. Beide verbergen etwas vor uns. Vielleicht ist es ja nicht dasselbe, und vielleicht ist es gar nicht wichtig, aber sie sind nicht ehrlich zu uns.«

»Du klingst schon wie Meade, dieses Musterbeispiel an Inkompetenz«, sagte Shaughnessy.

»Mir ist scheißegal, wie ich klinge. Um die Leute, die wirklich zählen, von der Unschuld der Kanes zu überzeugen – und zu denen gehört auch Detective Meade –, müssen deine Mandanten noch *um einiges* entgegenkommender werden.«

»Was macht dich so sicher, dass sie dich belügen?«, fragte Shaughnessy.

»Nun, abgesehen von der Lüge, was die Sache im Krankenhaus angeht …«

»Moment mal. Das ist subjektiv«, warf Shaughnessy ein. »Von ihrer Warte aus gesehen war Rebecca vollkommen ehrlich zu dir. Du hast gefragt, ob Bryan seinen Bruder je ernsthaft verletzen wollte. Du weißt nicht, ob er …«

»*Du* wartest jetzt mal 'ne Minute, Onkel Dean«, sagte Sarah, trat einen Schritt zurück und stach mit dem Zeigefinger in die Luft. »Ich kann dir die Aufnahme gerne noch mal vorspielen, wenn du willst. Ich habe Rebecca gefragt, ob eine der Streitereien, die sie erwähnt hat, vielleicht *zur Folge* gehabt habe, dass Milo ernsthaft verletzt wurde. Sie sagte Nein. Das war die erste Lüge. Dann habe ich sie gefragt, ob es vielleicht ein Unfall gewesen sei, und wieder hat sie Nein gesagt. Das waren dann zwei Lügen, und das weißt du.«

Shaughnessy wusste, dass Sarah ihn hatte. Er schaute zu seinen Mandanten hinüber.

»Ich will die ganze ungeschminkte Wahrheit«, sagte Sarah, »und ich werde sie bekommen, so oder so. Das FBI ist nicht an irgendwelchen Bagatellen interessiert. Wenn sie in der Nacht von Milos Tod Koks aus dem Bauchnabel einer Nutte geschnupft haben, ist uns das scheißegal. Wir wollen einfach nur jede noch so kleine Einzelheit, die wir brauchen, um den Fall richtig untersuchen zu können. Und das willst du doch auch, nicht wahr? Oder warum sonst hast du uns gerufen?«

Shaughnessy nickte.

»Gut. Dann wirst du sicher nichts dagegen haben, wenn ich dich um einen weiteren Gefallen bitte. Ich rufe dich morgen früh an.«

Der Aufzug kündigte mit einem Klingeln seine Ankunft an und veranlasste Shaughnessy, sich wieder zu seinen Mandanten zu gesellen. Mit grimmigen Gesichtern waren die drei binnen Sekunden verschwunden.

Aubrey schaute sich die Nachrichten auf seinem Handy an und folgte Sarah den Gang hinunter zu ihrem Büro.

»Mein Kumpel von der Sitte hat angerufen«, sagte er und setzte sich auf den Besucherstuhl. »Vikky müsste heute Nacht arbeiten, wenn sie sich an ihre üblichen Arbeitszeiten hält. Wollen Sie mal runterfahren? Vielleicht können wir Madame Cole ja finden.«

Es war erst zehn Uhr abends, aber ein paar Prostituierte arbeiteten schon, Männlein wie Weiblein. Sie schlenderten den von Palmen gesäumten Sunset Boulevard zwischen Gardner und La Brea entlang und beugten sich gelegentlich in die geöffneten Fenster von Autos, die am Bürgersteig hielten.

Die beiden Agenten saßen in Aubreys Wagen, einem unauffälligen silbernen Pontiac, an der Ecke Sunset und Western. Sie glaubten, diskret zu sein, doch binnen weniger Minuten gaben mehrere Mädchen ihre eifersüchtig bewachten Plätze in der Nähe auf. Sarah wusste jedoch, solange die Mädchen es nicht weitererzählten, waren sie nicht kompromittiert.

Sie schaute auf das Foto in ihrem Schoß: Vikky Coles Porträt. Das blonde Haar zu einem strengen Bob frisiert, schaute sie streng drein. Sie hatte die gleichen grausamen, falkenhaften Augen, die Sarah schon oft bei den Frauen gesehen hatte, die in Boston demselben Gewerbe nachgingen. Ihrem Äußeren sowie ihrem langen Vorstrafenregister nach zu urteilen, war sie bestimmt nicht von der kooperativen Art. Und sie hatte keinen zwingenden Grund, einen Liebhaber zu verpfeifen.

»Ist sie das?«, fragte Sarah, als eine spindeldürre blonde Frau am Wagen vorbeiging. Ihre kurz abgeschnittenen Denims ließen keinerlei Spielraum mehr für Fantasie.

»Zu jung, würde ich sagen«, erwiderte Aubrey. »Das ist nur ein Kind. Was für eine verdammte Verschwendung.«

Sarah war der gleichen Meinung, sah nur keinen Sinn darin, länger darüber nachzudenken. Sie hatte schon mit genug Asphaltschwalben zu tun gehabt, um zu wissen, dass sie alles Mögliche wollten, nur nicht das Mitleid eines Cops.

Sarah setzte sich auf und versuchte, ihre schleichende Müdigkeit zu bekämpfen. Sie hatte auf dem Flug von Boston hierher kaum geschlafen, und wenn sie weiterhin fit bleiben wollte, brauchte sie eine ordentliche Nacht Schlaf. Sie hoffte, dass Vikky Cole ihnen keinen allzu großen Ärger bereiten würde.

Eine Stunde später wusste Sarah, dass das nur Wunschdenken gewesen war. Sie hatte sich gerade gegen die Kopfstütze gelehnt und wollte ihren schweren Augenlidern ein wenig Ruhe gönnen, als Aubrey sich vorbeugte, den Kopf nach links drehte, die Augen zusammenkniff und zu einem Wagen spähte, der soeben am gegenüberliegenden Bordstein gehalten hatte.

»Offenbar sind wir angekommen, kurz nachdem Vikky sich ihren ersten Freier angelacht hat«, sagte Aubrey. »Er setzt sie nämlich gerade wieder ab.«

Sarah setzte sich auf, rieb sich die Augen und schaute zu dem fremden Wagen hinüber.

»Lassen wir den zufriedenen Kunden wieder abziehen. Dann gehen wir rüber und unterhalten uns ein wenig. Klingt das gut?«, fragte Aubrey.

Sarah nickte und schnallte sich ab.

Als der Wagen wegfuhr, ging Vikky den Bürgersteig hinauf. Die anderen Mädchen ignorierten sie weitgehend.

Die Agenten bewegten sich schnell, denn Vikky ging bereits auf einen anderen Wagen zu. Als der Fahrer sah, dass die beiden Dienstmarkenmäppchen in den Händen hielten, jagte er mit kreischenden Reifen davon.

»FBI?« Vikky funkelte Sarahs Dienstmarke an. »Was soll denn die Scheiße?«

»Wir wollen nur reden«, sagte Sarah und musterte ihr Gegenüber. Die Prostituierte trug einen knappen Minirock mit Blümchenmuster und eine enge rote Bluse, die in unangenehmem Kontrast zu ihrer blassen Haut stand. Ihr Lippenstift war sogar noch röter; dazu hatte sie lange aufgeklebte Fingernägel. Abgesehen von der Handtasche, die sie trug, hätte sie wohl nirgends eine Waffe verstecken können.

»Starren Sie mich nicht so an!«, sagte Vikky schroff. »Ich weiß, wie schön ich bin.«

»Was immer Sie sagen«, sagte Aubrey und nickte in Richtung seines Wagens. »Wollen Sie mit zu unserem Auto kommen, oder möchten Sie lieber, dass Ihre Freundinnen hier sehen, wie dick Sie mit dem FBI sind?«

Vikky antwortete, indem sie an den beiden Agenten vorbei zum Pontiac ging und sich auf den Beifahrersitz setzte. Sarah nahm auf der Rückbank Platz, und Aubrey hockte sich hinters Lenkrad.

»Und? Was wollen Sie wissen?«, fragte Vikky und zündete sich eine Zigarette an. Aubrey beugte sich über sie, um das Fenster herunterzulassen. Vikky lächelte ihn an. Ihre Zähne waren mit Lippenstift verschmiert.

»Wir möchten Sie zu Owen Patterson befragen«, erklärte Aubrey und schaute Vikky in die Augen. »Wie wir hörten, ist er ein Freund von Ihnen.«

»Er ist ein Stück Dreck.« Vikky stieß ein Quaken aus, das auch als Lachen hätte durchgehen können. »Er hat mich vor gut einem Monat einfach sitzen lassen. Ist zur Tür raus und ließ das Apartment als Müllhalde zurück. Er hat sogar die verdammte Tür offen stehen lassen, der dämliche Hund.«

»Hat er irgendetwas mitgenommen?«

»Nicht viel. Wer immer sie war, sie muss ihn wirklich aus den zierlichen kleinen Söckchen gehauen haben. Die verdammte Schwuchtel. Was hat er überhaupt getan?«

»Haben Sie von ihm gehört, seit er gegangen ist?«, fragte Aubrey.

»Nee.«

»Seine Sachen«, sagte Sarah, »von denen Sie gesagt haben, er habe sie zurückgelassen ... dürften wir sie uns mal anschauen?«

»Die hab ich vertickt, Süße.« Vikky warf Sarah das gleiche falsche Lächeln zu, mit dem sie auch Aubrey bedacht hatte. »So habe ich wenigstens noch ein bisschen von dem Hurensohn bekommen.«

»Was hat Owen gemacht, seit er nicht mehr für die Kanes gearbeitet hat?«, fragte Aubrey.

Wieder erschien ein Funkeln in Vikkys Augen. Diesmal hielt sie kurz inne. Als sie schließlich antwortete, wählte sie ihre Worte mit Bedacht und sprach in sorgsamem Tonfall, den sie normalerweise vermutlich für ihre Kunden reservierte. »Sie arbeiten also für Ethan und Rebecca Kane, ja? Es geht um ihr Kind, stimmt's? Das Kind, das umgekommen ist? Wie kommen Sie darauf, dass Owen damit zu tun hat? Da ging es doch auch um Lösegeld, oder? Irgendwas wie ...«

»Beantworten Sie die Frage, Vikky!« Sarah war müde und gab sich Mühe, den Zorn zu unterdrücken, der langsam in ihr hochkochte. »Sagen Sie uns, womit Patterson sich seinen Lebensunterhalt verdient hat, seit er nicht mehr für die Kanes gearbeitet hat.«

Vikky wirbelte auf ihrem Sitz herum und funkelte Sarah an. »Einen Scheißdreck muss ich Ihnen sagen!« Sie spie Sarah die Worte förmlich ins Gesicht. »Sie haben nichts gegen mich in der Hand. Sie können mir nichts. Gar nichts. Meinetwegen können Sie sich selbst ficken, und Ihren schwulen Freund hier gleich mit. Bis später ... Fotze.« Vikky packte den Türgriff.

Sie war zu langsam. Sarahs Hand war bereits nach vorn geschossen und hatte Vikkys platinblondes Haar gepackt. Sie riss den Kopf der Frau zurück. Die Hure wimmerte. Sie konnte sich nicht mehr bewegen.

Sarah rutschte ein Stück nach vorne und hielt den Mund dicht neben Vikkys Ohr. »Du bist wirklich ein Stück Dreck. Glaub ja nicht, dass es mir Spaß macht, dir so nahe zu kommen. Aber du weißt etwas, was wir auch wissen müssen.« Sarah sprach ganz ruhig, doch genau das machte es so bedrohlich. »Du bist uns scheißegal, Vikky Cole. Du bist weniger als nichts. Wenn mein Partner und ich unter deinen Kolleginnen verbreiten, dass du HIV-positiv bist, werden wir nicht die geringsten Schuldgefühle haben.« Sarah riss Vikky am Haar. Die

Nutte schrie auf. »Glaubst du, sie werden zartfühlender zu dir sein als ich?«

»Okay, okay! Ist ja schon gut«, sagte Vikky mit zitternder Stimme. »Entspannen Sie sich! Ich werde Ihnen sagen, was Sie wissen wollen. Ich hab keinen Grund, Owen zu schützen. Ja, er hat an etwas gearbeitet, bevor er sich verpisst hat.«

»Weiter!«, forderte Sarah sie auf. Sie hielt noch immer Vikkys Haar.

»Er hat immer so getan, als wäre es was ganz Großes, unser Ticket für ein neues Leben. Ich könne aufhören, auf die Straße zu gehen, hat er gesagt, und wir würden uns ein Haus im Tal kaufen und so 'ne Scheiße. Er hat ständig davon geredet … bis zu der Woche, in der er verschwunden ist.«

»Was ist dann passiert?«, fragte Aubrey. »Was hat sich verändert?«

»*Er* hat sich verändert. Eines Nachts ist er nach Hause gekommen, und plötzlich war alles genau andersherum. Er konnte es nicht tun. Was immer es war, er konnte es nicht durchziehen. Er war total niedergeschlagen und hat das Haus tagelang nicht verlassen. Und er hat sich immer komischer benommen. Er wurde nervös, richtig schreckhaft. Hat immer mit 'ner Pistole unter dem Kopfkissen geschlafen. Dann ist er verschwunden, und seitdem hab ich nichts mehr von ihm gehört.«

»Was sonst noch?«, fragte Sarah und zerrte noch fester an Vikkys Haaren.

»Nichts! Ich schwör's! Beim Grab meiner Mutter! Ich hab keinen Grund, für diesen Scheißkerl zu lügen.«

Sarah schaute zu Aubrey. Der nickte. Langsam ließ sie Vikkys Haar los. Die Nutte nutzte sofort die Gelegenheit, sprang aus dem Auto und warf hinter sich die Tür zu. Sie rannte einen halben Block weit, drehte sich dann um und fluchte aus Leibeskräften, während Sarah wieder auf den Beifahrersitz stieg.

Aubrey reihte sich in den Verkehr ein. »Ich denke, Sie haben Eindruck hinterlassen«, sagte er und lächelte schief. »Gut gemacht. Wir haben, weshalb wir gekommen sind. Ich habe schon eine Fahndungsmeldung für Pattersons Wagen rausgegeben. Sollte er irgendwo auftauchen, werden wir es erfahren.«

Sarah erwiderte nichts darauf. Sie war müde, und trotz Aubreys Versicherungen wusste sie, dass ihr kleines Gespräch mit Vikky Cole sie dem ehemaligen Bodyguard der Kanes kein Stück näher gebracht hatte. Solange sie Owen Patterson nicht finden konnten, war auch das eine Sackgasse. Aber wie auch immer … Im Augenblick wollte Sarah sich einfach Vikkys Dreck von den Fingern waschen, etwas essen und ins Bett fallen.

15

Die Fahrt nach Norden zum Topanga Canyon dauerte von Downtown L. A. für gewöhnlich eine halbe Stunde oder mehr, doch Sarah saß am Steuer. Aubrey maß die Fahrzeit auf weniger als fünfzehn Minuten. Allerdings fanden sie die Will Grear Road, einen unbefestigten Feldweg, nur so schnell, weil an der Einfahrt ein Fahrzeug des Sheriffbüros parkte. Pattersons Wagen war am Ende des Weges geparkt, von wo aus man über den Canyon blicken konnte – oder zumindest sagte ihnen das der desinteressierte Deputy. Der Mann war einfach nur froh, dass das FBI endlich gekommen war, sodass er nach Hause konnte.

Sarah lenkte den Mustang langsam den Weg hinunter und parkte gut fünfzig Meter hinter dem Kofferraum eines verstaubten blauen Toyota. Spaziergänger hatten den Wagen schon am Morgen zuvor entdeckt, doch es hatte fast einen Tag gedauert, bis die Meldung zum FBI vorgedrungen war. Die beiden Agenten stiegen aus, gingen links und rechts den Feldweg hinunter und zogen sich Latexhandschuhe an. Dabei suchten sie den Boden nach allem Ungewöhnlichen ab, obwohl sie natürlich wussten, dass sie vermutlich nichts finden würden, sollte der Wagen tatsächlich schon seit Pattersons Verschwinden hier stehen, also seit über einem Monat.

Der Wagen selbst bot auch nicht wirklich mehr Informationen. Aubrey öffnete Fahrertür und Kofferraum mit einem Brecheisen. Abgesehen von jeder Menge schlechter Luft war nicht viel zu sehen. Patterson rauchte offenbar gern und viel; das bezeugte der überquellende Aschenbecher. Im Handschuhfach fanden sich die Fahrzeugpapiere, ein Straßenplan und alte Papiertaschentücher, aber nichts, was den beiden FBI-Agenten hätte verraten können, wo Patterson gewesen oder wohin er verschwunden war.

Sarah lehnte sich gegen das Lenkrad und starrte in die staubtrockene Landschaft hinaus. »Wo ist von hier der beste Aussichtspunkt über den Canyon?«, fragte sie.

Sie fanden die Leiche auf einem flachen Felsen am Klippenrand. Sarah sah sie als Erste und musste beide Hände vor den Mund halten, um sich bei dem grässlichen Gestank nicht zu übergeben.

»Himmel …« Aubrey kam hinter ihr durch das Gebüsch. »Der verfault schon seit mindestens einem Monat.«

Den Elementen und der einheimischen Tierwelt schutzlos ausgesetzt, war die Leiche in keinem guten Zustand. Der linke Unterschenkel und ein Stück der linken Schulter fehlten. »Kojoten?«, fragte Sarah.

»Auch Berglöwen und Rotluchse vielleicht.« Aubrey ging langsam um die Leiche herum und achtete dabei sorgfältig darauf, wo er hintrat. »Der Kopf ist noch in bemerkenswert gutem Zustand.«

Sarah nickte. Sie hatte sich neben die rechte Schläfe des Mannes gehockt. Mit ihren von Latex geschützten Fingerspitzen untersuchte sie vorsichtig, was eine Einschusswunde auf der rechten Seite zu sein schien. Links war die Kugel dann wieder ausgetreten. Sarah drehte sich auf der Stelle. Beim Hinhocken hatte sie den Griff einer Pistole bemerkt, der zwischen den Steinen hervorlugte.

»Da geht es mindestens fünfzig Fuß runter«, bemerkte Aubrey und beugte sich über die Felskante.

Sarah hielt die Pistole in die Höhe. »Sieht aus, als wäre er depressiv gewesen.«

Die Waffe war ein vernickelter .45er Colt. Aubrey trat näher und schaute ihn sich genauer an. »Dann ist er also den ganzen Weg hier raus gefahren, ausgestiegen, durch die Büsche bis hierher gestapft, um die Aussicht zu genießen, und dann soll er sich …«

»Genau.« Sarah durchsuchte die Jackentaschen des Toten. »Für mich klingt das auch *mehr* als unwahrscheinlich.« Sie zog eine Börse heraus.

»Was?«, fragte Aubrey, als er Sarahs leeren Gesichtsausdruck sah.

Sie hielt einen Führerschein hoch. Das Bild zeigte nicht Owen Patterson.

»Wer, zum Teufel, ist Malcolm Ash?«, fragte Aubrey.

»Ash war ein Auftragskiller«, sagte Jack, bearbeitete die Tastatur und kaute auf seinem Kaugummi, das Telefon zwischen Kinn und Schulter geklemmt.

»Spuck erst mal den Kaugummi aus, Jack«, sagte Sarah in ihr Handy.

»Jawohl, Ma'am. Wo waren wir? Ach ja … geboren in Australien. Offenbar hat er zunächst als Gesetzeshüter gearbeitet, bevor er zur dunklen Seite übergelaufen ist. In fünf Fällen stand er unter Mordverdacht, wurde aber nur wegen Kleinigkeiten angeklagt.«

»Guter Anwalt?«

»Guter Killer«, erwiderte Jack. »Diese fünf Fälle sind die einzigen, mit denen man ihn überhaupt in Verbindung bringen konnte. Aktiv war er jedoch weit länger. Die hochklassigen Jobs hat er bewusst links liegen gelassen und sich stattdessen auf die Mittelklasse konzentriert. Weniger Geld, aber auch geringeres Risiko.«

»Irgendwelche neueren Einträge zu dem Kerl in den Datenbanken?«

»Die Adresse auf dem Führerschein ist falsch. Allerdings herrscht kein Mangel an Überwachungsberichten über den Burschen. Ich werde sie durchgehen. Mal sehen, ob ich was finde.«

Aubrey stand über der Leiche und hatte den Kopf zur Seite gelegt.

»Was ist?«, fragte Sarah, die neben ihm stand und seine Haltung imitierte.

»Ich habe mich nur gefragt, was das für unseren Freund Patterson bedeutet.«

»Was, wenn Ash auf Patterson in dessen Apartment gewartet hat?«, spekulierte Sarah. »Er wollte die Leiche nicht raus zu seinem Wagen schleppen und hat sich deshalb von Patterson hier rauffahren lassen, wo er es wie Selbstmord aussehen lassen konnte. Irgendwie bekommt dann aber Patterson die Oberhand, erledigt Ash und macht sich davon.«

»Zu Fuß?« Aubrey schüttelte den Kopf. »Nein, es hat vielleicht so angefangen, hat aber anders geendet. Sobald das Areal abgesucht ist, werden wir mehr wissen.«

Sarah ging an den Klippenrand und spähte in den bewaldeten Canyon hinunter. Vielleicht gab es hier ja gar kein großes Mysterium. Vielleicht würden sie Pattersons Leiche zwischen den Büschen finden, dort, wo er vor einem Monat hingefallen war, nachdem er den Killer doch nicht hatte überwinden können. Vielleicht war er verletzt bis zum Rand getaumelt und gestürzt. Sarah wusste, dass es keine Beweise für diese Theorie gab – noch nicht –, aber es gab auch keine für eine gelungene Flucht.

Paul stand am Fenster und sah noch adretter aus als gewöhnlich. Er zwinkerte Sarah und Aubrey zu, als die an ihm vorbei zum Konferenzraum im zweiten Stock der LAPD-Zentrale gingen. Dort saß Detective Meade am Tisch, flankiert von zwei Beamten des Raubmorddezernats. Er schaute nicht auf. Er war hier, um sich mit dem FBI auszutauschen, nicht, um Smalltalk zu machen.

Meade las von seinen Notizen ab und trug mechanisch die bisherigen Untersuchungsergebnisse des LAPD vor. Sie wollten noch immer die Kanes wegen Mordes an ihrem Sohn festnageln – Punkt. Sarahs Fragen beantwortete Meade nur einsilbig, und auf die Nachricht von Owen Pattersons Verschwinden reagierte er mit unverhohlenem Desinteresse.

»Der Kerl war eine Ratte«, sagte Meade und lehnte sich auf seinem Stuhl zurück. »Ein Parasit, der sich von den Superreichen nährt. Hm, dann ist er also verschwunden. Und? Es gibt nichts, was ihn mit dem Kane-Mord in Verbindung bringen würde.«

Sarah gab Meade Vikky Coles Beschreibung von Pattersons Verhalten kurz vor dem Mord und beschrieb ihm dann die Szene in Topanga. »Sie müssen zugeben«, sagte sie in sanftem Ton, um den Detective nicht gegen sich aufzubringen, »dass es durchaus die Sache wert wäre, sich das mal genauer anzuschauen.«

»Das sehe ich anders«, erwiderte Meade und stand auf. Er zog seine Jacke an – die beiden Officer taten es ihm nach – und ging zur Tür. »Aber wenn Sie Ihre Zeit verschwenden und vor der Presse als Trottel dastehen wollen, habe ich nichts dagegen.« Er ging hinaus und warf hinter sich die Tür ins Schloss.

Sarah schaute zu Paul Forrester. »Was war das denn?«

»Ich habe Sie gewarnt. Er ist stur. Vermutlich weiß er, dass er der falschen Fährte gefolgt ist, aber jetzt kann er nicht mehr zurück. Tut er's doch, steht er als Idiot da. Er scheint mir kein Mensch zu sein, der mal eben seinen Stolz herunterschluckt.«

»Da haben Sie wohl recht«, sagte Aubrey. »Wenn er sich erst festgebissen hat, lässt er nicht mehr los. Das liegt in seiner

Natur. So war er schon damals, als wir noch Partner gewesen sind.«

»Nun, in einem Punkt hat er jedenfalls recht«, sagte Sarah. »Nichts hält uns davon ab, unsere eigenen Spuren zu verfolgen. Jack überprüft gerade die Computer der Kanes. Joss ist bei ihm.«

»Okay«, sagte Paul und nahm sich einen Stuhl. Die Beine übereinandergeschlagen, drückte er auf seinen Kugelschreiber und tippte damit auf den Notizblock auf seinem Schoß. »Dann erzählen Sie mal von Patterson! Von Anfang an. Detective Meade mag ja nicht daran interessiert sein, aber ich bin die arme Sau, die diesen Fall in nächster Zeit vor Gericht bringen muss. Ich muss alles wissen.«

16

»Das ist ja geradezu monströs!«, rief Joss und schaute über ihr Lenkrad hinweg auf das Anwesen der Kanes. »Was hat das gekostet? Wahrscheinlich könnte man dafür eine ganze Vorstadt von Einfamilienhäusern bauen.«

»Du kannst den Leuten nicht zum Vorwurf machen, dass sie Erfolg haben«, meinte Jack und ließ den Blick über Pool, Tennisplatz und Gästehäuser schweifen. »Allerdings habe ich mir wirklich den falschen Job ausgesucht.«

Joss sagte nichts weiter dazu. Sie machte niemandem seinen Erfolg zum Vorwurf. Sie war zwar die Enkelin von Hausdienern, doch seitdem war viel passiert. Allerdings zeugte das Anwesen der Kanes von schamloser Prachtentfaltung und ließ Rückschlüsse auf den Lebensstil der Familie zu. Hier war alles maßlos, und irgendwie ärgerte Joss sich darüber.

Hal Vasquez eskortierte die beiden Agenten zu Bryan Kanes Schlafzimmer, wo Jack keine Zeit verschwendete und sich sofort an die Arbeit machte. Er setzte sich an den Schreibtisch des Teenagers, klappte Bryans Laptop auf und fuhr ihn hoch.

Nach einem Moment schaute er zu Vasquez auf. »Wir haben die Kanes gebeten, ihre Computer eingeschaltet und ihre Passwörter ungeschützt zu lassen. Haben sie die Anfrage bekommen?«

Der Bodyguard zuckte mit den Schultern, murmelte irgendetwas von Hausverwalterin und ging hinaus.

Jack schaute zu Joss hinüber, schüttelte den Kopf und drehte sich dann langsam auf dem Stuhl, um sich die Poster an der Wand des Teenagers anzusehen. Eines fiel ihm besonders auf; es hing direkt über dem Bett. Jack schaute sich eingehender um und entdeckte dasselbe Gesicht auf weiteren Postern.

Dann drehte er sich wieder zum Laptop um und tippte: *Carmen.*

Zugriff verweigert. Er versuchte *Electra.*

Zugriff verweigert. *Carmen Electra.*

Zugriff verweigert. *Ich liebe Carmen.*

Jack lächelte schelmisch, als Windows hochfuhr. Er klickte sich sofort zu den versteckten Userdaten durch und steckte einen Memorystick in den Rechner, um ein Programm zu installieren, das vor kurzem gelöschte Dateien wiederherstellte. Es dauerte eine Weile, bis die Festplatte gescannt war, und so lehnte Jack sich zurück und pfiff leise vor sich hin.

Während er wartete, arbeitete Joss. Sie hielt nach Auffälligkeiten Ausschau und bemerkte, dass Milo auf dem Familienfoto fehlte, das Bryan auf seinem Nachttisch stehen hatte. Bryans Alter auf dem Bild nach zu urteilen, war das Bild vor Milos Geburt aufgenommen worden. Als Nächstes wandte sie sich der Kommode zu. Sie öffnete mehrere Schubladen und fand unter anderem ein paar Männermagazine. Joss legte sie wieder zurück und schob die Schubladen zu. Dann schaute sie unter Bryans Bett und der Matratze nach. Hinter dem Kopfstück entdeckte sie ein Foto von Milo. Sie betrachtete es einen Moment und legte es dann wieder zurück.

»Und?«, fragte Jack. »Was gefunden?«

»Ich glaube schon. Wie kommst du voran?«

»Bin fast fertig.«

Eine Minute später signalisierte ein lautes Piepen, dass das Programm durchgelaufen war. Mehrere Dutzend Dateien waren rekonstruiert worden, und Jack öffnete sie als Textdokumente. Rasch schaute er das erste Dutzend durch, bis er auf eine Dateigruppe stieß, die ihn nachdenklich auf der Unterlippe kauen ließ.

»Was gefunden?« Joss beugte sich über Jacks Schulter und schaute auf den Bildschirm.

»Das sieht wie ein Tagebucheintrag aus … Es sind sogar ein ganze Menge. Einige sind nicht gerade freundlich. Hör dir das an: ›Jetzt hat der kleine Scheißer es zu weit getrieben. Ich werde ihn niemals los. Die Zeit kommt …‹«

»›Die Zeit kommt, da Taten und nicht mehr Worte sprechen müssen‹«, beendete Joss den Satz.

»Wir sollten Sarah anrufen.«

Joss schüttelte den Kopf. »Ich habe eine bessere Idee. Speichere die Dateien auf deinem USB-Stick. Wir gehen die Sache direkter an.«

Jack grinste. »Du hast unverkennbar zu viel Zeit mit Sarah verbracht.«

Aubreys Handy klingelte. Er verließ das Zimmer, um den Anruf im Gang entgegenzunehmen. Paul lächelte Sarah an und ging auf ihre Tischseite, um ihr beim Ordnen der Briefingnotizen zu helfen.

»Kein Wunder, dass Meade so gereizt war. Sie haben gute Fortschritte gemacht. Wenn Sie das erfolgreich zu Ende bringen, verliert er eine Menge Plupunkte bei der Abteilung. Bis jetzt hat man ihn unterstützt, weil das politisch opportun war; aber sollten ernsthafte Zweifel an seinen Untersuchungsergebnissen entstehen …«

»Im Osten ist das genauso«, erwiderte Sarah. »Eine Woche, bevor der Direktor mir einen Orden um den Hals gehängt hat, habe ich Gerüchte gehört, er wolle mich feuern. Alles wird von Politik bestimmt.« Mit einem dankbaren Lächeln nahm sie die letzten Papiere von Paul entgegen.

Dabei berührten seine Fingerspitzen leicht ihre Hand.

»Ich habe das Gefühl, als wären Sie Ihres Glückes eigener Schmied.« Er schaute ihr in die Augen. »Dabei bezweifle ich allerdings, dass Sie so etwas wie Glück überhaupt brauchen.«

Sarah bemerkte, dass sie errötete. Sie senkte den Blick, starrte auf den Tisch. »Das Glück kann man nicht so einfach abtun. Ich bin eine Irin aus Boston, und wir sind ein verdammt abergläubisches Volk.«

Paul lachte, trat einen Schritt zurück und verschränkte die Arme vor der Brust. »Ich weiß, dass Sie und Ihr Team viel Arbeit haben, aber ... würden Sie heute mit mir zu Abend essen? Ich habe über die Bezirksstaatsanwaltschaft noch eine offene Reservierung bei Spago ...«

»Gerne«, sagte Sarah – ein wenig zu eifrig, als ihr lieb war. »Bei Spago soll die Küche fantastisch sein. Heute Abend geht es allerdings nicht.«

»Wieso nicht? Wollen Sie wieder ein paar Bordsteinschwalben aufgabeln?«

Sarah lachte. »O Gott, jetzt ist mein Geheimnis raus. Ich wusste, dass ich Ihnen nicht davon hätte erzählen dürfen.«

Paul lächelte und rückte wieder ein wenig näher. »Wie wäre es dann mit morgen Abend? Soll ich da schon mal für uns reservieren? Unter Vorbehalt natürlich.«

Sarah wurde warm. Es war schon lange her, seit sie sich das letzte Mal so zu jemandem hingezogen gefühlt hatte, und nun war sie nicht sicher, wie sie reagieren sollte. Er war eindeutig an ihr interessiert. Sie hob den Blick. »Sie haben ein Date.«

Paul nahm seine Aktentasche und sein Jackett, und Aubrey kehrte in den Raum zurück. Paul zwinkerte Aubrey im Rausgehen zu und ließ die beiden FBI-Agenten allein.

»Alles okay?«, fragte Sarah.

»Das war gerade die Schule meines Sohnes. Aus irgendeinem Grund musste er ins Büro des Direktors, und jetzt drohen sie, ihn zu suspendieren.«

»Ich wusste gar nicht, dass Sie einen Sohn haben.«

»Sein Name ist Callan. Habe ich ihn nie erwähnt?« Aubrey holte seine Brieftasche heraus und zeigte Sarah ein paar Fotos von einem fröhlich dreinblickenden blonden Jungen von ungefähr sieben Jahren.

Sarah sah sich die Fotos der Reihe nach an. »Der ist ja hübsch!«

»Das hat er von seiner Mutter. Er ist ein guter Junge, nur war es ziemlich hart für ihn, seit sie uns verlassen hat.«

Sarah war schon aufgefallen, dass Aubrey einen Ehering trug; aber er hatte seine Frau nie erwähnt, und sie wollte nicht aufdringlich sein. Sie gab ihm die Fotos wieder zurück. »Wir machen Folgendes«, sagte sie und schaute auf die Uhr. »Ich werde mich mit der Opferbetreuung unterhalten und mal sehen, was ich herausfinden kann. Kümmern Sie sich um Ihren Sohn.«

»Danke, Sarah. Aber ich kann doch nicht einfach …«

»Doch, können Sie. Und jetzt machen Sie, dass Sie hier rauskommen. Ich rufe Sie an, wenn ich fertig bin, und wir treffen uns dann wieder in Wilshire. Okay?«

»Worum geht's?«, fragte Bryan. »Habt ihr Jungs was über Milo herausgefunden?«

»Vielleicht«, erwiderte Joss. »Aber zunächst möchten wir uns mit dir über ihn unterhalten.«

Joss und Jack hatten um ein kurzes Gespräch mit Bryans Biologielehrer im Gang vor der mit Schülern vollen Klasse gebeten. Joss hatte dem Pädagogen ihre Dienstmarke gezeigt und leise darum gebeten, mit Bryan sprechen zu dürfen. Beim Anblick des FBI-Wappens hatte der Lehrer die Augen aufgerissen und nicht eine Sekunde gezögert. Nun, in der sanften Nachmittagsbrise, teilte Bryan sich eine Schulhofbank mit den beiden FBI-Agenten.

»Ich habe schon mit den Cops gesprochen«, sagte er, und ihm war deutlich anzuhören, wie nervös er war.

»Das wissen wir«, erklärte Joss beruhigend. »Und du warst wirklich sehr kooperativ. Allerdings haben sich da ein paar Dinge ergeben, und wir hoffen, dass du uns helfen kannst.«

Bryan zuckte mit den Schultern. »Sicher.«

»Großartig. Lass dir mit den Antworten Zeit, wir haben es nicht eilig. Erzähl uns erst einmal, wie du und dein Bruder miteinander ausgekommen seid.«

Bryan schwieg einen Augenblick lang und dachte über die Frage nach. Schließlich atmete er tief durch. »Ganz gut, würde ich sagen. Ich meine, er ist mein kleiner Bruder, und ich liebe ihn. Er ist Moms und Dads richtiger Sohn, und ich bin nur adoptiert. Deshalb bin ich manchmal eifersüchtig, aber nicht immer.«

»Was ist mit der Nacht, in der Milo gestorben ist? Hast du im Haus irgendetwas gehört oder gesehen, was dir seltsam erschienen ist?«

Bryan schüttelte nachdrücklich den Kopf. »Nein, nichts. Ich war in meinem Zimmer und habe noch bis ziemlich spät ferngesehen.«

Joss senkte leicht den Kopf, sodass ihre Augen auf gleicher Höhe waren wie Bryans. »Dann warst du also nicht bei einem Freund?«

Bryan starrte sie an, ohne zu blinzeln. Erst jetzt erkannte er, dass er Mist gebaut hatte und bei einer Lüge ertappt worden war. Tränen schimmerten in seinen Augen. »Ich wollte das nicht erfinden. Das war Mr. Haldermann … Er hat gesagt, Mom und Dad wollten, dass ich sage …«

»Das reicht!« Der Direktor von Bryans Schule stapfte über den Schulhof, ein Mobiltelefon in der Hand. »Niemand hat einem Verhör des Jungen ohne Beisein der Eltern zugestimmt. Ich habe gerade mit ihnen telefoniert.« Er hielt Joss das Handy hin. »Der Anwalt der Kanes will mit Ihnen sprechen. Lassen Sie das Handy auf der Bank liegen, wenn Sie fertig sind, und verschwinden Sie vom Gelände.«

Joss nahm das Telefon und beobachtete, wie der Direktor Bryan wieder in Richtung Klasse führte. »Special Agent Conway«, meldete sie sich.

»Nicht mehr lange!«, brüllte Shaughnessy in den Hörer. »Wenn ich mit Ihnen fertig bin, sind Sie höchstens noch Kaufhausdetektivin. Haben Sie überhaupt eine Ahnung, gegen wie viele Gesetze und ethische Prinzipien Sie heute Nachmittag verstoßen haben? Sie können von Glück reden, wenn man Sie nicht in den Knast wirft.«

»Das glaube ich nicht, Mr. Shaughnessy.«

Shaughnessy wusste, dass erfahrene FBI-Agenten nicht die Art von Fehlern begingen, die er Joss vorwarf, und sie gingen auch keine derartigen Risiken ein, es sei denn, sie hatten bereits etwas in der Hand, um sich zu schützen. »Sagen Sie mir, was Sie haben«, forderte er Joss auf.

»Ach, so viel ist das nicht«, antwortete Joss. »Ihre Mandanten sind nur bei einer dreisten Lüge erwischt worden, was den Aufenthaltsort ihres ältesten Sohnes in der Mordnacht betrifft.«

Shaughnessys Magengeschwür meldete sich wieder.

»Sind Sie noch da?«, fragte Joss in sanftem, beinahe spielerischem Tonfall. »Wollten Sie nicht den FBI-Direktor anrufen und mich feuern lassen? Wenn Sie das tun, werde ich mit der *Times* und jeder anderen Zeitung und Nachrichtenagentur reden, die mir einfällt. Wie ich gehört habe, zahlen die ziemlich gut für Exklusivberichte.«

»Meine Mandanten haben mich nicht darüber informiert, dass ...«

»Natürlich nicht.«

»Ich werde mit ihnen sprechen und dann Agentin Reilly

kontaktieren. Heute noch. Bitte, wenden Sie sich bis dahin nicht an die Medien.«

»Gerne, Mr. Shaughnessy.« Joss beendete das Gespräch, klappte das Handy zu und legte es auf die Bank.

»Dann hat er es also gut aufgenommen?«, fragte Jack, als sie zum Parkplatz gingen.

»Du kennst ja Anwälte. Sie wollen immer nur, dass die Wahrheit ans Licht kommt.« Joss sagte es in nüchternem Tonfall, konnte sich ein Grinsen aber nicht verkneifen. »Okay, was liegt an, Jack-Boy?«

»Die Kanes haben gelogen.«

»In der Tat. Bryan hat die Tagebucheinträge nicht geschrieben, die du auf seinem Computer gefunden hast. Die Wortwahl war viel zu ausgefeilt für ihn. Nur ein Erwachsener kann solche Sätze konstruieren. Und Bryan spricht immer noch im Präsens von seinem kleinen Bruder, als würde er noch leben. Das ist normal für ein Kind, das unter einem akuten Trauma leidet. Auch habe ich hinter seinem Bett ein Foto von Milo gefunden. Es ist vollkommen unmöglich, dass er seinen Bruder getötet hat.«

17

Das Büro der Opferbetreuung befand sich im selben Gebäude wie die Bezirksstaatsanwaltschaft. Als Sarah im Foyer auf den Aufzug wartete, hoffte ein Teil von ihr, dass sie Paul über den Weg laufen würde.

Das Geräusch sprechender und lachender Menschen mischte sich mit der Kakophonie klingelnder Telefone und Faxgeräte, während die Lifttüren sich auf dem Weg nach oben immer wieder öffneten und schlossen. So fühlte Sarah sich ein wenig desorientiert, als sie den Aufzug schließlich wieder verließ und die Büros der Opferbetreuung betrat. Leise Musik drang aus verborgenen Wandlautsprechern, und der einzige Mensch, der zu sehen war, war eine junge Empfangsdame, die Sarah freundlich anlächelte.

»Special Agent Reilly. Ich möchte gerne zu Dr. Hudson«, sagte Sarah und zeigte ihre Dienstmarke.

»Ja. Hallo, Agentin Reilly. Ich werde Dr. Hudson wissen lassen, dass Sie hier sind. Bitte, setzen Sie sich so lange.«

Die Opferbetreuung war eine Anlaufstelle, wo Menschen, die soeben die furchtbarste Erfahrung ihres Lebens hinter sich hatten, Hilfe fanden, um den erlebten Schrecken zu verarbeiten. Die Mitarbeiter waren oft mitten in der Nacht unterwegs, um jenen Menschen seelische und moralische Unterstützung zu gewähren, die das Schlimmste erlitten hatten.

Sarah ignorierte die Zeitschriften auf dem Kaffeetisch. Stattdessen zog sie es vor, einfach nur still dazusitzen. Auf dem Weg hierher hatte sie Shaughnessys Tirade über sich ergehen lassen – der Mann war einem Herzinfarkt nahe gewesen –, aber es freute sie, dass es Joss gelungen war, den Schleier der Kanes ein wenig zu lüften. Außerdem hatte das prominente Paar eingewilligt, die Ereignisse jener Nacht in ihrem Haus nachzustellen. Joss war ein großes Risiko eingegangen und auf Gold gestoßen. Shaughnessy wurde nervös; das wusste Sarah.

Mit selbstbewusstem Lächeln erschien Veronica Hudson am Empfang und hieß Sarah in ihrer Abteilung willkommen. Veronica war groß, und ihr Körper wirkte beinahe schon *zu* perfekt. Sie ähnelte nicht im Mindesten den Mitarbeitern des Gesundheitsamts, die Sarah aus Boston kannte. Spontan fiel einem das Wort *Glamazone* ein. Veronicas dichtes, kohlrabenschwarzes Haar war geschmackvoll frisiert, die Nägel ihrer schlanken Finger makellos poliert. Mit ebendiesen Fingern pochte sie nun leise auf die Akte unter ihrem Arm, während sie gemeinsam mit Sarah durch den Gang zu ihrem Büro schlenderte.

Mit schmalem Lächeln und ausgestrecktem Arm bot sie Sarah einen Platz auf dem Besuchersofa an. Dann setzte sie sich selbst auf ihren geschmackvollen Chefsessel.

»Ich danke Ihnen, dass Sie sich Zeit für mich genommen haben, Dr. Hudson«, sagte Sarah, schaute die Psychologin freundlich an und ließ den Blick dann über die Wand hinter ihr schweifen, wo gleich mehrere medizinische Diplome und Auszeichnungen hingen. Sarah wusste nicht, wie viel die Frau als Chefin der Opferbetreuung verdiente, aber vermutlich nicht genug, um jemanden mit einer solchen Qualifikation länger zu halten.

In den nächsten fünf Minuten schaffte Veronica Hudson, was nur wenigen Menschen je gelang: Sie machte Sarahs ersten Eindruck völlig zunichte. Veronica war charmant, bescheiden, freundlich und sehr freigiebig mit Informationen. Überdies erriet sie zutreffend, dass Sarah keinen Kaffee trank, und ließ ihre Assistentin stattdessen zwei Tassen Tee bringen. Als der Tee schließlich kam, waren die beiden Frauen entspannt und gelöst.

»Daran habe ich schon seit einer Ewigkeit nicht mehr gedacht«, sagte Sarah. »Ich glaube, ich habe es irgendwie verdrängt.«

»Unter den gegebenen Umständen überrascht mich das nicht«, erwiderte Veronica. »Sie haben ein Entführungsopfer, dessen Leben davon abhängt, dass Sie genau das tun, was der Irre sagt – und der zwingt Sie, durch Boston zu hetzen, um Sie dann auch noch zu demütigen, indem er Sie in der Cafeteria eines College strippen lässt.« Die Psychologin schüttelte staunend den Kopf. »Er hat versucht, Sie zu zerbrechen, um absolute Kontrolle über Sie und die Situation zu erlangen. Wenn ich recht informiert bin, ist ihm das nicht ganz gelungen.« Veronica hob die Tasse zum Toast.

»Die Zeitungen lieben so etwas«, erwiderte Sarah, ehe sie behutsam an der glühend heißen Flüssigkeit nippte. Sie lehnte sich auf dem Sofa zurück und seufzte. Es war schon lange her, seit sie zum letzten Mal über diese Dinge hatte nachdenken wollen … und es war das erste Mal, dass sie diese Erfahrung mit jemandem außerhalb ihres engsten Umfelds teilen wollte. Sie stellte die Tasse auf den Tisch neben dem Sofa und schlug eine der Akten auf, die sie mitgebracht hatte. »Ich denke, wir sollten anfangen«, sagte sie und lächelte Veronica an. »An dem Morgen, als das Opfer …«

»Milo Kane?«

»Ja«, erwiderte Sarah ein wenig verärgert ob dieser Korrektur. »An dem Morgen, als seine Leiche gefunden wurde, waren Sie mit Rebecca Kane im Gästehaus. Ist das korrekt?«

»Ja.«

»Wie würden Sie Rebeccas und Ethans Gemütszustand beschreiben, ehe Milo gefunden wurde?«

»Das ist eine ziemlich allgemein gehaltene Frage«, antwortete Veronica. »Ob sie nervös waren? Wütend? In Panik? Ja, mit ziemlicher Sicherheit. Und ich glaube nicht, dass irgendetwas davon gespielt war. Man kann psychologische Feinheiten nicht vortäuschen. Psychologen sind dazu ausgebildet, so etwas zu entdecken. Das hat nichts mit schlechter Schauspielkunst zu tun. Sie hätten schlicht nicht gewusst, was sie hätten verbergen sollen und was nicht.«

»Dann glauben Sie also, die Kanes sagen die Wahrheit? Dass sie ihren Sohn nicht umgebracht haben?«

»Lassen Sie es mich so ausdrücken ... Sie haben mich mit ihrer Aufrichtigkeit beeindruckt«, antwortete Veronica nach kurzem Nachdenken. »Sie waren sehr direkt, haben Fragen nicht umgedeutet ... Ihre Körpersprache war offen und wurde erst verkrampft, als die Presse sie ins Visier nahm und das LAPD sie als Hauptverdächtige behandelte. Aber ich bin keine Seherin, Agentin Reilly.«

Sarah hielt einen Augenblick inne, holte dann ein Stück Papier aus der Akte und reichte es Veronica. »Haben Sie das schon mal gesehen?«

»Ja. Das ist das Original des Entführerschreibens. An dem Tag, an dem das Kind gefunden wurde.«

»Sie haben für den kriminalpsychologischen Dienst des LAPD gearbeitet, bevor Sie zur Opferbetreuung gegangen sind, nicht wahr?«

»Sie haben Ihre Hausaufgaben gemacht.«

Sarah beugte sich vor. »Sie waren von Anfang an dabei. Sie haben die Kanes aus allernächster Nähe gesehen, als sie am verwundbarsten waren. Glauben Sie, einer von ihnen hat das geschrieben?« Sarah legte das Stück Papier auf den Kaffeetisch.

Veronica räusperte sich. »Nun, ich habe mir ein paar Gedanken darüber gemacht ... aus persönlichem Interesse.«

»Was haben Sie herausgefunden?«

»Fangen wir hier an.« Veronica deutete auf den ersten Absatz. »Sehen Sie sich an, wie er seine Gruppe identifiziert. Das ist eine seltsame Wortwahl. ›Wir sind eine kleine Gruppe von Ausländern.‹ Wie viele Ausländer kennen Sie, die sich selbst auch so bezeichnen?«

»Dann halten Sie das für eine Irreführung?«

»Für einen ziemlich unbeholfenen Versuch, uns auf eine falsche Spur zu führen.«

»Sie halten den Schreiber für nicht allzu helle?«, fragte Sarah verunsichert. »Aber Sie haben die Wortwahl angesprochen. Was ist damit? ›... verachten aber die Kultur, die sich von ihnen nährt.‹ Das ist eine ziemlich blumige Ausdrucksweise für jemanden, der nicht allzu klug ist, finden Sie nicht?«

»Menschen mit niedrigem Intelligenzquotienten können sich durchaus gut ausdrücken. Sehen Sie sich die Satzstruktur an. Alles sehr formell, sogar ein wenig steif. Das ist genau die Art von Pseudointellektualität, wie man sie bei intellektuell Verunsicherten findet. Achten Sie darauf, wie bemüht der Schreiber Widersprüche vermeidet. Er versucht, uns zu beeindrucken.«

Sarah rückte ein wenig näher. »Sprechen Sie weiter.«

»Auch die Lösegeldhöhe ist seltsam. 878.000 Dollar? Erpresser verlangen für gewöhnlich große, runde Summen. Warum hat er nicht nach einer Million gefragt? Oder wenigstens nach 880.000 Dollar?«

»Ich weiß. Das ist seltsam ...«

»Nun, wir könnten stundenlang über das Warum rätseln, doch eines ist offensichtlich: Der Kerl ist ein Amateur. Erst gibt er genaue Anweisungen und erklärt dann, man könne es auch ändern und den Austausch früher vornehmen. Ein Profi würde das niemals tun. Ein Profi würde eine kurze Notiz schreiben, Einzelheiten aussparen und später auf anderem Wege Kontakt aufnehmen. Aber er würde niemals …«

»Er würde niemals vom Plan abweichen«, sagte Sarah. »Sie haben recht. Insofern passt der Brief nicht zu der Person, von der ich glaube, dass sie ins Haus der Kanes eingedrungen ist. Der Täter hat sich dem Haus aus einer Richtung genähert, wo der Weg am schlechtesten einsehbar ist, hat das Sicherheitssystem umgangen, indem er durch den Keller eindrang, und hat nur Gerätschaften verwendet, die er im Haus vorgefunden hat. Er war klug, ruhig und methodisch.«

»Glauben Sie, der- oder diejenige hat das schon mal gemacht?«

»Eindeutig. Ein Kunstfälscher beginnt ja auch nicht mit einem Van Gogh. Vermutlich hat er auf genau so einen Job hingearbeitet. Was können Sie sonst noch aus dem Brief lesen?«

»Ich glaube, er hat allein gearbeitet hat. Er verwendet zwar ›wir‹ als Pronomen, fällt aber immer wieder zum ›ich‹ zurück. Und da ist diese Rachsucht in seinem Tonfall … So etwas findet man nicht bei einem professionellen Entführer, der emotional unbeteiligt ist.«

»Sie meinen, der Täter hatte von Anfang an die Absicht, das Kind zu töten?«, fragte Sarah.

»Vielleicht. Die Phrase ›stirbt er‹ wird zwei Mal benutzt. Er hat also zumindest darüber nachgedacht. Es hat den Anschein, als wolle er spätere Taten rechtfertigen, die er ohnehin für unvermeidbar hält.«

»Rechtfertigen? Wem gegenüber?«

»Gegenüber sich selbst vielleicht. Tatsächlich glaube ich, genau darum geht es in dem Brief: um *ihn*. Sehen Sie sich den letzten Absatz an.«

Tun Sie, was wir Ihnen sagen, Ethan! Versuchen Sie nicht, clever zu sein! Sie sind bei weitem nicht der einzige reiche Schauspieler; also versuchen Sie nicht, uns hinters Licht zu führen. Wir wollen Ihren Sohn nicht töten, Ethan, aber wenn Sie uns dazu zwingen, werden wir es tun.

Magnum bonum!
S.P.U.

Veronica hob den Blick und schaute zum Fenster. »Er sagt damit: ›Ich bin hier der Besondere, nicht du.‹ Das ist genau die Art von Denken, wie man sie bei jemandem mit Paranoia findet … jemandem, der sich schlecht behandelt fühlt, im Stich gelassen, ignoriert.«

»Was ist, wenn …« Sarah hielt kurz inne. »Was ist, wenn der Brief ein Täuschungsmanöver ist?«

»Was meinen Sie damit?«

»Nehmen wir einmal an, ich sei der Entführer. Anstatt das Übliche zu tun und davor zu warnen, die Polizei oder das FBI einzuschalten, warne ich Sie nur davor, dass ich die Methoden der Behörden kenne. Das heißt, dass ich die Einmischung der Polizei als unvermeidbar akzeptiert habe, korrekt?«

»Korrekt.«

»Somit weiß ich also auch, dass das Schreiben von einigen der besten Köpfe in den jeweiligen Behörden analysiert werden wird. Ich bin ein kluger Junge, möchte aber auf gar keinen Fall zeigen, wie klug ich *wirklich* bin, wie emotional beschränkt, oder was meine Motive sind.«

»Ja.«

»Also verfasse ich ein falsches Schreiben. Ich lese ein paar Bücher über Profiling und entwerfe einen Brief, der ein ganz bestimmtes Bild von mir und meinen geistigen Fähigkeiten zeichnen soll. Ich schreibe einen Brief, der genau das Gegenteil von dem widerspiegelt, was ich bin.« Sarah schaute Veronica erwartungsvoll an. »Wäre das möglich?«

Veronica zuckte mit den Schultern und lächelte. »Alles ist möglich.«

Sarah seufzte und schaute auf ihre Uhr. Joss wartete in Wilshire vermutlich schon auf sie. Es war Zeit zu gehen.

18

Alan Thrace beugte sich über das Mikroskop im Untersuchungsraum der Gerichtsmedizin des LAPD und schaute sich durch die bifokale Linse das hundertste nutzlose Beweisstück vom Tatort an. Bisher hatte er Katzenhaare von mindestens fünf verschiedenen Rassen entdeckt und herausgefunden, dass die Kanes außerdem zwei Hunde besaßen, einen Leguan und einen Papagei. Drei bis dato »nicht identifizierbare« Spuren hatten sich als Papageienkot herausgestellt.

Als Thrace in der Gerichtsmedizin eingetroffen war, hatte der Pathologieassistent ihn eine Stunde warten lassen und nach Beweisbehältern gesucht, die irgendwie verschollen waren. Als man die Behälter schließlich fand und Alan übergab, waren die Mitarbeiter der Pathologie verschwunden und hatten den FBI-Mann mit ihrem rätselhaften Ablagesystem allein gelassen. Alan war sauer, weil man ihn hatte warten lassen und weil die Kerle es tatsächlich geschafft hatten, Beweismaterial im öffentlichsten Fall der jüngsten Geschichte zu verschlampen. Doch es machte ihm nichts aus, allein zu arbeiten. Im Büro in Albuquerque, wo er allein in der Kriminaltechnik gewesen war, hatte er gelernt, sich auf sich selbst zu verlassen.

Alans Rolle war einfach: Er sollte die Beweise durchgehen, seine eigenen Schlussfolgerungen ziehen und einen unabhängigen Bericht schreiben. Dieser Bericht würde später den Geschworenen als Beweis vorgelegt werden, und auch er selbst würde vor Gericht aussagen müssen. Alan war äußerst penibel. Aber wie es häufig der Fall war, gab es mehr nutzloses als beweisträchtiges Material zu untersuchen. Alan nahm an, dass der Täter entweder sorgfältig darauf geachtet hatte, keine Spuren zu hinterlassen, oder das LAPD war unfähig, sie zu finden.

Thrace schaute auf die Beweisliste. Er wusste, da *musste* etwas sein. *Irgendetwas.* Er nahm einen weiteren Objektträger und beugte sich wieder vor. Noch mehr Katzenhaare.

Alan nahm den nächsten Objektträger, diesmal ohne auf die Liste zu schauen.

Als er durch das Okular nichts sehen konnte, versuchte er, die Schärfe einzustellen, und bemerkte dabei, dass der Objektträger beschädigt war. Mit einem Seufzen schaute er auf die Liste, um nachzusehen, was auf dem Objektträger hätte sein sollen.

E-09005-MK: *Glasfragment, Entnahme post mortem, linker Unterarm.*

Alan schaute wieder durch das Mikroskop und erkannte, dass er sich geirrt hatte. Der Objektträger war nicht beschädigt; es sah nur so aus. Er schaute auf ein Stück Glas.

Vorsichtig drehte Alan am Fokussierrad, bis er die Glaskante deutlich erkennen konnte. Diesmal fiel ihm sofort der feine Unterschied zwischen dem vollkommen durchsichtigen Objektträger und dem leicht milchigen Glassplitter auf. Der Splitter war extrem dünn und an einem Ende spitz. Alan vermutete, dass die winzigen roten Streifen an den Kanten das Blut des Opfers sein mussten.

Er schaute sich noch einmal die Autopsiefotos an. Deutlich war zu sehen, wo das Glas in flachem Winkel in die Haut des Opfers gedrungen war und sich dort festgesetzt hatte. Aber irgendetwas störte ihn daran.

Alan nahm den Objektträger aus dem Mikroskop, konsultierte noch einmal die Beweisliste, fand zwei weitere Glasstücke darauf und brachte alle drei zum Chromatografen auf der anderen Seite des Raums. Mit äußerster Sorgfalt nahm er die

Splitter von den Objektträgern und legte die erste Probe in das Gerät, um sie chemisch analysieren zu lassen.

Die Analyse würde Stunden dauern. Alan ging in die Cafeteria, um sich noch einen Becher Kaffee zu holen. Auf dem Rückweg zum Labor nahm er den Anruf eines Beamten von der Spurensicherung des LAPD entgegen. Sarah hatte die Spurensicherer beauftragt, nach Fingerabdrücken auf Milos Nachttisch zu suchen, und die Männer waren noch immer bei den Kanes. Ihr Untersuchungsergebnis erstaunte ihn.

Alan legte auf und stand einen Augenblick verwirrt da, während er versuchte, die Information zu verarbeiten.

Als er ins Labor zurückkehrte, wurde gerade das Chromatogramm der ersten Probe ausgedruckt. Alan stellte den Kaffeebecher ab und griff nach der zweiten Probe.

»Nein, wir haben keinen Termin.« Sarah starrte vom Fahrersitz ihres Mustangs zu einem dünnen Sicherheitsmann hinauf. »Ich bin Special Agent Sarah Reilly, FBI. Das hier ist Special Agent Jocelyn Conway. Wir untersuchen den Mord an Milo Kane, und da dachte ich, Ihr Arbeitgeber wäre daran interessiert, mit uns zu kooperieren.«

Der Sicherheitsmann kaute unverdrossen auf dem Kaugummi und beugte sich vor, um Sarah in die Augen zu sehen. »Das werden sie auch sein, Miss … sobald Sie einen Termin vereinbart haben.«

»Ich leite die Untersuchung und bin zugleich die Pressesprecherin. Wenn Sie nicht sofort Ihren Chef anrufen und Bescheid sagen, dass ich hier bin, wird bald alle Welt wissen, dass die CVG Filmstudios sich weigern, mit dem FBI zusammenzuarbeiten. Sagen Sie mir, Officer … Green, sind Sie bereit für Ihre fünfzehn Minuten Ruhm?«

Mit gequältem Lächeln drehte der Wachmann sich um, ging

in sein Torhäuschen und nahm den Hörer ab. Sarah und Joss konnten ihn durch das Plexiglasfenster hindurch sehen.

»Das war eiskalt, Mädchen«, sagte Joss vom Beifahrersitz; ihre Lippen bewegten sich kaum. Sie lächelte die beiden Wachmänner, die beim Wagen geblieben waren, süßlich an.

Der Wachmann kehrte nicht zum Auto zurück. Stattdessen nickte er einem seiner Kollegen zu, der daraufhin den Schlagbaum hob. »Fahren Sie zum Hauptempfang«, sagte der Mann. »Dort wird jemand Sie erwarten.«

Das CVG-Gebäude war zwanzig Stockwerke hoch und wirkte eher wie ein Fünf-Sterne-Hotel denn eine Firmenzentrale. Unten nahmen eine Bar und ein Café die gesamte Fläche ein; natürliches Licht fiel durch Atriumfenster hoch oben in das pompöse Foyer. Als Joss und Sarah um die ovale Fontäne herum in den Empfangsbereich gingen, wurden sie von einem Mann abgefangen. Er trug einen Anzug, von dem Sarah annahm, dass er mehr kostete, als sie im Monat verdiente. Der Mann sah einfach zu gut aus, um echt zu sein, und sein Lächeln – offenbar sein einziger Gesichtsausdruck – enthüllte strahlend weiße Zähne.

»Ich bin Franco Kismet. Willkommen.« Er schüttelte Sarah die Hand und drehte sich dann zu Joss um. »Ich gehöre zur Rechts- und Medienabteilung hier bei CVG. Ich kann Ihnen gar nicht sagen, wie sehr wir uns freuen, dass Sie den Fall übernommen haben, Agentin Reilly. Es ist äußerst ermutigend zu wissen, dass eine der besten Mitarbeiterinnen des FBI die Sache in die Hand genommen hat.«

»Wir hatten gehofft, mit jemandem reden zu können, der direkt mit Ethan und Rebecca Kane zu tun hat«, sagte Sarah.

»Oh, das tun Sie!«, erwiderte Franco. »Ich bin der Verbindungsmann der CVG zu den Kanes und arbeite eng mit Eli Haldermann zusammen, ihrem Manager.« Er deutete auf die Aufzüge.

Francos Büro war geschmackvoll in orientalischem Stil eingerichtet, einschließlich eines kleinen Bambusgartens und eines plätschernden Springbrunnens auf dem Balkon. Nachdem er Sarah und Joss zwei Sessel angeboten hatte, hockte er sich auf die Schreibtischkante und schaute sie an.

Subtil, aber dominierend, dachte Sarah. Der Mann war eindeutig ein Meister der Kommunikation und ohne Zweifel ein Experte im Lügen. »Wie lange ist es her, dass die Kanes bei Ihnen unterschrieben haben?«, fragte Sarah.

»Fast fünf Jahre«, antwortete Franco und strich sich die Krawatte glatt. »Ich muss sagen, das war ein ziemlicher Coup für uns. Sie hatten gerade ein paar großartige Filme für Paramount und Universal gemacht, und wir hätten nie gedacht ...«

»Was waren die Einzelheiten des Vertrags?«, unterbrach ihn Joss. »Wie viel, wie lange, wofür?«

Franco lächelte Joss an und richtete die Antwort dann an Sarah. »Zweihundert Millionen Dollar über fünf bis sechs Jahre mit je fünf Filmen.«

»War die Laufzeit festgelegt?«, hakte Sarah nach. »Konnte CVG den Vertrag unter bestimmten Umständen verlängern?«

»Natürlich. Wenn die Einspielergebnisse ihrer Filme dramatisch unter den Erwartungen liegen oder die Produktionsdauer den Termin überschreitet.«

»Ist diese Klausel je angewandt worden?«, fragte Joss.

»Ja. Nach Ethans viertem und Rebeccas drittem Film. In beiden Fällen blieben die Einspielergebnisse deutlich hinter den Erwartungen zurück.«

»Wie genau hat das die Vereinbarung beeinflusst?«, fragte Sarah.

»Die Vereinbarung selbst hat sich nicht geändert. Nur die Klausel wurde an dem Punkt relevant. Das bedeutet in der Praxis, dass wir die Kanes für weitere CVG-Projekte eingeplant haben. Natürlich tun wir unser Bestes, ihnen die Umstände so angenehm wie möglich zu gestalten. Wir sind keine Oger, Agentin Reilly.« Er lachte leise, ging zu der Schiebetür, die auf den Balkon hinausführte, und zog am Türgriff. »Wir brauchen ein bisschen mehr frische Luft hier drin.«

»Wie haben die Kanes die Situation gesehen?«, fragte Sarah.

Franco winkte ab. »Ach, Sie kennen ja diese kreativen Typen. Es gab die üblichen melodramatischen Anrufe und rechtlichen Drohungen, aber nichts, was unsere Abmachung ernsthaft hätte gefährden können.«

»Wie hat der Tod ihres Kindes sich auf die Beziehung des Studios zu ihnen ausgewirkt?«, fragte Joss.

Das Lächeln verschwand und wurde durch einen Ausdruck ersetzt, von dem Sarah annahm, dass er Mitgefühl ausdrücken sollte. »Eine schreckliche Sache. Wirklich. Der Tod eines Kindes …«

»Die *Ermordung* eines Kindes«, korrigierte Sarah ihn.

»Natürlich. In jedem Fall verstehen wir hier bei CVG den Schmerz, den Ethan und Rebecca empfinden. Und kurz nachdem Milo … Es wurde beschlossen, alle Projekte, an denen sie gearbeitet haben, vorerst auf Eis zu legen.«

»Wie rücksichtsvoll!«, bemerkte Sarah und erwiderte Francos Blick.

Sein Lächeln erschien wieder. »Wir tun unser Bestes.«

»Der Sicherheitschef der Kanes, Hal Vasquez … Wer bei CVG hat ihm den Posten gegeben?«

Den Bruchteil einer Sekunde lang geriet Francos Fassade ins Wanken. »Vasquez? Ich werde es herausfinden und Ihnen mitteilen lassen.«

»Glaubst du, er hat ihn angeheuert?«, fragte Joss, als Sarah den Mustang unter dem Schlagbaum hindurch fuhr. Die zahllosen Überwachungskameras auf dem Gelände hatten die beiden

Agenten davon abgehalten, über das Verhör zu reden, bevor sie nicht weit genug weg waren.

»Ich nehme an, er hat Vasquez angeheuert, ja. Und er glaubt zu wissen, warum dessen Vorgänger, Owen Patterson, so plötzlich seinen Job verloren hat.«

»Warum hast du ihm dann keinen Druck gemacht?«

»Was er zu wissen glaubt und was *wirklich* geschehen ist, sind vermutlich zwei vollkommen verschiedene Dinge.«

»Ob Haldermann derjenige ist, mit dem wir sprechen müssen?«

»Er weiß mit Sicherheit etwas.« Sarah wusste, dass der Manager eine der wichtigsten Quellen war, doch er hatte viel zu verlieren, wenn er Informationen über die Kanes preisgab. Seine Zunge war bestimmt nicht leicht zu lösen.

Sarah justierte den Innenspiegel, ehe sie die Fahrbahn wechselte, und bemerkte eine schwarze Limousine, die es ihr gleichtat. Aubrey hatte sie vor der aufdringlichen Presse von L. A. gewarnt, aber sie hatte nicht damit gerechnet, dass man sie überallhin verfolgte.

Sarah verringerte die Geschwindigkeit und beobachtete, wie der Wagen, der ihnen folgte, es ihr erneut gleichtat. Sie trat voll auf die Bremse und ließ den Verkehr wild hupend an sich vorbeirauschen. Noch bevor die Limousine zu ihnen aufschließen konnte, nahm der Fahrer rasch die nächste Ausfahrt.

»Was sollte das denn?«, fragte Joss.

»Nichts«, antwortete Sarah, doch die Wut, die in ihr hochkochte, machte ihr Sorgen.

19

Ganz in Schwarz gekleidet, schlüpfte Sarah von der Rückbank eines SUV, als der Wagen am Ende der Bel Air Road langsamer wurde. Es war noch früh am Abend; trotzdem war die Straße leer. Niemand sah, wie Sarah mit dem Unterholz am Hang verschmolz – genauso wenig, wie jemand den SUV davonjagen sah.

Lange Zeit kauerte Sarah still im Gestrüpp, gewöhnte sich an die Dunkelheit und die Geräusche der Nacht, beobachtete die Straße hinter ihr und das Gelände vor ihr.

Der Eindringling war sehr ruhig. Er war immer sehr ruhig. Er hat das schon oft getan.

Die Bedingungen waren perfekt: Aus keiner Richtung kamen Autos, und keine Straßenlaternen störten die Schatten. Sarah drehte sich um und bewegte sich geräuschlos den Hang hinauf. Die Neigung war steil, aber der Untergrund sicher. Der Aufstieg war leichter, als Sarah erwartet hatte. Als sie den hohen Drahtzaun auf der Kuppe erreichte, sah sie, dass weder Kameras noch Bewegungssensoren an den Zaunpfählen montiert waren. Das Gitter war nicht unter Strom gesetzt, und nichts deutete auf verborgene Druckplatten oder Ähnliches in der Erde hin.

Er ist einfach über den Zaun geklettert.

Im äußeren Bereich des Gartens wurde Sarah vorsichtiger. Sie wusste, dass dem Eindringling Gelände und Haus vertraut gewesen waren. Kein Sicherheitspersonal ging Streife, keine Hunde liefen umher.

Ihm hat nichts im Weg gestanden.

Sarah folgte den Bäumen gegen den Uhrzeigersinn um das Haus herum. Vorne und hinten warfen zwei Außenlampen ihren schwachen Schein auf den perfekt gepflegten Rasen; ansonsten war das Haus schwarz wie die Nacht.

Als Sarah sich dem Einstiegspunkt näherte, wuchsen Bäume und Sträucher näher an das Haus heran. Sie blieb stehen und hockte sich wieder hin.

Er hat beobachtet, gelauscht und gewartet.

Es kostete Sarah drei Sekunden, über die unbeleuchtete und unbewachte freie Fläche zu sprinten und die Rückwand des Hauses zu erreichen. Sie schlich zu dem wenige Fuß entfernten Kellergitter und hob es hoch.

Dann hat er sich zu dem Absatz unten gleiten lassen.

Als Sarah unten stand und in die Höhe schaute, zog sie das Gitter wieder an seinen Platz. Dann bückte sie sich, um das schmale Kellerfenster aufzudrücken und in den Keller zu spähen. Vollkommene Dunkelheit.

Aber er kannte sich im Haus aus.

Sarah ließ sich in die Finsternis hinab. Sie hing an den Armen, schwang hin und her wie ein Pendel, bis ihr linker Stiefel auf etwas Festes traf. Der Boiler. Beim dritten Versuch gelang es ihr, sicheren Halt an einem der Boilerrohre zu finden. Schließlich stieß sie sich von der Wand nach links ab und kratzte sich versehentlich den Fuß auf, beschädigte aber nicht den Putz.

Er hat noch einmal innegehalten und gelauscht. Vermutlich sind Minuten vergangen. Als kein Alarm kam und keine schnellen Schritte zu hören waren, hat er sich ein wenig entspannt. Niemand wusste, dass er da war.

Sarah zog den Ärmel hoch, um auf ihre Uhr zu schauen. Genau pünktlich. Die Tagesschicht in der Küche war vor zwanzig Minuten gegangen, und die einsame Nachtköchin hatte es sich inzwischen bequem gemacht.

Das Haus gehörte ihm.

Sarah wartete, bis ihre Pupillen sich ausgedehnt hatten, sodass sie langsam die Umrisse von Kisten und Haushaltsgegenständen erkennen konnte.

Ihm sind die Koffer aufgefallen.

Sarah sah die Treppe, die zur Rückseite des Hauses führte. Vorsichtig stieg sie hinauf, eine Stufe nach der anderen. Sie wusste, dass Sorglosigkeit noch immer der Feind war, und es gab mindestens noch einen Hausangestellten, an dem sie vorbeimusste.

Die Kellertür war unverschlossen und ließ sich geräuschlos öffnen. Sarah warf einen Blick in die Küche und wartete erneut. Sie konnte Musik hören, irgendetwas Fröhliches, Lateinamerikanisches. Weit entfernt, aber ohne Unterbrechung. Vermutlich kam die Musik aus einem Fernseher oder Radio.

Sarah wusste, dass es in den oberen Etagen mehrere Fernseher gab, doch das Geräusch schien nicht von dorther zu kommen, sondern aus dem Erdgeschoss. Mit einem Mal fiel es ihr ein: Im Zimmer neben der Küche stand ein kleiner tragbarer Fernseher. Vielleicht wurde er nur von den Angestellten benutzt. Von Sarahs Standort aus befand sich das Zimmer auf der gegenüberliegenden Seite der Küche.

Langsam öffnete Sarah die Tür weiter, schlüpfte hinaus und schloss sie dann vorsichtig wieder. Mit leichten Schritten auf dem Fliesenboden, das Gewicht gleichmäßig verteilt und den Blick fest auf die Tür zu dem kleinen Zimmer gerichtet, schlich sie voran. Als sie an der Tür vorbeikam, sah sie die Nachtköchin und Vasquez, den Sicherheitsmann. Sie hatten es sich auf einer Couch bequem gemacht, zwischen sich auf dem Kaffeetisch eine Flasche Tequila. Die Flasche war nur noch zu einem Drittel voll.

Sarah öffnete die Küchenschubladen und fand einen Stift,

einen Schreibblock, Klebeband und eine Plastiktüte. Dann verließ sie den Raum so schnell, wie sie gekommen war.

Was war wohl das Schwierigste? Das Vorüberschleichen war binnen Sekunden vorbei und vollkommen mühelos.

Sarah nahm die mit einem dicken roten Teppich ausgelegte Hintertreppe nach oben. Als sie den dritten Stock erreichte, schlich sie durch den langen Gang in den vorderen Teil des Hauses, zu den Gästezimmern.

Er hat gewusst, wo Milos Zimmer war, ist aber nicht dorthin gegangen. Das war nicht der Plan.

Vom Zimmer am Ende des Gangs aus konnte sie links die Schlafzimmer der beiden Kinder sehen, die Haupttreppe und, durch ein großes Fenster, die Auffahrt vom Haupttor.

Hier wird er den Entführerbrief aus dem Gedächtnis geschrieben haben. Dann hat er gewartet, beobachtet und sich an die Geräusche des Hauses gewöhnt.

Niemand kam. Nichts verriet Sarahs Anwesenheit. Und aus Minuten wurden Stunden.

Kurz nach ein Uhr nachts fuhr Ethan Kane seinen Lamborghini durch das Haupttor seines Anwesens. Rebecca saß neben ihm. Sie hatten enge Freunde in Long Beach besucht und waren eine Stunde länger geblieben als geplant. Es war das erste Mal, dass sie seit dem Tod ihres Sohnes ausgegangen waren, und es hatte ihnen gutgetan, wie ihr Therapeut vorausgesagt hatte.

Vor allem Rebecca. Den letzten Monat hatte sie sich immer mehr in sich selbst zurückgezogen. Sie hatte kaum mit Ethan sprechen können. Das hatte diese Nacht so wichtig gemacht. Sie war ein Zeichen der Hoffnung gewesen. Rebecca hatte ein wenig mehr Wein getrunken als gewöhnlich, doch peinliche Szenen waren ausgeblieben.

Ethan parkte neben der Garage und half seiner Frau zur Vordertür. Dort wurden sie von Hal Vasquez hereingelassen.

»Alles okay?«, fragte Ethan, ehe er seine Frau durch die Tür führte.

»Jawohl, Sir«, antwortete Vasquez.

»Sehr gut. Dann gehen wir jetzt hinauf ins Bett.«

»Gewiss. Gute Nacht, Sir.«

Auf halbem Weg die Treppe hinauf hatte Ethan zusehends Mühe, seine Frau aufrecht zu halten, und so hob er sie hoch und trug sie nach oben. Sanft legte er sie aufs Bett und drehte sich dann um, um die Krawatte loszubinden.

»O Gott!« Ethan sprang zum Bett zurück. Eine dunkle Gestalt stand in der Tür.

Sarah steckte die Skimaske in die Tasche ihrer schwarzen Cargohose. Das Haar hatte sie zu einem Pferdeschwanz zurückgebunden. »Ethan, wir müssen reden.«

Sie saßen in Ethans Arbeitszimmer. Vor ihnen standen dampfende Teetassen auf dem Tisch, der sie trennte.

»Rebecca hat in jener Nacht nicht nach Ihrem Sohn gesehen, stimmt's?«, fragte Sarah.

»Nein, sie war zu betrunken«, erwiderte Ethan.

»Haben Sie es getan?«

Ethan nickte. »Ich bin reingegangen und habe ihn da liegen sehen. Er hat tief und fest geschlafen, wie immer. Er war ein guter Junge, hat uns nie Schwierigkeiten gemacht, hat sich nie danebenbenommen ...«

»Und Rebecca hat weitergeschlafen, als Sie aufgewacht sind, nicht wahr? Als sie früh am Morgen das laute Geräusch gehört haben?«

»Ja. Nach einer Nacht in der Stadt schläft sie meist zehn, zwölf Stunden. Ich muss wohl nicht extra erwähnen, dass die Nacht der Oscarverleihung besonders ausschweifend war.«

»Haben Sie gewusst, dass Hal Vasquez bei der Arbeit trinkt?«

»Ich habe mich deshalb mehrmals bei Eli beschwert. Er hat gesagt, er wolle mit CVG deswegen reden, doch irgendwann habe ich es aufgegeben.«

»Ihnen ist klar, dass wir wissen, dass Sie über Bryans Aufenthaltsort in der Mordnacht gelogen haben?«

»Ja. Es tut mir leid. Eli …«

»Eli hielt das für eine gute Idee. Ja, das habe ich mir schon gedacht. Ich muss Sie noch etwas fragen, und ich möchte, dass Sie ehrlich zu mir sind. Gab es irgendwelche Kontakte zwischen Angehörigen Ihrer Familie und Ihrem ehemaligen Bodyguard, Owen Patterson, in dem Monat vor Milos Ermordung?«

Ethan schwieg eine Zeitlang und sagte dann: »Rebecca ist ihm über den Weg gelaufen. Eine Woche vor Milos Tod, als sie ins Fitnessstudio gefahren ist. Er hat sich ziemlich seltsam benommen, als hätte er Angst. Er hat ihr irgendetwas zugemurmelt und ist dann weggelaufen.«

»Und sie hat nicht verstanden, was er gesagt hat?«

»Nein.«

»Warum nicht?«

»Keine Ahnung.«

Sarah beobachtete Ethan, der einen Schluck Tee trank.

»Agentin Reilly«, sagte er und stellte die Tasse wieder ab. »Die Tatsache, dass Sie hier reingekommen sind, beweist doch, dass ein Eindringling es auch geschafft hätte, oder?«

»Ja.«

»Aber Sie sind früher gekommen, als Dean Shaughnessy es gesagt hat.«

»So war es bei dem Eindringling auch.« Sarah nippte an ihrem Tee. »Ich glaube, er hat Sie eine ganze Zeitlang beobachtet. Er kannte Ihre Gewohnheiten und Ihren Terminplan. Wahrscheinlich wusste er, dass Sie auf der Oscarverleihung waren und anschließend zu einer Aftershowparty gehen wollten. Um alles vorzubereiten, ist er dann frühzeitig eingebrochen und hat auf Ihre Rückkehr gewartet. Er wusste, dass Sie vermutlich noch mal nach den Kindern sehen würden, bevor Sie zu Bett gehen. Wahrscheinlich hat er in einem der Gästezimmer gewartet und ...«

»Er war die ganze Zeit in dem verdammten Gang?« Ethan ballte die Fäuste, und seine Stimme zitterte vor Erregung. »Er war hier drin ... die ganze Zeit ... während ich nach Milo gesehen habe? Sie glauben, er ...«

»Er hat alles beobachtet, ja.« Sarah hielt einen Augenblick inne. »Es ist nicht Ihre Schuld.«

»Zum Teufel damit!«

»Sie hätten das unmöglich wissen können.«

»Hätte ich Eli wegen Hal mehr Druck gemacht ...«

»Wo ist Mr. Haldermann jetzt?«

»Ich dachte, das wüssten Sie.«

»Bitte?«

Ethan zuckte mit den Schultern. »Wir versuchen schon den ganzen Tag, ihn zu erreichen, aber er geht nicht ans Telefon. Auf dem Handy springt sofort der Anrufbeantworter an. Ich habe sogar bei seiner Familie herumtelefoniert. Niemand scheint zu wissen, wo er ist.«

20

Ein paar frühmorgendliche Sonnenstrahlen fielen durch die Jalousien in den Konferenzraum am Wilshire Boulevard. Sarah hatte sich im Stuhl zurückgelehnt und die Hände hinter dem Kopf verschränkt. Sie blickte selbstzufrieden drein. In der vergangenen Nacht hatte es ihr großes Vergnügen bereitet, die Theorie des LAPD zu widerlegen, dass niemand auf das Anwesen der Kanes hätte vordringen können. Nun, gekleidet in eine leichte Seidenbluse und Jeans, sah sie beinahe ausgeruht aus. Dabei war sie in Wirklichkeit die halbe Nacht wach gewesen. Albträume, an die sich nicht genau erinnern konnte, hatten ihr dabei Gesellschaft geleistet.

»Ich habe die drei Glasproben miteinander verglichen«, erklärte Alan, schaltete den Projektor ein und warf seine Powerpoint-Präsentation an die Wand. »Die Ergebnisse sind schlüssig: Das Glas in Milo Kanes Arm stammt nicht von dem zerbrochenen Glas, das die LAPD in der Spüle gefunden hat.«

»Woher dann?«, fragte Joss.

»Das werde ich mit Sicherheit erst später am Tag sagen können, nachdem ich weitere Proben vom Anwesen der Kanes bekommen habe. Meine Theorie ist, dass es vom Kellerfenster stammt.«

»Aber das ist mehr als zwei Meter über dem Boden«, sagte Jack.

Alan nickte. »Das sind die einzigen Originalfenster, die noch im Haus verblieben sind. In den oberen Stockwerken sind alle ersetzt worden. Die Glasprobe aus Milos Arm, die ich untersucht habe, enthielt ungewöhnlich viel Blei. Solches Glas wird schon lange nicht mehr hergestellt.«

»Wie alt sind die Fenster denn?«, fragte Joss.

»Ende der dreißiger, Anfang der vierziger.«

»Er hat versucht, das Kind hindurchzuschieben, hat es aber nicht geschafft«, sagte Aubrey und schaute zu Sarah. »Er ist auf den Koffer geklettert – oder auf das Boilerrohr –, aber es hat nicht gereicht. Er hat das Kind zu fest gedrückt, und so ist der Splitter in den Arm gekommen.«

»Genau«, sagte Sarah.

Aubrey stand auf und schaltete das Licht ein. »Meade wird Sie dafür hassen.«

»Wahre Liebe geht stets Umwege …«

»Nein, ihr versteht nicht«, sagte Aubrey und schaute sie alle der Reihe nach an. »Das wird ernste Schockwellen verursachen. Damit gibt es keinen Fall ›der Staat Kalifornien gegen die Kanes‹ mehr.«

»Das sollte es auch nicht«, erwiderte Joss. »Dein Junge, Meade, hat den Ball fallen lassen. Das war von Anfang an ganz miese Polizeiarbeit.«

»Er ist nicht mein Junge«, entgegnete Aubrey kühl, »und es war nicht mein Fall, bis ihr gekommen seid. Ich bin ja auch froh, dass ihr hier seid, aber ich will euch warnen: Man darf die politischen Mechanismen in dieser Stadt nicht unterschätzen. Wenn dieser Fall in sich zusammenbricht, werden Köpfe rollen. Sie werden euch fertigmachen, nur um ihre eigenen Ärsche zu retten.«

»Wir wissen Ihre Sorge zu schätzen, Aubrey«, sagte Sarah. »Was wir brauchen, ist eine Art Puffer. Ich werde Langford in Boston anrufen und ihn auf den neuesten Stand bringen. Er hat gute Verbindungen nach D. C.«

»Da ist noch mehr, Sarah. Licht aus, bitte.«

»Tut mir leid. Mach weiter, Alan.«

»Ich habe Milos Nachttisch nach Fingerabdrücken abgesucht und ein paar Proben mit Klebestreifen genommen.« Alan schaltete zum nächsten Bild, das einen Objektträger mit feinen Partikeln zeigte.

»Dreck?«, fragte Jack und schob die Brille hoch, um besser sehen zu können.

»Sand«, erklärte Alan. »Extrem feine weiße Sandkörner.«

»Hast du sie mit Proben von …«

»Natürlich habe ich einen Vergleich gemacht. Sie passen zu keinem kalifornischen Strand in der Datenbank. Wo immer dieser Sand herkommt, einheimisch ist er nicht.«

»Ein Überbleibsel von einem Strandurlaub?«, fragte Sarah. »Die Kanes reisen vermutlich genauso oft ins Ausland, wie wir Normalsterblichen zu Wal-Mart gehen.«

Alan schüttelte den Kopf. »Dann müssten sie schon unmittelbar vor dem Mord in Urlaub gewesen sein. Das Zeug ist erst vor kurzem dorthin gekommen, und der Raum war versiegelt. Hätte irgendjemand neben dem Nachttisch auch nur geniest, wäre es verschwunden.«

»Gute Arbeit, Alan. Hat sonst noch jemand was?« Jack hob die Hand wie ein Schuljunge. »Spuck's aus, Jack!«

»Nun …« Jack stand auf, ging zu Alans Laptop und schloss seinen BlackBerry an. Nachdem er ein paar Tasten gedrückt hatte, erschien ein Bild von Rebecca Kane im Abendkleid auf der Leinwand. »Gestern, nach dem Abendessen, war mir ein bisschen langweilig. Ich habe ein wenig im Internet gesurft und nach News über Ethan und Rebecca gesucht. Fotografen von AP haben dieses Bild bei der Oscarverleihung aufgenommen. Wie ihr sehen könnt, sieht Mrs. Kane fantastisch aus … blaues Seidenkleid, passende High Heels, Handtasche von Luis Vuitton, die ich übrigens für eine Fälschung halte …«

Joss verdrehte die Augen. »Komm auf den Punkt, Jack!«

»Schaut euch ihren Hals an!«

Sarah stand auf, um sich die dünne Goldkette genauer anzusehen, die Rebecca elegant ins Dekolleté fiel. Sie endete genau oberhalb ihres Busens; umschlossen von Brillanten, funkelte dort ein großer Saphir. »Das ist die Kette, von der Ethan sagt, sie sei gestohlen worden«, sagte Sarah.

»Jawohl, Ma'am.«

»Wie viel war die wert?«, fragte Joss.

»Vor ein paar Jahren haben die Kanes sie für eins Komma neun Millionen Dollar gekauft«, antwortete Aubrey. »Inzwischen dürfte sie weit mehr wert sein, zumal Rebecca sie getragen hat.«

»Worauf willst du hinaus, Jack?«, fragte Sarah.

Jack drückte erneut eine Taste, und ein weiteres Bild erschien. »Das hier wurde ebenfalls bei der Oscarverleihung aufgenommen, auf dem roten Teppich. Dann das …« Er rief ein Bild von Rebecca im gleichen Kleid auf; allerdings zeigte sie darauf weit weniger Verve. »Hier verlässt sie die Feier und geht zur Aftershowparty.«

»Sieht nicht gerade glücklich aus«, bemerkte Joss.

Jack drückte die Taste. »Und diese Aufnahme wurde gemacht, als sie die Party wieder verlassen hat.« Das Foto zeigte Ethan, wie er der offensichtlich betrunkenen Rebecca half, in einen wartenden Rolls Royce einzusteigen.

»Ich verstehe nicht«, sagte Aubrey.

Jack drückte erneut die Taste. »Vielleicht jetzt.«

Das letzte Foto war ganz anders. Es war am frühen Morgen mit einem Teleobjektiv geschossen worden und zeigte eine müde, zerzauste Rebecca in einem der Gästehäuser auf dem Anwesen der Kanes, zusammen mit der Chefin der Opferbetreuung des LAPD, Veronica Hudson. Das Bild war aus beachtlicher Entfernung aufgenommen; daher war die Auflösung nicht allzu gut. Aber die Kette um Rebeccas Hals war immer noch deutlich zu sehen.

»Verdammt!«, zischte Aubrey.

Sarah ging wieder zur Leinwand, um sich das Bild genauer anzusehen. Es gab keinen Zweifel. Die Kette war da. Und wieder hatten sie die Kanes einer Lüge überführt.

»Wir sollten wohl noch mal mit Ethan Kane reden«, sagte Joss.

»Ja, aber jetzt noch nicht«, erwiderte Sarah, die noch immer auf das Bild starrte. »Wir müssen zuerst herausfinden, was das zu bedeuten hat.« Im Kopf ging Sarah die unterschiedlichen Möglichkeiten durch. *Warum sollten sie wegen der Kette lügen?* Die Kanes hatten es genauso wenig nötig, ihre Versicherungsgesellschaft zu betrügen, wie Rupert Murdoch. Was hatte das zu bedeuten? Und wo war die Kette jetzt? »Gute Arbeit, Jack.« Sarah trat an den Kopf des Tisches. »Okay, Leute. Wir haben einen vollen Arbeitstag. Mein mitternächtlicher Vorstoß ins Haus der Kanes vergangene Nacht …«

Jack applaudierte, und der Rest des Teams schloss sich ihm an, was Sarah ein Lächeln aufs Gesicht zauberte. »Okay, okay. Danke. Die Übung hat mich auf ein paar frische Ideen gebracht. Alan, ich möchte, dass du heute Morgen noch mal zu den Kanes fährst und die Gästezimmer im Stockwerk der Kinder untersuchst. Achte dabei besonders auf den Raum links, am Ende des Gangs.« Während Sarah sprach, beantwortete Aubrey ein Klopfen an der Tür und sprach draußen mit einem der hiesigen Agenten. »Jack«, fuhr Sarah fort, »ich möchte, dass du mit Hal Vasquez redest. Lass dir von ihm eine vollständige Liste der Personen geben, die in den vergangenen zwölf Monaten in diesen Gästezimmern gewohnt haben. Wir brauchen DNA-Proben und Fingerabdrücke von ihnen.«

»Alles klar«, sagte Jack.

Aubrey hatte inzwischen die Tür wieder geschlossen und kehrte zum Konferenztisch zurück. »Wir haben da vielleicht ein kleines Problem.«

»Und welches?«, fragte Sarah.

»Der DA und das LAPD wollen uns sehen – sofort.«

»Weshalb?«

»Es hat etwas mit Vikky Cole zu tun.«

»Wann haben Sie das letzte Mal mit der Prostituierten gesprochen, Agentin Reilly?« Meade war ausgesprochen mies gelaunt. Seine Ohrläppchen waren gerötet, und Speichel sammelte sich auf der Unterlippe, während er sprach. »Wir müssen wissen, unter welchen Umständen Sie Kontakt mit ihr hatten und was Sie mit ihr besprochen haben.«

»Als ich das letzte Mal nachgesehen habe, Detective Meade, war die Bundesregierung lokalen Strafverfolgungsbehörden gegenüber nicht verantwortlich«, erwiderte Sarah gelassen.

»Das stimmt«, meldete sich der Bezirksstaatsanwalt hinter seinem riesigen Walnussholzschreibtisch zu Wort. »Und niemand will hier irgendjemanden unter Druck setzen. Das möchte ich nur einmal klarstellen. Wir sind dem FBI sehr dankbar für seine Hilfe. Allerdings liegt diese Untersuchung weiterhin in der Jurisdiktion des Staates Kalifornien, den ich repräsentiere.«

Sarah seufzte. »Wir haben uns vorgestern mit der Frau getroffen.«

»Wann und wo?«, fragte Meade direkt.

»Spät. Sunset Boulevard.«

»Fahren Sie fort«, sagte der DA.

»Wir haben mit ihr über Owen Patterson gesprochen. Sie hat zugegeben, eine Beziehung mit ihm gehabt zu haben, und uns gesagt, er sei ungefähr eine Woche vor dem Mord verschwunden.«

Der DA blickte verwirrt drein. »Wer ist Owen Patterson?«

»Der ehemalige Bodyguard der Kanes.« Sarah schaute zu Meade.

»Ach ja«, erwiderte der DA. »Sie haben seinen Wagen in den Hügeln gefunden. Glauben Sie, er ist tot?«

»Da können wir nicht sicher sein«, antwortete Sarah vorsichtig. »Im Gebüsch nahe des Wagens haben wir die Leiche eines Mannes gefunden. Es handelte sich um einen Auftragskiller mit Namen Malcolm Ash, ein Australier. Wir nehmen an, dass er den Auftrag erhielt, Patterson umzubringen, und dass er gescheitert ist.«

»Wie kommen Sie darauf?«

»Weil Ashs Leiche bei dem Wagen war und weil wir Patterson nirgends finden konnten«, antwortete Aubrey gereizt. »Kommt schon, Jungs, wir sind doch alle im selben Team! Worum geht es hier überhaupt? Wir sind ohnehin schon einen Monat zurück, und jetzt müssen wir auch noch Fragen beantworten, die nirgendwo hinführen.«

»Vikky hat sich also über Patterson ausgelassen …« Meade schaute Sarah an und ignorierte Aubrey. »Was ist dann passiert?«

»Dann ist sie aus dem Wagen gestiegen und gegangen«, sagte Aubrey, ehe Sarah den Mund öffnen konnte. »Und das war's. Warum? Was hat sie euch für einen Mist erzählt?«

»Sie hat uns gar nichts erzählt«, sagte Meade und drehte sich zum ersten Mal zu Aubrey um. »Sie ist tot.«

Der DA schob Aubrey die Akte über den Tisch zu. »Erwürgt.«

Aubrey öffnete die Akte und fand Tatortfotos, die Vikky Cole mit dem Gesicht nach unten in einer Gasse zeigten. Irgendetwas, was wie eine Strumpfhose aussah, war um ihren Hals geschlungen.

»Das haben wir nicht gewusst«, sagte Sarah. Ihr Mund war plötzlich wie ausgetrocknet.

»Ihr wart schlampig«, sagte Meade, der es offensichtlich genoss. »Jemand hat euch beobachtet. Er hat gesehen, wie ihr die Frau aufgegabelt und mit ihr gesprochen habt. Er hat gewartet, bis ihr fertig wart, und dann Hallo gesagt.«

»Hat jemand gesehen, wer sie angesprochen hat?«, fragte Sarah.

»Sie wissen doch, wie es da unten ist«, antwortete Meade. »Niemand hat irgendetwas gesehen. Nutten haben keinen Teamgeist.«

Sarah gefielen Meades Vorurteile nicht, doch sie ging nicht darauf ein. Er hatte recht: Sie waren nicht vorsichtig genug gewesen. Sie hatten Vikky Cole geradewegs zur Schlachtbank geführt.

»Ich sehe keinen Grund, diese Information publik zu machen«, sagte der DA. »Das würde unseren Ermittlungen in keiner Weise helfen. Allerdings würde ich Ihnen, Agentin Reilly, empfehlen, in Zukunft ein bisschen diskreter zu sein.«

21

In Gedanken versunken fuhr Sarah den Mustang ungewöhnlich zurückhaltend nach Wilshire zurück. Zwar fühlte sie sich nicht verantwortlich für Vikky Coles Tod, doch ein Teil von ihr wusste, dass es so sein *sollte*. Sie konnte es drehen und wenden, wie sie wollte – *sie* war die Leiterin der Untersuchung. *Sie* hatte entschieden, Vikky zu überprüfen. Hätte sie es nicht getan, wäre die Frau noch quicklebendig.

Aubrey saß neben Sarah auf dem Beifahrersitz. Er schaute sie unverwandt an, was sie zusätzlich ärgerte.

»Was ist?«, fragte sie schroff.

»Geben Sie sich nicht die Schuld an dem, was passiert ist.«

»Und wem soll ich dann die Schuld geben? Ihnen?«

»Sicher. Schließlich war ich derjenige, der die Frau ins Spiel gebracht hat.«

»Hm.«

»Aber das tue ich nicht.«

»Sie tun was nicht?«

»Ich empfinde kein bisschen Schuld.«

»Ach ja?« Sarah drehte die Klimaanlage hoch, sodass ihnen eiskalte Luft ins Gesicht wehte.

»Es ist Scheiße, das so zu sehen. Damit ist der Täter aus der Gleichung raus. Es suggeriert – fälschlicherweise –, dass wir die Tat heraufbeschworen haben, indem wir nur mit Vikky Cole geredet haben.«

»Aber das haben wir doch auch! Ich war nicht vorsichtig

genug – mit der Folge, dass man sie zum Schweigen gebracht hat. Abgeschlachtet wie ein Tier.«

Aubrey schwieg einen Augenblick. Dann sagte er vorsichtig: »Es ist Ihre Pflicht, jeder möglichen Spur nachzugehen. In diesem Fall hieß das, mit Vikky Cole zu reden. Was hätten wir denn tun sollen? In ihre Wohnung einbrechen und warten, bis sie zurückkommt? Woher hätten wir wissen sollen, dass man uns nicht verfolgt? Der Killer hätte uns beobachten können, nicht sie. Wir können nicht für jedes mögliche Szenario planen, Sarah.«

»Ich weiß. Es ist nur …«

»Wenn Sie schon jemandem die Schuld geben wollen, dann dem Arschloch mit Blut an den Händen.«

Sarahs Handy klingelte, und sie schaltete die Freisprechanlage ein. »Agentin Reilly.«

»Ich … ich muss reden …«

Die Stimme kam Sarah vertraut vor, doch es dauerte einen Moment, bis sie sie zuordnen konnte. »Mrs. Kane? Alles in Ordnung? Was kann ich für Sie tun?« Rebecca schluchzte, sprach unzusammenhängend. »Beruhigen Sie sich, Mrs. Kane. Ich bin ja hier.«

Rebecca nahm sich einen Moment Zeit, um die Fassung wiederzuerlangen; dann sagte sie: »Ich muss mit jemandem reden.«

»Natürlich. Dafür sind wir da. Lassen Sie sich Zeit.«

»Es ist Ethan …«

»Okay«, sagte Sarah und schaute zu Aubrey, der bereits Stift und Notizblock hervorgeholt hatte. »Was ist mit Ihrem Mann?«

»Wir hatten … einen Streit.«

»Sagen Sie mir, warum Sie angerufen haben, Rebecca!«, forderte Sarah sie mit ruhiger Stimme auf. Sie war auf dem Wilshire Boulevard an den Straßenrand gefahren. »Sagen Sie mir, was passiert ist!«

»Sie haben mir befohlen, es niemandem zu sagen. Sie haben gesagt, dann würden wir ins Gefängnis kommen. Aber ich bin es leid, immer nur zu lügen. Ich will einfach nur, dass das alles vorbei ist.«

»Hören Sie mir gut zu, Rebecca! Sie müssen mir sagen, was los ist, damit ich Ihnen helfen kann.«

Rebecca atmete zitternd ein. »Es gibt da etwas, was wir der Polizei nicht gesagt haben ... Aber Sie müssen uns glauben. Wir hatten keine andere Wahl.«

»Ich verstehe«, sagte Sarah und versuchte, weiterhin so ruhig wie möglich zu bleiben. »Das ist vorbei. Sagen Sie mir einfach, was Sie uns verschwiegen haben.«

»Ungefähr eine Woche nach der Beerdigung hat jemand uns kontaktiert. Es war der Mann, der Milo das angetan hat. Zunächst war es nur eine Notiz. Wir wussten sofort, dass sie echt war.«

Sarah spürte, wie sich ihr der Magen drehte. »Woher wussten Sie, dass sie von ihm kam?«

»Sie lag auf Bryans Nachttisch. In seinem Schlafzimmer. Das war nur wenige Tage, nachdem die Polizei aus unserem Haus verschwunden war ...«

»Erzählen Sie weiter, Rebecca! Was war das für eine Notiz?«

»Er hat gesagt, wenn wir ihm nicht geben, was er will, würde er sich Bryan genauso holen, wie er sich Milo geholt hat.« Rebeccas Stimme schwankte.

Sarah wartete, bis sie sich wieder gesammelt hatte; dann fragte sie: »Was waren seine Forderungen?«

»Er hat gesagt, Ethan solle dafür sorgen, dass eine meiner Halsketten verschwindet. Dann würde er uns wieder kontaktieren und uns sagen, wo und wie wir sie ihm bringen sollen. Außerdem sollten wir den Zettel vernichten, und das haben wir auch getan.«

Sarah fühlte, dass Rebecca noch immer etwas zurückhielt; also schwieg sie.

»Und er hat etwas zu der Notiz dazugelegt«, sagte Rebecca schließlich. »Auf den Nachttisch. Als wollte er uns warnen.«

»Und was war das?«

»Eine Sanduhr. Aus Stein. Handgefertigt, nehme ich an. Mit feinem weißem Sand darin. Ein schönes Stück.«

»Sie haben gesagt, er habe *zunächst* über den Zettel Verbindung mit Ihnen aufgenommen«, sagte Sarah. »Hat er Sie seitdem wieder kontaktiert?«

»Bisher nicht.«

Sarah schlug das Herz bis zum Hals. Ein Gedanke nagte an ihr, doch sie schob ihn beiseite. Irgendetwas passierte. Jetzt, in diesem Augenblick. »Okay, sagen Sie mir alles, was Sie mir sagen können. Wann hat er angerufen?«

»Vor ungefähr einer Stunde.«

»Jung? Alt? Wie hat seine Stimme geklungen?«

»Ich weiß es nicht. Ethan hat mit ihm gesprochen. Ich habe zufällig zur selben Zeit abgehoben wie er, am anderen Apparat. Ich habe ihn gehört, aber nur eine Sekunde. Dann hat Ethan gesagt, ich soll auflegen.«

»Wie hat er geklungen?«

»Seltsam … als wäre er kein Mensch.«

Aubrey kritzelte »Stimmveränderungstechnik« in seinen Block und hielt ihn für Sarah hoch. Sie nickte. Das schien wahrscheinlich. Solche Geräte waren billig und überall zu bekommen.

»Was ist dann passiert? Hat Ethan Ihnen erzählt, was der Mann gesagt hat?«

»Nein, er … Ich bin ins Arbeitszimmer gegangen, wo er den Anruf angenommen hat, und dort habe ich dann gestanden und eine Minute zugehört. Schließlich hat er etwas aufgeschrieben, aufgelegt und das Blatt Papier abgerissen. Er war kreidebleich vor Angst. So habe ich ihn noch nie gesehen.«

»Was ist dann passiert, Rebecca?«

»Er ist nach oben gegangen, hat die Halskette geholt und das Haus verlassen. Ich weiß das mit der Halskette nur, weil ich nachgesehen habe, wo sie normalerweise liegt, und sie war weg. Sie ist verschwunden, Agentin Reilly. Ich habe Ethan gefragt, wo sie ist, aber er hat nicht geantwortet …« Die nächsten Worte gingen in heftigem Schluchzen unter.

Sarah spürte, wie Adrenalin durch ihre Adern schoss. Das konnte nur eines bedeuten: Ethan traf sich just in diesem Augenblick mit Milos Mörder. »Ethans Notizblock … Haben Sie den noch?«, fragte sie.

»Ja.«

»Gut. Ich möchte, dass Sie sich einen Stift nehmen – keinen Kugelschreiber, sondern einen Bleistift – und einen Spitzer oder ein Messer. Beeilen Sie sich! Bringen Sie Spitzer, Notizblock und Stift zum Telefon. Gehen Sie! Schnell.« Rebecca ließ den Hörer mit lautem Klappern fallen.

Sarah und Aubrey kamen die nächsten neunzig Sekunden wie Stunden vor, während sie in der gnadenlosen kalifornischen Hitze auf dem Wilshire Boulevard saßen und Hunderte ahnungslose Autofahrer an ihnen vorbeirauschten.

»Okay, ich habe alles.« Sarah und Aubrey zuckten unwillkürlich zusammen, als Rebecca plötzlich wieder am Apparat war. »Was soll ich jetzt tun?«

»Können Sie auf dem Notizblock die Umrisse von dem erkennen, was Ethan geschrieben hat?«

»Ja.«

»Nehmen Sie den Bleistift und kratzen Sie Grafit davon ab, sodass es darauffällt! Es muss ein ganz feines Pulver sein und einen Großteil des Blattes bedecken. Dann reiben Sie sanft mit der Fingerspitze über das von Ethan Geschriebene!« Sarah wartete einen Moment. »Und?«, fragte sie dann. »Klappt es?«

»Ja, fast fertig …«

»Wenn Sie so weit sind, pusten Sie das Grafit weg, und die Worte sollten lesbar sein.«

Sekunden später war Rebeccas Atem über den Lautsprecher zu hören. Sarah streckte die Hand nach dem Navigationsgerät aus.

»Ich hab's!«, rief Rebecca. »Venice Beach – Ocean Front Walk – South End.«

Sarah beendete das Gespräch, gab die Adresse ins Navigationssystem ein und schaltete Blaulicht und Sirene ein. Dann ließ sie den Motor des Mustang an, der mit lautem Brüllen zum Leben erwachte, rammte den ersten Gang rein und rief Aubrey mit einem zähnefletschenden Grinsen zu: »Anschnallen!« Bis zum Meer ging es fast nur geradeaus, und Sarah beabsichtigte, das Beste daraus zu machen.

»Es muss auf der Promenade sein!«, rief Aubrey über den Lärm der Sirene hinweg. »Er wird einen belebten Platz vorziehen.«

Als sie sich dem Wasser näherten, schaute Sarah auf das Navigationsgerät, trat auf die Bremse und riss das Lenkrad nach links herum. Der Mustang schoss nun mit kreischenden Reifen nach Süden auf den Lincoln Boulevard. Sarahs Herz schlug immer schneller. Schweißperlen bildeten sich auf ihrer Oberlippe.

Sie fuhren nun parallel zum Wasser. Es gab kaum noch Verkehr, und Sarah trat das Gaspedal durch. Aubrey funkte nach Verstärkung und sagte, sie solle sich in sicherer Entfernung von der Promenade in Bereitschaft halten. Sie durften nicht riskieren, bemerkt zu werden, bevor der Verdächtige lokalisiert war.

Als sie sich der Stelle näherten, schaltete Sarah Blaulicht und Sirene aus. Sie bog rechts auf den Ocean Boulevard ein und dann nach links auf die Main Street. Hier, bemerkte Sarah, liefen mehr Leute in Badehose und Bikini herum als in normaler Kleidung. Sie und Aubrey waren für die Stadt gekleidet. Das würde ein Nachteil sein.

Sie erreichten den Kreisverkehr am Südende der Main Street und fuhren rechts auf die Windward. Fünfhundert Meter vor ihnen lag der funkelnde blaue Pazifik. Sarah hielt vor dem Venice Beach Hotel. Binnen Sekunden waren die beiden Agenten mit der Menge verschmolzen.

Aubrey hatte sein Jackett im Wagen gelassen und trug nur noch seine helle Leinenhose und ein blaues aufgeknöpftes Hemd. So gekleidet, passte er hervorragend hierher. Doch Sarahs dunkelgrüne Seidenbluse und die dunkle Jeans waren für die Umgebung nicht gerade geeignet.

Die Augen geschützt von Sonnenbrillen, suchten sie die Menschenmenge am Ocean Front Walk ab. Viele Leute drängten sich um die Basketballplätze zweihundert Meter links; auf der von Palmen gesäumten Promenade, zweihundert Meter zwischen dem Sand und den bunten Geschäften, waren sogar noch mehr Menschen.

Sarah blieb stehen und schaute in eine der Nebenstraßen. »Komm raus zum Spielen …«, murmelte sie vor sich hin und ging weiter.

»Wir suchen nach einer Stelle, von der aus man das gesamte Areal einsehen kann«, sagte Aubrey. »Aber mit guter Fluchtmöglichkeit.«

»Nach einer Stelle, an der sich viele Personen aufhalten, sodass zwei Leute sich problemlos unterhalten können, ohne belauscht zu werden.« Wieder blieb Sarah stehen und drehte sich auf der Stelle. Unmittelbar hinter den Basketballfeldern, wo das Straßenpflaster in Sand überging, befand sich ein Kinderspielplatz. Es war ziemlich voll dort. Eltern beobachteten ihre Sprösslinge beim Toben.

Sarah erinnerte sich an die Sanduhr auf dem Nachttisch. *Dieser Kerl hat es gerne eindeutig.* »Der Spielplatz«, sagte sie zu Aubrey und nickte in die entsprechende Richtung. »Sehen wir uns den mal an!«

22

Sarah legte ihre Hand in Aubreys, als sie über die Plaza gingen. Ihre Schritte waren gemächlich – zwei Leute, die den Tag genossen, Büroangestellte, die die Mittagspause für ein bisschen gemeinsame Zeit nutzten.

Als sie an den Basketballplätzen vorbeikamen, bemerkte Sarah zwei Männer, die neben der Schaukel standen, sich unterhielten und den Kindern beim Spielen zuschauten. Sie trugen Baseballkappen und hatten ihr den Rücken zugekehrt, doch ihre Körpersprache war offensichtlich. Der Mann links war stocksteif, als habe er Angst, auch nur die geringste Bewegung zu machen. Der andere Mann hingegen stand vollkommen gelassen da, doch sein Kopf wanderte wachsam immer wieder nach links und rechts.

Sarah wusste, dass der Mann links Ethan Kane war. Daran bestand kein Zweifel.

Sie konzentrierte sich auf den anderen Mann. Er trug ein weißes T-Shirt und weite Shorts, war kräftig gebaut, fit und sonnengebräunt.

Sarah und Aubrey blieben stehen. Dann, ohne dass sie sich hätten absprechen müssen, trennten sie sich und näherten sich den beiden Männern aus verschiedenen Richtungen. Aus zwanzig Metern Entfernung konnte Sarah das Profil des Mannes sehen, und auf zehn Meter schlugen sie zu.

Sie hatten gerade die ersten Schritte getan, als der Mann sich wieder umdrehte. Er sah eine Frau in Jeans, die ihre Augen mit der Hand vor der Sonne zu schützen versuchte. Als der

Mann sich nach links wandte, sah er jemanden geradewegs auf sich zulaufen.

Der Mann sprang durch die Schaukel hindurch, rannte über den Spielplatz, stieß die Leute beiseite und lief nach Norden über den Boulevard.

Ethan sah, wie Sarah und Aubrey ihm nachsetzten. »Nein!«, rief er. »Verdammt! Stopp!«

Sarah lief und fluchte. Sie hatte den Mann zwar im Profil gesehen, wusste wegen des grellen Sonnenscheins aber immer noch nicht genau, wie er aussah. Doch sie zerbrach sich nicht lange den Kopf darüber, sondern konzentrierte sich voll und ganz auf den Rücken des Mannes, der über die Straße sprintete, Marktstände umrannte und unglückliche Passanten beiseitestieß.

Am Ende des Parks bog er nach rechts ab – ein Schwenk, den Sarah vorhergesehen hatte. Sie war nun fünfzehn Meter hinter dem Mann und kam ihm näher, doch sie liefen nun durch die dichte Menge entlang des Ocean Front Walk. Sarah wusste, dass sie den Kerl hier leicht verlieren konnte, wenn sie zurückfiel oder abgelenkt wurde. Geschäfte, Restaurants, Bars und Cafés reihten sich auf dem Bürgersteig aneinander. Binnen einer Sekunde könnte der Kerl in einem davon verschwinden, und das wär's dann gewesen.

Sarah beschleunigte, konnte aber einer Familie nicht mehr ausweichen, die Hand in Hand über den Bürgersteig schlenderte. Ein Eiscreme essendes Kind stürzte zu Boden, und die Süßigkeit segelte durch die Luft. Sarah hätte am liebsten angehalten und sich entschuldigt, hatte aber Wichtigeres zu tun. Sie machte Meter gut, kam dem Kerl näher und näher. Mit Mühe wich sie einer Gruppe Teenagern aus, die dem Mann hinterherfluchten, der sie soeben beiseitegeschubst hatte, als plötzlich jemand sie am Hemd packte und zum Stehen brachte.

»Kein Rennen auf der verdammten Promenade!« Ein Venice-Beach-Fahrradcop in winzigen engen Shorts und mit glänzender Metallpfeife stand dicht vor ihr. Sein Atem stank nach Zwiebeln.

»Tut mir leid, Officer.« Sarah rammte dem Mann den Kopf so fest gegen die Brust, dass er mit lautem Krachen über sein Fahrrad fiel. Im selben Augenblick, als Aubrey zu ihr aufschloss, rannte Sarah wieder los. Sie verfolgten den Mann nun fast eine Minute. Abgesehen davon, dass Sarah allmählich die Luft ausging, stieg Panik in ihr auf.

Sie hatte den Mann viel zu lange aus den Augen verloren, und nun konnte sie ihn nicht mehr entdecken. Er war vielleicht in eine Nebenstraße abgebogen, die vom Wasser wegführte. Oder er war in einem Auto davongebraust. Sie hatten ihre einzige Chance vertan …

»Das ist er!«, rief Aubrey und deutete nach vorn zu einer Bar an der Ecke zur Clubhouse Avenue.

Die Bar war dunkel und kühl, stank aber nach Alkohol und den dicht gedrängt stehenden Leibern. Sarahs Verhalten und ihre Bewegungen hatten sich vollkommen verändert. Sie war nun viel vorsichtiger, ließ ihren Augen Zeit, sich an die Dunkelheit zu gewöhnen, und nahm die Umgebung in sich auf. Sie ignorierte die anzüglichen Pfiffe und Obszönitäten der Biker am Eingang und schaute zum hinteren Teil der Bar, wo eine Stripshow im Gange war. Eine abgemagerte junge Frau von vielleicht zwanzig Jahren schwang ihre hagere Gestalt um eine hohe Stange zu den abgehackten Klängen von Ram Jam.

Sarah schaute sich langsam um, während Aubrey im Billardzimmer nachsah. Alte Straßenschilder, Marlboro-Zigarettenposter und ausgestopfte Büffelköpfe zierten die Wände. Dann entdeckte Sarah das Schild zu den Toiletten. Sie befanden sich hinter dem Tanzpodest und den Tischen.

Sarah schob sich durch das dicht gedrängte Publikum, während spärlich bekleidete Kellnerinnen Tabletts mit Getränken und Essen durch die Menge balancierten. An den Tischen kam Sarah immer wieder den Schultern männlicher Gäste unangenehm nahe, deren Leiber sich wie von selbst in ihre Richtung zu lehnen schienen. Sosehr sie es sich wünschte, sie konnte nicht einfach ihre Waffe ziehen und diesen Neandertalern Respekt beibringen. Selbst wenn jemand sie in den Hintern kniff, ging sie einfach weiter …

Bis ein Mann im Flanellhemd, der nach Schnaps stank, sie zu sich auf den Schoß zog und festhielt.

Jetzt war es mit der Diplomatie vorbei.

»Hey«, sagte Sarah, und die Drohung in ihrer Stimme war nicht zu überhören. »Lassen Sie mich los! *Sofort!*« Der Kerl hielt ihre Hände fest, und Sarah geriet aus dem Gleichgewicht. Natürlich konnte sie ihm immer noch einen Kopfstoß versetzen, aber nur als letztes Mittel.

»Du meinst, ich soll dich einfach gehen lassen?« Der Mann geiferte zu seinen Kumpanen am Tisch, allesamt große Kerle und sturzbetrunken. »Du redest ja richtig hochgestochen. Ich steh auf Weiber mit Klasse. Seit wann arbeitest du denn hier? Ich hab deine Titten gar nicht erkannt.«

Seine Barthaare rieben an Sarahs Nacken, und sie konnte den billigen Whisky in seinem Atem riechen. Sie versuchte, sich loszureißen. »Ich arbeite *nicht* hier«, zischte sie. »Für kein Geld der Welt würde ich mit euch stinkenden Pennern …«

»Haben Sie sich neue Freunde gemacht, Sarah?« Aubrey stand nur wenige Meter entfernt, die Hemdsärmel hochgekrempelt, der Blick leidenschaftslos. Er schaute hin und her, schätzte einen potenziellen Gegner nach dem anderen methodisch und tödlich ab. Um ihn her hatten die Gäste ihre Drinks genommen und sich von den Tischen entfernt.

Die Musik verstummte, und die Striptänzerin wiegte sich nur noch langsam hin und her.

Der Mann, der Sarah festhielt, lachte leise und trank einen kräftigen Schluck. »Du hast uns also einen Freund zum Spielen mitgebracht, ja?« Er beugte sich vor und versuchte, Sarah auf die Wange zu küssen. »Phil, Denny, prügelt dem dummen Arsch da Verstand ein, während ich mit seiner Tussi meinen Spaß habe.«

Zwei Männer sprangen auf und bauten sich vor Aubrey auf.

Doch ehe sie sich bewegen konnten, spie der Mann, der Sarah festhielt, hervor: »He, Jungs …« Seine Hände lagen nun steif an der Seite. »He, Phil …«

»Halt die Fresse, Bob!«, erwiderte der Mann mit Namen Phil, ohne den Blick von Aubrey zu nehmen. »Ich kümmere mich um das Arschloch. Amüsier du dich nur mit seiner kleinen Nutte!«

»Äh, Phil …«

»Was ist denn, verdammt?« Der Mann wurde wütend.

»Lass sie gehen. Lass sie bitte gehen!«

Phil riss die Augen auf. »Was quatschst du da?«

Schweiß lief Bob über die Stirn. »Vergiss die ganze Sache!«

»Warum sollte ich?«

»Weil die Lady mir eine Knarre an die Eier hält.« Bobs Stimme brach, als Sarah ihm lächelnd die Mündung fester in die Weichteile drückte. »Um Himmels willen, Phil, lass sie gehen!«

»Sie haben Ihren schwachköpfigen Kumpel gehört.« Sarah zog den Hahn mit einem deutlich vernehmbaren Ratschen zurück.

Phil funkelte Aubrey noch einen Augenblick an. »Macht, dass ihr aus unserer Bar kommt!«

Langsam stand Sarah vom Schoß des Mannes auf; dann bewegten die beiden Agenten sich rückwärts zur Hintertür und hinaus in die Mittagssonne.

Als sie auf die Parallelstraße des Ocean Front Walk gelangten, steckte Sarah ihre Smith & Wesson wieder in den Holster. Aubrey kletterte auf einen Blumenkübel, drehte sich um 360 Grad und suchte die Gegend nach einer Spur des Mannes ab, den sie verfolgt hatten. Sarah setzte sich auf eine Bank in der Nähe und band gerade ihre Schuhe neu, als ein Knacken aus Aubreys Funkgerät kam.

»Weiß, männlich, Mitte dreißig, weißes T-Shirt, Cargoshorts, Baseballkappe und Sonnenbrille?« Es war ein Agent, der die Beschreibung des Verdächtigen bestätigt haben wollte.

»Ja, bestätigt«, antwortete Aubrey.

Sarah hob die Augenbrauen. Sie war beeindruckt. »Wann haben Sie das denn durchgegeben?«

»Als ich hinter Ihnen hergelaufen bin. Ich bin wesentlich fitter, als Sie vermutlich glauben.«

Das Funkgerät knackte erneut. »Ich habe Ihren Jungen. Südende der Pacific Avenue. Zu Fuß. Läuft Richtung Südwesten.«

23

Der Mustang war zum Leben erwacht. Sarah saß hinter dem Steuer und lenkte den Wagen nach Osten in Richtung Abbott Kinney Boulevard, wo der Verdächtige zuletzt gesehen worden war. Sie suchten nach einem beigefarbenen Ford Pick-up und einem Mann, der wie ein Besessener fuhr.

»Er versucht, uns abzuschütteln«, sagte Sarah, den Blick fest auf die Straße gerichtet. »Der wird es uns nicht leicht machen. Er hat den Fluchtweg genau geplant. Eine Strecke, wo wir auf die meisten Hindernisse stoßen. Der Bursche ist nicht so weit gekommen, nur um jetzt Mist zu bauen.«

»Der Verdächtige hat gerade eine rote Ampel überfahren …« Aubrey beugte sich zum Funkgerät, um die Lautstärke hochzudrehen. »Ecke Abbott Kinney und South Venice. Fährt jetzt auf der South Venice Richtung Westen.«

Der Kerl schlug Haken. Jetzt fuhr er wieder zum Meer zurück, um nach Verfolgerfahrzeugen zu suchen. Ihn unauffällig zu beschatten war praktisch unmöglich. Sarah schaltete das Blaulicht ein, aber nicht die Sirene. Sie musste schnell an den Mann heran. Mit kreischenden Reifen jagten sie um die Ecke auf die South Venice – just in dem Augenblick, als der Verdächtige auf die Ocean Avenue abbog.

»Ich weiß, wohin er will«, sagte Aubrey. »Nehmen Sie die Ocean, aber biegen Sie nach links ab, wenn wir an den Hafen kommen! Nach rechts geht es nach Venice Beach. Das wird der Bursche nicht riskieren.«

Sarah und Aubrey näherten sich der Marina Del Rey, einer

künstlichen Landzunge, wo Hunderte Wasserfahrzeuge in langer Reihe vertäut waren.

»Er fährt noch immer nach Südosten«, sagte Aubrey. »Er muss den Admirality Way nehmen, wenn er um den Jachthafen herum will. Wir können über den Washington Boulevard abkürzen.«

Das Funkgerät knackte. »Der Verdächtige ist gerade auf den Admirality Way abgebogen und fährt in Richtung Nordost.«

Sarah schaute zu Aubrey und nickte anerkennend. »Gute Arbeit.«

Der Washington Boulevard war eine vierspurige Straße mit langsam fließendem Verkehr. Sarah ließ die Sirene heulen und lenkte den Mustang wie beim Slalom um die dicht an dicht stehenden Autos. Schließlich hatte sie den Stau hinter sich gelassen, schaltete Sirene und Blaulicht aus und fuhr in eine Seitenstraße, die direkt zum Admirality Way führte.

»Das da sind unsere Leute!«, rief Aubrey und deutete auf einen verdreckten Durango mit abgedunkelten Scheiben. Er hob das Mikrofon an die Lippen. »Okay, Phil, ihr könnt euch jetzt zurückziehen. Wir werden uns ein Weilchen um ihn kümmern.«

Als sie an dem Durango vorbeischossen, erhaschte Sarah ihren ersten Blick auf den Ford Pick-up auf der Überholspur, vier Wagen vor ihnen. Es war kein neues Modell, schien aber in gutem Zustand zu sein. Der Mann war ein bisschen langsamer geworden.

Sarah atmete tief durch und lockerte ein wenig den Griff ums Lenkrad. Ihr Puls raste, und sie war vollkommen verspannt. Der 5,7-Liter-V8-Motor des Mustangs grollte ungeduldig, als wollte er genau wie Sarah endlich losstürmen. Doch Sarah wusste, dass dies im Augenblick nicht die richtige Taktik war. Der Kerl musste sie zu sich nach Hause führen, wo sie dann die Beweise finden würden, die sie brauchten, um ihn mit dem Mord in Verbindung zu bringen. Die Kanes würden vermutlich aussagen, aber sie benötigten mehr.

Sarah schaute auf das Navigationsgerät. Sie näherten sich rasch dem Südende des Admirality Way – dort, wo er in einer T-Kreuzung auf den Fiji Way mündete.

»Okay, Nostradamus«, sagte Sarah. »Wo fährt er diesmal lang?«

»Nach rechts kann er nicht«, antwortete Aubrey. »Das ist eine Sackgasse. Er wird nach links in Richtung Pacific Coast Highway fahren.«

Sarah setzte den Blinker, um auf die linke Spur zu wechseln, als sie erkannte, dass Aubrey sich irrte. Der Pick-up wurde nicht langsamer, sondern erhöhte das Tempo. Und er hielt genau auf die rote Ampel zu.

Sarah und Aubrey beobachteten, wie der Pick-up über die Kreuzung flog und durch einen Drahtzaun brach, der ein großes leeres Grundstück auf der anderen Seite umschloss.

»Jetzt hat er aber noch mal richtig einen draufgelegt«, sagte Aubrey, den Blick fest auf die Staubwolke des Pick-up gerichtet. »Zeit für ein bisschen Luftunterstützung vom LAPD?«

Sarah antwortete nicht darauf. Sie dachte nach. Nun war es schon wieder unmöglich geworden, den Mann unauffällig zu verfolgen. Entweder machten sie jetzt einen Rückzieher, oder sie versuchten es auf die harte Tour.

Sarah schaltete Blaulicht und Sirene ein und gab genug Gas, um ebenfalls über die Kreuzung zu fliegen. Andere Fahrzeuge bremsten, wichen ihnen um Haaresbreite aus. Die Insassen fluchten, als Sarah die Fahrspuren binnen Sekunden überquerte und das Loch im Zaun fand.

Der Pick-up wurde bis an seine Grenzen getrieben und bahnte sich einen Weg über das knochentrockene Gelände. In dieser Umgebung hatte das allradgetriebene Fahrzeug einen deutlichen Vorteil. Aber dieser Vorteil hielt Sarah nicht auf Abstand. Sie schloss rasch auf.

»Wo endet das hier?«, schrie sie.

»Im Wasser. Eine weitere Landzunge, eine weitere Sackgasse.«

Es war, als könne der Verdächtige sie hören, denn plötzlich machte der Pick-up 150 Meter vor ihnen eine 90-Grad-Wende und schoss wieder nach Nordosten.

»Das ist der Pacific Coast Highway«, sagte Aubrey und deutete nach vorn, wo die Straße zu sehen war.

»Nun, dann hatten Sie ja wenigstens zur Hälfte recht.« Sarah riss ebenfalls das Steuer herum. Sie beobachteten, wie der Pick-up durch einen weiteren Zaun brach, den Hang hinunterpolterte und in Richtung Süden auf den Highway fuhr.

Am Hang musste Sarah den Mustang abbremsen. Als der Unterboden über den Beton schabte, stöhnte der Motor wie unter Schmerzen. Dem Verdächtigen war es gelungen, einigen Abstand zwischen sich und den Verfolger zu bringen, doch als Sarah nun wieder aufs Gaspedal trat, wusste sie, dass es nur eine Frage der Zeit war, bis sie den Vorsprung wettgemacht hatte. 420 Pferdestärken würden schon dafür sorgen. Autos wichen panisch aus, und Reifen quietschten, als Sarah den Mustang geschickt durch den stockenden Verkehr manövrierte. Der Mann im Pick-up versuchte, kleinere Wagen aus dem Weg zu rammen, konnte den Mustang aber nicht abhängen. Sarah wusste, dass sie den Kerl bald haben würde.

Doch der Verdächtige hatte andere Pläne.

Statt dem Verkehr nach links zu folgen, raste er nach rechts, wieder von der befestigten Straße hinunter und auf ein staubiges, leeres Feld.

Sarah sah den Pick-up abermals durch einen Zaun brechen; dann raste er über das offene Gelände dahinter. »Sehe ich das richtig, oder …«

»Ja«, antwortete Aubrey, als eine Boeing 747 im Steigflug über sie hinwegdonnerte. »LAX. Und er hält genau auf die Startbahnen zu.«

Sarah schaute zu Aubrey. »Sie sollten sich lieber irgendwo festhalten.«

Aubrey klammerte sich ans Armaturenbrett, während Sarah das Getriebe krachen ließ, das Lenkrad herumriss und den Mustang auf das Flughafengelände jagte.

Alles, was du kannst …

In wilder Jagd rasten die beiden Fahrzeuge auf die erste Startbahn zu. Sie schien frei zu sein, doch Sarah wusste, dass über ihnen Flugzeuge kreisten und auf die Landeerlaubnis warteten. Ihr Herz schlug schneller; sie schluckte und verlagerte ihre verschwitzten Hände auf dem Lenkrad.

Sie folgte dem Pick-up über die erste Startbahn hinweg, dann über die zweite und direkt in Richtung Terminal, wo eine Gruppe Flugzeuge, umgeben von Trucks, betankt und entladen wurde. Der Pick-up bahnte sich mit Gewalt einen Weg zwischen den Bodenfahrzeugen hindurch. Sarah folgte ihm so dicht, wie sie es wagte.

Aubrey hörte den Sicherheitsalarm des Flughafens aufheulen, noch ehe er die Fahrzeuge sah. Er drehte den Kopf und zählte, was sich ihnen da über den Asphalt näherte. »Acht Limousinen und zwei Feuerwehrwagen.«

Sarah wich einem Flugzeugmechaniker aus, der panisch aus dem Weg springen wollte. Sie war noch immer dreißig Meter hinter dem Verdächtigen, als dieser in eine Servicestraße einbog und nach Süden in Richtung zweier kleinerer Startbahnen raste … genau in den Rollweg einer 747.

Aubrey und Sarah hielten die Luft an, als der Pick-up beschleunigte und unter der gewaltigen Tragfläche hindurchraste.

Sarah blieb nichts anderes übrig. Ihr Schwung war zu groß, und einen Weg außen herum gab es nicht.

Als sie in nur einem Meter Entfernung an den beiden Triebwerken vorbeischossen, schrie Sarah, und Aubrey hielt sich die Ohren zu. Der Lärm war unbeschreiblich, aber binnen Sekunden war es vorbei.

»Alles okay?«, rief Sarah.

»Abgesehen vom Klingeln in meinen Ohren …«

Sie schaute in den Innenspiegel. »Wo ist die Flughafensicherheit?«

»Hundert Meter weg. Die schaffen das nicht.«

Bis jetzt war Sarah mit allem fertig geworden, was der Kerl ihnen in den Weg geworfen hatte; aber sie wusste, dass er noch nicht mit *ihnen* fertig war. Sie überquerten die beiden südlichen Startbahnen und folgten dem Pick-up durch ein offenes Tor im Zaun.

»Wohin kann er von hier aus?«, fragte Sarah. »Schauen Sie im Navi nach Landmarken, dem Flughafen zum Beispiel … nach irgendetwas, was er nutzen könnte, um uns auszubremsen. Der Kerl ist nicht dumm, und er hat Nerven.«

Aubrey schaute sich auf dem Navigationsgerät das Gebiet südlich ihres Standorts an, während Sarah den Pick-up im Auge behielt. »Ich glaube, ich weiß, wohin er will.« Aubrey beugte sich zu der Karte vor; dann schaute er nach vorn. »Wenn er auf die Main Street einbiegt und dann nach Süden fährt, wissen wir es mit Sicherheit.«

»Und was ist da?«

»El Segundo. Die Ölraffinerie.«

Sarah packte das Lenkrad fester, als sie sah, wie der Pick-up nach links auf die Main Street bog. Sie riss den Mustang ebenfalls nach links herum, nahm die Straße vor der Main und ließ dem Motor freien Lauf. Der schwarze Wagen funkelte im Licht der Nachmittagssonne, als er mit halsbrecherischer Geschwindigkeit die Straße entlangraste. Fußgänger blieben stehen und starrten offenen Mundes; Autos machten hastig Platz.

Am Ende der Straße folgte Sarah der Kurve und sah vor sich die Main Street. Der Pick-up überquerte die Kreuzung genau in dem Moment, als Sarah um die Kurve schoss und sich dicht an seine Fersen heftete.

Jetzt war die Taktik klar. Sobald sich die Gelegenheit bot, würde Sarah das Heck des Pick-up rammen, sodass er ins Schleudern geriet. Der Mustang besaß genug Gewicht und Kraft, um ein solches Manöver durchzuziehen – aber nicht, solange Fußgänger und andere Wagen in der Nähe waren.

Sarah wollte diesen Kerl, aber sie würde keine Kollateralschäden riskieren.

Als sie aufschloss, fuhr der Pick-up näher an den Bürgersteig heran, sodass zwischen ihm und den Fußgängern kaum mehr ein Meter Abstand war.

»Verdammt!«, fluchte Sarah und ließ sich ein Stück zurückfallen.

Kahle Hügel und die riesenhaften Tanks und Produktionsanlagen der El-Segundo-Raffinerie ragten vor ihnen auf. Ein uniformierter Wachmann am Haupttor sprang zur Seite, als der Pick-up genau auf ihn zuhielt und durch die Schranke brach. Offenen Mundes beobachtete der Wachmann, wie ein Mustang mit blitzendem Blaulicht in einer Staubwolke folgte.

Aubreys Funkgerät knackte. »Hier LAPD Lufteinheit Eins an die FBI-Agenten, die einen beigefarbenen Ford Pick-up in der El-Segundo-Raffinerie verfolgen. Wir sind über Ihnen und haben Sichtkontakt zum Verdächtigen.«

»Gott sei Dank«, seufzte Sarah. Fast hätte sie den Fuß vom Gas genommen, widerstand dem Verlangen jedoch. Sie brauchten die Hilfe, doch Sarah wollte den Kerl unbedingt als Erste in die Finger bekommen. Nach allem, was sie mit ihm durchgemacht hatten, besaß sie ein Anrecht darauf.

Der Fahrer des Pick-up bemerkte den Helikopter nicht und

fuhr immer weiter auf das Gelände der Raffinerie in Richtung der großen Treibstofftanks. Sarah kannte die Gefahr, die diese Behälter darstellten. Hunderte von kleinen Häusern standen um die Raffinerie herum. Ein winziger Fehler, und es konnte zur Katastrophe kommen.

Der Pick-up fuhr mit hoher Geschwindigkeit am ersten Tank vorbei, hielt dann auf das Meer zu und bog um den nächsten Tank.

Sarah folgte ihm, ohne zu zögern. Aber als sie sich dem ersten Tank näherten, waren laut und deutlich mehrere Geräusche zu hören; es klang, als würden Korken aus Flaschen gezogen. Im selben Augenblick fiel ein langer Gegenstand von der Seite des Tanks und schlug vor dem Mustang ein.

Sarah machte eine Vollbremsung, doch es war zu spät. Die Reifen rollten über die Metallstange, und lange Plastikdornen bohrten sich in den Gummi. Es war eine Straßensperre, wie die Polizei sie benutzte, ein sogenannter Stinger. Sarah mühte sich, den schlingernden Mustang unter Kontrolle zu bringen, und kam nur wenige Meter vor einem großen Propangastank zum Stehen.

»Verdammt!« Sarah hämmerte so hart auf das Lenkrad ein, dass ihre Knöchel schmerzten, und beobachtete, wie der Pick-up unverdrossen weiterfuhr und auf der Südseite der Raffinerie durch den Zaun brach. »Wo kommt der Stinger her, verdammt?«

Aubrey wischte sich den Schweiß aus den Augen und stieg aus. »Schauen Sie mal da rauf.« Er deutete auf die Seite eines Vorratstanks, wo vier kleine Markierungen in das verrostete Metall gebrannt waren. »Er muss das extra für seine Flucht präpariert und per Fernbedienung ausgelöst haben, als wir vorbeigekommen sind. Ein cleverer Hurensohn.« Aubrey griff zum Mikrofon seines Funkgeräts. »LAPD Lufteinheit Eins, hier FBI. Wir sind raus. Fahrzeug außer Gefecht.«

»Roger, FBI. Wir haben Ihren Flüchtling und bleiben an ihm dran. Over.«

Sarah schnallte sich ab und legte den Kopf aufs Lenkrad. Sie wusste, dass noch nicht alles verloren war. Der Helikopter würde sich weiterhin außer Sicht halten und regelmäßig Updates durchgeben.

Aubrey öffnete die Fahrertür und lächelte ihr beruhigend zu. »Kommen Sie, Sarah! Wir sind noch nicht aus dem Spiel. Lassen wir uns abholen.«

24

Im Sea Sprite Ocean Front Motel, Hermosa Beach, war alles ruhig. Es war Dämmerung, und die untergehende Sonne warf lange Schatten über die Elfte Straße. Sarah und Aubrey standen zwei Blocks entfernt hinter einer Reihe von SWAT-Fahrzeugen und Streifenwagen, die das Areal für die Öffentlichkeit abgesperrt hatten.

Jede Annäherung würde schwierig werden. Auf einer Seite des Hotels gab es nichts außer Sand und Wasser, und das Gebäude hatte gleich eine ganze Reihe von Zu- und Ausgängen. Der Haupteingang lag an der Elften Straße. Eine breite Auffahrt führte direkt hinter das Gebäude, und auf der rechten Seite befand sich der Parkplatz. Das gesamte Gelände war weit und offen. Straßensperren zu errichten, ohne sich zu verraten, war schwierig, und eine Evakuierung des Gebiets war unmöglich. Nun stritten sich Sarah und mehrere Polizeioffiziere darüber, wie man weiter vorgehen solle.

»Meine Jungs sind einsatzbereit«, erklärte der SWAT-Einsatzleiter. »Wir sollten unseren Vorteil nutzen. Es ist ziemlich ruhig hier in der Gegend, sodass alles Ungewöhnliche rasch auffällt. Ich sage, wir gehen *jetzt* rein.«

Sarah schaute durch ihr Fernglas auf das Zimmerfenster des Verdächtigen. Schließlich nahm sie das Glas herunter und blickte auf den Einsatzleiter. »Und wie sollen wir abschätzen, was der Verdächtige bereits über die Vorgänge hier draußen weiß, Commander? Das SWAT stellt ein erhöhtes Risiko dar. Ich schlage vor, Sie und Ihre Leute packen Ihre Blendgranaten und Präzisionsgewehre wieder ein, springen in Ihre Vans und fahren nach Hause.«

Sarah ging zu Aubrey, bevor der SWAT-Commander etwas erwidern konnte. Aubrey hatte das Gespräch von einem Streifenwagen auf der anderen Straßenseite aus beobachtet. Er wusste, dass Sarahs Einstellung sich ändern musste, und zwar schnell, sonst würde sie die Dinge für sich selbst nur noch schlimmer machen.

Der Verhandlungsführer des LAPD kam mit raschen Schritten zu Sarah. »Ich weiß, dass Sie Ihre eigenen Vorstellungen haben, Agentin Reilly«, sagte er, »aber wie wär's, wenn wir einfach mal versuchen, ein Gespräch mit dem Mann in Gang zu bringen? Wenn wir ihn überzeugen, dass er rauskommt und sich in Gewahrsam begibt, ohne unnötige Gewalt, dann …«

»Wir haben es hier mit einem Kindesentführer zu tun. Er wird keinen Augenblick zögern, sich aus den umliegenden Zimmern Geiseln zu nehmen, sobald er erfährt, dass er umzingelt ist. Wollen Sie, dass das SWAT übernimmt? Wir haben diesen Irren heute Nachmittag auf dem Flughafen über drei Startbahnen gejagt. Ich bezweifle, dass er sich verhaften lässt, nur weil wir ihn höflich darum bitten.«

Aubrey lächelte Sarah an, die nun direkt vor ihm stand. »Wir könnten ihm ja anbieten, auf dem Weg in die Stadt an einem Drive-in vorbeizufahren«, spottete er.

»Offenbar haben wir in Quantico die gleichen Kurse besucht, Aubrey.« Sarah lächelte nicht. Sie hatte die Hände in die Hüften gestemmt und tat ihr Bestes, den LAPD-Beamten zu ignorieren, der bei ihrer Antwort nachdenklich genickt hatte, aber nicht gegangen war. Schließlich blickte Sarah ihn an. »Wollen Sie Ihre Idee nicht irgendwo anders unters Volk bringen? Da drüben vielleicht?« Sie deutete auf einen Baum jenseits der Straße.

Jetzt ging der Mann endlich und schüttelte den Kopf. Aubrey lächelte nicht mehr, schüttelte ebenfalls den Kopf und starrte auf den Boden.

»Was ist los?«, fragte Sarah. »Sie glauben, wir sollten …«

Aubrey packte sie am Ellbogen und drückte sie auf den Beifahrersitz des Streifenwagens.

Sarah schaute zu ihm hinauf. »Was soll das?«

Aubrey schlug die Tür zu, ging um den Wagen herum und setzte sich hinters Steuer.

Sarah funkelte ihn an. »Glauben Sie etwa, wir sollten diese schießwütigen Cowboys oder Dr. phil. da drüben zu dem Kerl schicken?«

»Warum sagen Sie mir nicht einfach, was Sie vorhaben, Sarah, bevor Sie die gesamte Polizei von L. A. gegen sich aufbringen? Sie haben immerhin unseren Verdächtigen gefunden.«

Sarah schwieg einen Moment lang. Ihr Puls hatte sich nicht wieder beruhigt, seit sie den Kerl an der Raffinerie verloren hatten. Sie atmete tief durch. »Drei Undercoveragenten müssen reingehen. Das ist die einzige Möglichkeit, einen Sturm auf das Gebäude zu vermeiden oder uns zu verraten.«

In den nächsten zehn Minuten erklärte Sarah ihren Plan Schritt für Schritt den anderen Polizeioffizieren. Wenn der Plan scheiterte, konnte man es mit Verhandlungen versuchen. Und zeigte auch das keine Ergebnisse, war das SWAT-Team am Zug.

»Wenn es hier um das Marihuana geht, das ich in Zimmer zwölf gefunden habe … Ich schwöre, ich wollte es abgeben.«

Aubrey grinste den Motelmanager an. »Nicht ganz. Aber ich werde vergessen, was Sie gerade gesagt haben, wenn Sie mir Ihr Hemd leihen und meiner Partnerin die Zimmermädchenkluft.« Er deutete auf die Uniform, die hinter dem Manager hing, noch immer in den Plastiksack einer Reinigung gehüllt.

»Jetzt gleich?«

»Jetzt gleich«, sagte Sarah und begann sich auszuziehen.

Widerwillig löste der Manager den Blick von Sarahs Rundungen und drehte sich um, um die Kluft vom Haken zu nehmen. »Das sollte in etwa passen, auch wenn Marjorie kleiner ist als Sie«, sagte er und gab Sarah das Kleid.

»Wo sind die Servicewagen?«, fragte Sarah, während sie sich ein Beinholster umschnallte.

Der Mann reichte ihr einen Schlüsselbund. »Im Lagerraum nebenan. Aber schließen Sie ab, wenn Sie fertig sind. Diese verdammten Kids kommen immer hier rein und …«

»Das machen wir schon«, unterbrach ihn Aubrey und nahm sich Klemmbrett und Stift von der Rezeption. »Ihr Hemd?«

Mit unwilligem Knurren öffnete der Manager sein Hemd und gab es Aubrey.

»Der Kerl in Zimmer fünfzehn … Hat er bar oder mit Kreditkarte bezahlt?«, fragte Sarah.

Der Manager schaute nach. »Kreditkarte. Amex.«

Joss saß im Hinterzimmer eines Stripclubs in Venice Beach. Im Licht der fluoreszierenden Lampen konnte nichts den schäbigen Zustand des Schuppens verbergen. Joss saß auf einem mit Vinyl bezogenen Stuhl dem Türsteher gegenüber, einem großen Kerl mit riesigen Händen und ausdrucksstarkem Mondgesicht.

»Ich habe es Ihnen doch schon gesagt«, sagte der Türsteher und legte die Stirn in Falten. »Ich weiß nichts über diesen Kerl. Er ist einfach hier reingestürmt und hat gesagt, er müsse dringend auf den Pott. Das war's auch schon.«

Joss schaute sich den großen Mann genau an und bemerkte ein Kruzifix um seinen Hals. Sie beschloss, Ihre Taktik zu ändern. »Was, wenn ich Ihnen sage, dass er mit dem Mord an einem kleinen Jungen zu tun haben könnte? Könnten Sie mir *dann* vielleicht ein bisschen mehr sagen?«

Der Türsteher wollte etwas darauf erwidern, hielt dann jedoch inne. Mit seinen schwarzen Augen musterte er Joss aufmerksam. »Sie wollen mich verarschen«, sagte er schließlich.

»Milo Kane.«

Der Türsteher seufzte. »Okay, ich habe gelogen.«

»Dann sagen Sie uns jetzt einfach die Wahrheit. Alles andere interessiert uns nicht.«

»Der Kerl heißt Gary Daniels. Soviel ich weiß, ist er 'ne Art Kurier. Er liefert hauptsächlich für Drogentypen die ganze Küste entlang. Aber er ist Freiberufler und arbeitet für den Meistbietenden.«

»Kennen Sie ihn persönlich?«, fragte Joss.

Der Türsteher schüttelte den Kopf. »Nein. Dann und wann kommt er hier mal vorbei. Am meisten hat er dabei mit Pete zu tun, dem Barkeeper, und ein paar Stammgästen.«

»Hat er je mit Einbrüchen zu tun gehabt? Entführungen?«

»Gary?« Erneut schüttelte den Türsteher den Kopf. »Unwahrscheinlich. Wenn Sie glauben, dass er den kleinen Kane umgebracht hat, sind Sie auf der falschen Fährte. Er ist kein Schläger. Der hat sogar Schiss vor seinem eigenen Schatten.«

Aubrey stand im Zwielicht neben dem Aufzug und beobachtete, wie Sarah sich methodisch von Raum zu Raum vorarbeitete. Sie klopfte an Türen und fragte die Gäste, ob sie Handtücher oder andere Hygieneartikel brauchten.

»Wurde aber auch Zeit, dass Sie kommen«, sagte eine ältere Dame mit hochtoupiertem Haar und einer Zigarette zwischen den Lippen. »Sie wollen das Bett machen, stimmt's? Ich erwarte wichtige Gäste.«

Sarah blieb keine Wahl. Sie verdrehte die Augen und spannte die Laken so straff, dass man eine Münze darauf hätte springen lassen können. Die Frau gab ihr einen Dollar Trinkgeld und schloss die Tür hinter ihr.

25

Aubrey klopfte laut, wartete und tat so, als würde er Kaugummi kauen.

Wie beiläufig war er auf dem Balkon an Sarah vorbeigegangen und stand nun vor der Tür des Verdächtigen. Er hatte sein Haar ein wenig zerzaust und das Hemd nicht in die Hose gesteckt. Sarah war zwei Türen weiter und ordnete die Handtücher auf ihrem Wagen.

Aubrey klopfte erneut, diesmal noch lauter. Und wartete.

Er wollte gerade ein drittes Mal klopfen, als er eine leise Stimme hinter der Tür hörte. »Wer ist da?«

»Der Nachtportier.«

»Was wollen Sie?«

»Es gibt da ein Problem mit Ihrer Kreditkarte, Sir. Sie kommt immer als abgelaufen zurück.«

»Unsinn.«

»Ich bin sicher, es handelt sich nur um einen Fehler«, erklärte Aubrey beruhigend. »Aber wenn Sie uns keine andere Kreditkarte geben können, müssen wir Sie bitten zu gehen.«

In der einsetzenden Stille starrte Aubrey zuerst auf den Türspion und dann auf seine Füße.

»Okay, klar«, sagte der Mann, diesmal nicht mehr ganz so unsicher. »Ich habe noch eine andere Karte. Die können Sie belasten.«

Aubrey hörte die Vorhängekette rasseln und das Geräusch, als der Riegel zurückgezogen wurde. Er war sicher, dass der Verdächtige ihm die Geschichte abgekauft hatte.

Sarah schlich leise näher.

Die Tür flog auf und warf Aubrey zur Seite. Den Bruchteil einer Sekunde später sprang der Verdächtige mit gesenktem Kopf aus dem Zimmer und stürmte durch den Flur, rannte Sarah über den Haufen und hielt auf die Feuertreppe zu.

Die beiden Agenten rappelten sich auf und sprinteten dem Verdächtigen hinterher, der fünf Stufen der Feuertreppe auf einmal nahm. Kaum waren die beiden Agenten durch den Notausgang, peitschten Schüsse zu ihrer Rechten.

Ein übereifriger SWAT Officer hatte seine SIG P226 von seinem Versteck auf der anderen Straßenseite leergeschossen. Er hatte sein Ziel verfehlt, dem Verdächtigen aber genug Zeit verschafft, um es über den Parkplatz und zu dem kleinen, einzeln stehenden Gebäude gegenüber vom Motel zu schaffen.

Geduckt suchten die beiden FBI-Agenten Deckung hinter dem einzigen Wagen auf dem Parkplatz, zwanzig Meter entfernt. Sarahs Puls raste wieder, und winzige Schweißperlen hatten sich auf ihrer Stirn gebildet. Aus der Deckung heraus reckte sie den Hals, um zu dem Gebäude zu blicken.

»Das ist eine Garage, glaube ich«, flüsterte sie. »Vermutlich unbenutzt.«

Aubrey nickte und hob vorsichtig den Kopf, um ebenfalls einen besseren Blick zu bekommen. An einer Seite des Gebäudes befanden sich eine einzelne Tür und ein einzelnes Fenster; dennoch hatte man keinen guten Blick ins Innere.

Weitere Schüsse peitschten und zwangen die beiden Agenten, sich erneut zu ducken. Kugeln flogen über ihre Köpfe hinweg und prallten vom Wagen ab. Es waren vollautomatische Feuerstöße, und Sarah und Aubrey wussten, dass sie nicht vom SWAT-Team kamen. Die beiden hatten das Mündungsfeuer im Garagenfenster gesehen, und zum ersten Mal wurde Sarah klar, wie prekär ihre Lage war. Abgesehen von dem einsamen Fahrzeug gab es keine Deckung zwischen ihnen und der Maschinenpistole.

»Das ist das perfekte Killing Field«, sagte Aubrey, legte sich auf den Boden und schaute unter dem Wagen hindurch zur Garage, wobei er den warmen Asphalt durch sein Hemd spürte. Langsam veränderte er seine Position und zog seine 9mm. Seine Bewegungen waren exakt, bedächtig und geübt. Er atmete schwer, aber kontrolliert und richtete die Waffe auf die Garage.

Sarahs Rock war hochgerutscht, sodass ihre Dienstpistole zu sehen war. Sie zog die Waffe, stellte Blickkontakt zu Aubrey her und nickte. Dann rollte sie herum, bis sie direkt neben ihm war.

»Die Scharfschützen haben keinen Kontakt zum Ziel«, sagte Aubrey leise. »Sie sind in der falschen Position.«

»Und jede Sekunde kann ein Gast aus den Zimmern da oben kommen und sich eine Kugel einfangen«, sagte Sarah. »Was für eine Waffe hat er? Was glaubst du?« Angesichts der Situation hatte sie sich unwillkürlich auf das »Du« verlegt. »Eine MAC-10?«

Aubrey nickte und zuckte zusammen, als ein weiterer Feuerstoß aus der Garage kam.

»Bereit?«, fragte Sarah und schaute Aubrey in die Augen. Sie wussten beide, dass sie dafür sorgen mussten, dass niemand zu Schaden kam. Sie mussten den Kerl um jeden Preis ausschalten.

»Laufen, Deckung!«, rief Aubrey über die Schüsse hinweg. »Fünf Meter vor und dann runter. Okay?«

Sarah nickte, sprang auf und lief geduckt in Richtung Garage. Nach gut sechs Metern warf sie sich flach auf den Boden und hielt ihre .38er vor sich. Allerdings bezweifelte sie die Wirksamkeit ihrer Waffe auf eine solche Entfernung. Sollte der Verdächtige sich zeigen, konnte sie nur ungefähr und in schneller Folge in seine Richtung feuern. Dass sie ihn traf, war eher unwahrscheinlich, aber sie konnte Unterdrückungsfeuer leisten.

Sarah und Aubrey deckten einander die ersten dreißig Meter. Sie wagten es nicht, einfach durchzusprinten. Sarah wusste, dass in solchen Fällen schneller nicht immer besser war – zumindest stand es so in allen Handbüchern.

Das Schießen endete, und eine unheimliche Stille senkte sich über den Parkplatz. Aubrey warf sich unmittelbar hinter Sarah auf den Boden; dann sprang Sarah wieder auf und rannte weiter. Sie war nie eine gute Sprinterin gewesen; sie hatte sich stets auf den Langstrecken wohler gefühlt. Nun wünschte sie sich, es wäre andersherum.

Aubrey beobachtete Sarah atemlos. Bis zur Garagentür waren es noch zwanzig Meter. Die Stille zerrte an seinen Nerven. Was war passiert? Hatte die Maschinenpistole eine Ladehemmung? War dem Mistkerl die Munition ausgegangen? Aubrey gefiel die Ungewissheit nicht. Ebenso wenig mochte er die Vorstellung, zur Vordertür hineinzustürmen. Aber was blieb ihnen anderes übrig? Die Tür sah alt und verrostet aus, und das Fenster war klein und befand sich hoch oben in der Wand. Wenigstens wurde das Tageslicht schwächer, was ein Vorteil für sie war.

Aubrey sprang wieder auf und rannte Sarah hinterher, die Waffe fest im Griff. Erneut blieb er hinter ihr stehen, um ihr nicht den Blick auf die Garage zu versperren.

Sarah machte eine kleine Geste, als sie wieder aufsprang, und Aubrey wusste, dass sie diesmal die ganze Strecke rennen würde.

Er löste den Blick von ihrer davonhuschenden Gestalt und beobachtete stattdessen das Garagenfenster. Nichts. Er schaute wieder zu Sarah, die noch immer über den staubigen Parkplatz rannte.

Noch fünf Meter.

Sarah schaffte es zum Gebäude und drückte sich gegen die Wand. Sie schaute hin und her, orientierte sich und winkte dann Aubrey, ihr zu folgen.

Ein kleines Steinchen grub sich in Aubreys Handteller, als er sich vom Boden abstieß. Geduckt und mit kräftigen Bewegungen flog er über den Asphalt, den Blick auf den freien Platz neben Sarah gerichtet, wo er in wenigen Sekunden sein wollte.

Dann hörte er das Geräusch. Es war sehr laut und völlig fehl am Platze.

In stummem Entsetzen beobachtete Aubrey, wie Sarah das Handy aus der Tasche riss und den Stummschalter drückte, wütend über sich selbst.

Aubreys Blick zuckte zum Garagenfenster, zu der Silhouette eines Mannes und der einer MAC-10 mit verlängertem Magazin. Der Lauf war direkt auf ihn gerichtet.

Aubreys nächste Bewegungen waren reine Reflexe. Er warf sich in Richtung Wand, heraus aus dem Sichtfeld des Schützen. Ein kurzer Feuerstoß zerriss die frühabendliche Luft. Nicholas Aubrey kam nur deshalb mit dem Leben davon, weil die Salve unkontrolliert war vor Anspannung und Angst. Aber er wusste, dass der Mann den gleichen Fehler nicht zweimal begehen würde.

Bei der Landung rollte er zur Seite, um die Wucht des Aufpralls zu mildern, bis er am Rand der Garage zu liegen kam, nur einen Fuß von Sarah entfernt. Bis jetzt hatte er keine Gelegenheit gehabt, das Feuer zu erwidern, doch das sollte sich nun ändern.

Sarah hielt ihre Waffe auf die Tür gerichtet. Aubrey nickte und hockte sich dann stumm in Position.

Das Schießen hatte aufgehört. Die beiden Agenten konnten hören, wie der Verdächtige sich im Innern bewegte. Er war offensichtlich nervös. Die Wände der Garage waren dünn wie Papier, und es wäre ein Leichtes gewesen, durch sie hindurchzuschießen. Der Verdächtige wusste das nur noch nicht.

Aubrey folgte Sarah am Fuß der Wand entlang in Richtung Tür. Er spürte, wie ihm kalter Schweiß über den Rücken lief. Sein Atem ging flach und schnell, und seine Blicke waren überall.

Als Sarah sich der Tür näherte, folgte Aubrey ihr leicht versetzt. Auf den ersten Blick wirkte die Tür solide, doch bei näherer Betrachtung war zu sehen, dass die Scharniere verrostet waren und das Holz teilweise verrottet.

Sarah schob den linken Fuß an den Türrahmen vor. Langsam streckte sie die linke Hand aus und legte die feuchten Finger um das kalte Metall der Klinke. Sie übte nur ein Minimum an Druck aus, und der Mechanismus gab nach. Lautlos drehte sie sich zu Aubrey um. Ihre Miene war Frage genug.

Aubrey nickte.

Sarah trat die Tür ein, sprang über die Schwelle – die eigentliche Gefahrenzone – und bewegte sich sofort nach links, wobei sie die Waffe in dieselbe Richtung schwenkte. Den Bruchteil einer Sekunde später folgte ihr Aubrey und übernahm die rechte Seite. Alles ging unglaublich schnell und quälend langsam zugleich. Nun kam ihr jahrelanges Training zum Tragen. Einen Augenblick lang fühlten die beiden sich wie auf dem Schießplatz in Quantico, wo sie gelernt hatten, sich synchron zu bewegen.

Aubrey sah den Verdächtigen, kaum dass er über die Schwelle war. Es blieb keine Zeit, den Mann aufzufordern, sich zu ergeben. Die Maschinenpistole war bereits auf Sarah gerichtet.

Aubrey schob den Finger über das kalte Metall des Abzugs und tat das, wozu er ausgebildet worden war. Er schoss schnell und präzise auf die größtmögliche Trefferfläche. Weniger als einen Herzschlag später wirbelte Sarah herum und eröffnete ebenfalls das Feuer. Die Agenten wussten, dass eine Maschinenpistole, wie der Mann sie trug, sie beide leicht mit einer einzigen Garbe töten konnte. In einer solchen Situation durften sie kein Risiko eingehen. Der Gestank von Kordit und das ohrenbetäubende Dröhnen von Schüssen erfüllte die Luft, als Sarah und Aubrey je vier Schuss abfeuerten. Alle acht Kugeln trafen ihr Ziel.

Als der Verdächtige zusammenbrach, drückte er reflexhaft den Abzug, und eine tödliche Garbe jagte in die Wand und in die Decke, während er nach hinten kippte. Dann war ein lautes metallisches Klacken zu hören. Das Magazin war leer. Der Mann rührte sich nicht mehr.

»Alles in Ordnung?«, fragte Sarah, ohne den Blick von dem Mann zu wenden. Blut sammelte sich auf den Holzbrettern unter seinem Körper, und mehrere rote Flecken breiteten sich vorn auf seinem Hemd aus.

»Alles okay«, antwortete Aubrey, dessen Hände leicht zitterten. »Ich untersuche den Kerl. Gib mir Deckung!«

Sarah richtete den Lauf ihrer Waffe auf die Stirn des Mannes und wartete, während Aubrey sich langsam um ihn herum bewegte. Er trat dem Mann gegen den Fuß und schaute auf die Brust: Sie bewegte sich nicht. Die Augen des Mannes waren offen und starrten leblos zu Aubrey hinauf.

Aubrey bückte sich und schloss dem Toten die Lider. Dann setzte er sich auf den Boden und schüttelte langsam den Kopf. Die Stille war ohrenbetäubend.

Sarah ging zur Tür und rief den Beamten draußen zu, dass alles in Ordnung sei. Dann lehnte sie sich gegen den Türrahmen und schaute zu Aubrey hinunter. Sie wusste, was er dachte. »Hätte er auch nur den Hauch einer Chance gehabt, er hätte uns beide mitgenommen«, sagte sie. »Wir haben das Richtige getan.«

Aubrey zuckte ob Sarahs emotionaler Distanziertheit leicht zusammen. Er wusste nicht, was er sagen sollte, und er wollte nicht, dass sie sah, wie seine Hände zitterten.

Doch Sarah war viel zu sehr in ihren eigenen Gedanken versunken, als dass sie seine Reaktion bemerkt hätte. Sie holte ihr Handy aus der Tasche, rief die Mailbox an und lauschte einen Moment. »Paul Forrester hat angerufen«, sagte sie. »Er ist im Restaurant und will wissen, warum ich nicht zu unserer Verabredung erschienen bin.«

Sie wählte Joss' Handynummer.

26

Joss klappte ihr Handy zu und ging ins Zimmer zurück. »Unser Gary hat unten in Hermosa Beach mit einer MAC-10 das Feuer auf zwei meiner Kollegen eröffnet.« Joss setzte sich und schaute dem Türsteher in die Augen. »Er ist tot.«

»'ne schöne Scheiße.« Aber der Türsteher blinzelte nicht einmal.

»Wozu brauchte ein Kurier eine MAC-10-Maschinenpistole? Was denken Sie?«, fragte Joss.

»Was ist so erstaunlich daran? Die Typen, mit denen er Geschäfte gemacht hat, waren bis an die Zähne bewaffnet. Außerdem war er schon mal im Knast. Von dort kennt er auch Pete. Vielleicht wollte er einfach nicht mehr rein.«

»Er ist der Sandmann«, sagte Sarah. Ihre Stimme war kaum mehr als ein Flüstern.

Aubrey hob die Augenbrauen. Sie waren in Sarahs Hotel zurückgefahren, nachdem die Spurensicherung im Motel eingetroffen war. Nun parkten sie draußen und saßen im Wagen, von den Ereignissen des Abends wie betäubt.

»Er kommt in der Nacht und holt das Kind«, fuhr Sarah fort. »Er hinterlässt eine Visitenkarte, eine Sanduhr, die er vermutlich selbst angefertigt hat. Er ist methodisch, arrogant und stolz auf sein Werk. Das passt einfach nicht zu einem nervösen Ersttäter.«

»Aber wo hat er dann schon einmal zugeschlagen?«

Sarah schüttelte den Kopf. »Ich weiß es nicht. Aber wenn

wir es herausfinden, sind wir einen ganzen Schritt näher an ihm dran. Ich will ins Motel zurück.«

»Es ist schon spät, Sarah. Was hoffst du da zu finden? Die Spurensicherung wird diesmal sorgfältiger sein.«

»Ich weiß, aber es kann ja nicht schaden, ein wenig herumzuschnüffeln.« Zum ersten Mal seit dem Morgen lächelte Sarah Aubrey an.

Als sie wieder in Hermosa Beach ankamen, hatten die Kriminaltechniker bereits alles zusammengepackt. Außer einem einsamen Streifenwagen vor der Tür deutete nichts auf die traumatischen Ereignisse hin, die sich hier nur wenige Stunden zuvor zugetragen hatten.

Aubrey stieg aus dem Wagen und wartete, während Sarah eine große schwarze Tasche aus dem Kofferraum holte, die Analyseausrüstung des FBI.

Vor dem Zimmer bückte sich Sarah und öffnete die Tasche. Sie reichte Aubrey ein Paar Latexhandschuhe; dann streifte sie sich selber welche über, zerschnitt das Polizeiband vor der Tür und schaltete das Licht im Zimmer an. Gemeinsam gingen die beiden Agenten hinein.

Sarah ließ den Blick durch den Raum schweifen. Es war ein schmuckloses Studioapartment mit Einbauküche. Die Dekoration war minimal, die Möbel billig. Eine einzelne Couch stand an der Wand; auf dem Fernsehtisch davor entdeckte Sarah ein Telefon und ein halb gegessenes Abendessen.

»Ich fange in der Küche an«, sagte sie und schaltete die Taschenlampe ein, um in die Ecken schauen zu können. Aubrey blieb im Wohnbereich.

Alles, was sie zur Verfügung hatten, waren zwei digitale Pocketkameras, die Taschenlampen, Klebestreifen, Beweistüten und zwei Fläschchen Luminol – die standardmäßige FBI-Analyseausrüstung. Mit dem Luminol konnte man organische Rückstände sichtbar machen. Man sprühte es auf Oberflächen, wo es eine lumineszierende blaue Farbe annahm, wenn es mit Stoffen wie beispielsweise menschlichem Blut in Kontakt kam.

Sarah trat auf eine Seite der Küche, schob eine Mülltonne beiseite und sprühte den gesamten Bereich mit Luminol ein: Schränke, Arbeitsflächen, Regale, die Wände, den Boden, sogar die Decke. Dann trat sie einen Schritt zurück und wartete.

»Einer Sache können wir uns sicher sein«, sagte Aubrey wütend.

»Und welcher?« Sarah drehte sich zu ihm um.

»Irgendein Arsch hat Bleiche benutzt, um seine Spuren zu verwischen. Vielleicht war dein Sandmann ab und zu hier und hat saubergemacht. Oder er hat Daniels gesagt, er soll es tun. Das Luminol lässt hier alles leuchten, als wäre es radioaktiv.«

Sarah wandte sich wieder der kleinen Küche zu. Hier galt das Gleiche. Irgendjemand hatte überall Bleiche verteilt. Selbst wenn es hier noch biologische Rückstände gab, waren sie nutzlos, und verwertbares genetisches Material war mit Sicherheit nicht mehr vorhanden.

»Vielleicht haben die Spurensicherer das ebenfalls gesehen und aufgegeben«, sagte Sarah. »Ich schaue mal im Badezimmer nach, ob ich im Abfluss was finde, oder auf der Klobrille …« Ihre Stimme verhallte, als sie im Bad verschwand.

Sie beugte sich über das Waschbecken und hob das Abflussgitter mit einem Stift heraus. Dann holte sie eine Rolle Klebeband aus der Tasche, schob einen Streifen vorsichtig unter den Rand und zog ihn wieder heraus. Genauso verfuhr sie mit jedem anderen Abfluss, den sie finden konnte, einschließlich dem auf dem Boden in der Mitte des Zimmers. Und dort hatte sie Glück.

Als Sarah das Klebeband mit der Taschenlampe anleuchtete, bemerkte sie fünf blonde Haare von mittlerer Länge. Sie gehörten eindeutig nicht Gary Daniels; der hatte kurzes schwarzes Haar. Sarah wusste, dass es bei einem Motel wie diesem weit hergeholt war, aber vielleicht waren die Haare von Bedeutung.

»Aubrey?«, rief Sarah. »Komm her, und mach mal ein Foto hiervon.«

Aubrey kam ins Bad und machte mehrere Digitalaufnahmen vom Abfluss und Sarah mit dem Klebeband.

»Ich bringe die Fotos noch heute Nacht nach Wilshire«, sagte er. »Dann kann Thrace sich morgen direkt um sie kümmern.«

Sarah lächelte ihren Partner an, sagte aber nichts. Sie tütete die Probe ein, und die beiden Agenten fuhren schweigend zu Sarahs Hotel zurück. Beide hatten sich noch nicht von der Schießerei erholt, und sie wussten, dass sich ohnehin nichts mehr ändern ließ, egal wie viel sie redeten.

»Was hast du dir dabei gedacht, Sarah? Du hast die Verfolgungsjagd fortgesetzt, als die Gefahr schon viel zu groß geworden war. Ich habe das Ganze auf Fox gesehen …«

An der Ostküste war es schon spät, doch Sarah war froh, ihren Chef noch zurückgerufen zu haben. Langfords Stimme wirkte beruhigend auf sie, selbst wenn seine Worte alles andere als freundlich waren.

»Du weißt verdammt genau, dass du heute die Grenze überschritten hast. Das war dumm. Tollkühn. Unverantwortlich. Du warst noch nicht einmal sicher, den richtigen Mann …«

Sarah widersprach ihm nicht. Sie wusste, dass er recht hatte, dass sie zu weit gegangen war. Was sie jedoch am meisten beunruhigte, war, dass sie nicht wusste, *warum* sie es getan hatte. Sie hörte schweigend zu und beantwortete gelassen Langfords Fragen.

»Ich musste mir heute Nachmittag eine dreißigminütige Standpauke vom Dircktor der Luftfahrtbehörde an der Westküste anhören. Er will, dass du gefeuert wirst, Sarah, und er ist nicht der Einzige.«

»Willst du, dass ich wieder nach Boston komme?«, fragte sie.

»Nein«, antwortete Langford, ohne zu zögern. »Ich werde mich in den nächsten Tagen schon um die Scheiße kümmern, mit der man dich dort bewerfen will. Aber keine Verfolgungsjagden mehr, und wenn sie dir einen Ferrari geben. Verstanden?«

»Ich werde mein Bestes tun.«

Sarah beendete das Gespräch und legte sich auf dem Bett zurück. Sie wusste, dass es die Behörde in große Verlegenheit bringen würde, wenn die Leiterin des FBI-Einsatzteams bereits wenige Tage nach Arbeitsantritt wieder abberufen wurde. Und Langford wusste, dass Sarah in ihrer kurzen Zeit in L. A. bereits den ganzen Fall neu aufgerollt hatte.

Noch immer strömte Adrenalin durch Sarahs Körper, und die Stille und Leere ihres Hotelzimmers machte sie nervös. Sie wollte nicht mit ihren Gedanken allein sein. Sie starrte auf ihr Handy, das auf dem Nachttisch lag; dann schnappte sie es sich und drückte eine Schnellwahltaste.

»Forrester.«

»Paul? Ich bin es, Sarah.«

»Hallo, Agent. Schön, dass Sie zurückrufen.« Sarah konnte sich gut vorstellen, wie sich ein Lächeln auf sein Gesicht legte. »Ich habe von Ihrem Abenteuer heute gehört. Das ist allerdings kein Grund, mich sitzen zu lassen.«

»Ich könnte es wiedergutmachen.«

»Und wie?«

»Wie schnell können Sie hier sein?«

Wie sich herausstellte, waren es fünfzehn Minuten. In der Zeit hatte Sarah geduscht, ihr Haar einigermaßen getrocknet und eine dünne Schicht Bodylotion aufgetragen, die zu ihrem Parfüm passte. Sie band sich gerade den Bademantel zu, als es an der Tür klopfte. Sarah öffnete mit einem Lächeln.

»Wir müssen über heute reden.« Es war Joss, und ihr Gesichtsausdruck war so dunkel wie ihre Augen.

»Ich weiß«, erwiderte Sarah. Sie hörte die Aufzugglocke und spähte den Gang hinunter. »Aber jetzt kommt es mir wirklich ein wenig ungelegen.«

»Hast du eigentlich eine Ahnung …« Joss war dem Blick ihrer Partnerin gefolgt und starrte nun auf Paul Forrester, der geradewegs auf sie zukam.

»Tut mir leid, dass ich so lange gebraucht habe«, sagte er, als er die Tür erreichte und selbstbewusst lächelte.

»Im Gegenteil, Sie sind absolut pünktlich«, erwiderte Sarah, griff an Joss vorbei und zog Paul ins Zimmer. Dann zuckte sie mit den Schultern. »Wie ich gesagt habe: ein wenig ungelegen.«

Und sie schlug Joss die Tür vor der Nase zu.

27

Paul lehnte sich neben der Tür an die Wand. »So«, sagte er und versuchte vergeblich, sich ein Lächeln zu verkneifen.

»So«, sagte Sarah, erwiderte das Lächeln und trat einen Schritt auf ihn zu. Dann noch einen.

Beide machten sie den letzten Schritt, und ihre Körper kamen zusammen, und ihr Kuss war leidenschaftlich. Von Zurückhaltung keine Spur. Das war auch nicht nötig. Die Anziehungskraft beruhte auf Gegenseitigkeit. Ihre Lippen schienen einander vertraut zu sein, und ihre Finger verschränkten sich, als hätten sie das schon hundert Mal gemacht.

Sarah trat einen Schritt zurück, öffnete den Bademantel und ließ ihn von den Schultern gleiten. Paul schaute sie an. Einen Moment rührte er sich nicht, genoss ihren Anblick, ihren Geruch. Dann trat er vor, und sie ließ ihn zu sich kommen.

Sarah packte ihn am Haar und stöhnte leise, als er sie gegen die Wand drückte. Rasch flogen die Kleider durch den Raum. Beider Atem ging schneller, als nackte Haut an nackter Haut rieb. Paul, sonnengebräunt und durchtrainiert, hob Sarah hoch und trug sie zum Bett. Als er sie darauflegte, küsste er sie zärtlich auf den Mund, den Hals, den Busen, den Bauch. Sarah schnappte nach Luft und krallte erneut die Finger in sein Haar, als er sich weiter nach unten bewegte.

Dann war da nur noch Wärme. Ihre Körper verschmolzen miteinander und bewegten sich wie einer.

Paul lag auf dem Rücken und starrte zur Decke hinauf. Er atmete ruhig und regelmäßig, die Hand auf Sarahs Kopf, und spielte mit ihrem Haar. »Willst du es wirklich wissen?«

Sarah hob den Kopf von seiner Brust und schaute ihm in die Augen. »Ich bin nur neugierig. Es wundert mich, dass du nicht in L. A. aufgewachsen bist. Du scheinst hier zu Hause zu sein.«

»Ich bin nicht sicher, ob das ein Kompliment ist.«

Sarah lächelte und legte wieder den Kopf auf seine Brust. Ihrer beider Füße waren unter der Decke am Fußende ineinander verschlungen.

»Ich hatte das Pech, in einem kleinen Kaff in New Mexico aufzuwachsen, mitten im Nirgendwo. Ich konnte gar nicht schnell genug von dort weg. Deshalb habe ich die Gelegenheit beim Schopf gepackt, als ich ein Stipendium von Stanford bekam.«

»Und da hast du dann Aubrey kennengelernt?«

»Stimmt.« Paul lachte leise und küsste Sarah auf den Kopf. »Du übersiehst so gut wie nie etwas, hab ich recht? Ja, ich habe Nick Aubrey an meinem ersten Tag am College kennengelernt. Ich war eine sommersprossige Dumpfbacke, ein Außenseiter, der von nichts eine Ahnung hatte und der aus einer Familie kam, von der noch nie jemand gehört hatte. Kaum war ich angekommen, war ich eine Zielscheibe.«

»Das kann ich kaum glauben«, sagte Sarah und schaute wieder zu ihm auf.

»›Was uns nicht umbringt, macht uns härter.‹ Nein, ernsthaft. Es gab da ein paar verwöhnte Jungs aus wohlhabenden, einflussreichen Familien und mit guten Verbindungen, die es sich zur Aufgabe gemacht hatten, mir vom ersten Tag an klarzumachen, dass ich nicht zu ihnen gehörte.«

»Und was hast du getan?«

»Nichts. Diese Kerle hatten alles, was ich auch haben wollte … Geld, gutes Aussehen, Anerkennung. Ich glaube, ich habe sogar irgendwie verstanden, warum sie mich ablehnten. Jedenfalls, ich war im Foyer und wollte gerade mit meinen Koffern rausgehen, als plötzlich dieser Kerl wie aus dem Nichts auftaucht. Er kommt die Treppe heruntergelaufen, schnappt sich einen meiner Koffer und sagt zu mir, ich solle gefälligst ein wenig Selbstachtung zeigen.«

»Aubrey?«

Paul nickte, und bei der Erinnerung musste er lächeln. »Er war ebenfalls neu. Deshalb wussten die anderen nicht, wer er war. Aber sie fanden es sehr schnell heraus. Als sie versuchten, ihm den Weg zu versperren, brach er einem die Nase und bescherte einem anderen eine Gehirnerschütterung. Dann führte er mich nach oben und erklärte mir den Stundenplan, als wäre nichts passiert.«

»Hat man ihn denn nicht zur Rechenschaft gezogen?«

»Ich dachte, man würde ihn rauswerfen. Die Eltern dieser Jungs hatten verdammt gute Verbindungen. Am nächsten Tag wurden Aubrey und ich ins Büro des Dekans bestellt. Ich habe da gesessen und mir gesagt: Das war's, Junge! All die harte Arbeit war umsonst. Doch als der Dekan hereinkam, grinste er übers ganze Gesicht. Er klopfte Aubrey auf die Schulter, nannte ihn ›Nick‹ und fragte ihn nach seinem Vater. Dann ließ er uns von seiner Sekretärin heiße Schokolade bringen und erkundigte sich, wie wir uns eingelebt hätten, auf welches juristische Fachgebiet wir uns spezialisieren wollten und so weiter. Dann schüttelte er Aubrey die Hand, wünschte uns viel Glück und öffnete uns die Tür.«

»Und das war's?«

»Das war's. Keine Suspendierung, kein Tadel, nichts. Im Gegenteil – der Dekan hat die anderen Kerle sogar dazu verdonnert, sich bei uns zu entschuldigen. Ich bin sicher, er hat ihnen mit Rauswurf gedroht, sollten sie die Sache nicht wieder geradebiegen.«

»Wirklich? Dann steckte also Aubrey senior dahinter?«

»Aubrey wollte es mir zuerst nicht sagen, aber nachdem ich ihn lange genug gepiesackt hatte, ist er schließlich mit der Sprache herausgerückt.«

»Und weiter?« Sarah versetzte ihm einen Stoß in die Rippen.

»Au!« Paul lachte und rieb sich die Seite.

»Jetzt lass dir doch nicht jedes Wort einzeln aus der Nase ziehen!«

»Okay. Er hat mir von seinem alten Herrn erzählt. Bis dahin hatte er seine Familie mit keinem Wort erwähnt. Wie sich herausstellte, war Kenneth Aubrey sein Vater. Der Big Boss von Aubrey International Analysis.«

»Große Firma?«

»Das soll wohl ein Scherz sein?«

»Bitte, verzeih mir meine Unwissenheit!«

»Es ist das größte Unternehmen für Risikoanalysen an der Westküste. Genau genommen ist es eine Art privater Nachrichtendienst. Sämtliche Mitarbeiter sind ehemalige Geheimdienstleute oder Außenagenten aus der ganzen Welt. Ein richtiger Söldnerhaufen. Alles ist nur auf Profit ausgerichtet, von Ethik keine Spur. Sie arbeiten für jeden, zu jeder Zeit und überall.«

»Und Aubreys Vater gehörte diese Firma?«

»Sie gehört ihm immer noch. Er selbst ist ehemaliger CIA-Mitarbeiter. Den Berichten zufolge ein übler Bursche. Das genaue Gegenteil von seinem Sohn. Er und Aubrey sprechen schon seit Jahren nicht mehr miteinander.«

»Warum?«

Paul schüttelte den Kopf. »Mit Sicherheit kann ich das nicht sagen. Vermutlich hat es etwas damit zu tun, dass Aubrey unbedingt zur Polizei wollte. Ich habe einmal ein Gespräch zwischen ihnen mitgehört. Der alte Herr hat Aubrey vorgeworfen, ein Dummkopf zu sein, weil er seine Begabung für etwas verschwende, was ihm nicht einmal gefalle.«

»Es gefällt ihm nicht bei der Polizei?«

»Er ist der letzte wahre Idealist. Er hat eine bestimmte Vorstellung, was L. A. einmal gewesen ist – und so will er die Stadt für seinen Sohn wieder haben.«

»Er hat mir ein Bild von Callan gezeigt«, sagte Sarah nachdenklich. »Mir ist aufgefallen, dass er einen Ehering trägt, aber nie von seiner Frau spricht.«

»Darüber sollte ich lieber nicht reden. Da musst du schon Aubrey selbst fragen.«

»Ist schon okay«, sagte Sarah und knabberte sanft an Pauls Schulter. »Ich habe ohnehin nur nach dir gefragt.«

Paul grinste. »Da gibt es nicht viel mehr zu erzählen. Ich habe mein Examen mit Auszeichnung gemacht und im Büro des Bezirksstaatsanwalts angefangen.«

»Offenbar ist Aubrey doch nicht der letzte Idealist in L. A.«, bemerkte Sarah.

»Sei dir da nicht so sicher«, erwiderte Paul und schob den Kopf ein Stück vor, sodass ihre Lippen nur wenige Zentimeter voneinander entfernt waren. »Ich bin ziemlich ehrgeizig. Wenn ich etwas haben will …«

28

Joss kam in dem Augenblick aus ihrem Zimmer, als Sarah durch den Flur in Richtung Aufzug ging. Joss rannte ihr hinterher und schob gerade noch rechtzeitig die Hand in den Türrahmen, bevor der Aufzug sich schließen konnte.

Sarah lächelte Joss an. Es war ein lahmer Versuch, die Wogen wieder zu glätten. »Hast du schon gefrühstückt?«, fragte sie.

Verlegenes Schweigen breitete sich aus, während die Tür sich schloss und die Kabine nach unten fuhr. Nach drei Stockwerken drosch Joss auf den Notschalter ein, und der Aufzug kam zitternd zum Stehen. Sie drehte sich zu Sarah um.

»Hör mal, können wir nicht …«

»Jenkins Elevator and Escalator Systems.« Die Stimme kam aus der Sprechanlage. »Was haben Sie für ein Problem?«

»Ich habe kein Problem«, antwortete Joss gereizt. »Ich bin Bundesagentin und gerade dabei, meiner Partnerin ein wenig Verstand einzuprügeln.«

»Alles klar«, sagte der Techniker ohne das geringste Zögern. »Aber beeilen Sie sich bitte!«

Joss wirbelte zu Sarah herum, bevor die auch nur ein weiteres Wort sagen konnte. »Was geht hier vor?«

»Also wirklich, Joss …«

»Das ist eine ganz simple Frage, Sarah. Möchtest du gefeuert werden? Oder bist du mit deinen selbstzerstörerischen Fantasien schon einen Schritt weiter?«

»Du bist ja verrückt«, sagte Sarah und versuchte, sich an Joss vorbei zur Schalttafel zu drängeln.

Joss versperrte ihr den Weg. »Wir werden das klären, hier und jetzt, ein für alle Mal«, sagte sie, und ihr Gesichtsausdruck verriet, dass sie es todernst meinte. »Einem Vergewaltiger die Knarre an den Kopf halten? Das kann ich verstehen. Ich kann sogar beide Augen zudrücken, nachdem du gestern Abend im Büro des Bezirksstaatsanwalts so eklatant gegen das Protokoll verstoßen hast. Aber einem Kurier über Landebahnen hinterherzurasen, die in Betrieb sind …«

»Wir wussten nicht, dass er nur ein Mittelsmann war«, stieß Sarah wütend hervor. »Alles deutete darauf hin, dass er allein gearbeitet hat. Das weißt du.«

»Darum geht es hier nicht, Sarah!« Joss bemühte sich nicht einmal, ihre Wut zu verbergen. »Du gehst in dieser Scheiße unter. Du hast gestern Hunderte von Leben riskiert. Unschuldige Menschen, die nichts, aber auch *gar nichts* über Milo Kane und seinen Mörder wissen … Drew Dyson oder dieses Kind, Lucas.«

Ein Schatten legte sich auf Sarahs Gesicht. »Die haben nichts damit zu tun.«

»Und ob. Du hast diesem Kind versprochen, dass du es beschützt, und dann ist es erschossen worden, und du hast zugesehen, wie man deinen Partner gefoltert und ermordet hat. Du gibst immer noch dir selbst die Schuld an beiden Vorfällen. Glaubst du denn im Ernst, du hättest irgendetwas tun können?« Joss trat einen Schritt vor und senkte die Stimme. »Aber genau das hält dich davon ab weiterzugehen. Das macht dich fertig und beschert dir Albträume.«

Sarahs Blick war auf den Boden gerichtet. Sie hatte die Lippen geschürzt, den Kiefer verspannt.

»Du hast Angst, eine zu starke emotionale Bindung zu dem Fall aufzubauen. Milo Kane ist das ›Opfer‹, und der Fall an sich ist alles, was zählt. Allem anderen gegenüber bist du taub. Das macht dich tollkühn.«

Sarah schlug ihrer Partnerin ins Gesicht.

Joss zuckte nicht einmal. Stattdessen wurde ihre Miene sanfter. »Du hättest sie nicht retten können, Sarah«, flüsterte sie. »Das hätte niemand gekonnt.«

Sarahs bleiche Wangen röteten sich leicht, und ihre Atemzüge wurden kürzer. Sie hatte einen Kloß im Hals und bekam kein Wort hervor. Beschämt wandte sie den Blick ab.

»Zurzeit blicken sehr viele Leute auf dich«, sagte Joss, drückte Sarah ein Stück Papier in die Hand und legte ihre Finger darum. »Ich weiß, unter welchem Druck du stehst. Aber konzentriere dich darauf, was du tun musst, und du wirst deinen Weg finden.«

Joss drehte sich um und drückte den Knopf zur Weiterfahrt; dann lehnte sie sich gegen die Rückwand des Lifts, verschränkte die Arme vor der Brust und wartete, bis sie unten angekommen waren. Im Erdgeschoss stieg sie aus und ließ Sarah allein in der Kabine zurück.

Sarah schaute auf das Stück Papier in ihrer Hand. Es war ein Bild von Milo Kane, der vor dem Haus seiner Eltern auf dem Rasen saß. Sein Lächeln war typisch für einen Siebenjährigen: Es drückte Freude aus, Unschuld und ein Versprechen für die Zukunft. Seine blauen Augen strahlten.

Die Tränen kamen ungewollt. Sarah brach in unkontrolliertes Schluchzen aus. Sie rutschte die Wand hinunter, als die Tür sich schloss, und schlang die Arme um die Brust. Eine Lawine aus Schmerz brach über sie herein und begrub sie unter sich, und diesmal leistete sie keinen Widerstand.

Ethan Kane saß im Verhörzimmer. Er war merklich nervös. Neben ihm saß sein Anwalt. Dean Shaughnessy sah sogar noch unglücklicher aus als sein Mandant. Er saß vollkommen regungslos da und drehte nur dann und wann den Kopf, um auf die Wanduhr zu schauen.

»Sarah ist unterwegs«, sagte Joss, als sie sah, wie Shaughnessy zum dritten Mal binnen fünf Minuten auf die Uhr schaute.

»Ich hoffe es für sie«, knurrte er. »Ich will wissen, was hier vorgeht. Ich mag es nicht, im Dunkeln gelassen zu werden.« Der letzte Satz war ebenso an seinen Mandanten gerichtet wie an die FBI-Agentin.

Ein dreimaliges Klopfen ertönte an der Tür, und Sarah kam herein. Sie hatte sich einen Stapel Akten unter den Arm geklemmt. In ihren Augen lag ein Ausdruck, den Shaughnessy kannte, doch erinnerte er sich nicht, ihn bei Sarah schon einmal gesehen zu haben. Sie sah entschlossen und entspannt zugleich aus. Shaughnessy rechnete mit dem Schlimmsten.

Sarah setzte sich, ohne jemandem die Hand zu schütteln. Dann breitete sie die Akten vor sich aus und schaltete Kamera und Mikrofon ein.

Shaughnessy beugte sich über den Tisch hinweg zu ihr. »Als Erstes möchte ich klarmachen …«

»Du wirst deine Chance schon noch bekommen«, unterbrach ihn Sarah und schaute zu Ethan. »Zunächst gilt es zu entscheiden, ob wir deinen Mandanten wegen Behinderung der Behörden festnehmen oder nicht.«

»Das ist ja verrückt.«

»Ach, wirklich? Wenn ich auch nur das *Gefühl* habe, dass er nicht ehrlich zu uns ist, stecke ich ihn in eine Zelle, ehe er auch nur ›Piep‹ sagen kann.«

Ethan begann zu husten; es dauerte einen Moment, bis er sich beruhigt hatte. Als er wieder zu Sarah schaute, schimmerten seine Augen. »Was habt ihr denn von mir erwartet? Er hat meine Familie bedroht. Um Himmels willen, er ist in mein Haus eingedrungen, als Sie noch mit Ihren Untersuchungen beschäftigt waren.« Sarah schaute zu Joss, packte ihre Akten zusammen und stand auf. Ethan schluckte. »Warten Sie … Es tut mir leid. Ich werde Ihnen alles sagen, was Sie wissen wollen.«

Sarah legte die Akten wieder hin und starrte dann Ethan an. »Mr. Kane, wir wissen nicht, was wir nicht wissen. Sie werden uns jetzt *alles* sagen. Haben Sie verstanden?«

»Ja.«

»Gut.« Sarah setzte sich wieder. »Wie oft hat er Sie kontaktiert?«

»Zwei Mal, den Erpresserbrief ausgenommen. Ich glaube nicht, dass er das gestern in Venice gewesen ist. Der Kerl war irgendwie nervös …«

»Da haben Sie recht. Das war nicht unser Täter«, sagte Joss. »Erzählen Sie uns, wie er Sie das erste Mal kontaktiert hat.«

»Er hat einen Zettel auf Bryans Nachttisch liegen lassen, nur eine Notiz. Und das hier …« Ethan holte eine kleine Sanduhr aus seiner Jackentasche und stellte sie auf den Tisch. Sie war aus einem blassgrauen Stein gefertigt und mit einem filigranen Muster aus ineinander verschlungenen Ästen und Blättern verziert. Das Glas war dünn, fast zu dünn für den reinen weißen Sand.

Sarah nahm das Schmuckstück, packte es in eine Beweistüte und schaute es sich einen Moment an. Dann gab sie es an Joss weiter. »Und nur Sie und Ihre Frau haben diese Sanduhr angefasst?«, fragte Sarah.

Ethan nickte.

»Würden Sie bitte klar und deutlich sprechen?«

Ethan räusperte sich laut. »Ja, Rebecca und ich waren die Einzigen, die diese Uhr berührt haben.«

»Erzählen Sie uns von dem Zettel, Mr. Kane«, forderte Joss ihn auf.

»Es war das gleiche Papier wie der Erpresserbrief. Das hat uns dann auch davon überzeugt, dass es keine Fälschung war. Die Handschrift war ebenfalls dieselbe. Nur dieser seltsame Stil fehlte. Es waren knappe Sätze mit klaren Instruktionen.«

»Und was waren das für Instruktionen?«, fragte Sarah.

»Wir sollten dafür sorgen, dass Rebeccas Halskette verschwindet. Er hat gesagt, wir sollten behaupten, sie sei in der Nacht verschwunden, in der Milo …«

»Dann hat er also nicht gewusst, dass Ihre Frau die Kette an jenem Morgen getragen hat?«

»Anscheinend nicht«, antwortete Ethan. »Jedenfalls haben wir die Anweisung befolgt. Wir haben die Kette im Haus versteckt und gewartet. In der Notiz hieß es, er würde uns anrufen, sobald die Dinge sich wieder ein wenig beruhigt hätten. Dann wollte er uns weitere Instruktionen erteilen, wie wir ihm die Halskette übergeben sollen.«

»Und das war gestern«, sagte Sarah. »Wie hat der Mann geklungen? Alt, jung, selbstbewusst, unsicher …?«

»Das kann ich nicht mit Bestimmtheit sagen. Seine Stimme klang merkwürdig. Irgendwie mechanisch …«

»Stimmveränderungstechnik«, sagte Sarah. »Erzählen Sie uns von dem Gespräch.«

»Er hat gesagt, er müsse die Dinge ein wenig vorantreiben … wegen Ihnen, dem FBI. Er hat gesagt, Sie wüssten bereits, dass wir wegen der Halskette gelogen haben und dass der Deal geplatzt sei, wenn wir sie ihm nicht sofort bringen. Dann würde er sich Bryan holen, wenn wir mal nicht aufpassen …«

»Das war's?«

»Himmel! Lassen Sie mir wenigstens Zeit, ja?« Ethan raufte sich die Haare und legte die Hände dann wieder auf den Tisch. »Er hat mir eine Adresse in Venice gegeben und mir gesagt, ich solle allein kommen – sofort. Und sollte etwas schiefgehen, würde Bryan sterben.«

»Der Sandmann wusste also, dass wir die Lüge der Kanes in Bezug auf die Halskette aufgedeckt hatten. Das heißt, er muss über eine Quelle im Ermittlungsteam verfügen …« Sarah schaute zu ihrer Partnerin.

»Oder er ist selbst an den Ermittlungen beteiligt.«

»Joss, ich möchte, dass das vorerst unter uns bleibt. Ich weiß, du glaubst, das passt ganz hervorragend zu Bryans Tagebucheinträgen, aber das Letzte, was wir jetzt brauchen können, ist gegenseitiges Misstrauen im Team. Es könnte die unterschiedlichsten Erklärungen dafür geben.«

»Ein abgefangener Handyanruf?«

»Vielleicht.« Sarahs Handy klingelte. Sie nahm es vom Tisch und klappte es auf. »Reilly ...«

Joss räumte die Akten wieder zusammen, während Sarah auf die andere Seite des Raums ging und ihrem Gesprächspartner zuhörte. »Großartig«, sagte sie schließlich. »Danke, Alan.« Sie steckte das Handy weg und drehte sich um. »Alan hat bereits die Haare aus dem Motelzimmer mit denen aus den Gästezimmern der Kanes verglichen. Und die Ergebnisse der Ballistiker aus dem Topanga Canyon bekommt er auch noch heute. Wir müssen wissen, ob die Waffe, die wir neben Ash gefunden haben, auch die Tatwaffe war. Gibt es schon irgendwas Neues über Haldermann?«

»Nichts. Seit Tagen hat ihn niemand mehr in seiner Wohnung gesehen, und Jack verfolgt noch immer mehrere Spuren.« Joss hielt kurz inne und musterte ihre Partnerin eindringlich. »Wie kommst du zurecht?«

»Ganz gut. Ich bin nur froh, dass meine Freunde wissen, wann es Zeit für einen Weckruf ist.«

Joss lächelte. »Hey, jederzeit.«

Es klopfte an der Tür, und Aubrey steckte den Kopf herein. »Guten Morgen zusammen.«

»Hallo«, sagte Sarah. »Gut geschlafen?«

»Nein. Du?«

»Großartig.« Sarah schaute zu Joss, und ein breites Lächeln erschien auf ihrem Gesicht.

»Das freut mich zu hören, denn wir müssen in die Stadt. Der DA will uns sehen. Sofort.«

29

Als sie durch die Tiefgarage ging, wusste Sarah, dass es heute besser nicht mehr werden konnte. Als sie den Wagen sah, vermeinte sie, dass Donnern des Pazifiks zu hören. Der Mustang war bereits repariert worden; brandneue Firestones waren aufgezogen. Sarah streichelte über die Motorhaube, als sie zur Fahrerseite ging.

Grollend erwachte der Motor zum Leben. Sarah fuhr in die Morgensonne hinaus und versuchte, nicht an das Treffen zu denken, dass nun vor ihr lag. Sie mochte es nicht, sich rechtfertigen zu müssen, und in diesem Fall wusste sie auch nicht, wie. Also lenkte sie sich ab, indem sie das Autoradio einschaltete und von einem Sender zum nächsten wechselte. Bei »Please don't stop the music« von Rihanna hielt sie an. Sie lächelte zu Aubrey, der nichts gegen Sarahs Wahl einzuwenden hatte.

Zu Sarahs Überraschung – und zu ihrer großen Erleichterung, wie sie später erkannte – wurden sie vom Bezirksstaatsanwalt freundlich empfangen. Er begrüßte sie persönlich an der Tür mit einem festen Handschlag und einem aufrichtigen Lächeln. Paul saß auf einem der Besucherstühle und schaute amüsiert drein. Er zwinkerte Sarah unauffällig zu, als sie an ihm vorbeiging, um sich ebenfalls zu setzen.

»Tut mir leid, dass wir es nicht eher geschafft haben«, begann Sarah. »Wir mussten Ethan Kane heute Morgen noch einmal verhören.«

»Bei Ihnen hört sich das so an, als wäre es ein Problem.« Der DA lachte über seinen eigenen Scherz. »Dabei könnte nichts weiter von der Wahrheit entfernt sein. Nein, ich wollte Sie nur wissen lassen, wie begeistert wir über die Fortschritte sind, die Sie in so kurzer Zeit erzielt haben. Sie haben Bewegung in die Sache gebracht. Nicht wahr, Paul?«

»Oh, wir sind schon auf halbem Weg über den Mond«, sagte Paul und verdrehte die Augen, als der DA kurz wegschaute.

»Nun, das sind ja mal gute Neuigkeiten«, sagte Aubrey ein wenig zögernd. Keiner der beiden Agenten wusste so recht, was er sagen sollte. Sie hatten mit einer Schimpftirade gerechnet, und zum ersten Mal in ihrem Leben war Sarah auch bereit gewesen, die Vorwürfe zu akzeptieren. Sie fragte sich, wen Langford vergangene Nacht angerufen hatte, dass der einen solchen Eindruck auf den DA hatte machen können.

»Wie kann ich Ihnen helfen?«, fragte der DA. »Bei Ihrem Schwung muss Ihr Personal doch arg unter Stress stehen. Wenn ich irgendetwas tun kann, um es Ihnen leichter zu machen …«

»Nun ja«, begann Sarah und setzte ein entschuldigendes Lächeln auf, als sie bemerkte, dass sie den Bezirksstaatsanwalt unterbrochen hatte. »Wir könnten in der Tat ein wenig Hilfe beim Durchsehen der Akten gebrauchen. Ich wollte schon ein paar Leute abstellen, um die vom LAPD bearbeiteten Entführungsfälle durchzusehen. Dabei könnte ich meine Jungs besser im Feld gebrauchen.«

Der DA nickte, und Paul holte einen kleinen Notizblock samt Stift aus der Tasche. »Nach was konkret soll gesucht werden?«

»Kindesentführungen bei reichen Familien im letzten Jahrzehnt, Beweise für komplizierte Tatmethoden, alles im erweiterten Stadtbereich. Und Morde, die der Vorgehensweise von Milos Killer gleichen.«

»Ich werde sofort ein halbes Dutzend Mitarbeiter dafür abstellen«, sagte Paul. »Wen sollen sie kontaktieren, wenn sie etwas finden?«

Sarah schaute ihn an, als hätte er etwas Dummes gesagt. »Mich natürlich. Am besten auf dem Handy.«

»Großartig. Kann ich Ihnen vielleicht etwas zu trinken anbieten?«, fragte der DA. »Oder ein Frühstück? In der Cafeteria oben gibt es ein hervorragendes Englisches Frühstück. Sogar der Gouverneur ist dieser Meinung, der uns heute Morgen die Ehre gegeben hat. Er hat mir erzählt, Rebecca Kane sei sehr zufrieden damit, wie die Dinge sich entwickeln.«

Sarah lächelte erneut, diesmal, um ihre Verachtung zu verbergen. War es wirklich so leicht, Leute in dieser Stadt zu kaufen? »Ich danke Ihnen, Sir«, sagte sie, »aber wir haben einen anstrengenden Tag vor uns.«

»Natürlich.« Der DA stand auf und schüttelte beiden leidenschaftlich die Hand. »Ich danke Ihnen, dass Sie gekommen sind.«

Sarah ließ sich hinter das Lenkrad des Mustang gleiten und wartete, bis Aubrey eingestiegen war und sich angeschnallt hatte. Dann fing es an. Es begann als ein Grinsen, wurde zu einem Kichern, und schließlich brüllte sie vor Lachen und hämmerte auf das Lenkrad. Mit Tränen in den Augen drehte sie sich zu Aubrey um.

Aubrey starrte sie an und hob tadelnd eine Augenbraue. Doch Sarahs Lachen war ansteckend, und so dauerte es nicht lange, und Aubrey konnte sich ebenfalls nicht mehr halten. »Wir … wir können ein ganz hervorragendes Englisches Frühstück haben …«, sagte er und versuchte, den Tonfall des DA nachzuahmen. Er scheiterte kläglich, doch das ließ Sarah nur umso lauter lachen. »Was war das denn? Der DA hat gerade doch tatsächlich zum ersten Mal meinen Hintern geküsst.«

»Wollen wir nur hoffen, dass es auch das letzte Mal war.«

Sarah wischte sich die Tränen aus den Augen. »Das war absolut unprofessionell, Agent Aubrey. Reißen Sie sich zusammen.«

Sarah fiel auf, dass sie so schon lange nicht mehr gelacht hatte. Und es fühlte sich gut an. Noch vor einer Stunde war sie fest davon überzeugt gewesen, dass man ihr den Fall abnehmen würde. Vor zwei Stunden hatte sie in einem Lift gesessen und geweint. Dank sei Gott für Joss Conway, dachte sie, ließ den Motor an und fädelte sich in den Verkehr ein.

Sarah hatte jetzt die Unterstützung des Gouverneurs von Kalifornien, und die beabsichtigte sie auch zu nutzen. »Hast du Eli Haldermanns Adresse?«, fragte sie Aubrey.

Aubrey schaute in sein Notizbuch und nickte. »Beverly Hills.«

Sarah trat das Gaspedal durch.

Die Eingangstür stand auf. Die beiden Agenten sahen es sofort, als sie den Flur hinunter zur Wohnung gingen. Ein dünner Lichtstrahl fiel heraus. In L. A. ließ niemand seine Wohnungstür unverschlossen, geschweige denn offen.

Die beiden FBI-Agenten zogen die Waffen und näherten sich vorsichtig der Tür. Eldermanns Haus war luxuriös und stand in einer elitären Gegend von Beverly Hills. Die Tür musste erst seit kurzem offen stehen, sonst hätte ein Nachbar oder der Portier sich schon darum gekümmert.

Sarah und Aubrey stellten sich zu beiden Seiten der Tür auf und senkten die Waffen, als sie einander gegenüberstanden. Dann stieß Sarah die Tür auf. Sie öffnete sich ohne Knarren und gab den Blick auf ein Schlachtfeld frei. Umgestürzte Möbel lagen auf dem Teppich; Regale waren umgerissen worden, ihr Inhalt verstreut, und überall fand sich zerbrochenes Glas.

Die Waffen im Anschlag, rückten die beiden Agenten vor, wobei sie einander Deckung gaben und ein Zimmer nach dem anderen absuchten, bis sie die gesamte Wohnung durchkämmt hatten. Sie fanden keine Leichen und keine sichtbaren Blutspuren; aber jedes Zimmer war verwüstet.

»Hier hat irgendjemand was gesucht«, sagte Aubrey. Er seufzte und steckte die SIG wieder ins Holster. »Irgendetwas, was Haldermann ziemlich gut versteckt haben muss.«

»Aber ist er von alleine gegangen, oder hat man ihn weggebracht?«

»Der Pförtner sagt, sein Wagen sei weg«, sagte Aubrey. »Vielleicht ist er nach Hause gekommen, hat das hier gesehen und sich verpisst.«

Sarah stieß einen leisen Fluch aus. Sie hatte gehofft, dass es leichter wäre, Haldermann zu finden als Patterson. Patterson war immerhin ein ausgebildeter Sicherheitsfachmann. Wenn er verschwinden wollte, dann verschwand er auch. Haldermann jedoch war ein Weichei.

»Ich werde die Wohnung von der Kriminaltechnik untersuchen lassen«, sagte Aubrey und wählte eine Nummer auf seinem Handy. »Vielleicht finden die ja was Nützliches.«

Sarah hatte ihre Zweifel. Sie beugte sich vor, um das Türschloss zu untersuchen, und entdeckte die verräterischen Kratzer von Dietrichen. Wer immer die Wohnung verwüstet hatte, er hatte mit Sicherheit Handschuhe getragen und vielleicht auch eine Maske. Sie würden gar nichts finden.

Sarahs Handy klingelte. Leicht verärgert klappte sie es auf. »Reilly.«

»Wie läuft's?« Es war Jack.

»Ich glaube, du hattest recht. Haldermann hat sich aus dem Staub gemacht«, antwortete Sarah. »Seine Wohnung ist ein einziges Trümmerfeld. Was gibt's denn?«

Jack summte, als wolle er Sarah hinhalten. »Äh, dieser Detective ist hier«, sagte er vorsichtig. »Meade. Er wartet in deinem Büro. Ich habe ihm gesagt, er solle später wiederkommen, aber er hat darauf bestanden zu warten. Er hat gesagt, er habe etwas für dich und Aubrey.«

Sarah schnaubte verächtlich. »Okay, aber setz ihn in ein Konferenzzimmer, ja? Ich will ihn nicht in meinem Büro. Wir sind noch vor zehn Uhr wieder zurück. Wie kommst du bei unserem australischen Killer voran?«

»Überhaupt nicht. Allerdings gehe ich noch die Datenbanken durch.«

»Versuch's mit der Einwanderungsbehörde, und sprich mit den Aussies! Deren Bundespolizei hat sicher etwas über ihn.«

»Kein Problem.«

»Danke, Jack.« Sarah legte auf.

»Die Polizei ist unterwegs«, sagte Aubrey und steckte sein Handy wieder weg. »Sie schicken einen Streifenwagen und ein paar Detectives, um die Nachbarn zu befragen. Wenn ich mir allerdings ansehe, wie dick die Wände hier sind, glaube ich nicht, dass sie etwas gehört haben.«

»Meade wartet in Wilshire auf uns«, sagte Sarah.

»Meade?«

»Offenbar hat er etwas für uns. Wie es aussieht, ist das FBI plötzlich jedermanns bester Freund.«

30

Meade erhob sich, als Sarah den Raum betrat, und streckte die Hand aus. Das Erste, was Sarah auffiel, war der frische Anzug. Misstrauisch ergriff sie die ausgestreckte Hand und setzte sich Meade gegenüber an den Tisch. Aubrey kam eine Sekunde später herein, nickte seinem ehemaligen Partner zu und setzte sich neben Sarah.

Sarah lehnte sich im Stuhl zurück und schlug die Beine übereinander. »Also«, sagte sie, »worum geht es, Detective?«

»Ich habe gestern Nacht einen Anruf bekommen«, antwortete Meade, griff in seine Tasche und zog sein zerschlissenes Notizbuch heraus. Er blätterte durch die Seiten, bis er eine markierte Stelle erreichte. Dann räusperte er sich und las vor: »Um elf Uhr vergangene Nacht hat eine anonyme männliche Person beim Raubmorddezernat angerufen. Als er durchgestellt wurde, hat er sich geweigert, seinen Namen zu nennen. Er bat, direkt mit dem diensthabenden Detective zu sprechen. Als er nach dem Grund für seinen Anruf gefragt wurde, erklärte der Mann, er habe Informationen zum Mordfall Kane. Auf weiteres Nachfragen behauptete er, den Mörder persönlich zu kennen und dass der Mann ihm anvertraut habe, ins Anwesen der Kanes eingedrungen zu sein und das Opfer getötet zu haben. Auf die Frage nach dem Namen des Mörders wollte der Mann nur sagen, dass dieser auf der Liste registrierter Sexualstraftäter stehe. Außerdem sagte er, der Betreffende arbeite für den Lieferdienst einer Lebensmittelhandlung und sei mehrmals auf dem Anwesen der Kanes gewesen. Auf einer dieser Lieferfahrten habe er das Anwesen eingehender kennen gelernt und beschlossen, das Opfer zu entführen und von den Eltern eine große Geldsumme zu erpressen.« Meade hielt kurz inne, um weiterzublättern.

»Der anonymen Quelle zufolge hat der Mann Panik bekommen, als er den Jungen nicht durchs Kellerfenster drücken konnte. Daraufhin hat er das Opfer getötet, damit es ihn im Nachhinein nicht identifizieren konnte.«

Sarah spürte, wie sich ihr der Magen zusammenzog. Die Einbruchs- und Fluchtmethode passte perfekt zu ihrem Modell. Das verlieh der Quelle – zumindest oberflächlich – eine gewisse Glaubwürdigkeit. »Haben Sie auf der Sexualverbrecherliste nachgesehen?«, fragte Sarah.

Meade grinste. »Natürlich.«

»Und?«, hakte Aubrey nach.

»Ich habe einen passenden Kandidaten gefunden. Einen Straftäter mit einer Vorliebe für kleine Jungen. Er wurde vor sechs Monaten aus dem Gefängnis entlassen und hat im Rahmen des Wiedereingliederungsprogramms einen Job in einem Lebensmittelladen im Valley bekommen. Im Monat vor dem Mord hat er insgesamt drei Mal Lieferungen zu den Kanes gebracht. Bei der dritten Lieferung hat er sogar ausdrücklich um den Auftrag gebeten. Er hat mit einem anderen Lieferanten getauscht.«

Aubrey beugte sich vor. »Und wer ist der Kerl?«

»Jetzt wird's richtig gut«, sagte Meade. »Er ist ein alter Freund von uns – Aaron Moritz.«

Aubreys Gesicht war plötzlich wie versteinert. »Der ist draußen?«

Meade nickte. »Wegen guter Führung.«

Aubrey verschränkte die Arme vor der Brust und stellte keine weiteren Fragen mehr.

»Haben Sie ihn sich geholt?«, fragte Sarah.

Meade schüttelte den Kopf. »Ich dachte, dieses Privileg gebührt Ihnen. Betrachten Sie es als Wiedergutmachungsgeschenk. Weil ich nicht gerade … sagen wir, freundlich zu Ihnen war.«

»Das ist sehr großzügig von Ihnen, Detective Meade.«

»Nicht der Rede wert.« Meade steckte sein Notizbuch wieder weg und stand auf. »Auch ich will, dass der richtige Kerl weggesperrt wird.«

Sarah schaute Meade hinterher, als er hinausging und die Tür hinter sich schloss. Dann drehte sie sich zu Aubrey um. »He.«

»Was?«

»Alles okay?«

»Toll.«

»Sollen wir uns den Kerl schnappen? Ich besorg uns die Adresse.«

Aubrey schüttelte den Kopf. »Die brauchen wir nicht. Ich weiß, wo er wohnt.«

Es war nicht Aaron Moritz' Adresse, sondern die seiner Mutter: eine kleine Siedlung in Pasadena. Aubrey sprach während der Fahrt kein Wort, außer um Richtungsanweisungen zu geben. Er schien völlig in Gedanken versunken zu sein, und Sarah beschloss, ihn nicht zu bedrängen. Sie kannte die Geschichte nicht, war sich aber sicher, dass Aubrey sich ihr anvertrauen würde, sollte es nötig sein.

Aubrey stellte sich neben die Tür, den Kopf gesenkt, als Sarah klopfte. Sie wartete, klopfte erneut. Beim dritten Versuch öffnete sich die Tür, und eine winzige ältere Frau erschien. Sie trug einen ausgeblichenen Morgenrock; ihr Gesicht war faltig, und in der Hand hielt sie ein Glas Rotwein. »Was wollen Sie?«, fragte sie unfreundlich.

»Special Agents Reilly und Aubrey vom FBI«, antwortete

Sarah. »Wir wollen mit Ihrem Sohn Aaron sprechen. Ist er da?«

»Ihr Typen kommt immer wieder!«, spie die Frau hervor. »Warum lasst ihr ihn nicht einfach in Ruhe? Er ist ein guter Junge.«

»Da bin ich sicher«, erwiderte Sarah. »Wir wollen nur mit ihm reden. Ist er da?«

Die Frau schaute von Sarah zu Aubrey, der noch immer den Kopf gesenkt hielt. Plötzlich kniff sie die Augen zusammen und funkelte ihn an. »Sie! Sie sind dieser verdammte Cop. Dieser dreckige Schwanzlutscher vom LAPD, der meinen Jungen in den Knast gebracht hat …«

Sarah hatte genug. Sie stieß die Tür weiter auf und schob die Frau beiseite.

»Hey!«, kreischte die Frau. »Ich kenne meine Rechte! Sie können nicht einfach …«

Sarah ging durchs Wohnzimmer – eine Müllhalde aus alten Zeitungen und Zeitschriften – und hielt auf die Schlafzimmer im hinteren Teil des Hauses zu. Aubrey folgte ihr dicht auf den Fersen. Die Frau blieb vorne und schrie Flüche durch den Flur.

»Würden Sie jetzt bitte mal das Maul halten, Lady?«, rief Sarah. »Oder wollen Sie mit uns in die Stadt?«

Sie fanden ihn im Badezimmer. Er war schon halb durchs Fenster. Seine Beine baumelten noch im Zimmer, während sein Kopf und seine Schultern bereits den Sonnenschein genossen. Sarah und Aubrey schnappten sich je ein Bein, zogen ihn ins Haus zurück und drückten ihn flach auf den Boden.

Moritz sagte kein Wort, als Sarah ihm Handschellen anlegte, ihm seine Rechte vorlas und ihn aus dem Haus führte, seine Mutter dicht auf den Fersen.

»Ich werde dir einen Anwalt besorgen, Schatz!«, rief die

Frau, als ihr Sohn auf den Rücksitz gestoßen wurde. »Sag kein Wort, bis er bei dir ist!«

Zehn Minuten später jagten sie über den Ventura Boulevard. Aaron Moritz wollte wissen, was man ihm zum Vorwurf machte.

»Wir werden Sie im Zusammenhang mit dem Mord an Milo Kane verhören«, antwortete Sarah.

Moritz schnaubte verächtlich, ahmte Sarahs Stimme nach und schüttelte sich das lange, fettige dunkle Haar aus der Stirn. »Vergesst es.« Er lehnte sich hinter Sarah gegen das kugelsichere Glas. »Okay, tut mir leid, dass ich nicht sofort mitgekommen bin. Aber Sie dürfen mich nicht mit Ihrem Partner allein lassen, okay?«

Sarah drehte sich zu Moritz um. Dann schaute sie zu Aubrey. Der starrte geradeaus auf die Straße. Sarah hätte schwören können, dass er kaum atmete.

»Soll ich dir mal was erzählen, Süße?«, rief Moritz plötzlich von hinten. »Man hat mich fälschlicherweise angeklagt, mit ein paar Kids rumgemacht zu haben, für die meine Mutter den Babysitter gespielt hat, und dann verhaftet mich dieses Schwein und prügelt ohne jeden Grund die Scheiße aus mir raus.«

»An Ihrer Stelle würde ich die Fresse halten«, sagte Sarah.

Moritz beugte sich wieder vor, sodass sein Gesicht nur noch einen Zentimeter von der Glasscheibe entfernt war. »Na gut. Er hatte einen Grund. Weil seine Frau sich umgebracht hat oder irgend so ein Scheiß. Das kann ich ihr nicht mal übelnehmen.« Er zog sein T-Shirt hoch, drückte den linken Nippel gegen das Glas hinter dem Fahrersitz und lachte.

Sarah schaute gelassen aus dem Fenster. »Noch ein Wort«, sagte sie vollkommen ruhig, »und ich lasse Sie fünfzehn Minuten lang im Wagen mit Agent Aubrey allein.«

Moritz' Grinsen war wie weggewischt.

»Sag's mir.« In einem der Konferenzräume von Wilshire lehnte Sarah am Tisch, die Hände flach auf der glatten Oberfläche, und starrte Aubrey an. Sie würde gleich Moritz verhören, und so eine Szene wie gerade im Wagen wollte sie nicht noch einmal sehen. »Ich muss das wissen, bevor ich da reingehe.«

»Es war in meinem letzten Jahr beim Raubmorddezernat. Meade und ich haben einen Fall draußen in Pasadena bekommen. Die Leiche eines Kindes war gefunden worden, auf einem leeren Grundstück. Ein achtjähriger Junge ... erwürgt. Wir haben mit der Familie gesprochen, mit engen Verwandten und Lehrern und konnten ziemlich schnell die üblichen Verdächtigen ausschließen. Nur mit einer Person hatten wir ein Problem – mit der Tagesmutter.«

»Moritz' Mutter.«

Aubrey nickte. »Sie wollte nicht mit uns kooperieren, sodass wir einen Gerichtsbeschluss beantragen mussten, nur um mit ihr zu sprechen. Es dauerte eine ganze Woche, bis wir herausgefunden haben, dass ein erwachsener Sohn bei ihr wohnte. Dann erzählte eines der anderen Kinder den Eltern, dass seine Tagesmutter es manchmal in der Obhut ihres Sohnes lasse. Der warte dann immer, bis sie allein seien, um ›Kameraspiele‹ mit ihnen zu spielen.«

»Der Bastard.«

»Wir haben uns einen Durchsuchungsbefehl besorgt und das Haus auf den Kopf gestellt. Dabei haben wir einen ganzen Stapel Fotos gefunden. Moritz hatte den Dreck schon seit Jahren gemacht. Ein paar Bilder hatte er sogar in der Schublade mit seinen Unterhosen.«

»Warum ist er dann schon wieder raus aus dem Gefängnis?«, fragte Sarah.

»Die Anklage hat Mist gebaut. Sie haben ihn nur wegen Produktion und Besitz von Kinderpornografie drankriegen können. Zwar gab es genug Indizien, dass er die Kinder auch missbraucht hat, aber der Staat konnte es nicht beweisen. Deshalb ist der Kerl so glimpflich davongekommen.«

»Als er in deinem Gewahrsam war«, sagte Sarah langsam, »hast du da …?«

»Ob ich ihn geschlagen habe? Ob ich die Grenze überschritten habe?« Aubrey seufzte. »Ja, ein wenig. Als ich die Bilder dieser Kinder sah …«

»Da hast du deinen eigenen Sohn gesehen.«

»Wahrscheinlich. Ja.«

Sarah stand auf und verschränkte die Arme vor der Brust. Sie fühlte sich an den Vergewaltiger im Boston College erinnert – und wie kurz davor sie gewesen war, ihm eine Kugel durch den Kopf zu jagen. »Okay, du kennst den Scheißkerl. Wie soll ich ihn bearbeiten?«

»Ich glaube, das musst du gar nicht. Je mehr ich darüber nachdenke, desto weniger passt das alles zusammen. Der Bursche ist ein Kinderschänder, kein Erpresser. Und er ist dumm. Geh den Feigling direkt an, Sarah! Wir werden schnell genug herausfinden, ob das PD uns nur verarschen will.«

31

Als Sarah hereinkam, blickte Alan von der Zeitung auf, die er im Untersuchungsraum der Gerichtsmedizin las.

»Was ist denn so dringend?«, fragte sie und zog sich einen Hocker heran. »Was hast du?«

Alan lächelte. »Eine ganze Menge.«

Er stand auf und ging zu einem Arbeitstisch, um zwei hochauflösende Hochglanzfotos zu holen, die er nebeneinander auf den Untersuchungstisch legte. Beide hatten einen bronzefarbenen metallischen Hintergrund und waren zerfurcht von unzähligen Kerben.

»Ballistische Untersuchungen«, sagte Sarah und rieb sich die Hände. »Großartige Aufnahmen. Und was sehe ich da?«

»Das linke Bild zeigt das Geschoss, das Malcolm Ash aus diesem Leben ins nächste befördert hat. Der Pathologe hat es in ziemlich gutem Zustand gefunden und den Ballistikern gegeben. Die haben Tests mit der Waffe gemacht, die ihr am Tatort gefunden habt, und diese wunderbaren Aufnahmen aus dem Land der ballistischen Fingerabdrücke gemacht. Aber …«

»Ich hasse es, wenn du ›aber‹ sagst«, sagte Sarah.

»*Aber* es gibt da ein Problem. Schau dir die Bilder genau an! Was siehst du?«

Sarah beugte sich über den Tisch und versuchte, die beiden Fotos miteinander zu vergleichen. Sie zeigten eindeutig nicht das Gleiche. Das Geschoss aus der Testbahn hatte weitaus weniger Kerben und Kratzer. Sarah war keine Ballistikexpertin, aber diese beiden Kugeln waren völlig unterschiedlich.

»Sie stammen nicht aus derselben Waffe«, sagte sie traurig.

»Exakt. Aber es gibt nicht nur schlechte Nachrichten. Siehst du die Kerben auf dem Geschoss, das wir aus der Leiche geholt haben? Sie sind unterschiedlich, stimmt's?« Sarah nickte. »Unterschiedlich wie das hier.« Alan holte ein drittes Foto, das er neben das erste legte.

»Verdammt«, sagte Sarah. »Stammen die beiden Kugeln aus derselben Waffe?«

Alan nickte. »Es ist eindeutig, dass Ashs Kugel nicht aus einem normalen Pistolenlauf kam, sondern aus einem sechseckigen. Dadurch verändert die Kerbung sich dramatisch. Außerdem sind solche Läufe äußerst selten, und auch das hilft uns weiter. Meiner Meinung nach suchen wir nach einer .45er Heckler & Koch.«

»So etwas ist ziemlich teuer«, bemerkte Sarah. »Recht ungewöhnlich für einen Einwegjob.«

»Es war kein Einwegjob«, sagte Alan. »Schau dir das hier mal an.«

Sarah folgte Alan zu der Werkbank, wo er die Sanduhr untersucht hatte. Daneben bemerkte Sarah einen klaren Klebestreifen. »Sind das die Sandkörner von Bryans Nachttisch?«

»Du hast es erfasst.«

»Passen sie?«, fragte Sarah.

»Perfekt. Ich nehme an, die Körner stammen von der Kleidung des Täters.«

»Und du weißt noch immer nicht, woher genau sie sind?«

Alan schüttelte den Kopf. »Ich habe eine Probe zu einem unserer Forensiker an der Ostküste geschickt. Der hat dort auch nichts Passendes in den Datenbanken gefunden.« Alan ging zu einer Reihe von Mikroskopen, schaltete eines ein und legte einen Objektträger hinein. »Das hier ist das Haar, das ich im Gästezimmer gefunden habe.«

Sarah schaute durch die bifokale Linse. Sie sah eine blonde

Strähne, die sich nach unten hin spaltete, aber exakt abgeschnitten zu sein schien.

»Ich glaube, er hat sich einen neuen Haarschnitt machen lassen«, sagte Alan und erklärte damit die Anomalie, bevor Sarah danach fragen konnte. »Schnittreste sind vielleicht an einer Kappe oder einer Skimaske hängen geblieben und haben sich während des Einbruchs gelöst.«

»Kann man das irgendwie verwenden?«, fragte Sarah.

»Nun ja, es finden sich keine Hautreste«, antwortete Alan. »Ich kann ihnen bestenfalls ein wenig mitochondriale DNA entnehmen. Damit kann man es auf eine Familie einschränken, wenn sich ein Vergleich in unseren Datenbanken findet.«

»Was ist mit meiner Probe?«, fragte Sarah. »Die Haare, die ich im Hermosa Motel im Abfluss gefunden habe.« Alan grinste. »Du Bastard!« Sarah schlug ihm spielerisch auf den Arm. »Ich wusste gleich, dass du mich an der Nase herumführst.«

»Du hast einen besseren Job gemacht als die Spurensicherung des LAPD.« Alan tauschte die Objektträger aus und trat zurück, damit Sarah durch das Mikroskop schauen konnte. »Rein visuell passen das Haar aus dem Motel und das aus dem Gästezimmer zusammen. Und das aus dem Motel hat auch noch Wurzeln und Hautreste. Es muss direkt aus der Kopfhaut stammen.«

Sarah hatte die Hände in die Hüften gestemmt und lächelte breit. »Dann kannst du also einen richtigen DNA-Vergleich anstellen?«

»Sicher, wenn der Kerl in unseren Datenbanken ist«, antwortete Alan. »Ich habe bereits entsprechende Suchanfragen gestellt. Aber vergiss nicht, Sarah, dass wir es hier mit nationalen Datenbanken zu tun haben, die von Bundesbeamten verwaltet werden. Für solche Suchanfragen gibt es eine Warteliste. Es könnte ein paar Tage dauern, bis wir eine Antwort bekommen – egal ob positiv oder negativ.«

Sarah war ein wenig enttäuscht. Von der Kriminaltechnik waren also keine Wunder zu erwarten. War es allerdings so weit, würden die Ergebnisse ihnen helfen, potenzielle Verdächtige auszuschließen und hoffentlich den Richtigen vor Gericht zu bringen.

Aubrey lief Sarah über den Weg, als er in Wilshire aus dem Aufzug trat. »Wie war es heute Morgen mit Moritz?«, fragte er.

Sarah war nicht einen Schritt langsamer geworden. Sie befand sich auf dem Weg zu ihrem Büro. »Er war es nicht«, antwortete sie. »Du hattest recht mit deinem Bauchgefühl. Moritz ist nicht unser Mann.«

»Bist du sicher?«

»Er hat ein wasserdichtes Alibi. Außerdem war ich heute Nachmittag bei Alan. Er hat eine Übereinstimmung zwischen dem Haar aus dem Gästezimmer und dem aus dem Motel festgestellt. Blond, nicht schwarz.«

Aubrey blieb mitten im Flur stehen und kratzte sich den Hinterkopf. »Was führt Meade dann im Schilde?«

»Moritz hat mir erzählt, dass deine Freunde beim Raubmorddezernat von dem Alibi wussten, und zwar schon lange bevor Meade mit seinem ›großzügigen Geschenk‹ zu uns gekommen ist. Tut mir leid, es zu sagen, aber es sieht so aus, als wurden wir verarscht.«

Aubrey war zuerst fassungslos. Dann wütend. Er stapfte zum Aufzug zurück. Zum ersten Mal seit ihrer Ankunft lief Sarah ihm hinterher und nicht umgekehrt.

Als sie den Verkehr auf dem San Diego Freeway endlich hinter sich gebracht hatten, war es bereits früh am Abend. Das neue Büro des Raubmorddezernats lag an der North Los Angeles

Street. Aubrey war erst ein paar Mal dort gewesen, stürmte aber über die blank gebohnerten Flure wie ein Mann, der ganz genau wusste, wo er hinwollte.

Am Aufzug im dritten Stock hielt er einen jungen Detective an. »Wo ist Meade?«

Der junge Mann schien Aubrey zu erkennen, doch irgendetwas sagte ihm, dass er sich den Smalltalk lieber sparen solle. »Irgendwo da drüben, glaube ich.« Er deutete mit dem Daumen über die rechte Schulter. »In seinem Büro. Da ist er meistens.«

Aubrey stürmte weiter, Sarah dicht auf den Fersen. Einige Leute erkannten Aubrey und versuchten, seine Aufmerksamkeit zu erregen, doch Aubrey sah sie nicht oder wollte sie nicht sehen. Er war voll und ganz damit beschäftigt, die Namensschilder an den Türen zu lesen. Meades Büro lag ganz am Ende. Aubrey klopfte nicht an, sondern stieß einfach die Tür auf.

Meade war nur im Hemd, hatte die Ärmel hochgekrempelt und beugte sich über einen Aktenschrank. Er wirbelte herum, war aber nicht annähernd schnell genug. Aubrey war bereits bei ihm und ging ihm an die Kehle.

Der FBI-Agent nutzte seine körperliche Überlegenheit und stieß seinen ehemaligen Partner mit voller Wucht gegen den Aktenschrank. Sarah stand in der Tür und schaute nach draußen. Die Dienstmarke hing für jeden sichtbar an der Brusttasche. Böse funkelte sie die Polizisten an, die zu sehen versuchten, was da vor sich ging.

Aubrey lockerte seinen Griff um Meades Hals, und der Detective schnappte nach Luft. »Was soll denn …?«

»Gut gesagt«, sagte Aubrey, sein Gesicht nur einen Zoll von Meades entfernt. Seine Augen loderten vor Wut. »Was soll der Mist? Du hast uns verarscht. Du hast gewusst, dass Moritz sauber ist, und hast ihn uns trotzdem in den Schoß geworfen.

Hast du gedacht, ich würde bei ihm schon wieder die Nerven verlieren? Antworte, du Wichser! Hast du geglaubt, ich würde unseren ganzen Fall in die Tonne treten, nur wegen so einem wertlosen Stück Dreck?«

»Das ... Das hast du doch schon mal gemacht.« Meade würgte. Er war knallrot, und der Schweiß stand ihm auf der Stirn.

»Und du würdest ja nur allzu gerne die Kanes in den Bau stecken, um deine Scheißkarriere zu retten.«

Sarah drehte sich kurz um und sah, wie Aubrey die Lippen auf eine Art schürzte, wie sie es noch nie bei ihm gesehen hatte. Sie erinnerte sich an Pauls Collegegeschichte, an Aubreys Gerechtigkeitssinn, seinen Idealismus. Doch das, was er in diesem Augenblick Meade gegenüber zeigte, war purer Hass. Und Sarah fragte sich, wie weit diese Empfindung wohl zurückreichte und wie viele Feinde Aubrey in diesem Moment in Meades Augen sah.

Aubrey versetzte dem Detective einen letzten Stoß und trat einen Schritt zurück. Meade wäre fast zu Boden gefallen, hielt sich aber auf den Beinen und schnappte nach Luft.

»Du bist kein Cop«, sagte Aubrey und wischte sich die Stirn mit einem Taschentuch ab. »Du bist bloß ein Arschloch.«

»Leck mich!«, knurrte Meade und rieb sich mit beiden Händen den Nacken. »Du selbstgerechter Penner. Du hast einfach nur vergessen, wie die Dinge hier laufen.«

»Du bist am Ende«, sagte Aubrey. »Diesmal rette ich dir nicht den Arsch.«

32

Der Verkehr war schon nicht mehr ganz so dicht, als sie wieder auf dem Freeway waren und diesmal in Richtung Westen fuhren, nach Pacific Palisades. Sarah hatte Aubrey angeboten, ihn nach Hause zu fahren, und mit geöffneten Fenstern genossen sie die sanfte Abendbrise, während leise Musik aus dem Radio drang. Sarah überließ Aubrey nun schon zum zweiten Mal an diesem Tag seinen Gedanken und ließ ihn in Ruhe. Entrüstung war kein unbekanntes Gefühl für sie. Sie wusste nur nicht, ob sie in diesem Fall das Recht dazu hatten.

Aubreys Zuhause erwies sich als schmuckes zweistöckiges Haus am Rande des Temescal Canyon, von wo aus man auf der einen Seite den Pazifik und auf der anderen die Berge sehen konnte. Es war wunderschön und friedlich.

Der Babysitter, ein Teenager, blieb nur so lange, wie es dauerte, sich die Jacke anzuziehen und seine Bezahlung entgegenzunehmen. Callan Aubrey, ein sehr hübscher Junge, der seinem Vater wie aus dem Gesicht geschnitten war, kam zu Sarah und streckte die Hand aus. »Hallo.«

»Hi«, sagte Sarah. »Ich bin Sarah.«

»Ich weiß. Du bist die hübsche Lady, mit der Papa arbeitet.«

Aubrey hustete und griff nach unten, um seinen Sohn hochzuheben. »Hast du schon zu Abend gegessen, Cal?«

»Sally hat mir Thunfischauflauf gemacht. Ich hasse Thunfisch.«

»Aber das ist gut für dich. Hast du dir die Zähne geputzt?«

Callan dachte ein wenig zu lange über diese Frage nach. »Okay, dann machen wir das jetzt«, sagte Aubrey. »Sag Sarah gute Nacht.« Callan winkte Sarah über die Schulter seines Vaters hinweg zu, während der ihn die Treppe hinauftrug.

»Nacht, Callan!«, rief Sarah. Sie ging ein wenig im Wohnzimmer umher und schaute sich die Bilder an der Wand an. Sie zeigten hauptsächlich Callan – in Schuluniform, beim Fußball oder beim Softball. Auch Aubrey war auf einigen Fotos zu sehen, doch Sarah nahm an, dass er die meisten selbst aufgenommen hatte.

Über dem Kamin hing ein besonders großes Bild. Sarah nahm an, dass es schon vor ein paar Jahren aufgenommen worden war. Aubrey sah anders aus, und die Frau auf dem Foto war hochschwanger – vermutlich mit Callan. Sie war hübsch, blond und hatte große blaue Augen. Sie sah sehr glücklich aus.

»Ihr Name war Penelope«, sagte Aubrey. Er war ins Zimmer gekommen, ohne dass Sarah es gemerkt hatte. »Wir haben im selben Jahr geheiratet, als ich meinen Abschluss an der Polizeiakademie machte. Zwei Jahre später war sie schwanger. Wir waren schon seit der Highschool zusammen und unzertrennlich.«

»Das sieht man«, sagte Sarah und lächelte ihn über die Schulter hinweg an. »Sie sieht sehr glücklich aus.«

Aubrey stellte sich neben sie und schaute zu dem Foto hinauf. »Die Probleme kamen kurz nach Callans Geburt. Die Ärzte nannten es Wochenbettdepression. Penelope konnte nicht schlafen, konnte sich nicht konzentrieren und hatte keinen Appetit. Ich habe versucht, sie zu trösten, doch jedes Mal hat sie mich zurückgewiesen und gesagt, ich würde sie nicht verstehen.«

Sarah setzte sich aufs Sofa, doch Aubrey blieb stehen und betrachtete das Foto, als sehe er es zum ersten Mal.

»Eines Abend, als ich von der Arbeit kam, habe ich sie dann endlich zum Reden gebracht. Sie sei nicht traurig, hat sie gesagt, sondern ohne Hoffnung. Sie fühle sich leer. Während der Schwangerschaft war sie geradezu ekstatisch gewesen, aber nachdem Callan geboren war … Ich glaube, es war furchtbar für sie, dass sie und Callan nicht mehr körperlich miteinander verbunden waren. Sie stand immer an seiner Wiege und hat ihn angeschaut wie einen Fremden.

Meine Schwester ist damals zu uns gezogen, um uns zu helfen, aber das schien alles nur noch schlimmer zu machen. Pen hatte das Gefühl, keine gute Mutter zu sein. Sie glaubte, sie habe Callan irgendwie im Stich gelassen und sein Leben ruiniert. Ich habe sie zur Therapie gebracht, aber auch das schien nicht zu helfen.« Aubrey schwieg einen Moment lang. Als er wieder sprach, klang seine Stimme sanfter, als wollte er Penelope auf diese Weise gedenken. »Ich bin nach Hause gekommen und habe sie zwei Tage nach der letzten Therapiesitzung gefunden. Sie hatte meine Ersatzwaffe benutzt, die ich zu ihrem Schutz in unserem Schlafzimmer gelagert hatte.«

»Das tut mir leid«, sagte Sarah leise.

Aubrey drehte sich um und zwang sich zu einem Lächeln. »Das muss es nicht. Callan und ich sind ganz gut zurechtgekommen. Wir haben unser Leben weitergeführt. Aber wir vermissen Penelope sehr. Und ich fürchte mich vor dem Tag, da ich Callan alles werde erklären müssen …«

Aubrey wirkte einen Moment lang verlegen, weil er so viel von sich preisgegeben hatte. Schließlich räusperte er sich und rieb sich die Hände. »Möchtest du was essen? Was trinken? Ich bin sicher, ich habe noch irgendwas im Kühlschrank.«

»Ich würde ja gerne«, sagte Sarah, »aber ich muss ins Hotel zurück. Ich bin zum Essen mit Joss verabredet.«

Aubrey nickte. »Dann ein andermal.«

»Er ist ein sehr hübscher Junge«, bemerkte Sarah, als sie gemeinsam zur Tür gingen.

»Das hat er von seiner Mutter.«

»Nein, er sieht wie du aus.« Sarah drehte sich an der Tür noch einmal um, ohne zu wissen, dass Aubrey direkt hinter ihr war. So waren sie sich plötzlich näher, als sie beabsichtigt hatten, und für einen Moment konnte Sarah einfach nicht den Blick abwenden. Tief und ein wenig zitternd, atmete sie ein. »Okay … wir sehen uns dann morgen früh.«

»Klar«, sagte Aubrey. Er schien noch etwas hinzufügen zu wollen, sagte dann aber nur: »Gute Fahrt.«

Sarah schaute nicht zurück, aber sie wusste, dass er dort stand. Auf eine Art, die sie nicht erklären konnte, gefiel ihr die Vorstellung, dass er ihr hinterherschaute, bis sie sicher im Wagen war.

Auf dem Weg nach Süden über die Radcliffe Avenue und den Pacific Coast Highway konnte Sarah das Meer und den Strand spüren, beides in greifbarer Nähe. Sie fuhr auf einen verlassenen Parkplatz, saß dort eine Weile und schaute einfach nur aufs Wasser hinaus, lauschte dem Rauschen der Wellen in der mondlosen Nacht. Der Pazifik hatte etwas vollkommen anderes als der Atlantik. Er besaß für die Menschen hier einen Wert, den man in Boston, an der Ostküste, so nicht kannte.

Sarah dachte über den Fall nach, über die Menschen, die damit zu tun hatten, über ihre Komplexität und ihre Schwächen. Es war ein höllischer Job für das Einsatzteam, das Sarah leitete.

Wie immer versuchte sie sich vorzustellen, wie ihr Vater die Sache angehen würde. In der Akademie hatte Sarah viele Nächte allein auf ihrem Zimmer verbracht und die Berichte von seinen Fällen gelesen. Sie kannte fast jedes Szenario, mit dem er zu tun gehabt hatte, und es war ihr eine große Hilfe gewesen, auf dieses Wissen zurückgreifen zu können, als sie ihren ersten Außeneinsatz gehabt hatte.

Und sollte es notwendig sein, konnte sie ihn immer noch anrufen.

Sarah griff nach ihrem Handy und klappte es auf. Sie musste nur eine Schnellwahltaste drücken, und er würde abheben, bereit, sich für sie so viel Zeit zu nehmen, wie nötig war. Sie wählte die Nummer. Am anderen Ende des Kontinents klingelte das Telefon drei Mal, bevor abgehoben wurde.

»Reilly.«

»Hi, Dad.«

»Sarah!« Harry Reilly klang immer außer sich vor Freude, von ihr zu hören, selbst wenn sie nur wenige Tage fort war. »Wie ist das Wetter in Sin City?«

»Heiß, aber schön. Ich weiß nicht, warum du immer so über die Westküste gemeckert hast. Es ist fantastisch.«

»Du bist ja auch nicht in Seattle«, erwiderte Harry. »Als ich da oben war, hat es die ganze Zeit geregnet, und wir haben einen Kerl gejagt, der seine Opfer in einen Fluss geworfen hat. Das war nicht wie auf den Postkarten.«

»Wie war deine Vorlesungsreihe?«

»Die war okay«, antwortete Harry. »In der Cafeteria servieren sie immer noch lausiges Essen. Was ist mit dir? Ich kann mich noch gut an mein erstes Kommando erinnern. Es war der reinste Albtraum.«

Sarah hielt kurz inne. Sie wusste, dass ihr Vater ihr zuhören würde, wenn sie die Fakten durchging und ihm das Ausmaß der Probleme schilderte, vor denen sie stand. Und ohne sie runterzumachen oder ihr das Gefühl zu vermitteln, sie sei ihm in irgendeiner Weise unterlegen, würde er ihr die Fehler in ihrer Methode aufzeigen und Alternativen anbieten. Dann würde sie sich schon besser fühlen und eine klarere Vorstellung davon haben, wie sie weiter vorgehen sollte. Sarah lehnte sich gegen die Kopfstütze.

»Es läuft richtig gut, Dad.«

»Das ist mein Mädchen. Du weißt doch, wie stolz ich auf dich bin, oder?«

»Das sagst du mir ja jeden Tag.«

»Ruf bald wieder an, Süße.«

»Mach ich. Ich liebe dich, Dad.«

»Ich liebe dich auch.«

Sarah zog die Schlüssel aus dem Zündschloss, trat die Schuhe von den Füßen und lief barfuß über den Parkplatz bis zum Strand. Dort krempelte sie die Jeans bis über die Knie hoch und ging langsam bis zum Wasser.

Es war überraschend warm, und der Sand kitzelte Sarah zwischen den Zehen. Sie ging immer tiefer hinein, und kurz darauf stand sie bis zur Hüfte in der rabenschwarzen See, ohne dass sie es gemerkt hätte.

Sarah spritzte sich Wasser ins Gesicht und schmeckte das Salz, als es ihr über die Lippen rann. Dann legte sie den Kopf zurück und schaute zum Nachthimmel. So viele Dinge bedurften ihrer Aufmerksamkeit, doch hier und jetzt gab es nur den Himmel und das Meer, und beides war endlos.

Sarah kam sich schier unendlich klein vor und fühlte sich zugleich als Teil von allem. Sie war hier, um jemanden dafür bezahlen zu lassen, dass er einem anderen Menschen das Leben genommen hatte. Das war ihr Job.

Als Sarah wieder ans Ufer ging, waren ihre Sinne lebendig, das Herz voll. Neue Entschlossenheit erfüllte sie. Es gab viel zu tun.

33

Sarah hatte keine Ahnung, wie lange ihr Zimmertelefon schon geklingelt hatte, als sie aufwachte und nach dem Hörer tastete. »Hallo?«, sagte sie verschlafen.

»Ist da Agentin Reilly?«

»Ja. Wer ist denn da?« Sarah setzte sich im Bett auf und rieb sich die Augen.

»Mein Name ist Owen Patterson.« Sarahs Puls beschleunigte sich. »Ich habe für Ethan und Rebecca Kane gearbeitet.«

»Ich weiß, wer Sie sind, Mr. Patterson.« Sarah schaltete die Nachttischlampe an und schaute auf die Uhr: 3.15 Uhr. »Wie kann ich sicher sein, dass Sie wirklich der sind, der Sie zu sein vorgeben?«

Der Mann hielt kurz inne. »Sie wissen, dass ich einen sicherheitstechnischen Hintergrund habe«, sagte er nervös. »Die Erfahrung sagt mir, dass Sie inzwischen den Bericht der Ballistik zu der Leiche oben in Topanga haben.«

»Vielleicht«, erwiderte Sarah. »Und?«

»Dann wissen Sie auch, dass der Kerl, dessen Leiche Sie gefunden haben – der Kerl, der versucht hat, mich umzubringen –, nicht mit dem vernickelten .45er Colt erschossen worden ist, den Sie neben ihm entdeckt haben.«

Sarah war überzeugt. Sie schlug die Decke zurück und stolperte zum Couchtisch, um sich Notizblock und Stift zu holen. »Okay«, sagte sie. »Ich glaube, der Colt war Ihre Waffe.«

»Ja. Unregistriert.«

»Sie haben also eine andere Waffe benutzt, um sich gegen Ash zu schützen. Eine .45er Heckler & Koch USP?«

»Nein, das war der andere Kerl.«

»Was für ein anderer Kerl? Haben Sie ihn gekannt?«

»Nein … das heißt, irgendwie schon. Aber er ist nicht das Problem. Er ist nicht *Ihr* Problem. Ihr Problem ist eine weitere Leiche, von der ich Ihnen erzählen soll. Ich soll Ihnen sagen, dass Sie in die falsche Richtung abgleiten. Der Tote in Topanga hat nichts mit dem Mord an Milo Kane zu tun. Der Kerl, nach dem Sie suchen, ist viel näher.«

»Ist der Mann, der Sie gerettet hat, im Augenblick bei Ihnen?«, fragte Sarah. »Kann ich mit ihm sprechen?«

»Nein«, antwortete Patterson nach kurzem Zögern.

»Nein, er ist nicht da? Oder nein, er will nicht mit mir reden?«

»Er will Sie nur wissen lassen, dass ich noch lebe und in Sicherheit bin und dass es dank ihm auch so bleiben wird. Aber er sagt auch, solange Milo Kanes Mörder noch frei herumläuft, schweben wir alle in Gefahr. Wir sind nämlich die Einzigen, die wissen, was er tut.«

»Er hat so etwas schon früher getan, nicht wahr?«, fragte Sarah. »Der Entführer. Er hat sich früher schon Kinder geholt, und die Person, die bei Ihnen ist, weiß das. Sie *kennt* ihn. Bitte, lassen Sie mich mit ihm reden …«

»Tut mir leid, Lady. Die Zeit ist abgelaufen«, erwiderte Patterson. »Wir müssen jetzt gehen. Aber vergessen Sie nicht, was ich gesagt habe: Vergessen Sie die Leiche in Topanga.« Mit einem lauten Klicken wurde das Gespräch beendet.

»Scheiße!«, fluchte Sarah. Sie wusste, dass sie müde war, doch das Adrenalin schoss bereits durch ihre Adern, und sie verbrachte die nächsten fünf Minuten damit, alles aufzuschreiben, woran sie sich von dem Gespräch erinnerte. Sie hatte keinen Zweifel daran, dass Patterson die Wahrheit sagte, was die dritte Person anging. Das erklärte auch, weshalb Pattersons Wagen zurückgeblieben war. Der dritte Mann hatte Ash mit einer teuren, leicht zu identifizierenden Waffe erschossen und Patterson dann davon überzeugt, mit ihm unterzutauchen. Aber wer war er? Und wessen Interessen verfolgte er?

Es war sehr früh am Morgen. Sarah hatte ihr Einsatzteam in einem Konferenzraum in Wilshire versammelt, um von Pattersons Anruf zu berichten.

»Jack, ich möchte, dass du die Telefongesellschaft kontaktierst. Sie sollen für nächste Woche eine Fangschaltung für alle Telefone des Hotels legen.«

Jack nickte. Er schaute verschlafen drein und holte gerade Luft, um eine Frage zu stellen, als sein Handy klingelte.

»Joss«, fuhr Sarah fort, »hat die Polizei irgendwas von Haldermanns Nachba…«

»Sarah.« Jack hielt ihr das Handy hin. »Das ist Agent Matthew Oakley von der australischen Bundespolizei in Sydney. Er hat etwas über Ash.«

Sarah nahm das Telefon. »Reilly.«

»Oakley hier. Wenn ich richtig verstanden habe, suchen Sie nach Informationen zu einem Kerl mit Namen Malcolm Ash.«

»Korrekt.«

»Nun, den Informationen zufolge, die wir während einer gemeinsamen Beobachtungsaktion zwischen AFP und DEA vergangenes Jahr in Los Angeles gesammelt haben, steht er mit einer Adresse in San Bernadino in Verbindung. Haben Sie was zu schreiben?«

Er gab Sarah eine Adresse in der Vorstadt, direkt neben der Interstate 215, doch er hatte keinerlei Informationen darüber, in welcher Beziehung genau Ash zu dem Haus stand. »Ich kann nur eines mit Sicherheit sagen: Der Mann ist während unserer Operation mehrmals in diesem Haus rein- und wieder hinausgegangen.«

Sarah dankte dem Australier und legte auf. »Aubrey, kennst du einen Richter, der schnell einen Durchsuchungsbefehl ausstellen könnte?«

»Richter Carmichael«, antwortete Aubrey. »Der geht ziemlich hart mit Gewalttätern um. Ich rufe ihn sofort an.«

Aubrey verschwand, um den Anruf zu erledigen, und Sarah drehte sich wieder zu Joss und Jack um. »Ich möchte, dass ihr beide nach San Bernadino fahrt, aber haltet euch von dem Haus fern, bis wir mit dem Durchsuchungsbefehl da sind. Entweder gehen wir gemeinsam rein oder gar nicht. Verstanden?«

»Können wir vorher noch etwas frühstücken?«, fragte Jack und grinste schief.

Die Agenten wollten gerade hinaus, als Aubrey zurückkam, das Mobiltelefon in der Hand. »Alles klar. Carmichael schreibt uns nur zu gerne den Durchsuchungsbefehl. Aber ich habe auch eine schlechte Nachricht.«

»Und welche?«

»Die Aktion soll so unauffällig wie möglich ablaufen. Du musst den Mustang hierlassen.«

»Mist, es gibt immer irgendeinen Haken«, seufzte Sarah. »Okay, besorg uns einen Wagen, Aubrey. Ich muss noch ein paar Dinge erledigen.«

»Schon unterwegs.«

Wieder in ihrem Büro, nahm Sarah sich einen Textmarker und drehte sich zu dem Whiteboard um. Sie überflog die Profilpunkte, die sie zum Sandmann ausgearbeitet hatte, setzte ein Fragezeichen neben die Aussage, dass er allein gearbeitet habe, und strich das Fragezeichen hinter der Bemerkung: »Patterson lebt.« Die eigentliche Frage galt nun jedoch der Identität des dritten Mannes. Sarah schrieb einen weiteren Punkt auf: Unbekannte Person Nr. 2.

Patterson hatte sie wiederholt gedrängt, keine weiteren Spuren in Bezug auf Malcolm Ash zu verfolgen. Aber Ash hatte versucht, ihn umzubringen. Warum also wollte er dann, dass die Behörden wegschauten? Wurde er vielleicht gegen seinen Willen festgehalten? Wurde er gezwungen, falsche Behauptungen aufzustellen? Doch Sarah hatte nicht den Eindruck gehabt, dass er Angst gehabt oder einen vorbereiteten Text abgelesen hatte. Patterson schien zu glauben, was er ihr gesagt hatte.

Sarah legte den Stift beiseite und fragte sich, ob es in Wilshire Undercoverausrüstung gab.

Aubrey fuhr im selben Augenblick vom Freeway auf die I-215, als zwei F/A-18 Kampfjets vom Flughafen San Bernadino abhoben und laut über ihn hinwegdonnerten. Sarah hielt sich die Ohren zu.

Aubrey schaute zu ihr hinüber und lachte. »Der Flughafen war mal eine Luftwaffenbasis!«, rief er, bemüht, sich über den Lärm der Triebwerke hinweg verständlich zu machen. »Norton. Neunzehnhundertfünfundneunzig hat man sie in einen zivilen Flughafen umgewandelt, aber das Militär nutzt ihn noch immer von Zeit zu Zeit.«

Die Adresse, die man ihnen gegeben hatte, befand sich in einem heruntergekommenen Viertel mitten im geschäftlichen Herzen von San Bernadino. Jugendliche lateinamerikanischer Herkunft lungerten auf der Straße herum und wachten über ihre Low-Rider. Irgendwie schienen sie die Gegenwart der FBI-Agenten zu fühlen, die in ihrer Limousine mit den abgedunkelten Scheiben an ihnen vorbeifuhren. Der Kontrast zwischen diesem Viertel und Bel Air oder Beverly Hills hätte größer nicht sein können. Sarah wusste, dass die meisten Kids hier Verbindungen zu Gangs unterhielten.

Sie griff nach dem Funkgerät. »Wir sind in den Badlands, Leute«, gab sie an ihr Team durch. »Passt auf euch auf!«

»Verstanden«, antwortete Joss. Sie saß mit Jack im zweiten Wagen, der sich aus einer anderen Richtung dem Haus näherte.

»Da vorne ist es«, sagte Aubrey, als sie auf die Vierte Straße East einbogen und er das Straßenschild »Sepulveda« sah.

Sarah griff wieder nach dem Mikrofon. »Joss, wo genau seid ihr?«

»Fünfte Straße East. Wir fahren von Norden auf die Sepulveda Avenue.«

»Okay, wir kommen von Süden.« Aubrey und Sarah schnallten sich ab.

Joss lenkte die Limousine nach links auf die Sepulveda und fuhr an den Bordstein. Die beiden Agenten in kugelsicheren Westen und deutlich gekennzeichneten FBI-Windjacken sprangen leise heraus und liefen über den Bürgersteig auf das Zielgebäude zu. Dort duckten sie sich hinter einen Müllcontainer und warteten.

Sarah und Aubrey fuhren direkt vor das Haus und stiegen langsam aus. Sarah hatte das Haar zurückgebunden und trug einen schlichten schwarzen Rock, Schuhe mit flachen Absätzen und eine bis oben zugeknöpfte weiße Bluse. Das silberne Kreuz, das sie normalerweise unter der Kleidung trug, war nun deutlich am Kragen ihrer Bluse zu sehen. Sie hielt ein in Leder gebundenes Buch in der linken Hand und ein paar Zeitschriften in der rechten.

Aubrey ging neben ihr zur Vordertür. Er trug ein weißes kurzärmeliges Hemd, eine schwarze Hose und ein Namensschild auf der rechten Brusttasche, auf dem »Bruder Elias Omaha« stand. »Ich habe schon immer einen Mormonen spielen wollen«, bemerkte er leise. Sarah lachte.

Die beiden Agenten spürten ihre Dienstwaffen unter der Kleidung, als sie die Vordertür erreichten.

Aubrey klopfte. Drinnen lief Musik, irgendetwas mit kräftigem Bass, und ein Mann rappte auf Spanisch.

Keine Antwort.

Aubrey klopfte erneut, diesmal lauter. Es war ein Klopfen, das sagte: »Wir gehen nicht weg.«

Schließlich riss ein kleiner, unrasierter Latino die Tür weit genug auf, um sie misstrauisch zu beäugen. Die beiden Agenten sahen, dass er am ganzen Oberkörper bis unters Kinn tätowiert war.

»Was wollt ihr *pendejos*?«

»Wir sind gekommen, um mit dir über unseren Herrn zu reden«, antwortete Aubrey in fröhlichem Tonfall. »Hast du schon Jesus Christus in dein Herz gelassen, Bruder?«

Der Mann musterte sie blinzelnd und brach dann in schallendes Gelächter aus. Es war ein grausames Lachen, und der Mann hielt nur lange genug inne, um über die Schulter zu rufen: »He, Jungs, seht euch mal die Freaks hier an!«

Ein paar Sekunden später erschienen zwei weitere, noch aufwendiger tätowierte Männer an der Tür, um ihren Gästen Hallo zu sagen.

»Ich glaube, ihr seid im falschen Viertel, Leute«, sagte einer von ihnen mit starkem spanischem Akzent.

Sarah lächelte und machte große, unschuldige Augen. »Wir sind hier, um allen, die sie hören wollen, die Botschaft von Seiner Liebe zu bringen.«

»He, lass sie rein«, sagte der Größte der drei. »Ich will der Schlampe mit dem Knackarsch auch eine Botschaft der Liebe bringen. Vielleicht können wir ihr ja dabei helfen, sich ein wenig zu entspannen.« Der Mann löste die Sicherheitskette.

In diesem Augenblick trat Aubrey mit voller Wucht gegen die Tür, sodass sie splitterte und nach innen flog. Die drei Gangster wurden zurückgeschleudert. Nur einem von ihnen gelang es, sich schnell genug aufzurappeln, um nach hinten zu fliehen. Sarah und Aubrey kümmerten sich um die anderen beiden, als Jack die Hintertür eintrat.

»Da ist noch einer!«, rief Sarah Joss zu, während sie dem Mann unter ihr Handschellen anlegte. »Er ist ins Hinterzimmer gerannt!« Sarah drehte die Handschellen, um den Mann unter ihr zu zwingen, liegen zu bleiben. Aubreys Gefangener hatte mit voller Wucht die hereinfliegende Tür abbekommen. Er wehrte sich nicht, schüttelte nur den Kopf, um wieder klar zu werden.

Joss und Jack deckten einander, während sie sich langsam durch das Haus zu den hinteren Zimmern bewegten. Am Ende des Flurs fanden sie drei geschlossene Türen. Joss nahm an, dass es sich um Schlafzimmer handelte, und vorsichtig, mit angelegter Waffe, näherte sie sich ihnen an der Wand entlang. Sie vermutete, dass der Kerl in den mittleren Raum geflohen war, denn von dort führte ein Fenster auf die Gasse hinten hinaus. Methodisch rückte sie vor, atmete gleichmäßig und lauschte.

Mehrere Schüsse ertönten, und Joss warf sich auf den Boden. Eine Sekunde später war die Tür von Kugeln durchsiebt. Beide Agenten bewegten sich gleichzeitig und feuerten durch die Tür, bis ihre Magazine leer waren. Rasch luden sie nach. Jack sprang vor, trat die Tür ein und verschaffte Joss auf diese Weise freies Schussfeld.

Das Ziel stand. Joss zielte. In den nächsten zwei Sekunden schlugen insgesamt fünf Kugeln aus Joss' 9mm Glock in die Brust des Mannes ein. Er wurde nach hinten geschleudert. Sein Körper blieb blutüberströmt zwischen den beiden Betten liegen.

Joss ging langsam zu ihm und hielt weiterhin die Waffe auf ihn gerichtet. Sie trat ihm gegen den Fuß, fühlte seinen Puls. Der Mann lebte nicht mehr.

»Alles klar, Sarah!«, rief sie und drehte sich zu Jack um. »Bist du okay?«

Jack lehnte mit kreidebleichem Gesicht an der Wand.

»Ja …« Er riss die Augen auf. »Himmel! Joss! Du bist getroffen!«

Joss schaute auf ihren rechten Arm, wo sich Blut an ihrem Bizeps sammelte. »Na toll«, sagte sie und untersuchte die Wunde. Sie fühlte keinen Schmerz, sah aber, dass es sich um einen glatten Durchschuss handelte. Die Einschussstelle war nur einen Zoll von der kugelsicheren Weste entfernt.

»Setz dich aufs Bett«, sagte Jack und tat sein Bestes, ruhig zu bleiben. »Drück deinen Arm an den Leib, und press die andere Hand auf die Wunde!«

Joss setzte sich. »Ist schon okay, Jack. Ich bin nicht zum ersten Mal angeschossen worden. Würdest du den Erste-Hilfe-Koffer holen?«

Jack lief aus dem Zimmer und hätte dabei beinahe Sarah über den Haufen gerannt. »Scheiße. Wie schlimm ist es, Joss? Hat er eine Arterie erwischt?«

»Das ist nichts, Sarah. Wirklich nicht.«

»Aubrey, Joss ist angeschossen!«, rief Sarah. »Ruf einen Rettungswagen!«

Joss schaute auf den toten Gangster. Erst jetzt fiel ihr auf, wie jung er war. »Ich musste ihn erschießen.«

»Stell deine Entscheidung nicht in Frage, Joss. Das führt zu nichts. Es hieß du oder er.« Sarah bückte sich, um die Tattoos auf dem Rücken des Jungen zu betrachten. Die meisten zeigten Frauen, Waffen und Autos. Eine große Tätowierung zwischen den Schulterblättern stach durch ihre Schlichtheit hervor. »›MS-13‹, geschrieben in gotischer Schrift«, sagte Sarah. »Das nenne ich interessant …«

34

In dem Viertel herrschte keine Ruhe mehr. Die ganze Straße war voll mit Uniformen und den flackernden Lichtern der herbeigerufenen Streifenwagen. Die Einheimischen spähten nervös zu den Fenstern heraus, blieben aber in ihren Häusern. Auch ein paar Beamte vom Raubmorddezernat waren hier. Sie kannten Aubrey, aber von Meade war nichts zu sehen. Alle stimmten darin überein, dass die Schüsse gerechtfertigt gewesen waren und dass es jetzt nur noch den Papierkram zu erledigen galt.

Sarah stand neben Aubrey, der im Wagen saß und sich auf die Abfahrt vorbereitete, am Bordstein. Jack hatte Joss im Rettungswagen zum Krankenhaus begleitet. Auch Sarah hatte mitfahren wollen, doch Joss hatte darauf bestanden, dass sie blieb.

Sarah lachte, als sie sich an die Szene erinnerte, und schaute zu Aubrey hinunter, der mit dem Zündschlüssel spielte. »Sie hat gesagt, ich sei schlimmer als ihre Mutter. Ich habe Joss' Mutter mal kennen gelernt. Sie ist ein Kontrollfreak. So bin ich nun wirklich nicht«, erklärte Sarah mit gespielter Entrüstung. »Ich bin doch kein Kontrollfreak, oder?« Sie schaute zu den Zivilbeamten, die bei dem Gangmitglied standen, das Aubrey verhaftet hatte.

»Na ja«, sagte Aubrey, ohne den Blick zu heben, »ich berufe mich auf den fünften Verfassungs...« Als er dann doch den Blick hob, war Sarah verschwunden.

»Was glauben Sie eigentlich, was Sie da tun?«, wollte Sarah

wissen und stapfte über die Straße. »Warum nehmen Sie dem Kerl die Handschellen ab?«

»Wir haben gerade seine Identität bestätigt«, antwortete einer der Detectives. »Agentin Reilly, darf ich Ihnen Special Agent Shannon Larsson von der Drogenfahndung vorstellen? Er ermittelt schon seit Monaten verdeckt bei MS-13.«

Sarah schaute sich den Mann mit dem kahlgeschorenen Kopf und den Tattoos an. Sie erinnerte sich daran, dass er von den dreien, die an die Tür gekommen waren, der Einzige gewesen war, der keine beleidigende Bemerkung gemacht hatte. Sie blickte ihm in die dunklen Augen, und der Einfallwinkel des Sonnenlichts erlaubte es ihr, die Ränder seiner Kontaktlinsen zu sehen. »Larsson? Das klingt nicht sehr südamerikanisch.«

»Das liegt daran, dass ich kein Südamerikaner bin«, erwiderte Larsson und nahm die Kontaktlinsen heraus, sodass die blauen Augen dahinter zum Vorschein kamen. »Der Teint ist auch falsch. Sie wissen gar nicht, was ich alles tun musste, um meine Tarnung bei diesen Kerlen aufrechtzuerhalten.«

Sarah lachte und schüttelte dem Drogenfahnder die Hand. »Tut mir leid, dass wir in Ihre Operation gestolpert sind. Wir hatten ja keine Ahnung …«

»Das war ja auch der Gedanke dahinter«, sagte der Agent und lächelte. »Selbst wenn Sie meinen Chef angerufen und ihn direkt nach einem Undercoveragenten bei der Mara Salvatrucha gefragt hätten, hätte er es Ihnen nicht gesagt. Das ist der einzige Grund, warum ich noch lebe.«

Sarah war verwirrt. »Mara …«

»Salvatrucha«, erklärte Larsson. »Auch MS Mara genannt.«

Dann fiel der Groschen. *Die Tätowierung.* »Das ist eine zentralamerikanische Gang, stimmt's? Wir sehen in Boston so gut wie nichts von MS-13.«

»Das werden Sie aber, und zwar schon bald. MS Mara ist

derzeit die übelste, gewalttätigste und sich am schnellsten verbreitende Gang der Welt. Und wir wissen so gut wie nichts über sie.«

»Was machen sie für Geschäfte?«

»Alles, was Sie sich vorstellen können«, antwortete Larsson. »Drogenschmuggel natürlich, aber auch der Weitervertrieb der Drogen sind ihre Haupteinnahmequelle. Außerdem haben sie mit Waffen- und Menschenhandel zu tun, mit Söldnereinsätzen, Auftragsmorden, Entführungen …«

»Entführungen gegen Lösegeld?«, hakte Sarah nach. »Richtig dicke Fische, die guten Profit versprechen?«

Larsson nickte. »Allein in Kalifornien machen sie jedes Jahr gut ein Dutzend davon. Sie sind die Agentin, die die Ermittlungen im Fall Kane leitet, stimmt's?« Sarah nickte. »Nun, das wäre zwar genau die Kragenweite von MS-13, aber ich glaube nicht, dass sie etwas damit zu tun haben. Ich kann natürlich nicht sicher sein … MS-13 ist brutal, kompromisslos und gewalttätig, aber bei Entführungen haben sie es lieber, wenn alles sauber läuft. Dabei geht es ihnen nur ums Geld. Wird gezahlt, kehrt das Opfer zurück.«

»Was können Sie mir über Malcolm Ash sagen?«, fragte Sarah.

»Wen?«

Sarah holte ein Foto des Killers aus der Tasche, das in der Leichenhalle aufgenommen worden war.

»Oh, der. Der Australier«, sagte Larsson und nickte. »Er war Stammkunde. Er kaufte Waffen, die man nicht zurückverfolgen konnte, Schalldämpfer, Munition, so was alles. Manchmal auch Informationen. Als ich ihn das letzte Mal gesehen habe, wollte er irgendetwas über jemanden wissen. Verdammt, wie hieß der Kerl noch …?«

»Patterson?«

»Nein.« Larsson schaute in die Ferne und dachte nach. »Ich

glaube, der Mann hatte denselben Namen wie einer von Nixons Beratern …«

»Haldermann?«, fragte Sarah überrascht.

»Ja, genau!«

»Was wollte Ash über ihn wissen?«

»Hauptsächlich Hintergrundinformationen. Er wollte wissen, ob er vertrauenswürdig sei. Ich hatte den Eindruck, als wären die beiden im Bunde.«

»Haldermann ist verschwunden«, sagte Sarah.

Larsson schaute sie nachdenklich an. »Ich glaube nicht, dass er das Ziel war. Ash wollte nicht seine üblichen Informationen haben – Adressen, Freunde, Angewohnheiten und dergleichen. Diesmal wollte er nur wissen, wer Haldermanns Gehaltsschecks bezahlte.«

Sarah saß an ihrem Schreibtisch und starrte auf das Whiteboard. Die Einzelheiten waren verschwommen, doch ihr Verstand lief auf Hochtouren. Ash überprüft Haldermann und versucht dann, Patterson zu töten. Patterson wird von einem Unbekannten beschützt. Haldermann geht verschollen. Ein Kurier trifft sich mit Ethan Kane. Patterson sagt, der Unbekannte wolle, dass wir Ashs Spur nicht weiterverfolgen … *Das passt nicht zusammen.* Sarah stand auf und ging ans Fenster. Er hat es schon einmal getan. *Wo? Wann?* Ihr Telefon klingelte, und sie zuckte unwillkürlich zusammen.

»Sarah, ich habe einen Kerl mit den Akten losgeschickt, die du haben wolltest. Sie enthalten die Fälle, in denen der Täter ähnlich vorgegangen ist wie der Sandmann.« Paul klang nicht sehr hoffnungsvoll. »Was hast du zum Abendessen vor?«

Sarah dachte kurz nach. »Ich glaube, letzte Nacht war ein Fehler, Paul.«

»Reden wir hier über Interessenkonflikte oder über etwas anderes?«

»Ich weiß es nicht.« Sarah wusste es tatsächlich nicht. Joss hatte recht: Es war ein Protokollverstoß gewesen, aber das war nicht das Einzige, was ihr Kopfzerbrechen bereitete. Sarah fühlte sich zu Paul hingezogen. Sehr sogar. Doch nun fühlte sie sich wieder stark. Hatte sie einfach nur das Ventil gebraucht? Sie wollte die Dinge nicht noch komplizierter machen, als sie ohnehin schon waren. »Ich muss es herausfinden, bevor wir uns wieder auf diese Weise treffen. Außerdem möchte ich nach der Sache in San Bernadino heute früh ins Bett.«

Sie hörte, wie Paul am anderen Ende der Leitung tief durchatmete. »Okay. Du bist der Chef. Ruf mich an, wenn du deine Meinung änderst!«

Doch keiner von ihnen sollte an diesem Abend früh ins Bett kommen. Kaum war Jack aus dem Krankenhaus zurück und hatte mitgeteilt, dass es Joss gut gehe, nahmen er, Alan, Aubrey und Sarah sich je einen dicken Stapel LAPD-Akten, gingen in einem der Konferenzzimmer in Klausur und suchten nach den Fußspuren des Sandmanns.

Als die Sonne langsam in einem feurigen Spektakel im Pazifik versank, lasen die Mitglieder des Einsatzteams immer noch Akten. Sie bestellten Pizza und chinesisches Essen, das während der Arbeit verschlungen wurde. Rote Ränder bildeten sich um die Augen, und gelegentlich ging einer von ihnen auf einen kleinen Spaziergang, um sich die Füße zu vertreten oder die grauen Zellen zu rebooten.

Kurz vor Mitternacht waren sie mit den unterschiedlichen Möglichkeiten durch. Von den mehreren hundert Akten, mit denen sie begonnen hatten, waren nur noch vier übrig geblieben. In jedem Fall war eine wohlhabende, einflussreiche Familie mit zwei oder mehr Kindern das Ziel gewesen, und in jedem Fall war ein seltsam formuliertes Erpresserschreiben am Tatort hinterlassen worden. Bei jedem dieser Fälle waren sowohl das FBI wie auch das LAPD hinzugezogen worden, und anders als bei normalen Entführungen hatte der Kidnapper sich nie wieder gemeldet.

Aber das war noch nicht einmal das Seltsamste – bei weitem nicht.

»Sagt mir, ob ich alles richtig habe«, versuchte Sarah sich an einer Zusammenfassung. »Jedes dieser Kinder ist eine Woche nach der Entführung wieder auf freien Fuß gesetzt worden, entweder in einem Supermarkt oder in einem Kaufhaus. Lösegeld wurde nie gezahlt, und es gab auch keine weiteren Forderungen. Das Kind ist unverletzt geblieben, konnte sich aber kaum noch daran erinnern, wo es die Woche zuvor gewesen ist.«

»Und es gibt keinerlei Hinweis auf körperlichen oder sexuellen Missbrauch«, fügte Aubrey hinzu. »Aber wie sich bei toxikologischen Untersuchungen herausstellte, hat man jedem der Kinder kurz vor der Freilassung eine geringe Dosis Amytal verabreicht, ein Medikament, das Hemmungen löst, aber auch kurzfristigen Gedächtnisverlust zur Folge hat.«

»Und das war sehr effektiv«, sagte Alan und hielt ein Foto in die Höhe. »Diesen kleinen Kerl hier hat man hypnotisiert, um an seine Erinnerungen heranzukommen. Es kam nichts durch.«

Abgesehen von den Erpresserbriefen hatte der Täter in keinem der Fälle irgendwelche Spuren hinterlassen. Und da nie ein Opfer zu Schaden gekommen war und kein Lösegeld gezahlt wurde, legte man die Fälle alsbald zu den Akten und ließ sie verstauben.

Einer der FBI-Agenten, der an einem dieser Fälle gearbeitet hatte, hatte am Schluss eines Fallberichts notiert, der Täter habe »schlicht die Nerven verloren«. Aber auch wenn im Fall Kane definitiv etwas Unvorhergesehenes geschehen war, so wusste Sarah doch, dass es dem Sandmann vielleicht an allem Möglichen fehlte, aber nicht an Rückgrat.

Sarah schaute auf die Wanduhr: 0.22 Uhr. »Lassen wir es für heute gut sein!«, sagte sie. »Aber vergesst nicht: Ich will euch morgen früh in alter Frische sehen, also nix mit Minibar heute Nacht.«

Zum Schluss überprüften sie, ob bei den betroffenen Familien noch die Adressen stimmten, die in den Akten standen; dann verließ auch Sarah das Gebäude.

Auf der Fahrt nach Westen über den Wilshire Boulevard glaubte sie kurz, im Rückspiegel die schwarze Limousine zu sehen, die sie auch nach dem Gespräch mit Franco Kismet in den CVG-Studios verfolgt hatte. Doch als sie an den Straßenrand fuhr, um das zu überprüfen, sah sie nichts mehr.

Es war aber auch ein langer Tag gewesen.

35

Joss Conway kannte keine Untätigkeit und war in entsprechend schlechter Stimmung. »Wenn die Prognose bei mir ›hervorragend‹ lautet, warum lässt du mich dann nicht aus dem Laden hier auschecken, Sarah?«

Sarah hielt das Handy ein ganzes Stück von ihrem Ohr weg, um ihr Trommelfell zu schützen. Die Kugel hatte Joss' Arm glatt durchschlagen, die Arterie und den Knochen verfehlt und nur weiches Gewebe beschädigt. Joss hatte Muskel- und geringere Nervenschäden davongetragen, doch die Geschicklichkeit ihrer Hand – bei weitem das Wichtigste für einen Außendienstbeamten – war unbeeinträchtigt geblieben. Die restlichen Verletzungen würden mit der Zeit verheilen.

»Weil du dich ein wenig ausruhen musst, Joss. Ich komme am Nachmittag mal vorbei.« Sarah legte auf und kurbelte das Fenster herunter. Ein alter Song von den Beach Boys klang aus dem Radio. Als Sarah es lauter drehen wollte, verzog Aubrey das Gesicht und versuchte, auf einen anderen Sender zu schalten, doch Sarah rief ihm rasch ins Gedächtnis, wer hier das Sagen hatte.

Der Himmel war klar und blau, von Smog keine Spur, und Sarah fühlte, wie ihr Selbstvertrauen wuchs.

Das erste Paar war nicht gerade glücklich darüber, wichtige Termine verschieben zu müssen, um die Fragen des FBI zu beantworten. Sie waren jung, gebildet und verfügten über eine eindeutige, wenn auch verblendete Ansicht, was ihre eigene

Wichtigkeit betraf. Ihr Nachname lautete Acosta, und wie die Kanes arbeiteten sie in der Filmindustrie.

»Danke, dass Sie sich Zeit für uns genommen haben«, sagte Sarah und machte es sich auf der Ledercouch bequem.

»Ich hatte nicht den Eindruck, als hätten wir eine große Wahl«, erwiderte Mr. Acosta und rieb über einen imaginären Fleck auf seiner Krawatte.

»Nun, wir sind hier, um den Mann zu finden, der für die Entführung Ihres Sohnes verantwortlich ist«, erklärte Aubrey. »Wir glauben, dass dieser Mann auch Milo Kane getötet hat.«

Diese Bemerkung sicherte ihnen die sofortige Aufmerksamkeit der Acostas.

»Sie machen Scherze«, sagte Mr. Acosta. Die Krawatte war vergessen. »Aber er ist doch erwürgt worden, oder? Einfach liegen gelassen in ihrem Keller?«

Sarah mochte diese Leute schon jetzt nicht. In ihrem verdrehten Denken war es ein Sprung die Statusleiter hinauf, dass die Entführung ihres Sohnes in Verbindung zu dem Mord an einem Kind Prominenter stand. »Ja, Milo Kane wurde einfach im Keller liegen gelassen, Mr. Acosta. Deshalb verstehen Sie vielleicht, warum wir so daran interessiert sind, den Täter zu finden – und zwar, bevor er noch einmal zuschlägt und das Kind eines anderen entführt oder gar tötet.«

»Natürlich helfen wir Ihnen, wo wir können«, meldete Mrs. Acosta sich zu Wort. »Wird man die Kanes über unsere Hilfe informieren?«

»Ich werde es ihnen persönlich sagen«, antwortete Sarah. »Wenn Sie jetzt bitte mit Ihrem Sohn Benjamin anfangen könnten. Er hatte keinerlei Erinnerung an seine Entführung. Ist das korrekt?«

Mann und Frau nickten.

»Nicht mal eine Kleinigkeit?«, hakte Aubrey nach. »Gar nichts? Ein Geräusch vielleicht oder ein Geruch?«

»Nichts«, antwortete Mr. Acosta. »Allerdings ist es schon eine Weile her, seit ich zum letzten Mal mit ihm darüber gesprochen habe.«

»Wirklich? Warum?«, fragte Sarah.

»Nachdem der Staub sich ein wenig gelegt hatte, hat das Jugendamt lächerliche Vorwürfe gegen uns erhoben. Irgendein Unsinn von wegen Vernachlässigung.«

»Vernachlässigung?«

Mrs. Acosta schnaubte verächtlich. »Das war alles gelogen. Sie behaupteten, unsere Kinder hätten ... Schwierigkeiten. Weil wir nicht genug für sie da seien oder irgend so ein Quatsch.«

»Was für Schwierigkeiten sollen Ihre Kinder denn gehabt haben?«, fragte Sarah.

»Sind Sie deswegen zu uns gekommen, Agentin Reilly?«

»Wegen der Einzelheiten des Falles, ja. Vorher und nachher. Ist das ein Problem?«

Mr. Acosta blinzelte nervös und richtete den Blick seiner kleinen Augen auf den Teppich. »Es war nichts. Ein Lehrer in Benjamins Schule hat behauptet, er hätte einen Hund getötet, den er auf dem Schuldgelände gefunden hat.«

»Und, *hat* er ihn getötet?«, fragte Aubrey.

Mr. Acosta räusperte sich. »Ja. Ich glaube, Feuer hat dabei eine Rolle gespielt.«

»Ich verstehe«, sagte Sarah. Besessenheit mit Feuer und Grausamkeit gegenüber Tieren. Das waren gleich zwei der typischen Kindheitsmerkmale eines zukünftigen Serienkillers. *Gute Arbeit, Team Acosta.* »War das nach der Entführung?«

»Davor.«

»Wo ist Benjamin jetzt?«, fragte Sarah und versuchte, so locker wie möglich zu klingen. »Könnten wir mit ihm reden?«

»Ich bezweifle, dass die Ärzte das erlauben werden«, sagte

Mrs. Acosta. »Sie gestatten ja selbst uns nur selten, den Jungen zu sehen.«

Sarah schaute verwirrt drein.

»Er ist in einer Spezialklinik nördlich von San Francisco«, erklärte Mr. Acosta. »Dort sediert man die Patienten häufig, wissen Sie? Die Leute vom Jugendamt wollten ihn in irgend so eine furchtbare staatliche Anstalt stecken, aber das haben wir natürlich nicht zugelassen.«

Sarah griff in ihre Tasche und holte die kleine Sanduhr heraus, die sie auf Bryans Nachttisch gefunden hatten. Vorsichtig stellte sie die Uhr auf den Couchtisch und beobachtete die Reaktion der Acostas.

Beide schwiegen. Mr. Acosta schaute Sarah unverwandt an, während seine Frau fasziniert auf die Sanduhr starrte.

»Kommt diese Uhr Ihnen bekannt vor?«, fragte Sarah.

»Nein«, antwortete Mr. Acosta rundheraus.

»Sind Sie sicher?«

»Ziemlich.«

Sarah war die Spielchen allmählich leid, würde aber nicht die Fassung verlieren. Sie schaute zu Mrs. Acosta. »Erinnern Sie sich an solch eine Uhr?«

»Nein, das tut sie nicht.«

»Ich bin sicher, sie kann selbst antworten«, sagte Aubrey.

Mr. Acosta wandte sich ab.

»Mrs. Acosta?«, drängte Sarah.

»Nein«, sagte sie mit schwacher Stimme. »Ich habe so ein Ding noch nie gesehen.«

»Sind Sie sicher?«, hakte Sarah nach.

»Das hat sie doch gesagt!«

Sarah musterte Mr. Acosta eingehend. Er war wütend, aber sie sah, dass er unter der Oberfläche das Gefühl seiner Frau teilte: *Angst.* Sarah hatte genug gesehen.

Auf dem Weg hinaus schaute sie sich auf dem Grundstück

um. Wie bei den Kanes war es ausgedehnt, aber abgeriegelt. Hohe Steinmauern umschlossen das Areal. Auf dem Weg die Auffahrt hinunter zählte Sarah mindestens fünf Überwachungskameras, die sie verfolgten. Mr. und Mrs. Acosta schienen sehr um die Sicherheit ihrer Familie besorgt zu sein.

»Und? Glaubst du, sie haben die Bekanntschaft des Sandmanns gemacht?«, fragte Aubrey, als sie durchs Tor waren.

»Zweifelst du daran?«

Alfonso und Marita Gomez waren lateinamerikanischer Abstammung und genauso wohlhabend wie die Acostas, nur dass sie ihr Geld mit Immobilien in Mexiko und nicht im Filmgeschäft verdienten. Sie hießen die beiden FBI-Agenten willkommen und baten sie, sie mit Vornamen anzureden. Dann boten sie ihnen etwas zu essen und zu trinken an und schlugen vor, draußen auf der Terrasse zu essen, von wo man aufs Meer schauen konnte.

»Haben Sie irgendwelche neuen Informationen?«, fragte Alfonso. »Im Laufe der Jahre habe ich eine ganze Reihe von Privatdetektiven engagiert, doch keiner von denen ist der Lösung des Falles auch nur nahe gekommen.«

»Wir hoffen sehr, das zu ändern«, erwiderte Sarah und nahm von Marita einen *Bizochito* zu ihrem Tee. »Gibt es irgendetwas, was sich nicht in Ihrer Aussage findet? Etwas, woran Sie sich erst später erinnert haben?«

»Egal was«, fügte Aubrey hinzu. »Egal wie unbedeutend es Ihnen erscheint.«

Alfonso schaute fragend zu seiner Frau. Die schüttelte den Kopf, und Alfonso zuckte mit den Schultern. »Nichts, was mir auf Anhieb einfallen würde«, sagte er.

»Haben Sie seit der Rückkehr Ihres Sohnes irgendwelche Anrufe erhalten?«, fragte Sarah. »Anrufe, in denen man bestimmte Dinge von Ihnen verlangt hat?«

»Nein«, antwortete Alfonso. »Keine Anrufe.«

»Darf ich Sie fragen …« Sarah hielt kurz inne und suchte nach den richtigen Worten. »Wie war die Beziehung zu Ihrem Sohn, bevor er entführt wurde?«

Alfonso senkte den Blick. Seine Miene war schwer zu deuten. Seine Frau legte ihm eine Hand auf die Schulter und flüsterte ihm etwas auf Spanisch zu.

Als Alfonso wieder sprach, klang seine Stimme sanfter. »Es war eine sehr schlimme Zeit, Agentin Reilly. Ich stand unter großem Stress. Die Geschäfte liefen nicht gut, und wie mein Vater und sein Vater vor ihm habe ich Zuflucht im Alkohol gesucht. Ich trank zu viel, kam von der Arbeit und … manchmal ist mein Temperament dann mit mir durchgegangen.« Er rieb sich die großen Hände und nahm dann die Hand seiner Frau. »Doch dank Gottes Hilfe und einer Familientherapie haben wir seitdem einen weiten Weg zurückgelegt.«

Sarah lächelte Alfonso wissend an, griff in ihre Tasche, holte die Sanduhr heraus und hielt sie hoch. »Haben Sie so etwas schon mal gesehen?«

Marita Gomez zog die Hand aus der ihres Mannes, schlug sie vor den Mund und brach in hysterisches Schluchzen aus. Sie stand auf, entschuldigte sich und eilte ins Haus.

Alfonso erhob sich ebenfalls. »Ich glaube, Sie sollten lieber gehen.«

»Aber …«

»Sofort«, sagte Alfonso und winkte den beiden Agenten, aufzustehen. »Bitte, ich will nicht unsere Anwälte anrufen müssen.«

Jack und Alan trafen sich mit Sarah und Aubrey zum Mittagessen in einem Restaurant in der Nähe von Grauman's Chinese Theatre. Sie saßen an einem Außentisch, durch einen großen Sonnenschirm vor der Hitze geschützt.

»Lasst mich raten«, sagte Sarah. Der Gesichtsausdruck ihrer Kollegen war nicht zu übersehen. »Sie haben sich geweigert, mit euch zu reden, nachdem ihr die Sanduhr rausgeholt habt.«

»Das trifft nur auf das letzte Paar zu«, sagte Jack. »Es war ziemlich seltsam. Zuerst waren sie froh, uns zu sehen, und plötzlich hätten sie uns beinahe mit einem Tritt zur Tür hinausbefördert.«

»Was ist mit dem ersten Paar?«, fragte Aubrey.

»Nichts«, antwortete Alan. »Keine erkennbare Reaktion. Entweder sind sie die besten Lügner, die man sich vorstellen kann, oder sie haben noch nie etwas von dieser Sanduhr gehört.«

»Dann stimmt ihr beide also darin überein, dass das erste Paar nie etwas mit dem Sandmann zu tun hatte?«

Alan und Jack nickten.

»Okay, damit haben wir drei bestätigte Paare«, sagte Sarah. »Also ist er ein Serientäter.«

»Allerdings kein Serien*mörder*«, stellte Alan klar. »Die drei Entführungen fanden statt, bevor Milo gekidnappt wurde. Bis dahin ist stets alles glattgelaufen. Und wir können es zwar nicht mit Sicherheit sagen, aber vermutlich ist er in irgendeiner Form bezahlt worden. Dann, bei seinem bislang größten Coup, erwürgt er das Kind und schlägt ihm den Schädel ein. Was war passiert?«

Sarah schaute zu Alan. »Wir können nur vermuten, dass er gestört wurde.«

»Aber *wie*?«, fragte Aubrey. »Ethan behauptet, er habe etwas gehört, aber nichts gesehen. Ansonsten hat niemand im Haus überhaupt etwas bemerkt. Und wenn sie ihn nicht gestört haben, was ist *dann* passiert, verdammt noch mal?«

Das war eine gute Frage, und niemand hatte eine Antwort parat.

»Vielleicht können wir die Familien ja doch noch überzeugen, mit uns zusammenzuarbeiten«, meinte Jack.

»Und wie?«, fragte Sarah.

»Nun ja, vielleicht nicht wirklich überzeugen, sondern eher … dazu nötigen. Ich meine, technisch gesehen behindern sie uns bei unseren Ermittlungen, indem sie nicht mit uns sprechen.«

»Ja, das würde sich bestimmt ganz toll in den Nachrichten machen«, sagte Aubrey und schüttelte den Kopf. »FBI bedrängt Eltern von Entführungsopfern.«

»Nein, die Idee ist gar nicht mal schlecht. Die Eltern haben doch alle Angst, richtig?«

Aubrey nickte widerwillig. »Richtig.«

»Sie haben Angst vor dem Sandmann, weil er mächtig ist … zumindest nehmen sie ihn so wahr. Wir müssen ihnen zeigen, dass er genau das eben *nicht* ist. Wir müssen ihnen zeigen, dass *wir* alles im Griff haben.« Sarah nahm ihr Handy und wählte eine Nummer, während die Kellnerin das bestellte Essen brachte. »Hallo?«, sagte Sarah. »Ist da die Presseabteilung? Ich bin Special Agent Sarah Reilly von der Sondereinheit für Entführungsfälle, Los Angeles … Ja, genau die … Ich möchte, dass sie im Büro am Wilshire Boulevard eine Pressekonferenz mit allen wichtigen Medienvertretern anberaumen. Bitten Sie sie um eine Liveübertragung sowie um stündliche Wiederholungen, solange sie wollen … Ja, gut … danke.« Sarah legte auf und nahm sich ihren Burger. »Wir werden sie doch davon *überzeugen*, mit uns zusammenzuarbeiten. Genau wie Jack vorgeschlagen hat. Indem wir ihre Wahrnehmung und die emotionale Reaktion manipulieren.« Sie biss mit Genuss in ihren Burger und bemerkte erst dann, dass alle sie anstarrten.

»Was ist?«, sagte sie mit halb vollem Mund und wischte sich ein wenig Soße aus dem Mundwinkel.

Bei der Pressekonferenz in Wilshire konnten die Anwesenden nur stehen, und Sarah und Aubrey gingen direkt zum Podium. Sie hatten die versammelten Journalisten fünfzehn Minuten lang warten lassen; obwohl sie deshalb ein wenig verärgert waren, war ihnen ihre Neugier deutlich anzusehen. Aubrey sah Hunger nach Informationen, Sarah sah Gier.

»Ich danke Ihnen, dass Sie gekommen sind«, begann Sarah. »Wie Sie vielleicht wissen, wurden Ethan und Rebecca Kane nicht offiziell als Verdächtige ausgeschlossen. Demzufolge ist in den Medien viel über ihre Schuld oder Unschuld spekuliert worden. An diesem Punkt der Ermittlungen sind sie zwar immer noch Verdächtige, aber ich muss betonen, dass sie auf ganzer Linie mit uns kooperiert haben.

Ich habe diese Pressekonferenz einberufen, weil das FBI die Hilfe der Öffentlichkeit benötigt, um einen Mann zu finden, den wir im Zusammenhang mit der Kane-Entführung sowie mindestens drei weitere Kindesentführungen im Großraum Los Angeles befragen möchten. In jedem dieser Fälle war eine wohlhabende und/oder einflussreiche Familie mit zwei Kindern das Ziel. Die Vorgehensweise des Entführers war in allen Fällen äußerst geschickt, was auf ein hohes Maß an technischem Können hindeutet.

Das FBI hat nun ein Profil erstellt, von dem wir hoffen, dass es bei der Identifizierung des Täters nützlich sein wird. Dieser Mann ist vermutlich von eher geringer Intelligenz und könnte unter einer oder mehreren Persönlichkeitsstörungen leiden, vermutlich, was sein Selbstwertgefühl und seine Männlichkeit betrifft. Er arbeitet in einem Beruf, der mehr nach Methodik als nach Kreativität verlangt. Außerdem nehmen wir an, dass er unter sexuellen Störungen in den Beziehungen zu Frauen leidet. Er ist Weißer und Ende zwanzig bis Mitte dreißig.

Sollte jemand Informationen über die Entführungen haben, möchten wir den oder die Betreffende dringend bitten, sich zu melden. Weitere Informationen werden Sie später am Tag auf der offiziellen FBI-Website finden sowie in einer Presseerklärung, die heute Nachmittag rausgehen wird. Ich danke Ihnen.«

Die Agenten verließen sofort den Raum, und die Journalisten folgten ihnen. Sie waren wenig beeindruckt.

»Das hat gesessen!«, bemerkte Jack, als Sarah und Aubrey in den Besprechungsraum kamen. »Falls der Sandmann bis jetzt keine Probleme mit seinem Selbstwertgefühl gehabt haben sollte, hat sich das jetzt geändert.«

»Glaubst du, er wird den Köder schlucken?«, fragte Alan.

»Es wäre nicht schlecht, wenn er eine Dummheit begeht«, antwortete Sarah, »aber ich wollte einfach nur in die Nachrichten und ihm auf diese Weise ins Gesicht springen. Soll er ruhig erfahren, dass wir es wissen. Das Wichtigste ist allerdings, dass unsere drei Paare mich gesehen haben. Vielleicht gibt das einem von ihnen ja genug Selbstvertrauen, mit uns zu reden.«

Ihr Hauptproblem war – das wusste Sarah –, dass der Sandmann sich äußerst effektiv gegen laufende Ermittlungen geschützt hatte. Er hatte jeden im Griff, der dem FBI irgendwie von Nutzen hätte sein können. Owen Patterson war in den Untergrund gezwungen worden; Haldermann war Gott weiß wo, und sämtliche Entführungsopfer mussten schweigen. Und von ein paar Haaren abgesehen hatte der Täter nicht die geringste Spur hinterlassen.

Sarah hasste es, sich aufs Glück verlassen zu müssen, aber sie brauchte einen Durchbruch. Wenn nur ein einziger Stein sich aus der Mauer löste, die der Sandmann um sich herum errichtet hatte, würde sie ihn finden. Davon war sie fest überzeugt.

36

»Ich habe etwas für Sie.« Veronica Hudson hatte die Stimme gesenkt, obwohl sie nur miteinander telefonierten, sodass Sarah befürchtete, dass die Chefin der Opferbetreuung keine guten Neuigkeiten hatte. »Sarah? Sind Sie noch dran?«

»Ja. Sprechen Sie weiter.« Sarahs Stimme war ruhig, doch sie gestikulierte wild zu Aubrey, der gerade den Kopf ins Zimmer gesteckt hatte, um gute Nacht zu sagen. Er kam herein und setzte sich, um zuzuhören.

»Ich sollte Ihnen das eigentlich nicht sagen«, fuhr Veronica fort, »aber Meade will das Ganze unter den Teppich kehren, und das kommt mir einfach nicht richtig vor …«

»Was hat er getan?«

»Nicht er. Eli Haldermann. Der Manager der Kanes.«

»Hat jemand Informationen über ihn? Meade?«

»Nein, Meade ist nicht in L. A., sondern irgendwo im Norden. Vor morgen früh ist er nicht da, und er will nicht, dass das FBI oder sonst jemand davon erfährt.«

Was erfährt?, schrie es in Sarahs Innerem, doch sie wollte die Psychologin nicht drängen.

Veronica atmete tief durch. »Sie haben ihn. Eli Haldermann. Er wurde auf dem Pacific Coast Highway verhaftet, weil er wie ein Irrer gerast ist. Im Augenblick halten sie ihn wegen diverser Verkehrsverstöße auf dem Polizeirevier in Long Beach fest.«

»Ich danke Ihnen, Veronica, dass Sie das Risiko mit uns eingegangen sind.«

»Ich habe ein immer größeres Interesse daran herauszufinden, wer Milo ermordet hat. Ich hoffe, ich konnte Ihnen helfen.«

Sarah legte auf und schaute zu Aubrey. Der blickte sie neugierig an.

»Weißt du, wo in Long Beach die Polizeiwache ist?«

»Ich glaub schon«, antwortete Aubrey. »Warum?«

»Weil das gerade Veronica Hudson war. Sie hat mir gesagt, dass man Haldermann dort festhält. Woher weiß sie das eigentlich?« Sarah schüttelte den Kopf. »Egal. Wir müssen dorthin und mit ihm reden.«

Der Mustang schoss aus der Tiefgarage und auf den Wilshire Boulevard. Blaulicht und Sirene waren eingeschaltet. Der Verkehr war ein Albtraum, besonders die Auffahrt zum San Diego Freeway, doch die meisten Fahrer machten den beiden FBI-Agenten rasch Platz.

»Wie willst du diesmal vorgehen?«, fragte Aubrey. »Allen Berichten zufolge ist der Kerl der perfekte Politiker.«

»Ich hab schon eine Idee«, antwortete Sarah und jagte um eine Kurve.

Aubrey hielt sich am Türgriff fest. »Ist die auch legal?«

»Sie ist zumindest nicht illegal.«

»Und ist sie moralisch vertretbar?«

Diesmal antwortete Sarah nicht.

Als sie eintrafen, leugnete der diensthabende Sergeant, dass Haldermann da sei, bis Sarah wütend den Bezirksstaatsanwalt anrief und dem Beamten das Handy reichte. Was immer der DA zu dem Mann sagte, es funktionierte, denn sie wurden direkt zu einem der hinteren Büros geführt.

Sarah schaute den Sergeant an. »Macht es Ihnen etwas aus, wenn ich den mal eine Minute benutze?«, fragte sie und deutete auf einen Computer.

»Bedienen Sie sich. Ich habe keine Lust, heute Abend noch einmal mit dem DA zu plaudern.«

Sarah setzte sich an den Rechner und begann zu tippen. Eine Minute später ging sie an einen Drucker, um sich das Ergebnis ihrer Arbeit zu holen. Sie nickte dem Cop zu, und die beiden Agenten folgten ihm durch den Gang zu einer Tür, die er aufschloss und für sie öffnete.

In dem Raum befanden sich ein Tisch, vier Stühle und eine Kontrolltafel für Aufnahmegeräte. Zwei Stühle waren besetzt. Auf dem einen saß ein kleiner dunkelhäutiger Mann in gestärktem Anzug und Krawatte – der Anwalt, vermutete Sarah. Der andere hätte schlank und elegant ausgesehen, wäre seine Kleidung nicht zerknittert und vollgekotzt gewesen. Sein Gesicht war ausgemergelt, die Augen blutunterlaufen.

Sarah und Aubrey setzten sich den beiden Männern gegenüber, und Sarah legte ein Stück Papier auf den Tisch, sodass Haldermann es lesen konnte. Schließlich holten sie ihre Dienstmarken heraus.

Der Anwalt räusperte sich. »Es war ausgemacht, dass mein Mandant bis morgen früh mit niemandem sprechen wird, und selbst dann nur mit einem höheren Beamten des LAPD.«

»Nun, unglücklicherweise waren Ihre Informationen falsch, Mister …?«

»Woodger.«

Haldermann betrachtete Sarah in misstrauischem Schweigen.

»Sie sind äußerst schwer zu fassen, Mr. Haldermann«, bemerkte Sarah. »Ich will schon seit Tagen mit Ihnen sprechen.«

»Tatsächlich?«, krächzte Haldermann.

»Ja. Ich glaube, Sie können mir sehr gut weiterhelfen.«

»Wie kommen Sie darauf?«

»Weil ich vermute, dass Sie irgendwie in die Entführung von Milo Kane verwickelt sind.«

»Das ist eine Frechheit!«, erwiderte Haldermann, und Speicheltropfen erschienen auf seiner Unterlippe. »Wie können Sie es wagen …«

»Ich glaube nicht, dass Sie damit gerechnet haben, dass dem Jungen etwas passiert. Ich vermute viel eher, dass Sie als Gegenleistung für Ihre Kooperation darauf bestanden haben, dass er unverletzt bleibt.«

Haldermann schaute zu seinem Anwalt. »Ich muss mir das nicht anhören.«

Sarah drehte sich zu Aubrey um. »Wie steht es mit der Überführung ins Bezirksgefängnis?«

Der Anwalt schaute Sarah stirnrunzelnd an. »Mein Mandant wird diese Nacht nicht hier untergebracht?«

»Ein Bundesfall hat Vorrang gegenüber den Fällen des LAPD. Ich will, dass dieser Mann überführt wird. Das ist die übliche Vorgehensweise, Mr. Woodger. Er wird dort genauso sicher sein wie hier – oder so unsicher, wie es aussieht.«

»Wovon reden Sie?«

Sarah schob Haldermanns Anwalt das Stück Papier zu. »Das hier ist die Abschrift einer kodierten Botschaft, die vor einem Tag durch Anstalten im ganzen Staat gegangen ist. Wir nehmen an, dass es sich um eine Art Bulletin handelt, in dem die Gefängnisgang, die man Arische Bruderschaft nennt, ihre Mitglieder auf dem neuesten Stand hält.«

Haldermann und sein Anwalt beugten sich vor, um den Text zu lesen.

BRÜDER!

Es ist uns zu Ohren gekommen, dass sich ein MÖRDERISCHER JUDE mit Namen ELI HALDERMANN, der das REIN ARISCHE KIND Milo Kane getötet hat, auf der Flucht vor den Behörden befindet.

Irgendwann wird man ihn finden und einsperren. Solltet ihr seiner habhaft werden, ist es eure PFLICHT als treue Mitglieder der Bruderschaft, diese Nation von solchem Ungeziefer zu befreien. TÖTET IHN!

WHITE POWER!

Haldermann wurde kreidebleich. »Ich bin nicht mal Jude!«

»Ich fürchte, diese Typen werden Ihnen nicht die Zeit geben, das zu beweisen«, erwiderte Sarah.

»Das ist Erpressung!«, sagte der Anwalt wütend. »Sie wollen meinen Mandanten nötigen!«

»Nein«, entgegnete Aubrey. »Wir sind verpflichtet, den Rechtsbeistand vor allen Gefahren zu warnen, die seinem Mandanten drohen. In diesem Fall könnten ihm einige Schwierigkeiten bevorstehen.«

»Dann bringen Sie ihn an einen sicheren Ort«, stieß der Anwalt hervor.

»Und wo soll das sein?«, fragte Sarah. »Mitglieder der Arischen Bruderschaft gibt es in jedem Gefängnis im ganzen Land. Außerdem brauchen wir einen Gerichtsbeschluss, um Mr. Haldermann in Schutzhaft zu nehmen. Aber im Augenblick ist er bloß ein Verkehrsrowdy, der sich die Klamotten vollgekotzt hat. Ich sehe keinen Grund, warum er in irgendeiner Form eine Sonderbehandlung verdient hätte.«

Haldermann starrte Sarah lange Zeit an. Sie lächelte.

»Ich will einen Deal«, sagte er schließlich. »Heute Nacht noch. Unterschrieben und besiegelt vom Büro des DA. Und ich will vollen Schutz.«

»Das hängt alles davon ab, was Sie uns zu sagen haben«, erwiderte Sarah.

»Was wollen Sie wissen?«

Sarah beugte sich vor und verschränkte die Finger auf dem Tisch. »Erzählen Sie mir von Owen Patterson.«

»Er war ein Riesenesel.«

»Sie haben Malcolm Ash angeheuert, um ihn zu töten.«

»Blödsinn«, erwiderte Haldermann und wandte sich ab.

»Sie hätten nicht in der Vergangenheitsform von ihm sprechen sollen, Eli.« Sarah seufzte und tat so, als wolle sie den Raum verlassen. »Na ja, wenigstens wissen wir jetzt, dass wir auf der richtigen Spur sind.«

»Ist ja schon gut! Ja, ich habe Ash kontaktiert und ihm gesagt, er soll sich um Patterson kümmern. Aber das habe ich für jemand anderes getan.«

»Das dachte ich mir schon«, erwiderte Sarah. »Und das allein wird verhindern, dass Sie wegen Verschwörung zum Mord in den Knast wandern. Patterson lebt noch.«

Haldermann wirkte überrascht.

»Stattdessen hat Mr. Ash ins Gras gebissen.«

»Er ist nicht aufgetaucht, um sein erstes Geld abzuholen. Da habe ich schon vermutet, dass irgendetwas …«

»Wer hat Ihnen den Auftrag erteilt, ihn anzuheuern?«, fragte Aubrey.

Haldermann lächelte, zwang die dünnen Lippen nach oben und kniff die geröteten Augen zusammen.

»Spielen Sie keine Spielchen mit uns, Eli!«, forderte Sarah.

»Ich werde Ihnen erst etwas sagen, wenn ich das Papier sehe, das mir Immunität garantiert.«

Für kurze Zeit hatte Sarah ihn in die Ecke getrieben, doch nun hatte er die Kontrolle wiedererlangt. Und er wusste es. Es war Zeit, die Taktik zu ändern.

»Hatten Rebecca Kane und Owen Patterson eine Affäre?«, fragte Sarah.

Haldermann stieß ein kurzes, lautes Lachen aus. Er war erleichtert über den Themenwechsel. »Ethan hat das jedenfalls geglaubt.«

»Ethan Kane hat geglaubt, seine Frau schläft mit Patterson?«

Haldermann nickte. »Deshalb hatte er mich ja angewiesen, Patterson zu feuern.« Er lehnte sich im Stuhl zurück. Nun schien ihm die Aufmerksamkeit zu gefallen. »Er hat mir gesagt, ich solle ihn aus der Stadt jagen.«

Sarah war nicht überrascht, dass Ethan sie wieder belogen hatte, allenfalls besorgt darüber, dass es ihm so überzeugend gelungen war. »Dann hat Ethan Ihnen also den Auftrag gegeben, Patterson umbringen zu lassen?«

Haldermann zeigte wieder sein dünnlippiges Lächeln. »Haben Sie diesen Fetzen Papier schon, Agentin Reilly?«

»Erzählen Sie uns von der Nacht, in der Milo Kane ermordet worden ist«, forderte Sarah ihn auf und wechselte erneut das Thema.

»Ich war zu Hause, im Bett, als Rebecca mich anrief. Sie sagte, es sei etwas Schreckliches passiert, und ich soll sofort rüberkommen.«

»Sie hat nicht gesagt, dass Milo entführt worden ist?«, hakte Aubrey nach.

»Nein, nur dass etwas passiert ist.«

»Was haben Sie dann getan?«

»Ich habe mich angezogen und bin rübergefahren.«

»Ich habe ein paar Fotos gesehen, die Sie an diesem Morgen zeigen«, sagte Sarah. »Sie sahen in dem Anzug ziemlich schick aus. Es ist schon komisch, wenn jemand so früh am Morgen so toll zurechtgemacht ist, finden Sie nicht?«

Eli lachte. »Tut mir leid, aber soll das eine Frage sein?«

Sarah antwortete nicht darauf.

»Was ist passiert, als Sie im Haus eingetroffen sind?«, fragte Aubrey.

»Rebecca hat mich an der Tür empfangen. Ethan suchte offensichtlich gerade mit Hal Vasquez das Grundstück nach Milo ab – Vasquez war übrigens betrunken –, und deshalb habe ich die beiden erst einmal nicht gesehen. Ich habe mich mit Rebecca in die Küche gesetzt und gewartet, bis sie zurückgekommen sind.«

»Und in der ganzen Zeit haben Sie nicht die Behörden verständigt?«, fragte Sarah.

»Das kam mir ein wenig voreilig vor.«

»Selbst nachdem Sie den Erpresserbrief gelesen haben?«

»Hätten Ethan und Vasquez Milo irgendwo auf dem Anwesen gefunden, hätte es keinen Grund dafür gegeben, die Polizei hinzuzuziehen.«

»Abgesehen davon, dass man die Behörden auch über eine versuchte Entführung hätte informieren sollen«, korrigierte ihn Aubrey.

»Ja, natürlich, da haben Sie recht. In jedem Fall habe ich sie sofort angerufen, als Ethan und Vasquez ohne den Jungen zurückgekommen sind.«

»Wo waren Sie in der Nacht, bevor Rebecca Sie angerufen hat?«, fragte Sarah.

»Ich war auf derselben Aftershowparty wie die Kanes. Dann haben mich zwei liebreizende Jungschauspielerinnen nach Hause begleitet. Ich freue mich, sagen zu können, dass sie mir auch den Rest des Abends Gesellschaft geleistet haben.«

»Sind Sie in der Lage, uns die Namen der beiden Glücklichen zu geben?«, fragte Sarah und bemühte sich, ihren Sarkasmus im Zaum zu halten.

»In der Tat.«

Sarah klopfte mit den Fingern auf den Tisch. Sie war in einer Sackgasse angelangt. »Ich werde Sie wissen lassen, was der DA sagt«, erklärte sie, nahm das Stück Papier und ging zusammen mit Aubrey zur Tür. Auf der Schwelle blieb sie noch einmal stehen und schaute über die Schulter zurück. »Wer hat eigentlich Ihre Wohnung verwüstet?«

Einen kurzen Augenblick war Haldermanns Selbstsicherheit wie weggeblasen. »Da kann ich nur raten, genau wie Sie.« Er öffnete den Hemdkragen und entblößte einen großen blauen Streifen, der um seinen Hals herumführte. »Aber ich weiß, dass er mich nicht ausrauben wollte.«

Paul Forrester setzte sich im Bett auf, klemmte den Hörer zwischen Schulter und Kopf und rieb sich die Augen. »Ich kann dir die Schutzhaftanordnung heute Nacht nicht mehr besorgen, Sarah. Du wirst warten müssen, bis der DA sie morgen früh unterschreibt.«

»Kannst du sie nicht unterschreiben?«, fragte Sarah. »Wir sind noch immer in Long Beach.«

»Ich weiß dein Vertrauen in mich zu schätzen«, erwiderte Paul, »aber denk mal darüber nach, was du da verlangst. Du willst einen geständigen Komplizen bei einem Mordkomplott Schutz und Immunität geben, um dir seine Aussage gegen einen Serienentführer zu sichern.«

»Und einen Mörder.«

Paul seufzte. »Bist du dir überhaupt sicher, dass er etwas weiß, was dir weiterhelfen kann? Was hat er dir bis jetzt denn erzählt?«

»Er führt uns an der Nase herum«, antwortete Sarah. »Er steht immer wieder kurz davor und macht dann einen Rückzieher. Er will uns wissen lassen, dass er etwas hat, aber er ist nicht dumm genug, es uns zu zeigen, bevor wir uns nicht verpflichtet haben.«

»Na schön. Ich werde morgen in aller Frühe ins Büro gehen und die entsprechenden Papiere aufsetzen, damit der DA sie nur noch unterschreiben muss.«

»Danke, Paul«, sagte Sarah. »Ich weiß deine Hilfe wirklich zu schätzen.«

»Was auch immer du brauchst, Sarah.«

Sarah bemerkte eine gewisse Schärfe in seinem Tonfall

und legte auf. Schuldgefühle überkamen sie. Sie richtete den Blick wieder auf den schier endlosen Verkehr auf dem West Broadway. Unter anderen Umständen hätte sie ihre Gefühle für Paul vielleicht weiter ergründet, doch im Augenblick war keine Zeit dafür.

37

Am folgenden Morgen kehrten Sarah und Aubrey zur Polizeiwache in Long Beach zurück. Sie kamen gerade noch rechtzeitig, um zu sehen, wie der Leichensack auf einer Bahre zu einem wartenden Krankenwagen gerollt wurde.

»Oh, verdammt!« Sarah schlug mit der Faust gegen die Wagentür, wobei sie sich die Knöchel verletzte. Sie wusste, was passiert war. »Wir waren *so* nahe dran. Haldermann hat irgendetwas gewusst.«

»Ja, er war unsere goldene Gans«, sagte Aubrey und schaute auf Sarahs Hand. »Alles okay?«

»Ich glaub schon.«

»Lass mal sehen.« Vorsichtig untersuchte Aubrey jeden Finger.

Es war ein distanzierter, beinahe klinischer Akt, doch seine Hände waren warm und seine Sorge echt. Sarah lächelte ihn an.

Sie erfuhren vom diensthabenden Sergeant, dass Eli Haldermann nach ihrer Abfahrt in die Ausnüchterungszelle zu den anderen Säufern gesteckt worden war, die man in jener Nacht am Strand eingesammelt hatte. Ein paar weitere Kriminelle, größtenteils Vandalen und Autodiebe, kamen in den folgenden Stunden hinzu. Als der Sergeant dann irgendwann hereinkam, um die Säufer an die Luft zu setzen, fand er Haldermann tot vor. Er hockte auf einer Bank in der Ecke, die Kehle professionell von einem Ohr zum anderen durchgeschnitten. Die Tatwaffe, ein Messer mit kurzer Klinge, lag unter der Leiche auf dem Boden.

Keiner der beiden Agenten war überrascht, dass niemand in der Zelle etwas gehört oder gesehen hatte.

»Und was jetzt?« Aubrey lehnte sich gegen den Wagen und verschränkte die Arme vor der Brust.

Sarah starrte auf den Boden, schirmte die Augen mit der rechten Hand vor der Sonne ab und spielte mit den Schlüsseln in ihrer Linken. »Der Kerl hat tierische Angst, etwas unerledigt zu lassen.«

»Was du nicht sagst.«

»Und er ist nicht der Einzeltäter, für den wir ihn gehalten haben. Er benutzt andere Menschen.«

»Patterson, Haldermann, Ash …«

»Patterson hat Vikky Cole gesagt, dass er auf etwas gestoßen sei. Auf etwas sehr Profitables.«

»Er kennt den Lebensstil der Kanes besser als jeder andere, und als man ihn feuert, ist er verbittert und will Rache.«

»Der Sandmann tritt an Patterson heran, doch dann ändert der seine Meinung. Also versucht er es bei Haldermann.«

»Oder er hat von Anfang an alle beide benutzt«, sagte Aubrey nachdenklich. »Haldermann schien das anzudeuten.«

»Wie wäre es damit? Der Sandmann benutzt Mittelsmänner, um mit den Familien Kontakt aufzunehmen, die Sanduhren abzulegen und so weiter. Aber das reicht noch nicht. Er braucht außerdem Informationen über die Bewegungen und Reaktionen der Eltern nach der Entführung …«

»Er braucht einen Insider.«

Sarah nickte aufgeregt und hob den Blick. »Was heißt, dass es eine Spur von Leichen geben muss. Wie gesagt – der Sandmann hasst es, Dinge unerledigt zu lassen. Vertraute, Geschäftspartner … oder ein Manager. Ein Wächter, der nach der Entführung alles von innen beobachtet.«

»Warum sollte Haldermann sich auf diese Art gegen die Kanes wenden? Er war schon seit Jahren ihr Manager.«

»Gier? Neid? Wir werden es vermutlich nie erfahren«, erwiderte Sarah. »Aber wenn wir Mordopfer finden, die den anderen Paaren nahegestanden haben, dann haben wir einen Hebel, sie zum Reden zu bringen.«

»Was ist aus dem sanften Ansatz geworden?«

»Vergiss es. Ich bin sicher, sie werden schon mit uns kooperieren, wenn ich ihnen Mittäterschaft bei einem Mord vorwerfe.«

»Aber was ist mit Lösegeld?«, fragte Aubrey. »Die Kids sind allesamt gesund wieder zurückgekehrt, und die Eltern haben den Sandmann nie bezahlt.«

Sarah schüttelte den Kopf. »Das wissen wir nicht, Aubrey. Sieh dir doch bloß mal an, was die Kanes mit der Halskette veranstaltet haben. Vielleicht war *das* ja die ganze Zeit die Beute.«

Aubrey schaute sie mit großen Augen an. »Du bist ein Ass.«

Jack entdeckte das erste Opfer. Ein ehemaliger Chauffeur von Mr. Acosta war einen Monat nach der Entführung südlich von San Diego in einem ausgebrannten Mietwagen gefunden worden. Sarah überflog den Bericht der Gerichtsmedizin. Treffer! Todesursache: zwei Kugeln in den Kopf.

Aubrey fand das nächste Opfer. Ein Kindermädchen war tot in einer Gasse in der Innenstadt gefunden worden. Zu dem Zeitpunkt hatte sie noch für die Familie Gomez gearbeitet. Wieder lautete die Todesursache: zwei Kugeln aus nächster Nähe in den Kopf.

»Sie kannte den Mörder«, sagte Alan leise. »Dem Bericht der Kriminaltechnik zufolge ist sie nicht von einem anderen Ort dorthin gebracht worden. Und man geht nicht mitten in der Nacht mit einem Unbekannten in so eine Gasse. Vermutlich dachte sie, nun endlich bezahlt zu werden.«

»Genau«, sagte Sarah. »Aber die Vorgehensweise ist seltsam. Unser Mann liebt es, seine Opfer zu ersticken. Klebeband um den Hals, erwürgen mit bloßen Händen. Warum nun diese Änderung?«

»Vielleicht gab ihm das Schießen nicht mehr den richtigen Kick«, bemerkte Jack.

»Zwei Schüsse in den Kopf … Das sind Gnadenschüsse«, sagte Aubrey. »Nein, er hat es nicht genossen. Er hat nur etwas erledigt … und zwar so, wie die Situation es erfordert hat.«

»Aber warum hat er dann in jedem Fall die Eltern am Leben gelassen?«, fragte Alan.

Sarah schaute ihn nachdenklich an. »Gute Frage.«

»Kommt es dir nicht auch seltsam vor«, sagte Aubrey, »dass die Kinder unserer beiden Paare große Probleme hatten, als sie entführt worden sind?«

»Unseres auch«, sagte Jack. »Das Mädchen war zwölf und stand kurz davor, in die Heroinsucht abzugleiten.«

»Und jetzt?«, fragte Sarah.

»Sie ist irgendwo in der Reha.«

»Das kann kein Zufall sein«, bemerkte Alan.

»Aber Milo Kane hatte keine Schwierigkeiten, oder?«, fragte Aubrey.

Sarah zuckte die Schultern. Niemand kannte die Antwort auf diese Frage. Das war ein ernüchternder Gedanke. In ihrem Beruf verbrachten sie weit mehr Zeit damit, den Täter zu verstehen, als das Opfer. »Okay«, sagte Sarah schließlich. »Ich werde das alles dem DA und Paul Forrester vorlegen. Wenn ich dann die Durchsuchungsbefehle habe, schlagen wir zu.«

»Bitte, treten Sie beiseite, Sir.« Jack schaute Mr. Acosta ausdruckslos an, der ungläubig auf das Stück Papier starrte, das der FBI-Agent ihm gegeben hatte. Jack drängte sich an ihm vorbei und begann mit den Schlafzimmern oben.

Auf der anderen Seite der Stadt durchsuchten Sarah und Aubrey eines der Schlafzimmer im Gästehaus der Familie Gomez. Das Haupthaus hatten sie bereits gründlich durchsucht, bis jetzt aber nichts gefunden, das ihnen weiterhalf. Marita Gomez, die Aubrey inzwischen liebevoll »Señora Hysteria« nannte, hatte sich seit ihrer Ankunft ins Schlafzimmer zurückgezogen und heulte wie ein Schlosshund. Das Jammern schien immer lauter zu werden, und allmählich bekamen die Agenten Kopfschmerzen davon.

Sarah schob die Schubladen einer Kommode zu. Als sie sich dann zu dem großen Kleiderschrank in der Ecke umdrehte, stürmte Marita mit panischem Blick ins Zimmer und baute sich vor Sarah auf, den Rücken zum Kleiderschrank. »Bitte, hören Sie auf«, stieß sie hervor. »Wir haben nichts Falsches getan. Wir sind hier die Opfer!«

»Das bezweifele ich ja gar nicht«, erwiderte Sarah. Sanft schob sie die Frau zur Seite und öffnete den Schrank. Darinnen befanden sich Stapel gefalteter Bettlaken. »Aber solange Sie und Ihr Mann nicht offen zu uns sind, werden wir uns nehmen, was wir brauchen.«

Marita setzte sich auf die Bettkante. Sie schniefte, weinte aber nicht und verfolgte nervös jede von Sarahs Bewegungen.

Sarah begann mit der obersten Ablage und fuhr mit der Hand zwischen den Laken hindurch. Beim vierten traf sie auf etwas Hartes. Sie hob die Laken hoch und schnappte nach Luft. »Aubrey!«, rief sie. »Komm mal her!«

Marita begann wieder zu heulen, als Aubrey ins Zimmer kam. Als er sah, was Sarah in der Hand hielt, lächelte er und hielt einen durchsichtigen Plastikbeutel auf.

Nun hatten die Bundesbehörden zwei Sanduhren in ihrer Asservatenkammer.

»Ich weiß nicht, wie das Ding dorthin gekommen ist«, protestierte Alfonso Gomez wütend. Er saß Sarah und Aubrey in einem der Verhörzimmer von Wilshire gegenüber. »Ich weiß nicht, was das mit der ganzen Sache zu tun hat. Wir haben nichts falsch gemacht.«

»Das stimmt«, antwortete Sarah. »Sie haben *nichts* gemacht. Irgendjemand hat Ihren Sohn entführt. Ihr eigenes Fleisch und Blut. Und jetzt helfen Sie dem Entführer? Was für ein Mann tut so etwas?«

»Ich weiß gar nicht, wovon Sie reden«, erwiderte Alfonso und weigerte sich, auf Sarahs Angriff auf seine Männlichkeit zu reagieren.

Sarah hatte schon des Öfteren mit lateinamerikanischen Männern zu tun gehabt, einige davon Verdächtige, und sie glaubte zu wissen, welche Knöpfe sie drücken musste. Sie tat es nicht gerne, aber jetzt war Schluss mit Samthandschuhen.

»Der Gerichtsmediziner vermutet«, sagte sie langsam und in sanfterem Tonfall, »dass der Mann, der Milo Kane getötet hat …« Sie ließ ihre Stimme verhallen.

»Vermutet was?«, fragte Alfonso. Sein Interesse war geweckt.

»Er vermutet, dass der Junge sexuell belästigt worden sein könnte.«

Alfonsos knallrotes Gesicht wurde aschfahl, und er beugte sich vor, um den Kopf in die Hände zu legen.

»Ist schon okay«, sagte Sarah und betete, dass der Anwalt des Mannes sich noch ein wenig Zeit ließ. »Sie haben getan, was Sie konnten. Es ist nicht Ihre Schuld.«

»*Asqueroso.* Er hat geschworen, dass er meinem Jungen

nichts angetan hat! Er hat es *geschworen* … Ich habe ihn schwören lassen, bevor ich ihm das Geld gezahlt habe.«

Bingo! Sarah empfand das seltene Gefühl, das einen überkommt, wenn aus Intuition Wahrheit wird. Es ging ihr durch den ganzen Leib. Die anderen Entführungen waren genauso gelaufen wie geplant. Ihre Gedanken überschlugen sich. Der Sandmann nimmt sich das Kind für kurze Zeit und bringt es dann unversehrt zurück. Während die Polizei noch ermittelt, lässt er die Sanduhr als Warnung und Drohung zurück: *Ich kann jederzeit wiederkommen.* Wenn die Polizei ihre Ermittlungen dann einstellt, verlangt er die Bezahlung. Die Eltern haben so große Angst, dass sie der Forderung nachkommen und Schweigen bewahren. Schließlich lässt der Sandmann das Geld von einem Kurier holen, der gar nichts weiß, und tötet den Insider.

»Erzählen Sie uns von dem Mann, mit dem Sie gesprochen haben«, forderte Aubrey Alfonso auf.

»Bitte, ich kann nicht …«

»Wir werden Sie beschützen, Alfonso«, versprach Sarah.

»Nein, Sie verstehen nicht. Ich kann Ihnen nichts sagen, weil ich nichts weiß. Er hat am Telefon ein Gerät benutzt, um seine Stimme zu verzerren. Als er nach Ende der Ermittlungen das Geld verlangt hat … Der Mann, mit dem ich mich getroffen habe, das war nicht er. Der hat gesagt, er sei nur ein Mittelsmann.«

»Alfonso«, sagte Sarah in beruhigendem Tonfall, »Sie haben gesagt, Sie hätten Privatdetektive beauftragt, um mehr über den Entführer Ihres Sohnes herauszufinden. Stimmte das?«

»Zum Teil. Das Kindermädchen wurde nicht lange nach der Entführung ermordet, und ich bin nervös geworden. Aber es hat nur einen Privatdetektiv gegeben, und als der irgendwo in der Wüste mit einer Kugel im Kopf gefunden wurde, hat meine Wut sich ziemlich schnell in Luft aufgelöst. Agentin Reilly, wir waren wie gelähmt …«

»Hat er vor seiner Ermordung irgendetwas von Interesse herausgefunden?«

Alfonso dachte kurz nach. Dabei starrte er auf seine Hände. Schließlich seufzte er und hob den Blick. »Es gibt da einen Mann, einen Nachbarn …«

38

Juan Philips schaute Sarah durch die Fliegengittertür hindurch an. »Ich habe den Kerl nur ein paar Mal gesehen«, sagte er. »Er hat das Anwesen der Gomez' beobachtet. Von seinem Wagen aus. Das kam mir seltsam vor.«

»Ja, da haben Sie wohl recht«, erwiderte Sarah. »Was ist Ihnen sonst noch an ihm aufgefallen?«

Philips zuckte mit den Schultern. »Er war scheinbar nur an den Wochenenden hier. Wie ich dem Privatdetektiv der Gomez' schon gesagt hatte: Man konnte die Uhr nach ihm stellen. Er kam früh am Samstagmorgen, dann noch einmal um die Mittagszeit und ein drittes Mal spät in der Nacht. Sonntag war es das Gleiche. Dann, am Montag – *puff!* – war er wieder weg. Bis zum nächsten Wochenende hat man ihn dann nicht mehr gesehen.«

»Was hat er für einen Eindruck auf Sie gemacht?«, fragte Sarah.

»Für mich sah er wie ein Polizist oder ein Privatdetektiv aus«, antwortete Philips, senkte verschwörerisch die Stimme und zwang Sarah so, sich näher zu ihm hin zu beugen. »Mr. Gomez hat am Wochenende immer gearbeitet oder war im Süden jenseits der Grenze. Mrs. Gomez war dann ganz allein. Vielleicht war sie ja einsam und hat die Situation genutzt.«

»Erinnern Sie sich noch gut genug an den Mann, um ihn einem unserer Zeichner zu beschreiben?«

Philips legte die Stirn in Falten und dachte über Sarahs

Frage nach. »Ich weiß es nicht«, antwortete er schließlich. »Vielleicht.«

Owen Patterson nahm einen kräftigen Zug von der Zigarette, als er aus dem Wagen stieg und über den Parkplatz zu der einzigen Kneipe in Shasta Lake ging, dem Double Deuce. Er sollte eigentlich nicht hier sein, aber sein Gastgeber war an diesem Morgen nach L. A. zurückgefahren, und Patterson hatte die Schlüssel für den anderen Wagen gefunden.

Er hatte eigentlich nicht viel vor. Er brauchte nur ein paar Sachen. Sein Gastgeber hatte nicht gerade Sinn für gutes Essen und noch weniger für harten Alkohol. Nun glaubte Patterson, dass er sich nach all dem Stress – und weil er so uneingeschränkt kooperativ gewesen war – eine kleine Belohnung verdient hatte. Was machte das auch schon? So weit von L. A. entfernt waren all die Vorsichtsmaßnahmen ohnehin sinnlos. Niemand wusste, dass er hier war, und so würde es auch bleiben. Niemand würde ihn hier finden. Dafür hatte sein Gastgeber gesorgt.

Pattersons Stiefel hallten laut auf dem Parkett, als er sich der Bar näherte. Er fragte nach einer Stange Marlboros, einer Flasche Johnnie Walker Red Label und einem Sixpack Coors. Während der Mann ins Lager ging, um die Sachen zu holen, wartete Patterson und schaute sich ein wenig in dem Laden um. Er bemerkte das Münztelefon hinter den Billardtischen. Zuerst hatte er es als riskant empfunden, das FBI-Weib, Reilly, aus einer lärmenden Bar anzurufen; doch sein Gastgeber hatte darauf bestanden, und was der Mann sagte, wurde gemacht.

Aber jetzt musste er sich um andere Dinge kümmern und würde für ein, zwei Tage nicht zurückkehren. Er setzte Dinge in Bewegung, entwarf Strategien – all der klammheimliche Scheiß, der dafür sorgen würde, dass Patterson für eine Weile von der Bildfläche verschwunden blieb.

Doch jetzt, hier, hatte er die Gelegenheit, die Dinge ein wenig voranzutreiben, um endlich wieder zurück in die Stadt und zu seinem Leben zu können. Reilly wollte den Fall endlich erledigt wissen; das hatte Patterson ihr angehört, als er mit ihr gesprochen hatte. Hätte sein Gastgeber ihn nicht gezwungen, ihr Rätsel statt Fakten zu nennen, würde sie vielleicht schon die ersten Verhaftungen vornehmen.

Der Barmann kam mit der Ware zurück, und Patterson zahlte in bar. Dann drehte er sich um und spielte mit dem Kleingeld in seiner Hand.

»Warten Sie mal!« Sarah legte die Hand auf die Sprechmuschel und wandte sich zu Jack um, der gerade mit einem gequälten Gesichtsausdruck in ihr Büro gekommen war. »Was ist los?«

»Acostas Anwalt verlangt, dass man seinen Mandanten jetzt, nachdem er seine Aussage gemacht hat, entlässt.«

»Ich werde ernsthaft darüber nachdenken«, sagte Sarah. »Im Augenblick bleibt er erst mal, wo er ist. Sonst noch etwas?«

Jack schüttelte den Kopf.

Sarah nahm die Hand wieder vom Handy. »Reilly.«

»Und noch einmal … Hallo, Agentin Reilly.«

Sarah bedeutete Jack, er solle eine Fangschaltung für ihr Handy schalten. »Owen Patterson. Wow! Sie verstehen es wirklich, ein Mädchen zu überraschen.«

»Ich habe tatsächlich eine Überraschung für Sie«, erwiderte er süffisant. »Ich werde Ihnen ein vorgezogenes Weihnachtsgeschenk machen.«

»Ich kann es kaum erwarten«, sagte Sarah und suchte in dem Chaos auf ihrem Tisch nach einem Stift.

»Zuerst aber möchte ich mich für das letzte Mal entschuldigen, als wir miteinander gesprochen haben. Ich wollte Ihnen wirklich alles sagen, aber mein Gastgeber ließ es nicht zu. Er mag Rätselspielchen.«

»Kein Problem. Die Regierung bezahlt mich schließlich dafür, Rätsel zu lösen. Woher rufen Sie eigentlich an, Owen?«

»Das ist jetzt egal. Wir müssen über Wichtigeres reden, meinen Sie nicht auch?«

Sarah wusste nicht, wo sie anfangen sollte. Dann wurde es ihr mit einem Mal klar. »Haben Sie mit Rebecca Kane geschlafen?«

»Was? Nein! Na ja, schon … aber nur ein einziges Mal.«

»Sind Sie deshalb gefeuert worden?«

»Nein«, antwortete Patterson. »Ich wurde gefeuert, weil ich herausgefunden hatte, dass sie mit Haldermann fickt.«

Sarah hätte überraschter sein müssen, als sie es tatsächlich war, doch das hier war L. A. »Hat irgendjemand Sie vor der Entführung des Jungen für Informationen über die Kanes bezahlt?«

»Jemand hat es mir angeboten, ja. Aber ich habe nie einen Cent gesehen, weil ich den Job nicht übernehmen wollte.«

»Wer hat es Ihnen angeboten? Und worum genau ging es?«

»Immer mit der Ruhe, Sarah. Der Weihnachtsmann kommt zu denen, die geduldig warten.«

»Wir müssen Sie wieder in die Stadt bringen.«

»Woher wollen Sie wissen, dass ich nicht schon längst dort bin?« Patterson lachte leise. »Ernsthaft, Sarah: Warum die Eile? Ich werde wieder nach L. A. zurückkommen, sobald Sie den Scheißkerl geschnappt haben, der die Kinder entführt. Ich hoffe, Sie haben einen Stift zur Hand.«

»Ja.« Sarahs Hand zitterte.

»Ich kenne seinen vollen Namen, aber er arbeitet …«

Ein gedämpftes Husten war in der Leitung zu hören, dann ein lautes metallisches Klappern, das Sarah zwang, eine Sekunde lang das Telefon vom Ohr zu nehmen.

»Patterson? Hallo?« Sarah hielt den Stift zwischen Daumen und Zeigefinger und drückte unbewusst ein tiefes Loch in ihren Notizblock. »Sagen Sie mir seinen *Namen.*«

Nichts.

Dann Atmen. Langsam und gleichmäßig.

Jemand hörte zu.

Sarah lief es eiskalt über den Rücken.

»Hallo, Sandmann«, flüsterte sie.

Dann erschrak sie.

Der Hörer war mit voller Wucht aufgeknallt worden, und das Freizeichen summte laut in ihrem Ohr.

Als Sarah den Blick hob, sah sie unzählige Gesichter in der Tür. Offenbar hatte das halbe Büro das Gespräch mit angehört.

Sarah deutete auf Jack. »Ich will die Fangschaltung. *Sofort!*« Der junge Agent verschwand den Flur hinunter. »Alan, Aubrey – holt eure Jacken. Wir müssen dort sein, bevor die Leiche kalt ist.«

39

Als der FBI-Helikopter auf dem fast leeren Parkplatz neben dem Double Deuce landete, wirbelte er so viel Staub auf, dass der County Sheriff und seine Deputys ihre Gesichter schützen und ihre Hüte festhalten mussten. Es war ein langer Flug gewesen, mit einem Tankstopp in San Francisco.

Sarah war als Erste aus dem Hubschrauber und drückte dem Sheriff bereits die Hand, bevor die anderen sich auch nur abgeschnallt hatten. Sie stellte ihr Team vor, während das Triebwerk langsam verstummte. Der Sheriff, ein kahler, leicht untersetzter Mann mit Namen Jonas, führte sie in die Bar.

Alan verschwendete keine Zeit. Er ging direkt zu der Leiche, zog Patterson das Hemd hoch und schob ihm ein Thermometer durch die Haut bis in die Leber. Dann wandte er sich den Wunden an Pattersons Schläfe zu. Es waren zwei runde Einschusslöcher; Austrittswunden gab es nicht. Der Größe nach zu urteilen, tippte er auf Kaliber .22, vermutlich mit einem Schalldämpfer.

Sarah beugte sich über Alans Schulter. »Zwei Schüsse, dicht beieinander. Wirklich sehr ordentlich und professionell.«

»Ich bezweifle, dass Patterson gewusst hat, was ihn da trifft. In der einen Sekunde hat er noch mit dir geredet, und in der nächsten …«

»Und in der nächsten ist das Licht erloschen.« Sarah schüttelte den Kopf. »Passt der Todeszeitpunkt zum Anruf?«

Alan zog das Thermometer heraus und nickte.

Sarah schaute zum Sheriff. »Hat jemand etwas beobachtet?«

»Der Barmann war hier, war zu dem Zeitpunkt aber gerade im Lager. Er sagt, er habe niemanden gesehen.«

»Welcher von denen hier ist er?«, fragte Sarah.

Der Sheriff deutete auf einen Mann, der mit zwei Officers in der Ecke saß.

»Danke. Jack? Gibt es hier irgendetwas, womit du was anfangen kannst?«

Jack schüttelte den Kopf. »Ich habe mit dem Besitzer gesprochen und bin ein bisschen herumgelaufen. Nichts. Selbst der Geldautomat draußen ist ein altes Modell ohne Kamera.«

Sarah zog sich Latexhandschuhe an und begann mit Pattersons Taschen. Abgesehen von etwas Wechselgeld und Kaugummipapier fand sie nichts.

»Er muss hier irgendwo einen Wagen haben.« Sarah ging zum nächsten Ausgang.

Tatsächlich fanden sie am Rand des Parkplatzes einen Wagen, der sehr wahrscheinlich Patterson gehörte, denn auf dem Armaturenbrett lag zusammengeknülltes Kaugummipapier derselben Marke, die Sarah bei dem Toten gefunden hatte. Sheriff Jonas ging Sarah zur Hand und brach die Tür für sie auf.

Sarah durchsuchte den Wagen. Sie begann vorne, machte dann auf der Rückbank weiter und wandte sich schließlich Koffer- und Motorraum zu. Nichts. Keine Karten, keine Wagenpapiere. Sogar die Motornummer war weggeätzt worden.

»Vermutlich gestohlen«, bemerkte Aubrey, als Sarah die Motorhaube zufallen ließ. »Und er ist sauber. Irgendjemand, der wusste, was er tat, hat darauf geachtet – für den Fall, dass man ihn schnell abstoßen musste. Und wenn die Motornummer fehlt, kannst du davon ausgehen, dass für die Fahrgestellnummer das Gleiche gilt.«

»Okay. Der Barmann kommt mit uns nach L. A. Juan Philips dürfte inzwischen mit dem Zeichner fertig sein. Wir zeigen dem Zeugen die Zeichnung; vielleicht erkennt er ihn ja. Womöglich ist es jemand, der schon mal in der Bar war. Fremde fallen immer auf.«

Alan Thrace beobachtete mit zur Seite gelegtem Kopf, wie der Helikopter vom Typ Gazelle in Richtung Süden abdrehte. Mit dem Barmann im Schlepptau war kein Platz mehr gewesen, und Alan hatte sich freiwillig gemeldet, allein zurückzufahren. Sheriff Jonas hatte ihm angeboten, ihm eine Unterkunft für die Nacht zu besorgen, doch Alan hatte freundlich abgelehnt. Er zog es vor, sich einen Wagen zu mieten und sofort auf die Interstate zu fahren. Unterwegs würde er sich etwas zu essen besorgen.

Es war Alan gelungen, eine große neue Limousine zu beschaffen, und nun genoss er die Fahrt; das Radio war auf eine Easy-Listening-Station eingestellt, und die Klimaanlage funktionierte perfekt. Endlich hatte er Zeit, ein wenig nachzudenken und sich zu entspannen.

Doch die Reihen der Pinienbäume an der gewundenen Straße hatten etwas Hypnotisierendes, und da kaum Verkehr herrschte, hatte Alan alsbald Schwierigkeiten, wach zu bleiben. Er schaltete durch die Radiosender und fand lautere, schnellere Musik. Das half ihm, sich wieder zu konzentrieren – jedenfalls für kurze Zeit.

Der Hubschrauber landete auf dem Dach des FBI-Gebäudes am Wilshire Boulevard. In ihrem Büro erfuhr Sarah, dass Juan Philips nur eine Stunde mit dem Zeichner verbracht hatte. Sie verdrehte die Augen. Offenbar hatte er nach Hause gemusst, um seine Hunde zu füttern.

Sie beauftragte Jack, für die Unterbringung des Barmanns

zu sorgen, und schickte dann alle nach Hause. Sie wollte, dass am nächsten Tag jeder ausgeruht war – Zombies waren nicht gerade effektiv. Als sie zu ihrem Hotel zurückfuhr, dachte sie an Alan, der hoffentlich genug Verstand hatte, irgendwo ein paar Stunden zu schlafen.

In der Ruhe und Einsamkeit ihres Hotelzimmers drehten sich Sarahs Gedanken noch um die unterschiedlichen Erklärungsmöglichkeiten. Sie nahm ein heißes Bad im Whirlpool des Hotels, um zu entspannen. Während die Wasserstrahlen ihre müden Glieder massierten, gelang es ihr tatsächlich, für kurze Zeit abzuschalten.

Zehn Minuten, nachdem er an einer Raststätte eine Pause eingelegt und sich einen Hamburger und einen Becher Kaffee genehmigt hatte, kämpfte Alan erneut gegen die Müdigkeit. Er wollte so schnell wie möglich wieder bei seinem Team in Los Angeles sein. Er wollte nichts verpassen, nicht jetzt, wo sie der Lösung des Rätsels so nahe waren. Als er um eine Kurve bog, sah er einen Wagen schräg am Straßenrand stehen. Das Heck war noch auf dem Asphalt, die Front bereits auf dem Seitenstreifen. Als Alan näher kam, sah er im Scheinwerferlicht Bremsspuren auf der Straße. Ganz offensichtlich war hier etwas passiert, denn Rück- und Bremslichter des Wagens brannten noch.

Alan verlangsamte das Tempo, als er an dem Wagen vorbeifuhr. Dabei bemerkte er, dass jemand das linke Vorderrad wechselte. Da anscheinend nur ein Reifen geplatzt war, hielt Alan nicht an. Der Fahrer würde schon alleine zurechtkommen. Er wandte seine Aufmerksamkeit wieder der Straße zu und gab Gas. Kaum eine Sekunde später warf der Schlag, der die Windschutzscheibe zerfetzte, seinen Wagen auf die andere Straßenseite und direkt gegen einen Baum.

Alan stöhnte. Er spürte Blut aus einer tiefen Wunde an seinem Kopf sickern. Langsam wich die Luft aus dem Airbag, sodass Alan aufs Lenkrad sackte. Er stand unter Schock und war schwer verletzt, konnte aber noch klar denken. Er erinnerte sich an den Moment vor dem Unfall, als wäre alles in Zeitlupe geschehen, und doch hatte er keine Zeit gehabt, die Gestalt des großen Tieres zuzuordnen, das plötzlich im Scheinwerferlicht wie erstarrt dagestanden hatte. Dann war der Aufprall erfolgt, mit achtzig Stundenkilometern.

Alans rechter Arm war taub, doch den linken konnte er bewegen. Er tastete nach seinem Handy.

Die dunkle Gestalt, die sich leise zur Fahrertür schlich, sah er ebenso wenig wie das Gesicht unter der Kapuze. Und er sah auch nicht die schallgedämpfte Beretta, die aus der Manteltasche gezogen und auf seinen Kopf gerichtet wurde.

Zwei schnelle, schallgedämpfte Schüsse beendeten Alan Thrace' Leben.

Um 6.15 Uhr wurde Sarah vom Klingeln ihres Zimmertelefons aus dem Tiefschlaf geweckt. Sofort saß sie aufrecht im Bett und schaltete die Nachttischlampe an. Sie erinnerte sich an die Fangschaltung und nahm selbstbewusst den Hörer ab.

»Hallo, Sarah.«

Es war nicht die Stimme eines Mannes oder einer Frau; es war eine Maschine. Aber es war keine Stimmveränderungstechnologie, die vom Sprecher noch immer verlangte, selbst etwas zu sagen. Es war ein Sprachsynthesizer. Aus Aufnahmen von Sprachverzerrern konnte man manchmal die Originalstimme rekonstruieren. Das wusste diese Person offenbar und benutzte daher vermutlich eine Tastatur. Der Unbekannte kannte sich mit den Möglichkeiten des FBI aus.

»Hallo, Sarah, bist du da?«, fragte die Stimme kalt und völlig gefühllos. »Ich möchte mit dir reden. Aber wenn du in zehn Sekunden nicht antwortest, lege ich auf.«

»Bitte, tu das nicht!«, sagte Sarah rasch. »Ich würde wirklich sehr gerne mit dir reden. Danke, dass du angerufen hast.« Mit der freien Hand griff sie nach dem Handy auf dem Nachttisch. Sie drückte die Schnellwahltaste für Jack und dann die Freisprechtaste, damit er ihre Seite des Gesprächs mithören konnte.

»Das freut mich zu hören.«

»Wie soll ich dich nennen?«

Nach einer kurzen Pause kam die Antwort: »Offenbar hat man mir ja schon einen Namen gegeben, und der gefällt mir. Warum benutzen wir den nicht einfach?«

»Okay … Sandmann. Wenn wir zusammenarbeiten, können wir das Ganze vielleicht auf zivilisierte Weise lösen.«

»Erspar mir dieses FBI-Psychogelaber. Ich tue sowieso, was ich will; also versuch es gar nicht erst. Ich möchte, dass wir offen und direkt miteinander umgehen, Sarah.«

»Okay.«

»Gut.«

»Wann bist du aus Shasta zurückgekommen?«

»Keine Fragen mehr! Ich habe dich aus einem einzigen Grund kontaktiert. Du hast falsche Vorstellungen über mich und meine Arbeit entwickelt. Die möchte ich korrigieren …«

»Sprich weiter, Sandmann! Ich bin ganz Ohr.«

»Zunächst einmal weißt du, dass ich gewisse Ressourcen zur Verfügung habe. Leute, die bestimmte Aufgaben erfüllen. Ich habe die Kontrolle, aber ich muss nicht überall gleichzeitig sein. Mach nicht den Fehler, mich in dieser Hinsicht noch mal zu unterschätzen. Verhafte die Leute, wenn du musst, aber riskiere nicht das Leben Unschuldiger in dem naiven Glauben, sie könnten dich zu mir führen! Sie sind ohne Bedeutung, und sie wissen gar nichts. Hast du verstanden?«

»Ja.«

»Gut. Zweitens: Ich habe Milo Kane *nicht* getötet.«

Sarah drehte sich der Magen um.

»Hast du gehört?«

»Tut mir leid. Könntest du das noch einmal sagen?«

»Ich habe Milo Kane nicht getötet.«

»Hast du versucht, ihn zu entführen?«

»Ich habe gesagt, keine Fragen mehr, Sarah. Eines noch: Es tut mir leid, dass ich heute Nacht einen deiner Agenten töten musste, aber mir blieb keine andere Wahl. Er war sehr hilfreich, aber ich habe seine Hilfe nicht mehr gebraucht. Er hätte mir Schwierigkeiten machen können, und Schwierigkeiten führen zu Verhaftungen, und die wiederum führen ins Gefängnis. Ich werde niemals ins Gefängnis gehen. Um solche Probleme kümmere ich mich gerne direkt. Es war nichts Persönliches. Das wollte ich dich nur wissen lassen.«

Sarah spürte, wie ihr das Blut in die Wangen schoss.

»Bist du noch da, Sarah?«

Sie atmete tief durch. »Ich bin noch da.«

»Gut, denn …«

»Du hast genug geredet«, unterbrach Sarah ihn mit hasserfüllter Stimme. »Jetzt habe *ich* was zu sagen. Wenn du einen meiner Leute umgebracht hast, werde ich dich jagen bis ans Ende der Welt. Und sollte ich dich tatsächlich verhaften, anstatt dich unter die wurmverseuchte Erde zu bringen, wo du hingehörst, wird das der glücklichste Tag deines Lebens sein.« Sie knallte den Hörer auf und schnappte sich ihr Handy. »Jack?«

»Oh, Mann. Ich möchte nicht in der Haut von dem Kerl stecken«, antwortete Jack.

»Ich erkläre dir alles in einer Minute, aber jetzt möchte ich erst mal, dass du Alan und Aubrey anrufst. Nutz alle registrierten Nummern und auch ihre Pieper! Ruf mich zurück, sobald du dich vergewissert hast, dass sie in Ordnung sind.«

Sarah rief im USC University Hospital an, wo Joss noch immer lag. Nach einer Minute Schmeicheln und Drohen hatte Sarah die Nachtschwester endlich davon überzeugt, nach ihrer Partnerin zu sehen. Drei angespannte Minuten später kam die Schwester zurück und berichtete, Joss Conway schlafe wie ein Baby.

Sarah wählte erneut Jacks Handynummer, aber es war besetzt. Sie rief auf seinem Zimmertelefon an. Nach viermaligem Klingeln hob er ab.

»Aubrey geht es gut«, sagte Jack. »Er bringt jetzt seinen Sohn zu seiner Schwester, nur als Vorsichtsmaßnahme. Dann fährt er ins Büro.«

»Was ist mit Alan?«

Jack zögerte kurz. »Er geht nicht ans Telefon.«

Sarah spürte, wie Wut in ihr hochkochte.

»Sarah? Bist du noch da?«

»Ich treffe dich in zehn Minuten in der Lobby.«

40

Noch vor Sonnenaufgang wurde der Barmann geweckt und aus dem Bett gezerrt. Er zeigte sich unwillig, doch als er den Ausdruck auf Sarahs Gesicht sah, widersprach er nicht länger, sondern zog sich so schnell die Hose an, dass er beinahe darüber gestürzt wäre.

Der FBI-Zeichner hatte sich einverstanden erklärt, schon früh ins Büro zu kommen, und nun jagte der Mustang durch die menschenleeren Straßen in Richtung von Juan Philips' Haus.

Der kleine Mann knurrte, als sie ihn die Auffahrt hinunter zum Wagen führten, doch auch er fühlte Sarahs Stimmungswechsel.

Falls einer der beiden Zeugen noch wütend gewesen sein sollte, als sie auf den Harbor Freeway rasten, wurde diese Wut während der Fahrt nach Wilshire durch Angst ersetzt.

»Okay, wo stehen wir?« Joss stützte sich auf Sarahs Schreibtisch, den Arm in einer Schlinge und das Kinn trotzig vorgeschoben.

Sarah war kaum überrascht; sie hätte das Gleiche getan. »Du hast nicht geschlafen, als ich die Nachtschwester angerufen habe, stimmt's? Willkommen zurück.«

Joss grinste und setzte sich auf einen der Besucherstühle. »Alan fährt einen Chevy Impala, Baujahr 2007, kirschrot. Ich habe die Details von Sheriff Jonas. Der Avis-Verleih ist in Redding, acht Kilometer von Shasta entfernt. Alan ist gegen sechs Uhr losgefahren.«

Aubrey kam fünfzehn Minuten später. Nachdem die vier Agenten die Interstate zwischen Redding und L. A. in Abschnitte aufgeteilt hatten, griffen sie nach den Telefonen. Binnen zehn Minuten war die Hälfte aller Cops in Kalifornien auf der Suche nach einem roten Chevrolet Impala. Der Zeichner, der als Erster im Büro gewesen war, arbeitete in einem der Konferenzräume mit Philips an dem Phantombild, wobei der Barmann ihnen neugierig zuschaute.

»Was ist mit der Fangschaltung, Jack?«, fragte Sarah.

Jack verzog das Gesicht. »Sieht nicht gut aus, Sarah. Er hat von einem Kartenhandy aus angerufen. Dabei hätte er buchstäblich überall in der Stadt sein können. Ich versuche noch, das Ganze auf einen Zehn-Kilometer-Radius einzuengen.«

»Versuch's weiter!«

Mit einem dicken Textmarker in der Hand stand Sarah neben dem Whiteboard. Sie hatte gerade ein Fragezeichen in einen Kreis gemalt, der über eine Linie direkt mit der Mitte verbunden war.

»Alle sammeln zum Profiling«, sagte Joss und zog sich einen Stuhl heran. Sarah wartete, bis auch die anderen Mitglieder ihrer Spezialeinheit erschienen waren.

»Profitorientiert«, sagte Aubrey. Er stand breitbeinig da, die Arme verschränkt und das Kinn auf eine Hand gestützt, den Blick fest auf das Fragezeichen gerichtet.

Sarah nickte und schrieb »PO« an den Rand des ersten Kreises. Inzwischen wussten sie mit ziemlicher Sicherheit, dass Profit das stärkste Motiv des Sandmanns war, möglicherweise stärker noch als die Gewalt, die er anwandte, um sich diesen Profit zu sichern. Wenn er Milo Kane nicht getötet hatte, war das Erwürgen keine Anomalie mehr, sondern deutete auf einen zweiten Täter hin. Log der Sandmann? Das konnten sie unmöglich sagen. Sie kannten nur die Hintergrundgeschichte, und dazu gehörte, dass er seine Opfer stets unversehrt zurückbrachte.

»Gibt es Hinweise auf pathologische Störungen?«, fragte Sarah.

»Nur die üblichen wie bei allen Serienkindesentführern«, antwortete Aubrey und blickte von seinen Notizen auf. »Missbrauch als Kleinkind – physisch, psychologisch, sexuell oder alles drei.«

»Wir müssen uns mehr auf die Opfer konzentrieren«, sagte Jack. »Wen sucht er sich als Ziel aus? Das sind keine gewöhnlichen Kinder. Es sind die Nachkommen reicher und einflussreicher Leute. Und keinem der Kinder ist es wirklich gut gegangen, als er sie entführt hat. Die meisten haben noch immer Probleme. Vielleicht kann er ja mit ihnen mitfühlen. Vielleicht betrachtet er sein Tun sogar als eine Art ›Rettung‹ für sie.«

»Gut!«, sagte Sarah und machte Notizen auf dem Whiteboard. »Ich glaube, du bist da auf etwas gestoßen, Jack. Vielleicht findet er sie ja sogar auf diese Art. Wir müssen uns ihre Krankenakten ansehen, ob irgendwelche Zusammenhänge bestehen. Ich weiß, dass Milo Kane eine Zeitlang im Cedar's Sinai war …«

»Deren Pädiatrie ist eine der besten im ganzen Land«, sagte Aubrey. »Wenn diese Kinder medizinische Hilfe brauchten, hätten ihre steinreichen Eltern sie genau dorthin gebracht.«

Sarah schrieb »hat eine Vision« unter »profitorientiert« als mögliches psychologisches Merkmal für den Sandmann. Es war durchaus möglich, dass er auf seine verdrehte Art sogar glaubte, Gutes zu tun. Er hatte Sarah gewarnt, das Leben Unschuldiger zu riskieren. Das war ziemlich ungewöhnlich.

»Vermutlich Polizeihintergrund«, sagte Joss. »Er scheint unsere Vorgehensweise zu kennen.« Sie hielt kurz inne und schaute zu Sarah. Irgendetwas ging ihr durch den Kopf. »Woher hat er gewusst, dass Alan allein zurückfährt?«

Sarah dachte nach. Bis jetzt hatte sie nicht alle Einzelheiten ihres Gesprächs mit dem Sandmann preisgegeben; doch sie wusste natürlich, dass sie ihr Wissen nicht ewig verheimlichen konnte.

»Sarah?«, fragte Joss. »Alles in Ordnung?«

Sarah ließ den Blick durchs Zimmer schweifen. »Auf seine verschleierte Art hat der Sandmann behauptet, Alan habe ihm Informationen gegeben. Und nachdem er Patterson ausgeschaltet hatte, den letzten Zeugen, brauchte er Alan nicht mehr. Also hat er ihn ermordet.«

Misstrauen lag in der Stille, die daraufhin folgte. Niemand schien sich bei dieser Vorstellung wohl zu fühlen.

Joss räusperte sich. »Dann hat der Sandmann also zugegeben, seit unserer Ankunft hier einen Insider gehabt zu haben. Es mag ja nicht Alan gewesen sein, aber die Umstände stützen diese Vermutung. Der Sandmann hat die Übergabe mit Ethan Kane in Venice Beach noch in derselben Stunde arrangiert, da wir herausgefunden haben, dass die Halskette nicht gestohlen wurde.«

»Und Haldermann«, fügte Sarah hinzu. »Der Sandmann konnte ihn nicht finden, als er allein auf der Flucht war. Dann aber wird Haldermann in Long Beach verhaftet und überlebt die Nacht nicht.«

Joss nickte. »Also brauchte er entweder einen Insider, oder er ist selbst einer.«

»Oder er benutzt jemanden«, sagte Aubrey. »Er ist ein Manipulator. Er bringt andere Leute dazu, die Arbeit für ihn zu tun, und die Betroffenen wissen manchmal nicht einmal, was sie eigentlich machen. Er könnte sich zum Beispiel als Journalist auf der Jagd nach einer Story ausgeben. Er trifft sich mit ein paar Cops in Polizeikneipen, bezahlt sie als Informanten *et voilà*: Er bekommt, was er haben will.«

Sarah schrieb »Manipulator« und »Hochstapler« auf das

Whiteboard. Sie war erleichtert, dass ihr Team sich nicht von irgendwelchen Verdächtigungen beeinflussen ließ. Es war nur menschlich, sich den einfachen Antworten zuzuwenden; das wusste sie aus eigener Erfahrung. Und es war sehr leicht in diesem Job, leichtfertig zu werden, schlampig im Denken. Sarah war froh, dass ihr Team all dem widerstanden hatte … zumindest bis jetzt.

»Er ist technisch äußerst versiert«, sagte Jack. »Er hat alles simpel, aber effektiv arrangiert. Er wagt sich nur selten aus der Deckung, aber wenn, dann räumt er auch hinter sich auf.«

»Und er hat gelernt, mit Waffen umzugehen«, fügte Joss hinzu. »Seine Treffer liegen immer dicht beieinander. Zwei Schuss in den Kopf, und das war's. Dabei benutzt er eine .22er mit Schalldämpfer und reduzierter Ladung. Das Ding könnte er in einem vollbesetzten Raum abfeuern, und die meisten Leute würden glauben, es hätte nur jemand gefurzt.«

Jack kicherte, und Sarah schaute ihn streng an. »Agent Mortimer, muss ich Sie daran erinnern, dass einer Ihrer Kollegen im Augenblick vermutlich mit einem Loch im Kopf im Straßengraben liegt?« Sarah ließ den Blick durch den Raum schweifen. »Konzentriert euch, Leute.«

Der Barmann schaute zu Sarah und lächelte. »Das ist die beste Zeichnung, die ich je gesehen habe. Kein Zweifel. Das ist Ray.«

»Sie kennen diesen Mann?«, fragte Aubrey. »Sind Sie sicher?«

»Sagen wir so: Wenn er es nicht ist, hat er einen Zwillingsbruder. Er kauft bei mir ein. Hauptsächlich Bier, Snacks und Zeitungen. Das bringt er dann in seine Hütte irgendwo im Wald westlich von Shasta Lake.«

»Wie heißt er mit Nachnamen?«, fragte Joss.

»Das hat er nie gesagt, und ich habe ihn nie danach gefragt.

Die meisten Leute da oben bleiben gerne für sich. Sie mögen es nicht, wenn man zu viele Fragen stellt.«

»Was können Sie uns sonst noch über ihn sagen?«, fragte Sarah.

Der Barmann schaute nervös drein. »Ich glaube, er ist ein Cop. Zumindest war er einer. Beim LAPD, würde ich sagen.«

»Wie kommen Sie darauf?«, fragte Aubrey.

»Nun, als er zum ersten Mal aufgetaucht ist – das war so ungefähr zur selben Zeit, als er die Hütte gekauft hat –, trug er eine Dienstmarke am Gürtel. Form und Design wie die bei *Polizeibericht L. A.* Und sie war aus Gold. Gold heißt Detective, stimmt's? Detectives haben goldene Marken.«

»Ja«, antwortete Sarah und schaute zu Aubrey. »Detectives haben goldene Marken.«

»Seit einiger Zeit trägt er die Marke allerdings nicht mehr«, fuhr der Barmann fort. »Nur noch hin und wieder die LAPD-Baseballkappe. Deshalb bin ich immer davon ausgegangen, dass er noch im Dienst ist.«

»Wie oft kommt er in Ihre Bar?«, fragte Aubrey.

»Ungefähr einmal die Woche. Letzte Woche hat Ray mich extra für ihn was bestellen lassen. Ziemlich teuren Schnaps.«

»War das ungewöhnlich?«

»Eigentlich nicht. Es ist nur, er kommt immer am gleichen Tag. Freitagnachmittag. Ich habe ihm gesagt, wenn er das nächste Mal erscheint, sei die Bestellung da.« Der Mann zuckte mit den Schultern. »Das ist heute.«

41

Zum hundertsten Mal an diesem Nachmittag beugte Sarah sich über ihren Billardstock und schaute zum Fenster des Double Deuce hinaus, als draußen ein Wagen vorfuhr. Sie beobachtete, wie der Fahrer ausstieg und zur Eingangstür ging.

»Er ist es nicht.« Joss, die auf der anderen Straßenseite in einer Malerwerkstatt wartete, hielt über Funk Kontakt mit den drei Agenten in der Bar, die unauffällige Empfänger in den Ohren trugen. Der Eigentümer der Werkstatt hatte kein Problem damit gehabt, den Nachmittag zuzumachen – jedenfalls nicht, nachdem Joss ihm ihre Dienstmarke unter die Nase gehalten hatte. Joss hatte das »Geschlossen«-Schild aufgehängt und sich so hingestellt, dass sie die Front der Bar sehen konnte, Passanten aber nicht sie. »Ich könnte mich aber auch irren«, fuhr sie fort. »Diese Hinterwäldler sehen für mich alle gleich aus.«

Sarah unterdrückte ein Grinsen und zupfte ihren Rock zurecht, der jedes Mal hochrutschte, wann immer sie einen Stoß machte. Eigentlich hatte sie eine Jeans anziehen wollen, doch nachdem der Barmann ihnen erklärt hatte, was die Einheimischen normalerweise an einem Freitagabend trugen, hatte sie ihre Meinung geändert. Der Rock war eng und schwarz, und sie verabscheute ihn. Sarah schaute zu Aubrey hinüber: Männliche Agenten hatten es viel einfacher. Aubrey trug ein Flanellhemd, Jeans und Holzfällerstiefel. Jack war ähnlich gekleidet, nur dass er Sneakers und keine Stiefel anhatte.

Sie waren inzwischen beim sechsten Spiel, und Aubrey führte

mit zwei Siegen Vorsprung. Jack, der kein Billardfan war, saß an einem Tisch in der Nähe und tat so, als würde er sich das Footballspiel auf dem Plasmafernseher an der Wand anschauen.

Sarah sah sich wie beiläufig in der Bar um. Sie war voll mit Einheimischen: Arbeiter, die für das Wochenende Feierabend hatten; Teenager, die versuchten, dem Barmann Bier aus dem Kreuz zu leiern; junge Männer, die einen auf dicke Hose machten, und Mädchen, die so taten, als wären sie nicht an ihnen interessiert.

»Weißt du was?«, sagte Aubrey, als er einen weiteren Ball versenkte. »Ich habe mir gedacht, wenn das alles vorbei ist, würdest du vielleicht mal darüber nachdenken, dich permanent nach L. A. versetzen zu lassen.« Er blickte zu Sarah und lächelte, doch seine Augen und sein Tonfall verrieten, dass er das ernst meinte. »Wir könnten dich wirklich gut gebrauchen. Wir haben zwar ein paar weibliche Agenten, versteh mich nicht falsch, aber die steckst du allesamt in die Tasche.«

Sarah zupfte wieder ihren Rock zurecht. »Ich fasse das mal als Kompliment auf. Aber willst du mich in L. A. haben, weil ich ein guter Agent bin, oder weil ich ein guter *weiblicher* Agent bin?«

»So habe ich das nicht gemeint. Du steckst jeden in Wilshire in die Tasche, mich eingeschlossen.«

Sarah lächelte. Sie wusste, dass er versuchte, ernst zu sein. »Es gefällt mir tatsächlich hier«, sagte sie und schaute Aubrey dabei zu, wie er für den nächsten Stoß Maß nahm. »Aber ich würde wenigstens gerne noch einmal nach Hause fahren, um meinen Bikini zu holen.« Sie lachte, als Aubreys Stoß daraufhin vollkommen in die Hose ging.

Er schaute sie an und zog die Augenbrauen zusammen. »Das war nicht fair, Sarah.«

»Das war ein klares Foul«, bemerkte Joss über den Ohrstöpsel.

»Okay«, sagte Aubrey. »Du bist dran.«

Sarah zielte und beugte sich dabei so weit vor, wie der Anstand es erlaubte.

»Du hast die Frage noch nicht beantwortet«, sagte Aubrey.

»Ich habe das nicht als Frage aufgefasst«, erwiderte Sarah, bevor sie zielsicher den Ball in einer Ecktasche versenkte und für den nächsten Stoß um den Tisch herumging. Sie beugte sich vor, visierte den Zielball an und ließ den Queue in Richtung weiße Kugel gleiten.

»Von der Straße kann man sehen, wie gerade bei dir der Mond aufgeht«, sagte Aubrey.

Sarah verfehlte nicht nur das Ziel, sondern die weiße Kugel sprang sogar vom Tisch und rollte durch den Raum.

»Also, *das* war jetzt unfair«, beschwerte sie sich.

»Aufgepasst«, meldete sich Joss. »Da kommt wieder ein Wagen.«

Sarah erkannte Joss' Tonfall sofort, und ihr Blick huschte zu dem Spiegel über der Bar. Für jemanden draußen sah es so aus, als würde sie auf den Plasmafernseher schauen; dabei sah sie deutlich die Eingangstür.

»Größe und Gewicht stimmen«, sagte Joss. »Er trägt eine tief ins Gesicht gezogene Baseballkappe. Die Identifizierung bleibt also euch überlassen. Ich sehe ihn nicht mehr. Er ist noch fünf Sekunden von der Tür entfernt.«

Sarah spürte, wie sich ihr der Magen zusammenzog, als sie und Aubrey sich umdrehten. Die Sekunden vergingen mit unglaublicher Langsamkeit. Die Tür öffnete sich.

Eine Teenagerin stürmte herbei und küsste den jungen Mann, der gerade hereingekommen war, mit einer Leidenschaft, die Sarah nicht unbedingt für sittsam hielt. Sie drehte sich zu Aubrey um. »Meinst du, wir sollen sie wegen Erregung öffentlichen Ärgernisses verhaften?«

Gegen zehn Uhr war klar, dass Ray nicht mehr kommen würde. Das bedeutete zwar nicht, dass sie wieder ganz von vorne anfangen mussten, aber jeder im Team fühlte sich so. Und Alans Verschwinden lastete schwer auf ihnen allen. Sie hatten noch immer nichts von ihm gehört.

Sie zogen sich in das nahegelegene Shasta Dam Motel zurück. Die Unterkunft war bescheiden, aber angenehm, auch wenn sie direkt an der Interstate 5 lag. Im Norden erhoben sich die Berge, die den Blick auf den Shasta Lake versperrten. Sarah übernahm das Einchecken, während Jack und Aubrey zum Oriental Express auf der anderen Straßenseite gingen, um für alle ein verspätetes Abendessen zu holen.

Sarah saß auf dem Doppelbett in ihrem Zimmer, aß ihre Nudeln und schaute sich die Lokalnachrichten im Fernsehen an. Es dauerte eine Weile, bis sie sich ausreichend entspannt hatte, um ein wenig schlafen zu können.

Einige Zeit später wachte sie auf, durstig von dem stark gewürzten Essen. Im Zimmer war es heiß und schwül, und ihr Hemd fühlte sich feucht auf ihrer Haut an. Sie ging zur Dusche und schälte sich die Kleider vom Leib; dann erinnerte sie sich an den großen Pool draußen.

Ihre Uhr verriet Sarah, dass es noch Stunden bis zum Sonnenaufgang waren. Sie hatte keinen Badeanzug dabei, nahm jedoch an, dass die Moteleigentümer keinen Dresscode für nächtliches Schwimmen hatten.

Also wickelte sie sich ein Handtuch um ihre Unterwäsche und ging nach draußen. Barfuß schlenderte sie über den betonierten Weg. Als sie durch das Tor zum Pool ging, schaute sie nach oben und bemerkte zum ersten Mal den Himmel. Die Sterne funkelten in dieser mondlosen Nacht. Sarah legte das Handtuch auf eine Liege und watete ins kalte Wasser.

»Hi.«

Sarahs Herz setzte einen Schlag aus, und sie drehte sich

ruckartig um. Sie kannte die Stimme, die von einer Liege auf der anderen Seite des Pools zu kommen schien. Sarah kniff die Augen zusammen, um die Gestalt besser erkennen zu können.

»Mich beim Billard zu schlagen gibt dir noch lange nicht das Recht, mich zu Tode zu erschrecken«, sagte sie.

»Tut mir leid.« Aubrey setzte sich auf der Liege auf. »Ich konnte nicht schlafen. Willst du alleine sein? Dann gehe ich wieder rein. Macht mir nichts aus.«

»Ich habe genug Zeit allein«, sagte Sarah. »Noch mehr davon, und ich fange an, mit der Wand zu reden.«

Aubrey lachte.

Sarah watete tiefer ins Wasser. Es fühlte sich wunderbar auf der Haut an, wie das flache Küstengewässer des Pazifik. Sie tauchte unter. Als die Geräusche verschwanden, schloss sie die Augen vor der trüben Dunkelheit. Dann tauchte sie wieder auf, wischte sich das Haar aus der Stirn und öffnete die Augen. Sie sah, dass Aubrey zum Poolrand gekommen war. Seine Füße und Unterschenkel baumelten im Wasser, und er hatte den Kopf zurückgelegt und schaute zu den Sternen. Sarah machte es ihm nach.

Hier, in der friedlichen Stille, empfand Sarah eine Klarheit, wie es in Städten wie L. A. oder Boston unmöglich für sie war.

»Ob man das alles irgendwann leid wird?«, fragte Aubrey leise.

»Was?«

»Den Job. Menschen machen die schrecklichsten Augenblicke ihres Lebens durch, und wir sind diejenigen, die den Müll rausbringen.«

»Ich weiß es nicht«, antwortete Sarah. »Alles geht weiter, ob wir nun da sind oder nicht. Aber es ist ein gutes Gefühl, wenn *wir* es sind, die etwas bewirken.« Sie schwamm zu ihm und stellte sich auf einen Absatz unter Wasser.

Hier konnte sie ihn richtig sehen, und sein Körper erstaunte sie: Aubrey war groß und sehnig, mit gut definierten Muskeln. Sie blickte in sein Gesicht und bemerkte zum ersten Mal seine Augen. Selbst halb in den Schatten verborgen, waren sie von erstaunlicher Intensität. Und diese Augen blickten sie auf eine Art und Weise an, die Sarah das Gefühl verlieh, als ob ... Sie wusste es nicht. Es war, als könne er in ihre Seele schauen.

»Jedenfalls sehe ich das so«, sagte sie leise.

Aubrey lächelte und streichelte ihr zärtlich über die Wange. Seine Fingerspitzen fühlten sich warm und sanft auf ihrer Haut an. Es war eine ganz einfache Geste, doch voller Vertrautheit. Und binnen einer Sekunde war es vorbei.

Schritte näherten sich auf dem Betonweg.

»Es geht um Alan«, sagte Jack vom Tor aus. »Die Polizei von Sacramento hat ihn gerade gefunden.«

Der Chevrolet war von einem Officer entdeckt worden, der sich gerade auf dem Rückweg von einer Konferenz in Washington befand. Er hatte die Bremsspur auf dem Asphalt bemerkt, angehalten und dann mit seiner Taschenlampe das Gebüsch abgesucht.

Sarah mietete sich einen Wagen und fuhr sofort nach Sacramento. Sie identifizierte Alans Leiche und arrangierte alles, um ihn zu seiner Familie nach Boston zu bringen. Dort wusste man bereits, dass Alan vermisst wurde. Langford hatte Alans Frau angerufen und ihr erklärt, auch im Amt mache man sich große Sorgen. Doch als Sarah um die Erlaubnis bat, Alans Frau persönlich anrufen und sie über den Tod ihres Mannes informieren zu dürfen, weigerte Langford sich rundheraus. Er befahl ihr, sich auf ihre eigentliche Aufgabe zu konzentrieren und die Ermittlungen wieder in die richtige Bahn zu lenken.

42

Die Sondereinheit traf am nächsten Tag wieder in Wilshire ein. Auf der Fahrt war kaum ein Wort gesprochen worden. Jeder versuchte, Alans Tod auf seine Weise zu verarbeiten. Der Harkness-Job hatte Jack gegenüber den Realitäten abgehärtet; dabei hatte er zwei Kollegen verloren. Sarah wusste allerdings, wie sehr er innerlich litt. Doch als sie mit ihm reden wollte, ließ er es nicht zu.

Am späten Nachmittag kam Joss in Sarahs Büro. »Ich möchte mit dir über Alan reden«, sagte sie und setzte sich auf den Besucherstuhl.

»Ich hatte gehofft, dass du irgendwann darüber reden willst«, erwiderte Sarah. »Es ist für uns alle ein Schock.«

Doch Joss' Gefühle waren zwiespältig; es war nicht einfach nur Trauer. Es ergab schlichtweg keinen Sinn für sie, dass der Killer sich ausgerechnet Alan als Ziel auserkoren hatte, es sei denn …

»Ich glaube, Alan war der Informant«, erklärte Joss rundheraus.

Irgendwie war Sarah nicht allzu überrascht. Schon im Besprechungsraum hatte sie diesen Ausdruck auf Joss' Gesicht gesehen.

»Das ist ein schwerer Vorwurf.«

»Er hat sich freiwillig gemeldet, allein nach L.A. zurückzufahren. Dann wird er in den Kopf geschossen – genau wie Cole, Haldermann und Patterson. Und die haben allesamt etwas gewusst. Der Sandmann verwischt seine Spuren, erinnerst du dich? Warum sonst hätten ihre Wege sich in dieser Nacht überhaupt kreuzen sollen?«

»Spekulationen können sehr hilfreich sein, Joss. Doch manchmal gehen sie meilenweit am Ziel vorbei. So kann man den Ruf eines Menschen ruinieren. Und wie du weißt, kann Alan sich nicht mehr selbst verteidigen.«

Joss dachte kurz nach. »Vielleicht hat er gar nicht gewusst, dass er dem Sandmann hilft. Das hat Aubrey auch gesagt. Der Sandmann versteht sich darauf, andere Menschen in die Irre zu führen.«

»Solange du mir keine eindeutigen Beweise vorlegen kannst, Joss, will ich nicht mehr darüber reden. Ich möchte, dass du Jack dabei hilfst, dem Gesicht von Shasta Lake einen Namen zu geben. Verstanden?«

Joss starrte Sarah lange an. »Hat der Sandmann dir in jener Nacht irgendwas am Telefon gesagt, das du uns verschweigst?«, fragte sie schließlich.

Sarah blinzelte. »Wovon redest du?«

Joss stand schweigend auf und verließ das Zimmer. Sarah lehnte sich zurück. Sie wusste, dass sie sich auf ihren Instinkt verlassen musste. Der Sandmann bluffte.

Sie wusste, dass der Informant noch immer unter ihnen war.

Shaughnessy begrüßte Sarah und Aubrey im Empfangsbereich von Wilshire. Er lächelte über das ganze Gesicht. Es war offensichtlich, dass er Sarahs Pressekonferenz gesehen hatte, in der ein neuer Verdächtiger angedeutet worden war. Für den zwergenhaften Anwalt zählte nur, dass die Ermittlungsbehörden allmählich den Blick von seinen Mandanten nahmen. Deshalb war er nur zu gern bereit gewesen, Rebecca zur Kooperation zu bewegen, als Sarah um ein weiteres Gespräch gebeten hatte.

Sarah hatte Shaughnessy gewarnt, dass sie Rebecca ein paar

schwierige Fragen stellen wolle. Als alle sich im Verhörzimmer versammelt hatten, war Sarah für das alte Spiel – teile und herrsche – bereit.

»Hatten Sie eine außereheliche Beziehung mit Owen Patterson?«, fragte sie.

»Ja«, antwortete Rebecca sofort. Ihr leerer Gesichtsausdruck verriet Sarah, dass sie auf diese Frage vorbereitet worden war. »Aber wir haben nur einmal miteinander geschlafen. Und es war rein sexuell. Ich liebe meinen Mann. Ich habe nie einen anderen geliebt.«

»Haben Sie deshalb auch mit Ihrem Manager geschlafen? Eli Haldermann?«

»Was?«, explodierte Shaughnessy. »Das ist doch Schwachsinn!«

»Es wäre mir lieb, wenn Mrs. Kane diese Frage beantwortet«, zeigte Sarah sich beharrlich und schaute Rebecca in die Augen.

Rebecca hielt dem Blick kurz stand und nickte dann knapp. Shaughnessys Gesicht rötete sich, doch er riss sich zusammen.

»Wann hat die Beziehung angefangen?«, fragte Sarah.

Rebecca starrte auf den Tisch. »Vor acht Jahren.«

»Haben Sie gewusst, dass Ihr Mann noch vier Wochen vor dem Mord an Ihrem Sohn geglaubt hat, Sie würden immer noch mit Owen Patterson schlafen?«, fragte Aubrey und hob die Augenbrauen.

Rebecca schaute ihn verwirrt an. »Was?«

»Deshalb ließ er Eli Haldermann – ironischerweise den Mann, mit dem Sie seit acht Jahren ein Verhältnis hatten – einen Killer anheuern, um Patterson zu töten.«

»Dieses Gespräch ist beendet«, sagte Shaughnessy, stand auf und knöpfte sich die Jacke zu. »Du hast mir gesagt, es würden ein paar schwierige Fragen kommen, aber das hier ist ein Hinterhalt.«

»Setz dich, Dean«, sagte Sarah, ohne den Blick von Rebecca zu nehmen. »Im Augenblick solltest du dich eher um deine Mandantin sorgen als um den Mann, der nicht hier ist, der uns aber wiederholt angelogen und unsere Ermittlungen behindert hat.«

Shaughnessy blieb stehen und kniff die Augen zusammen.

»Beantworten Sie die Frage, Mrs. Kane«, fuhr Sarah fort. »Ich glaube nämlich nicht, dass Sie ihn wenige Tage vor dem Attentatsversuch auf ihn rein zufällig im Fitnessstudio getroffen haben. Das haben Sie Ethan gesagt. Ich will die Wahrheit.«

Rebecca biss sich auf die Unterlippe und schaute hilfesuchend zu Shaughnessy, doch der Anwalt half ihr nicht. »Ich habe Sie eines Nachts reden hören«, begann Rebecca langsam. »Ethan war so wütend, wie ich ihn noch nie erlebt habe. Er sagte zu Eli, jemand müsse das Problem Owen aus der Welt schaffen … ein für alle Mal. Eli antwortete, er habe bereits jemanden angeheuert; die Sache würde also bald erledigt sein. Deshalb habe ich ein Treffen mit Owen arrangiert, um ihn zu warnen.«

»Das war sehr klug von Eli«, bemerkte Aubrey. »Er hat getan, was Ethan von ihm verlangt hat, und gleichzeitig dann alles so zurechtgerückt, dass Ethan dafür den Hals hinhalten muss. Dabei hatte er längst geplant, Patterson auszuschalten.«

Rebecca schüttelte den Kopf. »Nein, so war Eli nicht. Er war nicht eifersüchtig.«

»Aber ein kaltblütiger Pragmatiker«, sagte Sarah. »Er wollte Ash ohnehin anheuern, weil Elis eigentlicher Herr und Meister – der Mann, der ihn für seine Hilfe bei Milos Entführung bezahlte – Patterson ebenfalls aus dem Verkehr ziehen wollte.«

»Was du da sagst, ergibt keinen Sinn«, warf Shaughnessy ein.

»Patterson hatte seine Meinung geändert«, erklärte Sarah.

»Wir glauben, er war der Erste aus Rebeccas innerem Kreis, an den der Entführer sich zwecks Informationen gewandt hat. Er hat Patterson eine Menge Geld dafür geboten, ihm bei der Entführung ihres Sohnes zu helfen. Nur hat sich irgendwann Pattersons schlechtes Gewissen gemeldet, und er hat eine Kehrtwende gemacht. Er hat beschlossen, dem Mann *nicht* zu helfen. Also hat der Kidnapper sich stattdessen an Eli Haldermann gewandt und einen willigen Partner in ihm gefunden. Gleichzeitig hat er ihm aufgetragen, jemanden anzuheuern, um Patterson zum Schweigen zu bringen.«

»Haldermann hat sich Ethans Verunsicherung offensichtlich zunutze gemacht und ihn manipuliert«, sagte Shaughnessy, der bereits nach einer Möglichkeit suchte, seine Mandantin herauszupauken.

Sarah nickte. »Das ist sehr wahrscheinlich. Aber was für uns wirklich zählt, ist die Tatsache, dass deine Mandantin wusste, was ihr Mann sich für Patterson überlegt hatte. Und sie hat nicht die Polizei gerufen. Vor den Augen des Gesetzes reicht es nicht, dass sie Patterson gewarnt hat.«

»Was bietet ihr an?«

»Sie gibt uns alles. Dann werden wir den DA davon überzeugen, ihr mildernde Umstände zuzuerkennen.«

»Das reicht nicht«, erwiderte Shaughnessy.

»Wir haben Beweise für gleich mehrere Anklagepunkte gegen sie«, sagte Sarah. »Willst du wirklich dein Glück vor den Geschworenen versuchen?«

»Was wollt ihr sonst noch?«, fragte Shaughnessy.

»Deinen anderen Mandanten«, antwortete Sarah. »Ich will seinen Hintern heute Abend auf diesem Stuhl hier sehen.«

Sarah schaute von ihrem Schreibtisch zu Joss und Jack. »Sagt mir, dass ihr was gefunden habt.«

»Nur seinen vollen Namen«, erwiderte Jack, »seine gesamte

Polizeidienstakte, die Berichte der Polizeipsychologen … eigentlich alles.« Er reichte Sarah eine von drei Akten, die er aus der Datenbank des LAPD ausgedruckt hatte.

Sarah schaute sich das Foto an. Der Mann sah jünger aus als auf der Zeichnung, aber es war eindeutig dasselbe Gesicht. Ihr Blick huschte zu den biografischen Daten. Detective Ray Wagner.

»Er hat eine Menge Dienstjahre auf dem Buckel«, sagte Joss. »Er wurde sogar dreimal ausgezeichnet. Die letzte Auszeichnung hat er dafür bekommen, dass er in ein brennendes Haus gelaufen ist und drei Kinder gerettet hat.«

Sarah las seine Geschichte. Ausbildung für die Sondereinsatzkräfte, Ausbilder an der Akademie, Geiselverhandlungen, hohe Fallabschlussrate … Dann sah sie die psychologischen Bewertungen. Zunächst waren sie gut; das aber änderte sich in den letzten Dienstjahren. Worte wie »paranoid« und »obsessiv« in der Personalakte eines Polizisten bedeuteten den beruflichen Tod. Der letzte Eintrag war nur einen Monat vor der ersten Entführung durch den Sandmann erfolgt.

»Die schlechte Nachricht ist«, fuhr Jack fort, »dass es keinerlei Vermerk darüber gibt, dass er ein Haus in Nordkalifornien besitzt.«

Sarah blickte kurz zu Jack und las dann weiter. Tief vergraben in Ray Wagners Lebensgeschichte fand sie einen Eintrag über einen Sondereinsatz in Little Ethiopia, wie ein Stadtviertel in L. A. genannt wurde. Dabei war es um illegale Waffenverkäufe gegangen. Aber das Interessante war nicht das Einsatzkommando oder seine Arbeit, sondern der Name des Chefs dieser Polizeitruppe: Detective Adam Meade.

43

Ethan Kane kam mit Mrs. Chen in den Verhörraum, seiner Anwältin, einer zugeknöpften Partnerin aus Shaughnessys Kanzlei. Kane bot Sarah die Hand an, doch sie beachtete es nicht.

»Setzen Sie sich, Ethan!«, sagte sie, verschränkte die Arme vor der Brust und wartete, bis alle es sich bequem gemacht hatten. »Also, wir wissen bisher Folgendes: Sie haben Eli Haldermann beauftragt, Malcolm Ash anzuheuern, um Owen Patterson zu töten.«

»Das ist eine Lüge!«, erklärte die Anwältin und versuchte, Sarahs entschlossenen Tonfall nachzuahmen.

»Haldermann hat das anders gesehen.«

»Haldermann ist tot.« Mrs. Chen konnte sich ein Lächeln nicht verkneifen. »Sie werden sein Geständnis vor Gericht niemals als Beweis durchbekommen.«

»Er hat dieses Geständnis vor zwei FBI-Agenten abgelegt«, erwiderte Sarah. »Man wird es zulassen, wenn auch nur als Hörensagen, doch den Geschworenen sind solche juristischen Feinheiten ohnehin egal.«

»Wenn Sie das glauben.«

»Nun, ich fürchte, Mrs. Chen, das ist noch nicht einmal das größte Problem, mit dem Ihr Mandant sich im Augenblick konfrontiert sieht. Rebecca Kane war heute Morgen hier, und sie hat uns eine ganz andere Version der Abläufe in jener Nacht erzählt, in der Milo gestorben ist.«

»Zeugnisverweigerungsrecht«, konterte die Anwältin. »Sie

werden Rebecca Kane niemals in den Zeugenstand bekommen, um gegen ihren Ehemann auszusagen.«

»Ich weiß, dass Ethan hier nicht der böse Bube ist«, sagte Sarah und änderte ihre Taktik. »Nach allem, was er durchgemacht hat, sind seine Vorbehalte, mit den Behörden zu sprechen, durchaus verständlich.«

»Es war furchtbar«, sagte Ethan. »Die letzten zwei Monate waren unerträglich.«

Sarah beugte sich vor und nickte mitfühlend. »Aber für Sie muss es besonders hart gewesen sein. In Ihrer Ehe waren Sie stets der Fels in der Brandung. Ihre Frau hatte Affären, Sie nicht. Sie sind ihr treu geblieben. Das kann nicht leicht gewesen sein. Dann haben Sie ihr Hilfe bei der Bewältigung ihrer Sucht angeboten, haben Opfer gebracht … nur um dann zuschauen zu müssen, wie sie wieder im Alkohol versumpft ist.«

»Ethan«, begann die Anwältin, »ich rate Ihnen …«

»Nein. Rebecca litt unter großem Druck. Es war nicht ihre Schuld.«

»Haben Sie sich das auch gesagt, als Sie herausgefunden haben, dass sie eine Affäre mit Owen Patterson hatte?«

Ethan versteifte sich auf seinem Stuhl. Sarah beobachtete, wie der Schauspieler verzweifelt versuchte, sich nicht zu verraten. Diesmal sah sie alles. »Ich weiß nicht, wo Sie das gehört haben«, erklärte Ethan schließlich, »aber es stimmt nicht.«

»Jahrelang haben Sie mit einer Süchtigen zusammengelebt, Ethan. Sie erkennen die Zeichen. Trotzdem waren Sie zufrieden damit, dass das Studio einen Säufer angeheuert hat, Ihre Familie zu beschützen?«

»Ich habe nicht gewusst, dass Hal ein Alkoholproblem hat. Außerdem hielt Eli es für eine gute Idee.«

»Verarschen Sie mich nicht! Sparen Sie sich Ihren armseligen Hollywoodstuss für die Kameras! Ich weiß über Sie Bescheid. Sie haben drei Jobs gebraucht, um an der Universität von Nevada studieren zu können, bevor ein Talentscout Sie entdeckt hat. Sie können sehr wohl selbst denken. Sie treffen Ihre eigenen Entscheidungen … zumindest konnten Sie das, bevor das Studio Ihr Leben übernommen hat. Das muss für einen klugen und unabhängigen Menschen wie Sie schlimm gewesen sein. Einfach so die Kontrolle abzugeben …«

Ethan erwiderte nichts darauf, starrte einfach nur auf den Tisch.

»Aber gewisse Dinge können Sie immer noch entscheiden, wenn Sie müssen, nicht wahr? Zum Beispiel, das LAPD anzulügen, was Brians Aufenthaltsort in der Nacht von Milos Entführung betrifft. Ich habe keine Zweifel daran, dass Eli das Ganze arrangiert hat, aber *Sie* haben die Entscheidung getroffen, stimmt's? Um ihn zu beschützen. Ansonsten gehören Sie offenbar zu den Menschen, die ganz zufrieden damit sind, wenn andere ihr Leben für sie in die Hand nehmen. Sie hatten kein Problem damit, Ihre Stellung als Herr des Hauses an Leute vom Schlage eines Patterson oder Haldermann zu übergeben … und Ihre Frauen. Alles, um weiterhin auf gutem Fuß mit dem Studio zu stehen.« Sarah hielt kurz inne, damit die Wut noch mehr in Ethan hochkochte. »Sie müssen ziemlich wütend gewesen sein, als Sie von der Affäre erfahren haben.«

»Wären es bei Ihnen anders gewesen?«, erwiderte Ethan gereizt und hob den Blick. Dann senkte er den Kopf wieder.

»Hatten Sie das Gefühl, dass alles wieder im Lot war, nachdem man Patterson gefeuert hatte? Entschuldigung … nachdem *Eli* ihn gefeuert hatte. Sie konnten nicht einmal *das* selber regeln. Eli hatte das Problem erkannt und sich darum gekümmert, bevor Sie auch nur Zeit hatten, in die Luft zu gehen. Aber jetzt mal ehrlich … Patterson feuern? Er hat Ihre Frau *gefickt*. Die Frau von Ethan Kane. Und selbst da hatten Sie nicht einmal den Mumm, die Sache selbst zu regeln.«

Ethan starrte Sarah mit einer Miene an, die sie schon unzählige Male gesehen hatte. Seine Schutzmauern fielen eine nach der anderen in sich zusammen. Er lächelte. »Eli hat getan, was ich ihm gesagt habe. Er hat für mich gearbeitet. Ich habe gesagt, wo es langgeht, und ich war derjenige, der ihm befohlen hat, sich um Patterson zu kümmern. Ich wusste *genau*, wie ich mit diesem ehebrecherischen Stück Dreck umzugehen hatte.«

»Ethan, bitte!« Seine Anwältin wurde nervös. »Sie müssen sich das nicht an...«

»Halt's Maul, Schlampe!«

Sarah legte den Kopf zur Seite und schürzte die Lippen. »Vielleicht sollten Sie tun, was Ihr Hundeführer Ihnen sagt«, meinte sie. »Genau wie Eli Ihnen gesagt hat, was Sie tun sollen, bevor er nach oben gegangen ist, um mit Ihrer Frau zu schlafen. Eli war der Typ Mann, der die Dinge in die Hand nimmt. Er war eifersüchtig auf Patterson, also hat er sich um ihn gekümmert. Problem gelöst.«

»Unsinn!« Ethan schlug mit der Faust auf den Tisch. »*Ich* habe mich um Patterson gekümmert. Ich wusste, was zu tun war. Ich bin Ethan Kane, verdammt noch mal! Und ich habe mir auch Eli geschnappt, genau da, wo es wehtut. Das hat mir niemand befohlen!«

»Er hat Sie betrogen. Schlimmer noch als Patterson. Und es reichte Ihnen nicht, ihn einfach umzubringen.«

»Da haben Sie verdammt recht.«

Sarah stand langsam auf und beugte sich über den Tisch. »Also haben Sie auch seinen Sohn ermordet. Sie haben Milo getötet.«

Ethan nickte. »Ja, ich habe ihn mir geholt. Ich habe mir Eli geholt. Mein ...« Die Tränen traten ihm in die Augen, als der Zorn sich legte und Selbstmitleid an seine Stelle trat. »Meine Frau, diese Hure, hat es irgendwie geschafft, mich davon zu überzeugen, dass die Ärzte sich beim ersten Mal geirrt hatten. *Sie* sei diejenige, die keine Kinder bekommen könne, hat sie gesagt. Das war in den ersten Schwangerschaftswochen, wie ich später herausfand. Als sie mir dann sagte, sie sei doch schwanger, wollte ein Teil von mir es einfach glauben … dass ich wirklich fähig war, Kinder zu zeugen, und dass das Problem die ganze Zeit bei ihr gelegen hatte.«

Mrs. Chen rutschte nervös auf ihrem Stuhl herum. »Ethan …«

»*Nein.* Getan ist getan. Ich will das endlich hinter mich bringen.«

»Sagen Sie mir, was passiert ist«, forderte Sarah ihn auf.

»Ich bin nach unten gegangen …« Ethan räusperte sich und begann von vorne. »Ich bin nach unten gegangen. Nicht weil ich etwas gehört hatte, sondern weil mir speiübel war. Ich hatte auf der Party viel zu viel getrunken, und ich brauchte etwas dafür. Also bin ich in die Küche gegangen. Und dann ist es passiert.«

»Was ist passiert?«

»Ich habe das Geräusch gehört. Es kam aus dem Keller. Die Tür stand offen, und ich konnte es klar und deutlich hören. Es klang wie ein stöhnender Mann. Ich habe mir die Taschenlampe aus der Schublade geschnappt und bin zur Tür gegangen. Das Geräusch hörte nicht auf. Ich habe die Tür weiter aufgezogen und bin langsam die Treppe hinuntergestiegen. Auf halbem Weg nach unten habe ich jemanden gesehen. Ich konnte ihn nicht richtig erkennen, aber er stand auf einem Koffer und hielt Milo in den Armen. Es sah aus, als versuche er, ihn durch eines der Kellerfenster zu schieben.«

»Was ist dann passiert?«

»Ich habe ihn angeschrien. Der Kerl ließ Milo fallen, sprang am Fenster hoch, kletterte flink wie ein Affe hinaus und verschwand.«

»Und Milo?«

Ethans Augen füllten sich erneut mit Tränen. »Er war bewusstlos, atmete aber noch, und … Ich weiß es nicht, es kam einfach über mich. Aus irgendeinem Grund sah ich Eli da liegen, wie er mich auslachte … wegen meiner Filme, die gefloppt waren … wegen der Oscarverleihung, bei der ich leer ausgegangen war. Er lachte, weil er meine Frau fickte. Also habe ich beschlossen, dass er nie mehr über mich lachen soll.«

»Wo hatten Sie die Plastiktüte her?«, fragte Sarah.

»Die lag bei dem ganzen anderen Zeug, genau wie das Klebeband. Ich habe ihm die Tüte über den Kopf gezogen. Ich dachte, er würde rasch aufhören zu atmen, und wenn ich die Tüte abnahm, würde man keine Spuren finden …«

»Aber das hat nicht geklappt.«

»Nein. Sein Atmen wurde immer lauter. Also habe ich ein Rohr geholt und es ihm auf den Hinterkopf geschlagen. Danach hat er kein Geräusch mehr von sich gegeben.«

»Wo ist dieses Rohr jetzt?«, fragte Sarah.

»Unter Sträuchern vergraben … neben dem Haus.«

Sarah stand auf und trat auf die andere Seite des Tisches. »Ethan Kane, ich verhafte Sie wegen des Mordes an Milo Kane.«

Vor dem Verhörzimmer hatte sich die gesamte Belegschaft des FBI-Büros versammelt. Sie hatten das Verhör über das interne Kamerasystem verfolgt. In dem Stockwerk, das normalerweise erfüllt war von Stimmengewirr und dem Klappern von Tastaturen, herrschte absolute Stille. Die Menge teilte sich, als Sarah Ethan aus dem Raum, über den Flur und in eine Zelle führte.

Als sie zurückkam, applaudierten ihre Kollegen. Bei ihrem Vater hatte Sarah diese Art von Reaktion oft erlebt, wann immer er einen großen Fall mit einer Verhaftung abgeschlossen hatte, doch ihr hatte noch nie jemand applaudiert. Sie wusste nicht, ob sie lachen oder weinen sollte. Sie tat beides. Ein junger Agent reichte ihr einen Styroporbecher mit Champagner, und sie hielt ihn hoch, um kurz um Ruhe zu bitten.

Die anderen Agenten hoben ebenfalls ihre Becher. »Auf Milo«, sagte Sarah. »Und auf Special Agent Alan Thrace.«

Sie trank nur einen kleinen Schluck. Es gab noch immer viele Fragen zu klären, doch nun wusste sie, wo die Antworten zu finden waren.

44

Diesmal sahen die Beamten Sarah kommen und beobachteten sie aufmerksam, als sie an den Workstations vorbei zu den Büros weiter hinten ging. Niemand stellte ihr Recht in Frage, hier zu sein; tatsächlich sagte niemand auch nur ein Wort. Sie starrten Sarah einfach nur an, wobei alle sich fragten, was wohl passieren würde, wenn Sarah und Meade im selben Zimmer waren.

Sarah verweigerte ihnen das Spektakel, indem sie direkt in Meades Büro ging und die Tür hinter sich schloss.

»Sie haben ja Nerven«, sagte Meade, der hinter seinem Schreibtisch saß. Nur kurz schaute er von dem Papierkram auf, mit dem er beschäftigt war. »Sie sollten nicht hier sein. Wenn Sie gekommen sind, um …«

»Ich glaube, ich muss mich bei Ihnen entschuldigen«, sagte Sarah.

Nun hob Meade doch den Blick. »Wie bitte?«

»Es tut mir leid.«

Meade schaute sie verwirrt an. »Tut es Ihnen leid, dass Sie so ein Trottel waren oder dass Ihr dämlicher Kollege mich fast erwürgt hätte?«

»Es tut mir leid, dass ich die Dinge so habe aus dem Ruder laufen lassen«, erklärte Sarah mit all dem falschen Kleinmut, den sie aufbringen konnte. »Die Sache war einfach zu groß, und statt auf erfahrene Leute wie Sie zu hören, habe ich Sie ausgesperrt.«

»Das ist wohl wahr«, sagte Meade und lehnte sich zurück.

Die ersten Ansätze eines Grinsens erschienen auf seinem Gesicht. »Und jetzt wollen Sie es also wiedergutmachen, ja?«

»Ich erwarte nichts von Ihnen. Ich wollte nur, ich wäre die Dinge von Anfang an anders angegangen. Das sollen Sie wissen.«

»Zerbrechen Sie sich darüber nicht den Kopf«, erwiderte Meade, und das Grinsen auf seinem Gesicht war nun wie eingemeißelt. »Sie wussten es nicht besser. In dieser Stadt erledigt man die Dinge auf eine ganz bestimmte Art. Hätten Sie einen besseren Führer als Nick Aubrey gehabt, hätte es nie ein Problem gegeben.« Es klopfte an der Tür. »Was ist?«

Ein Officer steckte den Kopf herein. »Ein Paket für Sie, Chef.«

»Was?«

»Da ist ein Kerl an der Rezeption, der sagt, er hätte da etwas, wofür Sie unterschreiben müssen.«

»Kann er es nicht raufbringen?«

»Anscheinend nicht.«

Meade knurrte, stand auf und ging zur Tür. »Ich bin sofort wieder zurück«, sagte er und ließ Sarah in seinem Büro allein.

Sarah verschwendete keine Zeit. Sie nahm den halbleeren Plastikbecher vom Tisch, schüttete den Inhalt in den Mülleimer und steckte den Becher ein. In dieselbe Tasche steckte sie dann noch einen Bleistift, der aussah, als hätte jemand mindestens ein Jahr an ihm genagt. Auf dem Bücherregal fand sie den Jackpot: mehrere Haare an einem Kamm. Vorsichtig steckte Sarah die Haare in einen Beweisbeutel; dann setzte sie sich wieder und wartete.

Dreißig Sekunden später kam Meade ins Büro zurück. »Da wollte mir nur irgend so ein Blödmann einen Streich spielen. Wahrscheinlich einer der anderen Detectives. Ich kann mir denken, wer es ist.«

»Worum geht es denn?«, fragte Sarah.

»Er ist wahrscheinlich nur sauer, weil ich ihm vergangenen Monat Hundescheiße in den Spind gelegt habe.«

Sarah lächelte. »Wie kann jemand sich davon beleidigt fühlen? Okay, ich muss jetzt wieder nach Wilshire zurück. Falls ich irgendetwas für Sie tun kann …«

Meade winkte ihr zum Abschied und griff nach dem Telefon. Seine Gedanken waren offensichtlich nur noch darauf gerichtet, es dem Übeltäter heimzuzahlen. Sarah ging hinaus und hielt die Luft an, bis sie den Aufzug erreicht hatte.

In der Tiefgarage wartete Aubrey auf sie. Gemeinsam fuhren sie nach Wilshire zurück, wo Aubrey sofort einen Kriminaltechniker auf die Proben ansetzte. Eine DNA-Analyse brauchte Zeit, doch einen Haarvergleich konnte man sofort machen.

Aubrey legte den Hörer auf. »Es passt zu dem Haar aus dem Motel«, sagte er. »Perfekt. Die DNA-Analyse dauert noch bis morgen, aber er hat gesagt, sobald wir den Durchsuchungsbefehl haben, könnten wir ruhig schon mal loslegen.«

»Die Durchsuchung gehört dir, Aubrey«, sagte Sarah. »Ich muss mit jemandem reden.«

Sarah fuhr aus der Parkgarage, bog nach rechts auf die Veteran's Avenue ein, fuhr zwei Blocks und hielt dann am Straßenrand. Sie durchquerte den großen Park, gelangte zu einer Reihe von Tennisplätzen, setzte sich auf eine der Zuschauerbänke und wartete.

Dreißig Minuten später, als sie sich schon Sorgen machte, kam Veronica Hudson, setzte sich neben sie und legte mehrere braune Aktenmappen zwischen sie beide.

»Dafür könnte man mich feuern«, sagte Veronica, und ihre Stimme zitterte ein wenig. »Vielleicht verliere ich sogar meine Zulassung.«

»Sie haben das Richtige getan«, sagte Sarah. »Dank Ihrer

Hilfe werden diese Kerle endlich hinter Schloss und Riegel landen.«

»Das hoffe ich«, seufzte Veronica und beobachtete gedankenverloren ein Spiel auf einem der Tennisplätze.

»Warum haben Sie sich ausgerechnet diese Stelle ausgesucht?«, fragte Sarah neugierig. »Sie liegt ziemlich weit von Ihrem Büro entfernt.«

»Aber nahe an Ihrem. Außerdem hat mein Vater mir als kleines Mädchen hier Tennis beigebracht.«

Sarah glaubte, etwas aus dieser Bemerkung herauszuhören, eine Art Verständnis für ihr Leben und ihre Persönlichkeit. Nicht zum ersten Mal wünschte sie sich, Veronica Hudson würde an der Ostküste praktizieren, nicht an der Westküste. Sie war genau die Art von Mensch, der Sarah sich öffnen konnte.

»Wir alle sind die Produkte unserer Väter«, bemerkte Veronica ein wenig wehmütig.

Sarah nahm die Akten und stand auf. »Ja, das sind wir.«

Aubrey brauchte zehn Minuten, um Richter Montoya den Fall zu erklären. Der Richter, von dem Aubrey wusste, dass er Detective Meade nicht gerade liebte, unterschrieb die Papiere, die die Durchsuchung der Wohnung und des Arbeitsplatzes des Detectives genehmigten.

Aubrey ging hinaus, wo Jack und vier Agenten des hiesigen Büros auf ihn warteten. Wenn sie sich beeilten, würden sie noch vor Meade in dessen Wohnung sein.

Aubrey trat mit der Ferse die Tür ein. Splitter flogen nach innen, und die Agenten schwärmten aus auf der Suche nach Detective Meade. Sie fanden ihn in der Küche, wo er sich Nudeln in der Mikrowelle machte.

Er wurde unter Bewachung durch einen Agenten zur Seite

gebracht, während die anderen vier seine Wohnung auseinandernahmen. Meade versuchte nicht, Smalltalk zu machen, noch beteuerte er seine Unschuld. Er wartete einfach ruhig ab und schaute den FBI-Agenten bei der Arbeit zu. Erst als Aubrey vom Dachboden kam und ein Betäubungsgewehr, ein Seil, Überwachungsbilder vom Grundstück der Kanes sowie die LAPD-Akten zu den anderen Fällen von Kindesentführung mit nach unten brachte, sah er besorgt aus.

Als Aubrey seinem alten Partner die Handschellen anlegte, empfand er weder Erleichterung noch Freude. Er war einfach nur zutiefst enttäuscht.

»Ich muss mit dem DA sprechen«, sagte Meade. Sein wirrer Blick und sein Tonfall verrieten seine Verzweiflung.

»Du wirst vor Gericht mit ihm reden können«, erwiderte Aubrey.

»Du verstehst nicht. Sie haben mich reingelegt. Bring mich zum DA, bevor ich wie Patterson und Haldermann ende.«

45

Der Detective hatte auf sein Recht auf einen Anwalt verzichtet, und der DA hatte keine Zeit für ein Treffen. Die Aufnahmegeräte liefen, doch im Verhörzimmer herrschte Stille.

»Wenn Sie nichts sagen, lasse ich Ihren fetten Hintern sofort wieder in die Zelle zurückbringen«, sagte Sarah und verschränkte die Arme vor der Brust.

Meade nickte. »Ich kannte Ray Wagner.«

»Das wissen wir«, erwiderte Sarah. »Die Einsatztruppe in Little Ethiopia.«

»Da habe ich ihn nur kennen gelernt, aber danach sind wir in Verbindung geblieben. Ray ist ein guter Kerl. Grundsolide. Zumindest war er es, bis er am Rad gedreht hat.«

»Komm zur Sache«, forderte Aubrey ihn auf.

»Ich hatte Ray eine ganze Weile nicht gesehen. Ich hatte gehört, dass er ein wenig zu oft über das Kuckucksnest geflogen sei, und damit war seine Karriere im Eimer. Dann aber, gut einen Monat, bevor der kleine Kane umgebracht wurde, hat er mich angerufen. Einfach so, aus heiterem Himmel.«

»Was wollte er?«, fragte Aubrey.

»Er war ziemlich heimlichtuerisch«, antwortete Meade. »Er wollte mir keine klaren Antworten geben. Er sagte nur, wenn ich mein Gehalt nachhaltig aufbessern wolle, müsse ich bei einem Fall mit ihm zusammenarbeiten, der in nächster Zeit auf meinem Schreibtisch landen würde.«

»Was haben Sie geantwortet?«, fragte Sarah.

»Was hätte ich denn antworten sollen?«, erwiderte Meade.

»Ich habe den Kerl für verrückt gehalten. Entweder das, oder er war in eine üble Sache verstrickt, und ich musste verdammt auf der Hut sein. Also habe ich erst einmal zugesagt. Ich wollte sehen, wohin das führt. Ich hätte wertvolle Informationen bekommen können: schmutzige Cops, Drogen, Waffen, was auch immer …«

»Dann hast du also nur zugesagt, weil du gehofft hast, auf diese Weise ein paar Fälle abschließen zu können, ja?« Aubrey lächelte und schüttelte den Kopf. »Du redest Blödsinn.«

»Leck mich!«, sagte Meade. »Genau so war es.«

»Sprechen Sie weiter!«, forderte Sarah ihn auf.

»Ich habe also angefangen, Wagner zu beobachten. Er hatte definitiv was am Laufen, das habe ich von Anfang an gesehen. Er hat Orte in der ganzen Stadt besucht, hat Häuser observiert und sich Nummernschilder aufgeschrieben. Ziemlich seltsam für einen Kerl, der nicht mehr in Dienst ist. Aber gegen seltsames Verhalten gibt es ja kein Gesetz.«

»Wie hast du ihn aufgespürt? Nicht mal der Sandmann kann ihn finden«, sagte Aubrey.

»Vielleicht wusste er nicht, dass er überhaupt nach Wagner hätte suchen sollen, bis Patterson verschwunden ist«, entgegnete Meade.

»Was haben Sie getan, als Ihnen klar wurde, dass Wagner etwas im Schilde führte?«, fragte Sarah.

»Er hat mich wieder angerufen. Wenn ich mitmachen will, hat er gesagt, soll ich an einem ganz bestimmten Tag zu einer ganz bestimmten Zeit im Dienst sein und auf einen Anruf warten.«

»Lass mich raten: Milo Kane«, sagte Aubrey.

Meade nickte. »Ja. So bin ich an den Fall gekommen und habe die Ermittlungen eingeleitet. Da hat Wagner mich zum dritten Mal kontaktiert. Er hat gesagt, ich solle mich zurückhalten. Er sei an etwas dran, und damit alles so liefe, wie er sich das vorstelle – und wenn ich mein Geld wollte –, solle ich den Druck auf die Kanes erhöhen. Außerdem wollte er, dass alles so öffentlich wie möglich ablief.«

»Warum?«, fragte Sarah.

»Weil er wusste, wer der Entführer ist«, antwortete Meade. »Wie sonst hätte er auch im Vorfeld wissen können, wann genau die Entführung stattfinden würde? Er wusste, wer der Kerl ist, und er wollte ihn sich schnappen. Vielleicht wollte er ja seinen alten Job zurück. Ich weiß nicht, was er sich dabei gedacht hat.«

»Und wenn alle nur auf die Kanes schauen, würde der Entführer sich entspannen«, führte Sarah den Gedankengang weiter. Allmählich glaubte sie die Story. »Und vielleicht würde er auch mit der Erpressung weitermachen.«

»Genau«, sagte Meade. »Wagner spielte auf Zeit.«

»Aber warum hat er so ein Aufhebens wegen Patterson gemacht?«, fragte Aubrey.

»Weil der ein wichtiger Zeuge war«, antwortete Sarah, bevor Meade es konnte. »Er hätte die Identität des Entführers vor Gericht bezeugt wie auch die Versuche, ihn zum Komplizen zu machen.«

»Deshalb also war Wagner zur richtigen Zeit am richtigen Ort, um Pattersons Hintern vor Malcolm Ash zu retten. Wagner hat Patterson die ganze Zeit beobachtet«, sagte Aubrey.

Meade rückte näher an den Tisch heran. Die Reaktionen der beiden machten ihm Mut. »Ich nehme an, er war unserem Sandmann schon eine ganze Weile auf den Fersen. Er hat seine Methodik entschlüsselt, hat die Paare beobachtet, die er sich als Ziel ausgesucht hat – und zwar *nach* den Entführungen, was wir auch hätten tun sollen –, und er hat nach einer Möglichkeit gesucht, ihn festzunageln.«

Sarah straffte die Schultern und hob das Kinn. »Und warum sollte er Sie dann reinlegen wollen?«

»Ich bin der gottverdammte Sündenbock!«, explodierte Meade. »Für Wagner gilt: Aus den Augen, aus dem Sinn. Er ist ein Geist. Der Sandmann kann ihn nicht finden, und er weiß, dass ihr ihm dicht auf den Fersen seid. Also braucht er einen Sündenbock, und zwar schnell. Und er braucht jemanden mit Zugang zu den Ermittlungsakten.«

»Wie kommst du darauf?«, fragte Aubrey.

»Ist das nicht offensichtlich?« Meade hob die Augenbrauen und schaute zwischen Sarah und Aubrey hin und her. »Weil *er* Zugang zu den Akten hat. Er ist einer von uns. Er ist ein Cop.«

Sarah schaute von ihrem Schreibtisch zu Aubrey, der aus dem Fenster auf die dunkle Straße starrte.

»Glaubst du ihm?«, fragte er.

»Ich glaube, dass er zumindest teilweise die Wahrheit sagt«, antwortete Sarah. »Ich glaube allerdings nicht sein Gerede von wegen, er wollte Wagners Operation infiltrieren, um die bösen Buben der Gerechtigkeit zuzuführen. Aber das, wovon er glaubt, dass Wagner es vorhat?« Sie zuckte mit den Schultern. »Es passt zumindest hervorragend zu dem, was in der Dienstakte von dem Kerl steht. Wagner war das Musterbeispiel für einen Polizeibeamten, bevor er durchgeknallt ist.«

»Stimmt. Und Patterson zu verstecken ergibt auch sonst keinen Sinn.« Aubrey wandte sich vom Fenster ab und lehnte sich gegen den Rahmen. »Wer ist er, Sarah? Wenn er wirklich einer von uns ist …«

Sarahs Telefon klingelte, und sie reckte sich über den Tisch, um abzuheben. »Reilly.«

»Es ist an der Zeit, dass wir reden.«

Der Mann am anderen Ende der Leitung rief offensichtlich von einem Handy an. Sarah hörte Verkehr im Hintergrund. Aber sie erkannte die Stimme nicht. »Wer ist da?«

»Mein Name ist Wagner. Sie wissen, wer ich bin. Sagen Sie

dem Agenten, der an Ihrem Fenster steht, bitte nicht, dass ich am Apparat bin. Ich möchte, dass dieses Gespräch unter uns bleibt. Halten Sie sich nicht daran, wird es kein weiteres Angebot für ein Treffen mehr geben.«

»Okay«, erwiderte Sarah und versuchte, so gleichmütig wie möglich zu klingen.

»Der Veteranenfriedhof direkt Ihrem Gebäude gegenüber. Am Südende der Marne Avenue. Kommen Sie allein. In zehn Minuten. Ich bin unbewaffnet und will nur mit Ihnen reden. Wir wollen beide das Gleiche. Wir wollen denselben Mann. Wir können einander helfen.« Wagner legte auf.

»Nein, das klingt gut. Ich sehe dich dann gleich.«

»Wer war das?«, fragte Aubrey, als Sarah den Hörer weglegte.

»Joss«, log sie. »Sie will das Abendessen ein paar Stunden vorverlegen. Ich packe schnell ein paar Sachen zusammen und fahre rüber.« Sarah hob die Augenbrauen. »Sag mal, solltest du nicht wieder nach Hause? Zurück zu Callan?«

Aubrey schaute auf die Uhr. »Mist. Ich habe ihm versprochen, heute zum Abendessen zu Hause zu sein.« Er schnappte sich seine Jacke und lief zur Tür. »Bis morgen dann.«

Sarah wartete genau fünf Minuten an ihrem Schreibtisch, bevor sie aufstand und das Gebäude verließ. Sie war nicht dumm. Wagner mochte unbewaffnet sein, aber *sie* würde mit Sicherheit eine Waffe mitnehmen.

Mehrere breite Straßen teilten den Friedhof in Abschnitte. Auf allen Seiten war er von einer mittelhohen Hecke umgeben, die in regelmäßigen Abständen von großen Bäumen durchbrochen wurde. Die weißen, uniformen Grabsteine warfen lange Schatten im Mondlicht. Sarah ging nach Westen über die Toul Avenue, bis sie die Ecke Marne erreichte. Dort blieb sie stehen und wartete.

Es dauerte volle fünfzehn Minuten, bis sich ihr eine Gestalt von der anderen Seite des Friedhofs näherte. Als der Mann ins Licht trat, sah sie, dass sein Gesicht lang und schmal war, genau wie auf dem Foto von der Akademie. Nur seine Augen waren anders.

»Tut mir leid, dass ich Sie habe warten lassen«, sagte Wagner. »Ich wollte nur sichergehen, dass Ihnen niemand folgt.«

»Sie meinen den Sandmann?«

Wagner ignorierte die Frage. Er schaute sich misstrauisch um, schien sich vor jedem Schatten zu fürchten. »Sie haben bis jetzt einen guten Job gemacht«, sagte er dann. »Sie sind sehr weit gekommen. Ich habe ihn nie ›Sandmann‹ oder sonst wie genannt – außer wenn ich betrunken und wütend war. Für mich ist er einfach nur ein verdammter Hurensohn, der die Kinder reicher Leute stiehlt.«

»Was können Sie mir über ihn sagen?«, fragte Sarah.

»Woher soll ich wissen, dass ich Ihnen vertrauen kann?«

»Warum hätten Sie sich sonst mit mir getroffen?«

Wagner lächelte. »Um zu sehen, ob ich Ihnen vertrauen kann.«

»Wir müssen zusammenarbeiten«, sagte Sarah. »Niemand kennt diesen Mann besser als Sie. Wenn Sie mich begleiten, können wir Sie beschützen …«

»So wie Sie Haldermann beschützt haben?« Wagner schnaubte verächtlich. »Nein, danke. Da versuche ich lieber selbst mein Glück. Bis jetzt ist es dem Bastard zumindest nicht gelungen, mich zu schnappen.«

»Er muss nur ein einziges Mal Glück haben, dann hat er Sie«, sagte Sarah. »Kommen Sie mit mir. Ich werde Ihnen rund um die Uhr zwei Agenten zuteilen.«

»Nein. Sie könnten Teil der Verschwörung sein.«

»Der Verschwörung?«

»Glauben Sie etwa, der Sandmann sei nur *eine* Person?

Dass er alleine arbeitet?« Wagner lachte. »Er hat Ihnen wirklich Sand in die Augen gestreut. Glauben Sie allen Ernstes, ein einzelner Mann könnte tun, was er getan hat? Glauben Sie, einer allein hätte all diese Leute umbringen und damit durchkommen können? Und die Kinder der Reichen und Mächtigen entführen?« Wagner wedelte mit den Armen, und Speichel flog von seinen Lippen, so sehr redete er sich in Rage. Er war fest davon überzeugt, dass eine Verschwörung hinter dem Kane-Mord und den anderen Verbrechen steckte.

Sarah seufzte innerlich. Die Akten irrten sich nicht. Wagner war wirklich verrückt.

»Sie glauben mir auch nicht«, sagte Wagner und beruhigte sich wieder. Er hatte Sarahs Gesichtsausdruck richtig gedeutet und wandte sich zum Gehen.

»Warten Sie!«, rief Sarah.

Ray Wagner drehte sich um und schaute Sarah mit dem traurigsten Lächeln an, das sie je gesehen hatte.

»Diese Leute haben mir meinen Job genommen. Sie haben meine Frau dazu gebracht, mich zu verlassen, und sie überredet, unsere Tochter mitzunehmen. Sie haben mir mein ganzes Leben genommen.«

Sarah stand da und wusste nicht, was sie sagen sollte.

Wagner drehte sich um und ging.

Sarah schaute ihm hinterher. Dann machte sie sich auf den Rückweg ins Büro.

46

Aubrey erreichte das Telefon, kurz bevor es klingelte.

»Joss hier. Ist Sarah bei dir?«

»Nein«, antwortete Aubrey. »Ich habe sie vor ungefähr zwei Stunden in Wilshire zurückgelassen.«

»Ich habe gerade einen Anruf vom LAPD bekommen. Sie haben Wagner gefunden. Er wurde auf der Kelton Avenue niedergemäht, nicht weit vom Veteranenfriedhof entfernt. Ganz in der Nähe vom Büro. Er ist tot.«

»Um wie viel Uhr wolltest du dich mit Sarah treffen, Joss?«

»Wovon redest du?«

Es war fast drei Uhr morgens, als Sarah die Außenbezirke von Shasta Lake erreichte und in Richtung Westen die staubigen Hügel hinauffuhr, die zum Damm und der Westside Road führten.

Auf der Fahrt nach Norden hatte sie versucht, das Geräusch des Aufpralls aus dem Kopf zu bekommen. Nachdem Wagner gegangen war, war sie kaum siebzig Meter weit gekommen, als sie den tödlichen Aufprall gehört hatte, gefolgt von kreischenden Reifen. »Der Mann hatte nicht die geringste Chance«, sagte ein Zeuge, als Sarah den Tatort erreichte, keuchend vom schnellen Lauf. Der Wagen hatte Wagner mit voller Wucht von hinten getroffen und ihn von der Straße aufs Gras geschleudert.

Sarah hatte sich neben den Sterbenden gekniet und seine Hand genommen. Wagners Verletzungen waren schrecklich.

Ein Bein war aus der Hüfte gerissen worden, und eine tiefe, offene Wunde verlief vom Unterleib über den Schenkel. Sarah hörte die Sirene des Rettungswagens, aber sie wusste, dass Wagner zu schnell zu viel Blut verlor, und die Wunde konnte nicht abgedrückt werden. Eine Minute später war Detective Ray Wagner tot.

Sarah hatte in der Dunkelheit bei ihm gewartet, bis die Sanitäter eingetroffen waren. Dann war sie nach Wilshire zurückgegangen, Wagners Blut noch auf ihrem Hemd und seine letzten Worte noch in den Ohren: »Westside Road.« Sie hatte ihren Mustang aus der Parkgarage geholt und war nach Norden gefahren.

Als Sarah sich nun umschaute, bemerkte sie, dass es – abgesehen vom Shasta-Damm – auf dieser Seite der Stadt nicht viel gab. Sie wusste nicht einmal, wonach genau sie suchte. Und je weiter sie in die Berge fuhr, desto sicherer war sie, dass sie es nie finden würde. Es war schwierig, auf der unbefestigten Straße zu bleiben, die sich immer weiter den Hang hinaufwand. An einem Punkt ging es auf der linken Seite steil bergab, und Sarah bot sich ein atemberaubender Blick aufs Tal.

Fünf Minuten später sah sie die ersten Zeichen von Zivilisation, seit sie den Damm passiert hatte. Sie trat auf die Bremse, riss den Mustang im Halbkreis herum und schaltete das Fernlicht ein. Vor ihr steckte ein verrosteter Briefkasten in der Erde, ohne Nummer und ohne Namen. Sarah wusste, dass sie gefunden hatte, wonach sie suchte.

Sie fuhr die Einfahrt hinauf, die 9mm-Pistole im Hosenbund. Sie sah die Hütte und bremste ab. Es gab keine Spur von Leben: kein Licht, keine Bewegung, nichts. Nur Grillen zirpten in der stillen Nacht.

Sarah fuhr näher an das Haus heran, schnappte sich die LED-Taschenlampe aus dem Handschuhfach und sprang aus dem Wagen. Die alte Holzverkleidung kam ihr irgendwie vertraut vor; sie wirkte wie eine Ladenfront aus den 50ern. Einen Eingang im eigentlichen Sinne schien es nicht zu geben, nur eine breite Öffnung an der Seite, der Sarah sich nun wachsam näherte.

In einer Ecke lagen zusammengerollte Schlafsäcke auf zwei Pritschen. Es stank nach verfaulendem Essen und menschlichen Ausdünstungen. Sarah nahm an, dass das Haus kein Abflusssystem besaß. Sie ließ den Lichtstrahl durch den Raum wandern, bis sie einen Stapel Dokumente in einer anderen Ecke entdeckte.

Sie sah Fotos, Karten, handgeschriebene Berichte, alles, was Wagner über den Sandmann gesammelt hatte. Wie lange er das schon gemacht hatte, das konnte Sarah nur vermuten. Ein Teil des Materials wäre nutzlos – das Produkt eines paranoiden Geistes –, doch Sarah wusste, dass Wagner tatsächlich irgendeiner Sache auf der Spur gewesen war. Warum sonst hätte der Sandmann ihn als Bedrohung betrachten sollen? Sarah nahm sich die erste Aktenmappe vor und blätterte den Inhalt durch.

Als der erste Schuss peitschte, erstarrte sie für einen Augenblick. Doch in den nächsten zwei, drei Sekunden, als Kugeln die dünnen Wände durchschlugen und alles zerfetzten, was ihnen in den Weg geriet, warf Sarah sich auf den Boden, zog ihre Waffe und entsicherte sie. Sie konnte nicht mit Bestimmtheit sagen, wo genau der Schütze war, doch er befand sich irgendwo nördlich. Sarah wusste, dass sie nicht in der Hütte bleiben konnte. Sie musste hier raus. Im Schutz der Schatten und der Dunkelheit kroch sie ins Freie.

Mit einem Mal endeten die Schüsse. Sarah verharrte und lauschte: Irgendjemand bewegte sich in nordwestlicher Richtung durchs Gebüsch. Dann, urplötzlich, schlug eine weitere Salve aus einer vollautomatischen Waffe in die Hüttenwand.

Er glaubt, ich bin noch immer drin. Das war zwar nur ein kleiner Vorteil, aber den musste sie nutzen.

Sarah rückte langsam über die feuchte Erde vor und widerstand dem instinktiven Verlangen, vor den Schüssen wegzulaufen, anstatt sich in ihre Richtung zu bewegen. Als sie das Gefühl hatte, so weit gekommen zu sein, wie sie konnte, ohne gesehen zu werden, verharrte sie und wartete.

Als das Schießen erneut begann, sah Sarah zum ersten Mal das Mündungsfeuer. Sie zielte darauf und gab drei präzise Schüsse ab. Das Automatikfeuer verstummte. War der Schütze tot? War er nur verwundet und lauerte auf seine nächste Chance? Vorsichtig richtete Sarah sich in eine hockende Position auf und rückte langsam weiter vor, die Waffe im Anschlag.

Ihr Herz schien so laut zu schlagen, dass es von den Talwänden widerhallte. Alle drei Schritte hielt Sarah an, um sich in alle Richtungen abzusichern. Sie hatte den Kerl noch nicht gesehen, war aber sicher, dass er hier entlanggerannt war. Und wer immer er sein mochte, seine Taktik war ungewöhnlich. Er schien anzuhalten, zu warten, bis sie vorbei war, und dann sorglos in eine andere Richtung zu laufen. Das war verrückt. Und es war verdammt harte Arbeit. Der Mann musste unglaublich fit sein. Sarah hatte immer geglaubt, sie sei gut in Form, doch das ständige Laufen in geduckter Haltung zehrte allmählich an ihren Kräften, zumal der Boden weich und tief war. Wann immer sie zu lange an einer Stelle verharrte, versanken ihre Schuhe im Schlamm, und sie konnte höchstens zwanzig Meter weit sehen.

Sarah hörte einen Ast knacken und wirbelte mit erhobener Waffe herum. Das Geräusch war aus gut zehn Metern Entfernung gekommen. Wieder rückte sie langsam vor. Als sie sich einer Gruppe dicht beisammenstehender, kleiner Bäume näherte, vernahm sie ein weiteres Geräusch, diesmal vielleicht zwanzig Meter entfernt. Es hörte sich an, als hätte jemand einen Stein gegen einen Stamm geworfen.

Er spielt mit mir.

Schweiß lief Sarah über die Schläfen, als sie nervös die Finger am Pistolenknauf bewegte.

Warum greift er nicht an? Der Kerl ist im Vorteil.

Dann wurde es ihr klar. Der Sandmann blieb seinem Ethos treu. Aus diesem Grund war er nicht hier.

Wagners Akten.

Sarah wirbelte herum, doch es war zu spät. Mit einem dumpfen Knall ging die Hütte in Flammen auf. Der Sandmann hatte Brandbeschleuniger benutzt, denn binnen Sekunden brannte alles lichterloh. Selbst auf Entfernung brannte die Hitze auf Sarahs Wangen. Sie wich zurück. Sie wusste, dass man aus diesem Inferno nichts mehr würde retten können.

Weiter die Straße hinunter wurde ein Wagen angelassen. Als Sarah ihr eigenes Auto erreichte, stellte sie fest, dass die Reifen zerstochen waren.

Sie würde nirgendwo mehr hinfahren.

47

»Scheiße!«

»Ja, allerdings.« Jack grinste. »Woher hättest du auch wissen sollen, dass er die Hütte niederbrennt?«

»Ich hätte damit rechnen müssen«, erwiderte Sarah und wandte sich ab.

Joss kam ins Büro und schaute Sarah kopfschüttelnd an. »Mädchen, Mädchen ... Du siehst aus, als hättest du eine ganz üble Nacht hinter dir.«

Sarah verzog das Gesicht; dann erst sah sie den Beweisbeutel, der in ihrem Posteingangsfach lag. Sie nahm ihn sich und hielt ihn ins Licht. »C-H-Y-O-P-L.« Die Buchstaben waren ordentlich und von Hand auf Linienpapier geschrieben, auf dem mehrere Tropfen Blut zu sehen waren.

»Der Gerichtsmediziner hat das vergangene Nacht in Wagners Tasche gefunden. Keine Ahnung, was es zu bedeuten hat«, erklärte Joss. »Ich dachte, es wäre vielleicht Russisch, aber Jack meint, es handelt sich eher um Latein oder Griechisch.«

»Das war in seiner Tasche?« Sarah drehte das Stück Papier in ihrer Hand und dachte nach.

»Außerdem haben wir heute Morgen einen Anruf vom Morddezernat bekommen«, fuhr Joss fort. »Sie haben jemanden in Verbindung mit dem Mord an Haldermann verhaftet. Einer der Säufer hat offenbar doch etwas gesehen.«

Sarah hob den Blick. »Gut. Ab wann können wir ihn bekommen?« Sie sah sich wieder das Blatt Papier an.

»Ab Mittag gehört er uns«, antwortete Joss.

Sarah schaute zur Wanduhr, dann wieder auf das Stück Papier. Konnte es wirklich so einfach sein? »Sechs Buchstaben … Ist das ein Nummernschild?«

Jack schlug sich mit der flachen Hand auf die Stirn.

Joss war bereits zur Tür unterwegs. »Ich überprüfe es.«

»Irgendwann wären wir auch darauf gekommen«, sagte Jack.

Sarah lächelte. »Ganz bestimmt.«

Dreißig Sekunden später rief Joss von einer Workstation direkt vor Sarahs Büro: »Du solltest dir das mal ansehen!«

Die Nummer gehörte zu einem blauen BMW, zugelassen auf Dr. Veronica Hudson.

»Veronica Hudson? Warum hatte Wagner denn das Nummernschild?«, sagte Joss. Es war mehr laut gedacht als eine Frage.

»Ruf den leitenden Special Agent im Büro von Sacramento an, Joss! Sie haben uns angeboten, die Reifenspuren in Shasta vergangene Nacht zu überprüfen. Vergleich das mit diesem BMW.« Joss nickte und verschwand in Sarahs Büro, um den Anruf zu tätigen. »Jack, setz dich an den Rechner«, fuhr Sarah fort. »Such Hudsons Akte beim LAPD raus.«

Jack setzte sich an den Computer und loggte sich in die Datenbank ein. Nach wenigen Sekunden erschien in großen, blinkenden Buchstaben das Wort ZUGANGSBESCHRÄNKT auf dem Monitor. »Meine Freigabe ist nicht hoch genug, Sarah. Ich habe keinen Zugriff auf sämtliche Informationen, die mit psychologischen Gutachten zu tun haben.«

»Nimm mein Login«, sagte Sarah. Ihre Berechtigungsstufe war drastisch heraufgesetzt worden, als sie die Leitung der Spezialeinheit übernommen hatte.

»Bingo!«, rief Jack. »Willst du einen Ausdruck?«

»Nein«, antwortete Sarah. »Lass eine Suche für mich laufen.«

»Parameter?«

»Begutachtungen von LAPD-Personal. Gib Adam Meade und Ray Wagner ein.«

Sofort erzielte Jack Treffer bei beiden Namen. »Offenbar hat Dr. Hudson beide begutachtet. Meade insgesamt dreimal, für gewöhnlich im Vorfeld einer Beförderung.«

»Und Wagner?«, fragte Sarah.

»Sie hat seine letzten drei Gutachten verfasst ... Sieht so aus, als wäre sie die entscheidende Stimme in der Kommission gewesen, die ihn wegen psychologischer Defizite in den Vorruhestand geschickt hat.«

Joss kam mit einem breiten Grinsen in den Raum zurück. »Der BMW passt zu den Reifenspuren, die wir in Shasta gefunden haben.«

Die Empfangsdame im Büro der Opferbetreuung schaute Sarah entschuldigend an. »Tut mir leid, aber Dr. Hudson ist in Urlaub.«

»Wann kommt sie zurück?«, fragte Joss.

»Eigentlich haben wir sie heute wieder im Büro erwartet, aber wir haben noch nichts von ihr gehört.«

»Vielleicht können Sie uns ja helfen, Mrs. ...«

»McCall.«

»Mrs. McCall, hat Dr. Hudson eine Assistentin?«

»Ich kümmere mich um ihren Terminkalander, wenn es das ist, was Sie meinen.«

»Ja. Ich würde mir gerne einmal den Tag der Oscarverleihung ansehen. Hatte sie da irgendwelche Pläne?«

»Ich bin nicht sicher, ob ich Ihnen diese Art von Information geben darf ...«

»Sollen wir Sie lieber mit in unser Büro nehmen und ein offizielles Verhör führen?«, fragte Joss.

Die Empfangsdame schluckte. »Ich muss das nicht extra nachschlagen. Sie hat uns Mädels an dem Wochenende alle nach Las Vegas eingeladen. Wir hatten eine wunderbare Zeit …«

»Sind Sie sich vollkommen sicher, dass Dr. Hudson die ganze Nacht dort war?«

»Oh ja. Wir sind von einer Show zur anderen gezogen. Wir haben Wayne Newton gesehen, Celine Dion …«

»Und ist Dr. Hudson mit ihrem BMW nach Las Vegas gefahren?«, fragte Joss.

Die Empfangsdame dachte kurz nach. »Ja.«

»Welche Farbe hat der Wagen?«

»Dunkelblau … oder schwarz. Ich kann mich nicht so richtig erinnern. Aber sie hat ihn vor kurzem an einen Freund verkauft. Vielleicht war es sogar ein Geschenk.«

»Und wer ist dieser Freund?«, fragte Sarah.

»Paul Forrester. Sie wissen schon, der stellvertretende …«

»Ja«, erwiderte Sarah. Ihr zog sich der Magen zusammen. »Warum glauben Sie, dass es auch ein Geschenk gewesen sein könnte?«

»Es bleibt wirklich inoffiziell, was wir hier reden?«

»Absolut«, antwortete Sarah, den Blick fest auf die Frau gerichtet.

»Ich weiß es zwar nicht mit Sicherheit, aber ich glaube, die beiden waren zusammen.«

Mustafa Jamal hatte ein Vorstrafenregister, das fünfzehn Jahre zurückreichte. Als er die FBI-Agenten durch die Tür kommen sah, war er nicht allzu beeindruckt. Er verdrehte die Augen, griff zum Hörer und ließ sich auf seinem Stuhl zurückfallen.

Sarah stellte sich und Joss durch die Plexiglasscheibe vor. »Man hat uns zu verstehen gegeben, dass man Sie wegen des Mordes an Eli Haldermann verhaftet hat.«

»Und?«

»Und wir sind hier«, sagte Joss, »um Ihren dummen Arsch vor sich selbst zu beschützen.«

»Mädchen, was willst du …«

»Nennen Sie mich nicht ›Mädchen‹. Hier geht es um *Ihr* Leben, Jamal. Ihnen mag es scheißegal sein, aber ich denke, Sie haben eine Mutter, die das anders sieht. Wenn Sie nicht mit uns kooperieren, werden Sie den Rest Ihres armseligen Lebens durch diese Plastikwand mit ihr sprechen.«

»Was auch immer.« Jamal wandte sich ab, doch Joss' Worte schienen ihn beeindruckt zu haben.

Sarah wartete eine Weile, um Jamal Zeit zum Nachdenken zu geben. »Wer hat Sie dafür bezahlt, dass Sie sich um Eli Haldermann kümmern?«, fragte sie dann.

Jamal ruckte unruhig auf seinem Schemel hin und her. »Eines Abends ist ein Kerl zu mir gekommen. Er hat gesagt, ich könnte 'ne Menge Kohle machen. Und wenn man mich schnappt, und ich lande im Knast, würde er dafür sorgen, dass ich wieder rauskomme.«

»Der muss ja was ganz Besonderes gewesen sein, dass er einen so coolen Typen wie Sie beeindruckt hat«, sagte Sarah. »Wie hat er Ihnen denn bewiesen, dass er das alles tatsächlich konnte?«

»Der musste mir gar nichts beweisen«, antwortete Jamal. »Ich habe den Kerl aus dem Fernsehen erkannt. Es war einer von den Staatsanwälten, die am Mordfall dieses reichen weißen Jungen gearbeitet haben.«

Sarah hielt drei Fotos an die Plexiglasscheibe. Eines zeigte Adam Meade, das zweite Ray Wagner und das dritte Paul Forrester.

»Das ist er«, sagte Jamal und deutete ohne Zögern auf Paul Forrester. »Das ist der Kerl.«

48

Sarah schlug das Herz bis zum Hals, als sie neben Joss die Gefängnistreppe hinunterstieg. Sie hatte gewusst, dass sie dem Sandmann immer näher kamen, doch auf diese Enthüllung hatte niemand sie vorbereitet.

»Forrester benutzt andere Menschen«, sagte Joss. »Er hat auch dich benutzt, um an den Ermittlungen des FBI dranzubleiben. Mit Aubrey hat er vermutlich das Gleiche getan – mit einem seiner ältesten Freunde, du meine Güte. Veronica Hudson wiederum hat er benutzt, um Cops zu finden, die er als Sündenböcke hinstellen kann. Er nutzt jeden in seiner Umgebung für seine Zwecke aus.«

»Es wird nicht einfach sein, den Burschen festzunageln«, sagte Sarah. »Stellvertretender Bezirksstaatsanwalt von Los Angeles – du meine Güte. Der einzige höhergestellte Beamte ist der DA selbst. Er kennt eine Menge Leute, und ohne Zweifel weiß er von Geheimnissen, die diese Leute nicht an die Öffentlichkeit gebracht sehen wollen.«

»Dann greifen wir ihn an der Stelle an, an der er am verwundbarsten ist«, schlug Joss vor. »Wem ist er besonders nahegekommen, um seine Pläne in die Tat umzusetzen?«

»Veronica.«

»Genau«, sagte Joss. »Also schnappen wir sie uns und quetschen sie aus.«

»Irgendwie bezweifle ich, dass sie etwas weiß. Er wird mit ihr genauso gespielt haben wie mit allen anderen.«

»Aber wenn er erfährt, dass wir sie uns geholt haben …«

»Wird er vielleicht überstürzt handeln. Du hast recht.«

Sarah klappte ihr Handy auf und wählte die Nummer der Opferbetreuung. »Mrs. McCall, Agentin Reilly hier ... Nein, ich habe nur noch eine Frage ... Wann?« Sarah schaute Joss an. »Wo sind sie hingegangen?«

Joss befestigte das Blaulicht an den Armaturen und schaute zu Sarah. »Erinnerst du dich, dass ich dir gesagt habe, du sollst nicht so rasen?«

»Nein.«

»Vergiss es! Wenn wir es nicht rechtzeitig schaffen, ist Veronica so gut wie tot. Sie ist jetzt nur noch eine Belastung für ihn.«

Sarah ließ den Motor an und jagte aus der Tiefgarage. Die durchdrehenden Reifen ließen eine qualmende Gummispur zurück. Rücksichtslos fädelte sie sich in den Verkehr ein und lenkte den Mustang auf die Überholspur.

Joss gab Newport Bay ins Navi ein und wartete, als das Gerät den schnellsten Weg berechnete. »Fahr links auf den Lakewood Boulevard«, sagte sie. »Dem folgst du nach Süden bis zum Pacific Coastal Highway. Ab da kannst du Vollgas geben. Die Straße führt direkt nach Südosten und damit nach Newport.«

Über Funk bat Joss um Verstärkung durch jedes FBI-Fahrzeug, das in der Nähe von Newport war. Bewusst vermied sie es, auch das LAPD über Funk zu verständigen, für den Fall, dass Paul den Polizeifunk abhörte.

Hinter Lakewood war der Verkehr nicht mehr ganz so dicht, und auf dem Highway hatten die Fahrzeuge genug Platz, um dem heranrasenden Mustang mit der Polizeisirene rasch den Weg frei zu machen. Sarah holte alles aus dem Wagen heraus. Der Mustang grollte nicht mehr, er brüllte. Sarah jagte den 420-PS-Motor bis an seine Grenzen, als rechts das

Meer in Sicht kam. Jetzt ging es bis Newport nur noch geradeaus.

Keine weiteren FBI-Wagen meldeten, dass sie in der Gegend seien. Die beiden Agentinnen waren auf sich allein gestellt.

Sie erreichten Newport in knapp fünfzehn Minuten – eine Strecke, für die man normalerweise gut eine halbe Stunde brauchte. Widerwillig wurde der Mustang langsamer, als sie sich einer Gabelung des Highways näherten. Eine Straße führte nach Osten um die Anlegestellen herum. Die andere ging geradeaus weiter zu einer langen, schmalen Halbinsel. Sarah fuhr geradeaus.

Sie wusste, dass Paul einen großen Vorsprung vor ihnen hatte. Er hatte Veronica, und wenn sie erst einmal weit genug vom Ufer entfernt waren ... Niemand würde sie je wiedersehen.

Am Büro des Hafenmeisters machte Sarah eine Vollbremsung. Sie und Joss hielten dem Mann am Schalter ihre Dienstmarken unter die Nase und beschrieben das Paar, das sie suchten.

Der Mann holte ein dickes Hauptbuch hervor und blätterte durch die Seiten. »Hudson, ja«, sagte er. »Anlegestelle 158B. Lassen Sie mich nur kurz im Computer nach vorgemerkten Abfahrten schauen.« Mit quälender Langsamkeit tippte er auf der Tastatur. »Ah, da haben wir's ja. Hudson ... Name des Bootes: *Greater Good.* Es ist vor zwei Stunden ausgelaufen mit Kurs auf Fidschi.« Er drehte sich zu den beiden FBI-Agentinnen um und zuckte mit den Schultern. »Tut mir leid, Ladys. Wie es aussieht, haben Sie die beiden verpasst.«

Sarah schlug mit der flachen Hand auf den Schalter. »Verdammt!« Sie schaute zu Joss, auf deren Gesicht sich Enttäuschung spiegelte. Dann wandte sie sich wieder dem Mann zu. »Rufen Sie die Küstenwache an. Sagen Sie denen, wir suchen zwei Leute an Bord der *Greater Good*, einen Flüchtling und eine Geisel. Das Boot muss aufgehalten und geentert werden, solange es sich noch in amerikanischen Gewässern befindet.«

Der alte Mann griff zum Funkgerät. »Und auf wessen Befehl hin?«

»Auf Befehl der Regierung der Vereinigten Staaten«, antwortete Sarah.

Während der Mann die Meldung durchgab, ging Sarah nur ein Gedanke durch Kopf: So viele Menschen waren gestorben, und sie hatte viel zu spät die Lösung gefunden.

Der offizielle Bericht der Spezialeinheit war für ihren Chef, für dessen Chef und für das Justizministerium zusammengestellt worden. Sarah hatte Gerüchte aus dem Osten gehört, dass schon viele Leute ungeduldig darauf warteten.

Sarah ging den Flur hinunter, vorbei an Aubreys Büro und zu ihrem eigenen. Ihn hatten die letzten Enthüllungen besonders hart getroffen. Er machte sich große Vorwürfe, weil er in all den Jahren ihrer Freundschaft Pauls Spiel nie durchschaut hatte. Aber Sarah wusste, dass ihn nicht sein verletztes Ego schmerzte, sondern das Gefühl, betrogen worden zu sein. Für ihn war Paul wie ein Bruder gewesen.

Sarah setzte sich an ihren Schreibtisch und schaute zum Fenster hinaus. In den Wochen nach dem Verschwinden der *Greater Good* war viel von Pauls Vergangenheit aufgedeckt worden. Geboren in New Mexico als Sohn einer armen Familie von Landpächtern, war er auf heruntergekommenen Farmen aufgewachsen – gelegentlich auch bei Pflegefamilien, wenn seine Eltern ihn nicht mehr hatten versorgen können. Sarah konnte sich gut vorstellen, wie Paul, das Chamäleon, sich bei jeder Familie eingeschmeichelt hatte und wie eifersüchtig er auf diese Menschen mit ihrem Geld und ihren Kindern gewesen sein musste.

Auch andere Fragen waren beantwortet worden. Drei seiner

bekannten Freundinnen waren zum Verhör einbestellt worden. Eine hatte den großen schwarzen Seesack beschrieben, der in der Nach der Oscarverleihung auf dem Rücksitz seines Wagens gelegen hatte, und erzählt, dass er plötzlich von einer der vielen Aftershowpartys verschwunden sei. Nach intensivem Verhör gaben die Entführungsopfer weitere Einzelheiten preis, einschließlich der gezahlten Lösegeldsummen. Insgesamt hatte Paul, der Sandmann, fünfzehn Millionen Dollar kassiert – genug Geld, um sich überall auf der Welt ein neues Leben aufzubauen. Mit einer hochseetauglichen Jacht, die Weiten des Pazifiks vor Augen, konnte er fahren, wohin er wollte, und auf Nimmerwiedersehen verschwinden.

Sarah fragte sich, wie lange Paul Veronica am Leben lassen würde. Nichts in seinem Profil deutete darauf hin, dass er befähigt war, eine Hochseereise zu unternehmen. Sarah wusste, dass er so viel von Veronica lernen würde, wie er nur konnte, doch spätestens im ersten Hafen würde er eine Entscheidung treffen müssen. Er würde die Gefahr, die Veronica darstellte, gegen den Wert ihrer Beziehung abwägen müssen. Und Paul traute niemandem.

Jack trat an die offene Tür von Sarahs Büro und schaute sie fragend an. Sie winkte ihn herein. »Was gibt's?«

»Ich habe Alans Teil des Berichts fertiggestellt«, sagte Jack und legte ihn auf Sarahs Schreibtisch.

»Danke.«

Aubrey trat in den Raum. Er sah noch grimmiger aus als zuvor. »Ich hab soeben einen Anruf von der Küstenwache bekommen. Sie haben unweit von Newport die Leiche einer Frau aus dem Wasser gefischt. Sie gehen davon aus, dass sie schon mehrere Tage im Wasser war.«

Sarah seufzte. Paul hatte nicht einmal gewartet, bis sie auf hoher See waren.

49

Obwohl die Leiche zugedeckt war, konnte Sarah erkennen, dass sie von Meerestieren grässlich entstellt worden war. Als der Gerichtsmediziner die Decke zurückschlug, drehte sich ihr der Magen um: Arme und Beine sowie Kopf und Hals fehlten. Es war nur noch ein Torso. Abgesehen von einer Tätowierung – ein kleiner Sternhaufen an der rechten Hüfte –, gab es nichts mehr, woran man Veronica Hudson hätte identifizieren können.

Sarah nickte dem Pathologen zu, worauf er die Leiche wieder zudeckte.

»Die Kollegen vom Raubmorddezernat werden so viele DNA-Proben in ihrer Wohnung und ihrem Büro sicherstellen, wie es nur geht«, sagte Aubrey. »Dann können wir sie eindeutig identifizieren.«

»Sind auch alle Kleider weg?«, fragte Sarah.

»Nein«, antwortete der Pathologe, als er die Leiche wieder in die Kühlbox schob. »Bitte, folgen Sie mir.«

Er führte die beiden Agenten durch einen weiteren Untersuchungsraum, wo ein großer Rollwagen aus rostfreiem Stahl in einer Ecke stand. In dem Wagen lag eine grüne Mülltüte. Der Pathologe gab jedem Agenten ein Paar Latexhandschuhe und trat zurück, damit sie Platz zum Arbeiten hatten.

Vorsichtig öffnete Sarah die Tüte und holte etwas heraus, das wie die Überreste eines Oberteils aussah. Es war eine weiße Bluse. Sarah erinnerte sich, dass Veronica bei ihrem letzten Treffen etwas Ähnliches getragen hatte. Das Kleidungsstück war an mehreren Stellen zerrissen, und auch die lange Zeit unter Wasser hatte es arg mitgenommen; dennoch war es wiederzuerkennen.

Sarah schaute in den beiden Brusttaschen nach und ertastete ein kleines Stück zusammengefaltetes Papier in der linken Tasche. Vorsichtig zog sie den durchnässten Fetzen hervor und ging zu einem Mikroskop.

Sie schaute zu dem Pathologen. »Geben Sie mir bitte eine Pinzette«, bat sie. Der Mann reichte sie ihr, und Sarah legte das Papier auf einen Objektträger und schob ihn ins Mikroskop. Dann schaute sie durchs Okular. Mit Hilfe der Pinzette entfaltete sie das Papier, ohne es zu zerreißen. Bei normalem Papier wäre das unmöglich gewesen, doch hier handelte es sich um eine Art Wachspapier.

»Ist das ein McDonalds-Wickelpapier?«, fragte Aubrey, der Sarah über die Schulter schaute.

»Ja, sieht aus wie von einem Cheeseburger«, antwortete Sarah. Dann schnappte sie nach Luft. In blauer Tinte war ein Wort auf das Papier geschrieben, leicht verblasst von der langen Zeit im Wasser. »Was ist das denn?«, murmelte sie.

»Hast du was gefunden?«

»Ich glaube schon.« In diesem Augenblick klopfte jemand an die Tür des Untersuchungsraums. Die beiden Agenten drehten sich um und sahen einen alten Mann, der einen Homburghut in den von Altersflecken übersäten Händen hielt.

»Ich bin Julius Hudson«, sagte er zu dem Pathologen. Seine Stimme klang rau vom Alter und einem Leben mit selbstgedrehten Zigaretten. »Die Polizei hat mich angerufen. Sie haben gesagt, dass sie vermutlich meine Tochter gefunden haben. Ich soll sie identifizieren.«

Sarah schaute zu Aubrey. »Der arme Mann. Ob Veronica sein einziges Kind war?«

Der Pathologe führte Mr. Hudson hinaus und erklärte ihm,

dass es noch ein paar Minuten dauern würde, bis die beiden Agenten fertig seien.

Sarah wandte sich wieder dem Mikroskop zu und schaute sich noch einmal das Wickelpapier an. Die Buchstaben waren undeutlich, schnell und in fließender Schrift geschrieben. Es dauerte einen Moment, bis Sarah sie entziffern konnte. »Ergibt das Wort ›Rajamar‹ irgendeinen Sinn für dich?«, wollte sie dann von Aubrey wissen.

Aubrey nickte. »Das ist Spanisch. Aber es heißt Bajamar, nicht Rajamar. Eine Gemeinde direkt neben Mexikos Highway 1 an der Küste. Sehr exklusiv. Es soll dort sehr schön sein.«

»Es liegt auf der anderen Seite der Grenze?«

Aubrey nickte. »Südlich von Tijuana und nördlich von Ensenada.«

Sarah kniff die Augen zusammen und schaute zu Mr. Hudson, der sich darauf vorbereitete, die Überreste seiner Tochter zu identifizieren. Dann wandte sie sich wieder Aubrey zu. »Okay. Angenommen, ich segle mit mehreren Millionen Dollar an gestohlenem Geld in die Weiten des Pazifiks. Warum sollte ich dann den Namen eines Ortes aufschreiben, der direkt südlich der Grenze liegt?«

»Vielleicht, weil ich weiß, dass es das wirkliche Ziel meines Freundes ist«, antwortete Aubrey. »Und tief in meinem Innern weiß ich auch, dass er mich nicht mitnehmen will. Ich will den Behörden eine Chance geben, sich diesen Hurensohn zu schnappen, nachdem er mich umgebracht hat.«

»Das nenne ich wahre Liebe. Dieser Bastard wollte gar nicht fortsegeln. Er wusste, dass er die Fahrt nicht alleine machen konnte. Also lockt er Veronica aufs Boot, bringt sie um, wirft ihre Leiche über Bord …«

»… versenkt das Schiff und schwimmt oder rudert zurück ans Ufer«, führte Aubrey den Gedankengang zu Ende. »Paul ist ein guter Schwimmer. Und das FBI verschwendet nutzlose Zeit damit, den Pazifik nach ihm abzusuchen.«

»Welcher Grenzübergang liegt Bajamar am nächsten?«, fragte Sarah.

»Tijuana.«

50

Paul Forresters Wagen war nur einer von Hunderten, die sich langsam in Richtung Süden über den San Diego Freeway auf die mexikanische Grenze zubewegten. Er kratzte sich den falschen Schnurrbart, den er sich angeklebt hatte. Die Klimaanlage hatte den Geist aufgegeben, und die Nachmittagssonne knallte erbarmungslos auf ihn herab.

Als die Grenze in Sicht kam, musste Paul noch weiter abbremsen. Der Nachmittag war der geschäftigste Teil des Tages für die Beamten der Einwanderungsbehörde, und die Grenzposten waren überarbeitet, hatten zu wenig Personal und litten in der Hitze. Paul hatte die Grenze schon mehr als ein Dutzend Mal überquert und sich dabei jede Einzelheit gemerkt. Das hier war bei weitem die beste Tageszeit. Die Frühschicht hatte ihren Dienst fast beendet, musste aber noch knapp eine Stunde auf die Ablösung warten. Die Beamten dachten jetzt nur noch an ein Essen, einen kühlen Drink und an zu Hause.

Als der Wagen endgültig zum Stehen kam, kurbelte Paul das Fenster herunter und lehnte den Ellbogen hinaus. Die kühle Meeresbrise fühlte sich wunderbar auf seiner verschwitzten Haut an. Er lächelte. Er wusste, dass er sich auf noch viel mehr Annehmlichkeiten freuen konnte, wenn er erst in Bajamar war. Dort sehnten die Leute sich nach den reichen *Norteamericanos*, die sie mit ihren Dollars von ihrem elenden Leben erlösten. Und für zumindest eine glückliche junge Dame würde Paul genau das tun.

Trotzdem – er musste gestehen, dass er die kalifornischen

Mädchen vermissen würde. Und als er an Sarah Reilly dachte, verblasste sein Lächeln ein wenig. Sie war etwas Besonderes – klug, schön und zielstrebig. Bei ihr hatte er wirklich sehr vorsichtig sein müssen. Ja, sie war ein ganz besonderes Mädchen.

Aber das war Veronica auch gewesen.

Bei diesem Gedanken überkamen ihn Schuldgefühle, aber keine Reue. Reue hatte er nie wirklich empfunden. Für niemanden. Er hatte getan, was er hatte tun müssen. Zu guter Letzt war Veronica nur eine weitere Bedrohung gewesen, die es zu beseitigen galt.

Paul erinnerte sich daran, wie er sie kennen gelernt hatte. Sie war so idealistisch gewesen, so voller Ideen … und auch so voller Schmerz. Ja, sie hatte einen tiefen alten Schmerz in sich getragen, den sie nie wirklich mit ihm geteilt hatte. Doch er hatte diesen Schmerz schon beim ersten Blick in die Augen gesehen. In dieser Sekunde hatte er gewusst, was er tun musste. Und dann war er in ihr Leben gestürmt und hatte ihre Traurigkeit hinweggefegt, hatte die Monotonie durch ein Gefühl von Aufregung und Gefahr vertrieben. Es war nicht immer leicht gewesen. Paul hatte sie manchmal unter Druck setzen müssen, wenn ihre dummen Moralvorstellungen die Oberhand zu gewinnen drohten. Und jedes Mal hatte sie bald darauf gelächelt, hatte ihn umarmt und ihm dafür gedankt, dass er ihr den Weg gezeigt hatte. So war es auch auf dem Boot gewesen, kurz bevor er sie erschossen und dann zugeschaut hatte, wie sie in den blauen Wassern des Pazifik versunken war.

Als der Wagen vor ihm durch den Schlagbaum gewinkt wurde, schob Paul die Schuldgefühle beiseite und lächelte die Beamtin fröhlich an, eine Latina in der Uniform der Einwanderungsbehörde.

Es war ein guter Tag.

Nein, es war ein *großartiger* Tag. Es war der Höhepunkt all dessen, wofür Paul sein Leben lang gearbeitet hatte.

»Haben Sie illegale Waren in Ihrem Wagen, Sir? Einschließlich Schusswaffen, Sprengstoffe oder andere Chemikalien?«

»Nein, mit Sicherheit nicht«, antwortete Paul.

Die Frau nickte, hob aber nicht den Schlagbaum. Stattdessen gab sie die Beschreibung des Wagens über Funk an eine unsichtbare Person weiter und lauschte der knappen, von statischem Rauschen begleiteten Antwort. Paul geriet nicht in Panik. Das alles war ganz normal. Es war ihm bei jedem dritten Mal passiert, wenn er die Grenze überquert hatte. Manchmal waren die Leute einfach nicht zufrieden, egal was man ihnen zeigte.

»Bitte, fahren Sie auf den Parkplatz dort drüben, Sir«, sagte die Frau.

»Kein Problem.«

Die Frau hob den Schlagbaum und winkte ihn durch.

Alles sah vollkommen normal aus, als Paul den Wagen unter der Schranke hindurch auf den Inspektionsparkplatz lenkte. Er machte sich keine Sorgen, denn er hatte vorgesorgt. Der falsche kanadische Pass in seiner Tasche hatte ihn ein Vermögen gekostet, aber dafür war die Fälschung perfekt. Den BMW hatte er in Newport stehen lassen und sich stattdessen einen Ford Escape von einem Freund geborgt. Sie würden den Wagen schon vollkommen auseinandernehmen müssen, wenn sie an das Geheimfach wollten, das er ins Armaturenbrett eingebaut hatte. Und kein Hund – und wenn er eine noch so gute Nase hatte – würde die Grenzbeamten auf das aufmerksam machen, was dort versteckt war.

Paul wollte sich gerade in die kurze Schlange der Fahrzeuge einreihen, die darauf warteten, inspiziert zu werden, als sechs mexikanische Polizeiwagen mit kreischenden Reifen aus ihren Verstecken hervorschossen und die Durchfahrt nach Mexiko versperrten. Beamte sprangen aus den Fahrzeugen und zielten mit ihren Waffen auf Pauls Wagen.

Paul riss an der Handbremse, gab Gas und ließ den Wagen nach links herum schleudern. Im selben Augenblick rannten sechs bewaffnete Beamte der Einwanderungsbehörde herbei. Paul wusste, dass ihm höchstens zehn Sekunden blieben, bis die Männer in Schussweite waren. Also tat er das Einzige, was er tun konnte.

Er blickte in den Innenspiegel und suchte sich den ersten vollgepackten Wagen aus, der sich ihm von hinten näherte. Dann legte er den Rückwärtsgang ein und trat voll aufs Gas.

51

Flankiert von vier Agenten, die als Zöllner verkleidet waren, beobachteten Sarah und Aubrey entsetzt, wie der Ford Escape plötzlich rückwärts raste und genau auf eine Familienlimousine zuschoss, die gerade unter dem Schlagbaum hindurchgefahren war. Der Fahrer versuchte erfolglos auszuweichen. Dann hörte Sarah auch schon das hässliche Geräusch von Metall, das auf Metall prallt, begleitet von Schreien und dem Klirren von Glas.

Paul sprang aus seinem Ford und war mit nur einem Satz am Fond der Limousine. Er riss die Tür auf und schnappte sich die erste Person, die er in dem Wrack zu fassen bekam.

Es war ein kleiner Junge. Er schrie sich die Lunge aus dem Leib.

»Halts Maul!«, brüllte Paul und schlug ihm ins Gesicht, worauf er vor Entsetzen erstarrte. Dann hielt er sich den Jungen, der nun viel zu verängstigt war, um noch zu schreien, als lebenden Schutzschild vor die Brust und ging langsam in Richtung Osten, parallel zum Grenzübergang. Dabei aber kamen ihm unweigerlich die Mitarbeiter der Einwanderungsbehörde zu nahe.

Paul zog die Waffe aus dem Jackett, drehte sich um und feuerte einen gezielten Schuss ab.

Die sechs FBI-Agenten warfen sich zu Boden und sprangen dann mit angelegten Waffen sofort wieder auf. Doch niemand erwiderte das Feuer. Alle hatten Angst, das Kind zu verletzen.

Paul lief weiter in die Richtung, die er eingeschlagen hatte.

Sarah erkannte, dass ihre Aufgabe sehr viel schwieriger würde als erwartet. »Er hält auf den amerikanischen Grenzübergang zu!«, rief sie.

Die Straße, auf der Amerikaner nach Mexiko gelangten – und die in umgekehrter Richtung für Mexikaner in die USA führte –, war nur durch einen kleinen Zaun und einen schmalen Grasstreifen unterbrochen. Doch Amerikaner, die Mexiko besuchen wollten, kamen ohne Schwierigkeit hinüber; umgekehrt war es ungleich schwerer.

Sarah sprang über den Zaun, den Paul gerade überwunden hatte, und sah sich riesigen Autoschlangen gegenüber. Hier standen nicht Hunderte, sondern *Tausende* von Fahrzeugen; die Schlangen erstreckten sich über Meilen hinweg. Fahrer und Beifahrer standen neben ihren Wagen, lachten, plapperten und versuchten, sich die Zeit zu vertreiben.

Paul hatte bereits bewiesen, dass er nicht zögerte, von seiner Schusswaffe Gebrauch zu machen. Sarah wusste, dass sein Abzugfinger umso nervöser werden würde, je näher die FBI-Agenten ihm kamen. So befahl sie ihren Leuten, zurückzuweichen. Sie sollten Paul im Auge behalten, sich ihm aber nicht inmitten der Zivilisten nähern.

Paul konnte ohnehin nirgends hin. Selbst wenn es ihm gelingen sollte, sich einen Wagen zu schnappen – es gab kein Durchkommen nach Süden in Richtung Tijuana. Er konnte nur immer weiter in die gleiche Richtung.

Aus vierzig Metern Entfernung beobachtete Sarah, wie Paul stolperte und auf eine Motorhaube fiel. Zwei junge Männer sprangen heraus und starrten ihn an.

Der größere der beiden schaute von dem Fremden zu dem sich windenden Jungen in seinen Armen. »Was tust du da, *vato*? Sieht so aus, als wollte der Junge nicht bei dir sein. Setz ihn ab!«

Paul zögerte nicht.

Er hob seine Waffe und schoss dem Mann ins Gesicht.

Der zweite Mann zuckte unwillkürlich zusammen und wich zurück, als sein Freund zu Boden sank.

Eine Sekunde lang herrschte vollkommene Stille.

Eine Schweißperle tropfte von Sarahs Kinn auf den heißen Asphalt.

O Gott.

Dann brach Panik aus.

Die Menschen sprangen aus ihren Wagen, hämmerten auf ihre Hupen oder traten die Gaspedale durch und rammten die Wagen vor sich in dem verzweifelten Versuch, aus dem Stau herauszukommen.

Sarah musste sich etwas einfallen lassen, und zwar schnell. »Öffnet die Grenze für Fußgänger!«, rief sie in ihr Funkgerät.

Dann schaute sie sich um und sah Paul drei Reihen weiter zwischen zwei SUVs. Sie sprang vor und wäre dabei fast von einer Frau mit zwei großen Einkaufstüten über den Haufen gerannt worden.

Paul war gezielt hierhergelaufen, um eine menschliche Stampede auszulösen. Selbst in seiner Verzweiflung war er noch clever.

Sarah gelangte zu zwei ineinander verkeilten Wagen, sprang über die Motorhaube des einen Fahrzeugs und rannte weiter. Sie hatte bereits einen Vorsprung zu den anderen Agenten herausgelaufen, nur Aubrey konnte einigermaßen mithalten.

Paul drehte sich um und feuerte erneut. Diesmal verfehlte er sein Ziel deutlich, sorgte jedoch für immer größere Hysterie. Frauen kreischten; Männer versuchten, ihren Familien einen Weg in die Sicherheit zu bahnen; Babys schrien nach ihren Müttern; junge Männer, die nun gar nicht mehr tollkühn waren, sondern verängstigt, folgten jedem, egal wohin.

Sarah erhaschte wieder einen Blick auf Paul, als dieser über die niedrige Betonabsperrung zwischen den Fahrbahnen und einer kleinen Gruppe von Gebäuden sprang. Er zerrte den Jungen um das erste Gebäude herum und verschwand außer Sicht.

Sarah schaute in eine Lücke zwischen zwei Trucks, duckte sich um einen Lincoln auf der letzten Fahrbahn herum, sprang über die Betonabsperrung, ohne langsamer zu werden, und schloss zu einem Beamten der Einwanderungsbehörde auf, der soeben das Gebäude umrundet hatte.

Der Mann stand einfach nur da und starrte Sarah wie benommen an. Sie kannte diesen Blick. Es war der Blick eines Mannes, dem man gerade eine Waffe vors Gesicht gehalten hatte. »Officer!«, rief Sarah über den Lärm hinweg. »Was ist dahinten?«

Langsam drehte der Mann sich in die Richtung um, in die Sarah deutete. »Ein Güterbahnhof. Dahinter nur Zaun, eine Müllhalde und Wüste …«

Sarah drückte sich an die Wand, als sie sich der Rückseite des Gebäudes näherte. Dann hörte sie Atemgeräusche. Aubrey. Sie schaute hinter sich, verlangsamte ihren Schritt und wartete am Ende des Gebäudes auf ihn. Schließlich drehte sie sich um, und die beiden nickten einander zu.

Aubrey machte einen weiten Bogen und zielte hoch, während Sarah sich duckte und nach unten zielte.

Ein Schuss peitschte. Aubrey wurde nach hinten geschleudert, während Sarah versuchte, Paul ins Visier zu bekommen. Er stand ungefähr fünfundzwanzig Meter entfernt. Der kleine Junge, dessen Augen vor Todesangst weit aufgerissen waren, versperrte den Blick auf Pauls Torso und den größten Teil seines Kopfes.

Paul wich weiter zurück und hielt auf ein offenes Tor zum Bahnhof zu, wo soeben mehrere Güterwaggons beladen wurden.

Sarah ging neben Aubrey auf die Knie. Sein Gesicht war bleich, sein Atem ging schwer. Er lag flach auf dem Rücken und konnte sich nicht einmal weit genug aufrichten, um seine Wunde zu untersuchen. Er war in den Unterleib getroffen worden, genau unterhalb der kugelsicheren Weste. Er drückte sich die freie Hand auf die Wunde, doch das Blut quoll zwischen seinen zitternden Finger hervor.

»Es ist nicht so schlimm!«, rief Sarah, ohne zu wissen, ob sie die Wahrheit sagte. »Ich glaube nicht, dass er eine Arterie getroffen hat. Du verlierst nicht so viel Blut. Beweg dich nicht, Aubrey. Wenn du das Gefühl hast, das Bewusstsein zu verlieren, sag es mir. Okay?«

Aubrey schaute zu ihr hinauf, die Augen halb geschlossen. »Du bist der Boss.«

Erneut peitschten zwei Schüsse. Die Kugeln zischten unmittelbar neben Sarah durch die Luft. Sie sprang zur Seite. Weitere Geschosse schlugen in den Sand zu ihren Füßen.

Sie richtete sich auf die Knie auf, zielte und feuerte zwei Schüsse in Pauls Richtung. Sie hatte absichtlich zu hoch gezielt, denn sie wollte ihn nicht treffen, wollte ihn nur nervös machen und ihn zwingen, sich weiter in die Wüste zurückzuziehen. Inzwischen würde er eingesehen haben, dass es ein Fehler gewesen war, diese Richtung einzuschlagen. Irgendwann würde er versuchen, an ihr, Sarah, und ihren Leuten vorbei und wieder zurückzukommen.

»Du musst ihm folgen«, stieß Aubrey schwer atmend hervor. »Aber vergiss nicht, zurückzukommen und mich zu holen, wenn du mit dem Mistkerl fertig bist.«

Sarah hielt nach Paul Ausschau, die Waffe im Anschlag, konnte aber nichts sehen. Der Wind hatte aufgefrischt und trieb ihr den Sand in die Augen. Mit jeder verstreichenden Sekunde wuchs die Gefahr, dass Paul Forrester ihr durch die Lappen ging.

Doch wenn sie ihn verfolgte, würde Aubrey vielleicht sterben.

O Gott, was soll ich tun?

Schließlich senkte sie die Waffe und drehte sich zu ihrem verwundeten Partner um. »Ich lasse dich nicht allein.« Sie hob das Funkgerät an die Lippen und rief nach Sanitätern.

Aubrey blinzelte träge. »Was tust du da, Reilly? Lass den Quatsch, und bring den Job zu Ende.«

Aubrey hatte recht. Sarah wusste es. Die Angst, einen Kollegen zu verlieren, durfte nicht ihr Handeln bestimmen.

Paul saß in der Falle – aber nur, wenn sie und Aubrey noch als Einheit funktionierten. Sarah hob Aubreys Waffe auf und drückte sie ihm in die Hand. »Falls er an mir vorbeikommen sollte …«

»Das wird er nicht.« Aubrey lächelte trotz der Schmerzen.

Sarah lud ein frisches Magazin in ihre Waffe und rannte in Richtung Güterbahnhof. Unmittelbar hinter dem ersten Tor entdeckte sie zwei Bahnarbeiter, die mit dem Rücken an der Wand saßen. Einer von ihnen erkannte Sarahs Uniform und deutete nach Osten.

Sarah lief wieder los, aber nicht in die Richtung, die Paul vermutlich eingeschlagen hatte. Stattdessen rannte sie in einem Bogen um die Waggons herum und gelangte auf diese Weise hinter ein Gebäude am Ende des Asphalts. Vorsichtig schob sie sich um die Ecke und hielt nach Paul Ausschau.

Da war er.

Er hatte das Manöver wiederholt: Rückzug, dann anhalten und auf eine Stelle zielen, die er gerade hinter sich gelassen hatte. Er gab einen wirklich cleveren Verbrecher ab, musste Sarah eingestehen, doch wenn es um die Kunst des Nahkampfs ging, war er ein Anfänger. Und sie war in der vorteilhafteren Position. Paul hielt den Jungen noch immer vor sich, sodass sein Rücken gänzlich ungedeckt war.

Aber die Entfernung war zu groß.

Wenn Sarah ihr Ziel nur um wenige Zentimeter verfehlte, würde sie das Kind treffen.

Sie musste die Entfernung verringern.

Pauls Blick huschte nach rechts, und in diesem Augenblick sah er sie. Er feuerte zwei Mal. Beide Geschosse prallten von der Hauswand ab. Dann zog er sich weiter in die Dünen zurück. Sarah beobachtete, wie er den Jungen über die erste Düne schleppte und dahinter verschwand.

Sie hatte die Nase voll von diesem Katz-und-Maus-Spiel.

Sie steckte die Pistole vorne in den Hosenbund und zog ihr Hemd darüber.

52

Paul sah, wie Sarah sich ihm näherte. Ohne Waffe.

Er ließ sie herankommen. Er konnte sie klar und deutlich sehen und wusste, dass der Wind ihr ins Gesicht blies – und das bedeutete, dass der Sand ihre Sicht beeinträchtigte. Als er den Eindruck hatte, sie habe eine sichere Entfernung erreicht, hieß er sie, stehen zu bleiben. So konnte sie mit ihm sprechen, aber nicht präzise auf ihn schießen.

»Das ist nahe genug!«, rief Paul und drückte dem Jungen die Waffe an den Hals.

Er wusste, dass er nicht viele Möglichkeiten hatte. Jede Minute würden weitere Agenten zur Verstärkung eintreffen, und einige von ihnen waren vielleicht *nicht* so sehr um das Leben Unschuldiger besorgt wie Sarah. Paul hatte einen schweren Fehler begangen, als er in Richtung Tijuana gelaufen war. Hier gab es nur einen Zaun – einen verdammt hohen Zaun, der sich hinzog, so weit das Auge reichte. Mit einem Kind im Arm kam er nie auf die andere Seite. Und sobald er seine Geisel aufgab, würden die Agenten ihn niederschießen.

Es gab nur einen Ausweg für ihn: Verhandlungen.

Ein Grenzübertritt im Tausch für den Jungen.

Paul wusste, seine Widersacher waren schwach, so wie die meisten Menschen. Er würde das Gewissen seiner Gegnerin gegen sie benutzen – genau so, wie er die Eltern der Kinder benutzt hatte, deren Verwundbarkeit er aller Welt so deutlich vor Augen geführt hatte.

Paul hob den Jungen ein Stück höher, sodass sein Gesicht

völlig hinter dem Kopf des Kindes verborgen war. Nur noch ein schmaler Teil seiner rechten Gesichtshälfte war zu sehen. So konnte er Sarah weiter beobachten.

»Keinen Schritt näher. Du weißt, dass ich ihn töten würde.«

»Ja, ich weiß«, erwiderte Sarah ruhig. »Ich will nur reden.«

Paul lachte. Es war ein hohes, schneidendes Geräusch, und es hielt ein klein wenig zu lange an. »Gut. Und jetzt wirst du mich vorbeilassen.«

»Das kann ich nicht, Paul.«

»Du hast keine Wahl.«

»Du wirst nicht wieder dorthin zurückgehen, wo die vielen Leute sind, Paul. Du bist gefährlich.«

»Glaubst du nicht, dass ich auch *hier* gefährlich sein kann?«, fragte Paul und drückte dem Jungen die Pistole gegen die Schläfe. »Ich kann ihn erschießen, wann immer ich will.«

»Ja. Und du kannst auch mich erschießen. Aber dann wird das Dutzend Agenten hinter mir dich töten. Wenn du ruhig bleibst und mit mir redest, wird niemand verletzt.«

»Was hast du anzubieten?«, fragte Paul.

»Du bist krank, Paul. Du leidest unter einer Krankheit, die man Erotomanie nennt.«

»Leck mich. Ich weiß, was ich tue.«

»Denk eine Sekunde darüber nach«, sagte Sarah und trat einen Schritt vor. »Du hast Hunderte von Fällen vor Gericht gebracht. Du weißt, wie diese Dinge laufen. Du weißt, wie leicht man eine Geschworenenjury manipulieren kann, die keine Ahnung von den Dingen hat, mit denen wir uns Tag für Tag beschäftigen. Erotomanie lässt sich relativ leicht nachweisen. Wenn nun ein kluger Mensch – jemand wie du – solch eine Krankheit vor Gericht zur Verteidigung anführen würde, wäre ihm ein angenehmer und vergleichsweise kurzer Aufenthalt in einer psychiatrischen Klinik garantiert. Nicht jeder könnte so eine Taktik durchziehen, du aber schon. Dein Hintergrund ist perfekt.« Sarah trat noch einen Schritt vor. »Du bist in Armut und ohne Zukunftsperspektive aufgewachsen. Die Umstände haben dich gelehrt, dass es sich auszahlt, andere zu täuschen und zu hintergehen. Das sind nicht einfach nur Ausreden, sondern echte Probleme, die sowohl die Ärzte als auch die Geschworenen anerkennen werden. Es ist nicht deine Schuld, Paul.«

»Ich glaube dir nicht«, sagte er, und seine Stimme zitterte leicht.

Er traute ihr nicht, doch was sie sagte, ergab durchaus Sinn. Paul hatte schon die Tatsachen in Fällen verdreht, die weit schwieriger waren als sein eigener. Er hatte hoffnungslose Situationen zu seinem Vorteil genutzt.

Und mit einem Mal dämmerte es ihm.

Seine Situation war nicht so wie die der anderen. Das hier war kein akademisches Problem.

Wenn er verlor, wenn er würfelte und der Versuch scheiterte, würde er sich nicht nur einer langen Gefängnisstrafe inmitten von Mördern gegenübersehen, die er selbst hinter Gitter gebracht hatte, sondern der Todesstrafe.

Sarah sah, wie Paul sich versteifte. Sie wusste, dass er nun entschlossen war, um jeden Preis an ihr vorbeizukommen.

Sie trat zwei weitere Schritte auf ihn zu. Zum ersten Mal konnte sie das Gesicht des Jungen deutlich sehen. Sie sah die Panik in seinen Augen.

»Sag der netten Lady, wie du heißt«, forderte Paul den Jungen auf. Als er nicht antwortete, stieß Paul ihm die Pistolenmündung gegen den Hals. »Sag es ihr, du kleines Stück Scheiße!«

Der Junge zitterte am ganzen Leib. Seine geröteten Wangen waren nass von Tränen. »Oscar«, flüsterte er.

»Lauter.«

»Oscar!«, schrie der Junge und wimmerte dann nur noch.

»Gut. Und jetzt sag der netten Lady noch, wie alt du bist.«

»Neun.«

Sarah wusste, was Paul da tat. Sie wusste, dass er ihre Akte gelesen hatte. Er wusste alles über Lucas, das Kind, das sie vor sechs Monaten nicht hatte beschützen können. Er wusste davon, und er würde es ausnutzen. Er wollte, dass sie vor Angst wie gelähmt war und nicht mehr handeln konnte.

»Hast du Mommy und Daddy lieb, Oscar?«, fragte Paul.

Der kleine Junge nickte.

»Sag es ihr! Sag ihr, wie lieb du sie hast!«

»Ich hab Mommy und Daddy lieb!«, kreischte das Kind.

Sarah hatte eine Entscheidung getroffen. Sie musste das Spiel mitspielen.

Ganz langsam hob sie die Hände auf Schulterhöhe, trat einen Schritt zurück und zur Seite und drehte Paul die linke Hüfte zu, sodass es so aussah, als wolle sie ihn vorbeilassen.

Sie ließ ihn auf sich zukommen und schaute ihm dabei die ganze Zeit in die Augen. Mit jedem Schritt wuchs die Gefahr, aber auch Sarahs Aussicht auf Erfolg.

Paul machte einen weiteren Schritt, die Pistole fest in Oscars Nacken gedrückt. Mit dem rechten Auge schaute er hinter dem Ohr des Jungen hervor und beobachtete Sarah. Er machte noch einen Schritt. Und noch einen. Er war nun zehn Meter von Sarah entfernt, noch immer links von ihr, begann jedoch, in einem Bogen um sie herum zu laufen, damit er außer Reichweite war, wenn er an ihr vorbeikam.

Es gab keinen perfekten Moment. Den gab es nie. Keiner von beiden hatte einen Vorteil, und beide wussten es. Es gab nur eine einzige Chance – das Schicksal musste entscheiden.

Mit einer übertriebenen Kopfbewegung schaute Sarah nach links, als hätte sie dort plötzlich etwas gesehen. Im nächsten Moment wurde Paul Forrester Opfer seiner eigenen Reflexe. Er drehte sich gerade so weit, dass sein Gesicht hinter dem

Kopf des Jungen zum Vorschein kam. Sarah riss die Pistole aus dem Hosenbund.

Sie folgte Pauls Bewegung über das Visier, schaute zu dem Jungen und legte den Kopf auf die rechte Schulter.

»Oscar!«, rief sie. »Mach es wie ich!«

Sarah wusste, dass der kleine Junge sie nachahmen und den Kopf auf die linke Schulter drücken würde. In einem wunderbaren, kristallklaren Moment tat er *genau*, was von ihm verlangt wurde.

Sarah feuerte einmal, direkt auf Pauls Profil.

Die Kugel schlug in das weiche Gewebe seiner linken Wange, drang durch Knochen und Nasenraum und ging mitten durch ihn hindurch, bevor sie in einer fleischigen Wunde auf der anderen Seite austrat. Ein roter Sprühregen breitete sich aus.

Paul ließ den Jungen fallen. Dann sank er zu Boden.

Acht Wochen später

Charlie Baker war genau so, wie Sarah ihn aus der Leichenhalle in Erinnerung hatte: alt, gebeugt und blass, mit fleckigen Händen, die nun nervös auf den Tisch vor ihm trommelten. Doch das von Kummer entstellte Gesicht, an das Sarah sich ebenfalls erinnerte, war verschwunden. Und als sie und Aubrey sich ihm gegenüber setzten, schien er begierig darauf, die Sache endlich hinter sich zu bringen.

»Ich muss Ihnen also nur alles über die Hudson-Braut erzählen, und das war's?«

»Genau«, bestätigte Aubrey. »Aber Sie müssen ganz offen zu uns sein, Mr. Baker.«

Baker schnaubte verächtlich. »Ich kann schon offen sein, wenn ich es will. Okay, ich sitze also in meinem Laden und kümmere mich um meine eigenen Angelegenheiten, da kommt dieses Erste-Klasse-Weib rein und stellt sich vor. Sie sah nicht so aus, als wollte sie einen Pool kaufen; also hab ich ein bisschen Smalltalk mit ihr gemacht und sie dabei gefragt, was sie wolle. Sie sagte mir, dass sie weiß, wer ich bin, und dass ich schon seit Jahren die Leute mit miesen Poolinstallationen bescheißen würde … was übrigens gelogen ist. Dann hat sie mir gedroht, zu den Cops zu gehen, wenn ich nicht einen Job für sie erledige.«

»Dass Sie sich als ihren Vater ausgeben«, sagte Aubrey.

»Genau. Sie sagte, ich solle mich Julius Hudson nennen. Dann hat sie mir ein Handy gegeben und mir gesagt, das LAPD oder das FBI würden sich irgendwann mit mir in Verbindung setzen. Sie würden mich bitten, in die Leichenhalle zu kommen, um eine Tote zu identifizieren. Sie hat mir genau erklärt, was ich anziehen, was ich sagen und wie ich mich verhalten soll.«

»Und was dann?«, fragte Sarah.

»Nichts. Sie ist gegangen. Ich wollte das nicht tun, aber Sie müssen es verstehen. Mein Geschäft steht und fällt mit meinem Ruf. Wenn es heißt, dass ich unsauber arbeite ...«

»Wäre das Ihr Ruin.« Aubrey schaute skeptisch zu Sarah hinüber. Dann drehte er sich wieder zu Charlie um und zeigte ihm sechs Fotos von großen schlanken Frauen mit dunklem Haar. »Erkennen Sie auf einem dieser Bilder die Frau wieder, von der Sie gesprochen haben?«

»Die da.« Ohne zu zögern, deutete Charlie auf das Bild von Veronica Hudson.

»Wann hat dieses Gespräch stattgefunden?«, fragte Sarah.

»Am selben Tag, als ich Sie im Fernsehen gesehen habe«, antwortete der alte Mann und lächelte. »Sie hatten eine Rede gehalten und gesagt, das FBI würde den Mörder von Milo Kane finden. Und das haben Sie dann ja auch. Gut für Sie, junge Dame.«

Aubrey fuhr schweigend in Richtung Wilshire, während Sarah aus dem Fenster auf das frühmorgendliche Los Angeles schaute. Es war schön, wieder zurück zu sein. Seit ihrem letzten Aufenthalt hier war es merklich abgekühlt. Offenbar kam der Herbst nun auch nach Westen. Der Pazifik wirkte ein wenig grauer, als Sarah ihn in Erinnerung hatte, und der Smog war deutlich dichter.

Sarah löste sich vom Anblick der Straßen und schaute zu Aubrey. »Veronica muss am selben Tag an Baker herangetreten sein, als wir in L. A. angekommen sind. Ich glaube, sie hat Wochen daran gearbeitet, ihren eigenen Tod vorzutäuschen.«

Aubrey lächelte sie an. »Jetzt glaubst du mir also, ja? Ich habe dich nicht hierher zurück gezerrt, um einen lausigen Betrug mit Swimmingpools aufzudecken.«

»He, du kannst von Glück sagen, dass ich überhaupt gekommen bin. Langford hat mich mit einem ganzen Berg Arbeit zugeschüttet. Wir haben zwei Tage.«

»Wo sollen wir anfangen? Was meinst du?«

Sarah dachte kurz nach. »Sind Veronicas Sachen noch in ihrem Haus?«

»Ja. Wir haben die Familie noch nicht gefunden.«

»Okay. Holen wir uns etwas, um Fingerabdrücke zu nehmen, und fahren wir rüber.«

Aubrey nickte, und Sarah schaute wieder zum Fenster hinaus und vertiefte sich erneut in ihre eigenen Gedanken. Bevor sie nach Boston zurückgekehrt war, hatten sie und Aubrey sich nach der Schießerei in Tijuana nur einmal gesehen – in dem Krankenhaus in Los Angeles, in das man Aubrey gebracht hatte. Da war er schon wieder ganz der Alte gewesen und hatte mit Callan gescherzt, der so getan hatte, als sorge er sich nicht allzu sehr um seinen alten Herrn. Sarah war froh gewesen über Callans Anwesenheit; wäre der Junge nicht da gewesen, wären zwischen ihr und Aubrey viele Dinge zur Sprache gekommen, die vielleicht besser ungesagt blieben. Damals wie heute war sie noch nicht bereit, ins kalte Wasser zu springen, und irgendwie schien Aubrey das zu verstehen.

Bei ihrer Rückkehr nach Boston hatte sie zuerst den Auszug aus dem Haus ihres Vaters geplant, und nun war sie stolze Besitzerin eines brandneuen Dachapartments in einem der neuesten Entwicklungsgebiete der Stadt. Von dort konnte sie auf die Main Street von Cambridge und zum Massachusetts Institute of Technology schauen, und sie konnte die Scheinwerfer der Wagen sehen, die über die Harvard Bridge fuhren. Es war zwar noch nicht wirklich ihr Heim, aber es *gehörte* ihr.

Seit dem Kane-Fall hatte Sarahs Blick auf die Welt sich deutlich gewandelt. Sie hatte ihre Ziele und Träume neu bewertet. Sie war noch immer dieselbe Person; sie liebte ihre Arbeit, liebte die Befriedigung, die sie ihr verschaffte. Nun aber ging sie die Dinge an, wie sie es wollte. Sie war nicht mehr Harry Reillys Tochter, die sich bei allem, was sie tat, die Frage stellte, wie ihr Vater es wohl machen würde. Sie liebte ihn, hatte aber nicht mehr den Wunsch, es mit dieser Legende aufzunehmen.

Zurück in Wilshire, blieb Sarah im Wagen sitzen, während Aubrey den Hausschlüssel Veronicas und das Fingerabdruckset aus seinem Büro holte. Zwanzig Minuten später hielten sie vor Veronicas Reihenhaus in der Culver Avenue, ließen sich selbst hinein und machten sich sofort an die Arbeit. Nach fünf Minuten hatten sie die ersten Fingerabdrücke genommen.

Als Sarah ihre Sachen wieder zusammenpackte, dachte sie über den Menschen nach, der hier gelebt hatte. Genau wie Veronicas Büro hatte auch ihr Haus nichts Persönliches. An den Wänden hingen billige Drucke, und es gab keine Familienfotos, keine Bilder von Freunden, keinerlei persönliche Gegenstände, mit einer Ausnahme:

Matrjoschka-Puppen, bunt bemalt und sorgfältig bemessen, sodass sie perfekt ineinanderpassten. Sie hatten einen Ehrenplatz auf dem Kaminsims. Aubrey nahm eine der Puppen und ging zu Sarah. »Die sind russisch, nicht wahr?« Er reichte ihr die Puppe.

»Ich glaube schon.« Sarah betrachtete die fein bemalte Oberfläche und drehte die Figur in der Hand. Sie war eindeutig antik, bestand aus ungewöhnlich leichtem Holz und war offenbar liebevoll gepflegt worden.

Schichten, die in Schichten verborgen sind.

Irgendwie passt das, dachte Sarah.

Danielle Foley, die Kriminaltechnikerin aus dem FBI-Büro von L. A., wandte sich vom Monitor ab und schaute zu Sarah und Aubrey hinauf. »Normalerweise würde das eine Weile dauern, aber ich habe ein paar Bugs im System gefunden, die mich die Sache ein wenig beschleunigen lassen.«

Basierend auf den Fingerabdrücken aus Veronicas Haus, leitete Danielle eine behördenübergreifende Datenbanksuche ein. In nur fünf Minuten gelang es ihr, Zugriff auf die Datenbanken des FBI, des NCIC und des Heimatschutzministeriums zu bekommen. Doch sie fand nichts.

»Was ist mit gesperrten Daten?«, fragte Sarah. »Können Sie auch auf die zugreifen?«

»Kann ich. Aber wird sich irgendjemand daran erinnern, dass ich es getan habe?«

Sarah und Aubrey schauten einander an und erwiderten im Chor: »An was erinnern?«

»Katja Kobalenkow …« Sarah schüttelte ungläubig den Kopf. Sie und Aubrey saßen in einem Eckcafé und brüteten über einem Treffer aus der gesperrten Datenbank.

»Sieht so aus, als wäre sie als kleines Mädchen mit ihrer Familie aus Russland hierhergekommen. Eine Bande von Dieben und Betrügern, auch wenn der Vater in den Sechzigerjahren wohl mal ein Schachgroßmeister oder so gewesen ist.« Aubrey nippte an seinem Kaffee, ohne den Blick von der Akte zu nehmen. »Katja wurde aufgegriffen, als ihr Vater sie an reiche Amerikaner ›vermietet‹ hat, die anschließend von der Familie erpresst wurden. Bei ihrer Verhandlung deutete einiges auf systematischen Missbrauch durch die Eltern hin, möglicherweise sexueller Natur, weshalb der Richter ihr gegenüber dann auch Nachsicht gezeigt hat. Dann hat er sie auf eine dieser ›Reformschulen‹ geschickt, die es früher überall in Neu-England gegeben hat. Danach war sie eine Andere.«

Sarah schnaubte verächtlich. »Ja, klar, eine Andere in dem Sinne, dass sie spurlos vom Angesicht der Erde verschwunden ist. Jedenfalls bis vor acht Jahren, als sie beim LAPD angefangen hat. Und sie hat wirklich nur acht Jahre gebraucht, um zur Chefin der Opferbetreuung aufzusteigen?«

»Ja«, bestätigte Aubrey. »Ich habe mit jedem gesprochen, der dort mit ihr gearbeitet hat. Sie haben alle das Gleiche gesagt: Sie sei der klügste Mensch gewesen, dem sie je begegnet seien. Und die meiste Energie hat sie in den Schutz missbrauchter Kinder gesteckt. Ihren Mitarbeitern hat sie immer gesagt, bei ihrem Job stünden sie zwar nicht im Rampenlicht, aber sie würden für das Gemeinwohl arbeiten.«

Sarah schnappte nach Luft. »Das Gemeinwohl, *Greater Good*, die Jacht. Mein Gott ... Wie konnte ich das übersehen?«

Aubrey blickte sie verwirrt an.

»An der Highschool hatte ich Latein«, erklärte Sarah. »Der Erpresserbrief, die letzte Zeile, *magnum bonum* ... wörtlich übersetzt bedeutet es das Gemeinwohl.«

Aubrey nickte bedächtig, als ihm klar wurde, was das bedeutete. »Sie hat den Erpresserbrief geschrieben. Das war nicht Pauls Stil. Das einzige Wohl, an dem er interessiert war, war sein eigenes.«

»Sie hat ihn nicht nur zufällig kennengelernt. Als sie herausfand, was ihn wirklich angetrieben hat, hat sie sich ihm gezielt genähert. Paul war *ihre* Puppe.«

»Und dann hat sie ihn mit einem Mach-schnell-viel-Geld-Plan verführt?«

»Es war alles so ausgeklügelt, dass er es wahrscheinlich sogar für seine eigene Idee gehalten hat. Denk doch nur mal darüber nach. Sie wusste, dass seine Position ideal war, um ihr zu helfen. Und er war emotional distanziert genug, um die Dinge zu tun, die sie nicht tun wollte.«

»Zum Beispiel die Menschen zu töten, die sie vorher bestochen haben, ihnen zu helfen.«

»Genau. Aber Katjas Hauptinteresse galt nicht dem Geld. Sie hatte das Gemeinwohl im Auge. Ihr *magnum bonum.* Denk nach: Sie war schon seit Jahren in L. A. Sie hat die misshandelten Kinder reicher Eltern in ihrem Büro kommen und gehen sehen und konnte nichts dagegen tun. Sie war vollkommen machtlos.«

»Das ist aber ziemlich weit hergeholt, Sarah.« Aubrey verdrehte die Augen und lachte leise, verstummte dann aber. »Mein Gott, *ja.* Die Familie Gomez. Sie muss die Entführungen angeleiert haben, damit ihre Abteilung das Recht bekam, die familiären Umstände zu untersuchen. Damit durchbrach sie die Schutzmauer aus Anwälten, Geld und Macht. Und dann bekamen die Kinder endlich die Fürsorge, die sie benötigten, oder – wie im Fall der Familie Gomez – die Eltern selbst suchten Hilfe.«

Sarah nickte langsam und lehnte sich im Stuhl zurück. »Paul war einfach nur glücklich über das Geld, das ständig reinkam. Endlich konnte er es der wohlhabenden Elite heimzahlen, die er so sehr verachtete. Und Katja hat bekommen, was sie schon die ganze Zeit haben wollte.« Sarah schüttelte den Kopf. Die Vorstellung machte sie benommen. Was für eine Geduld und Entschlossenheit ein solches Verbrechen brauchte! »Aber sie wusste, dass das nicht ewig so weitergehen konnte«, sagte Sarah. »Als wir dann auftauchten, sind wir ihr zu nahe gekommen, und sie hat alles zusammengepackt.«

»Aber wie hat sie ihren Tod vortäuschen können?«

»Veronica/Katja hatte Zugang zu seiner Waffe«, erklärte Sarah. »Sie musste die Waffe also nur mit zwei, drei Platzpatronen laden. Vielleicht ist sie an jenem Tag sogar in dem Bewusstsein mit ihm gegangen, dass es so oder so vorbei war.«

»Aber was ist mit der Leiche?«, fragte Aubrey.

»Ich nehme an, Katja hat ihre Zimperlichkeit überwunden. Um die Forensiker auf die falsche Spur zu bringen, brauchte sie den Torso.« Sarah lief es eiskalt über den Rücken. »Wer weiß, wo sie die Frau gefunden hat, oder wie sie sie dazu gebracht hat, sich tätowieren zu lassen. Vielleicht hat sie sie verführt. Das werden wir vermutlich nie erfahren, Aubrey. Genau wie Paul niemals wissen wird, dass er von einer Meisterpuppenspielerin an der Nase herumgeführt worden ist.«

Sie schwiegen längere Zeit; dann lächelte Sarah. »Sie haben Rebecca Kanes Halskette in Pauls Wagen gefunden, stimmt's?«

»Ja, in einem Geheimfach hinter dem Armaturenbrett. Zusammen mit dem Rest des Geldes. Warum?«

»Wir werden sie vermutlich nie finden, aber ich wette, wir können beweisen, dass sie noch lebt.«

Sarah, Aubrey, Dean Shaughnessy und Rebecca Kane standen nebeneinander am Glastresen bei D'Antonios, dem berühmten »Juwelier der Stars«. Hier hatten Rebecca und ihr zukünftiger Exmann die Halskette gekauft. Ethan saß in Untersuchungshaft und wartete im Prominentenflügel des Staatsgefängnisses von Kalifornien auf seine Verhandlung. Offenbar fiel es ihm nicht leicht, sich an seine neuen Lebensumstände zu gewöhnen.

Seit Ethans Verhaftung hatte Rebeccas Karriere so richtig an Fahrt aufgenommen. Ihr lagen ganze Berge von Drehbüchern vor, und es herrschte kein Mangel an Talkshowmastern, die sie gern zu sich in die Sendung holen wollten. Sarah fiel auf, dass Rebecca mit keinem Wort den kleinen Milo erwähnte, und es fiel ihr schwer, Mitgefühl für die Frau aufzubringen. Rebecca hatte während der Ermittlungen entscheidende Informationen zurückgehalten, doch mit Onkel Dean als Anwalt würde sie deshalb vermutlich nicht hinter Gitter wandern.

Der Juwelier, ein untersetzter Mann mit rosiger Hautfarbe, eilte aus dem Hinterzimmer herbei, und seine Wangen glühten noch mehr als vorher. Mit einem Seufzen legte er die Kette auf den Tresen. »Das ist eine Fälschung«, erklärte er schlicht.

»Was?« Rebeccas Stimme zitterte vor kaum beherrschtem Zorn.

»Es ist eine Reproduktion aus falschen Steinen, wenn auch von bemerkenswerter Qualität. Ich habe so eine Arbeit schon gesehen. Dem Stil nach zu urteilen, würde ich sagen, das ist mexikanische Handwerkskunst.«

»Aber sie hat mich zwei Millionen Dollar gekostet!«, rief Rebecca, was ihren Anwalt veranlasste, ihr beruhigend eine Hand auf die Schulter zu legen. Doch Rebecca schüttelte sie ab.

»Kann man die Fälschung irgendwie zurückverfolgen?«, fragte Sarah.

»Nein«, antwortete der Juwelier. »Wie ich bereits sagte, ist das ausgezeichnetes Material und gut gearbeitet. Aber das hätte jeder Juwelier machen können. Und aus gutem Grund werden Sie bei dieser Kette hier keine Signatur finden.«

Rebecca blickte Sarah an. »Ich will, dass die Kette *gefunden* wird!«, stieß sie hervor. »Oder es wird Sie Ihren verdammten Job kosten!«

Sarah schaute zu Shaughnessy. Mit ihrem Lächeln machte sie keinen Hehl aus ihrem mangelnden Mitgefühl. »Dean, schaff bitte deine Mandantin hier raus, bevor ich sie verhafte, weil sie ein armes reiches Mädchen ist.«

Shaughnessy führte Rebecca hinaus. Sie wedelte wild mit den Armen, und ihre Lippen zitterten. Ihr Fahrer wartete bereits auf sie.

Zwei Minuten später waren Sarah und Aubrey wieder draußen auf der Straße, gingen in Richtung Westen über den Sunset Boulevard und bewunderten insgeheim Katja Kobalenkows Genialität.

Sarah seufzte. »Reich genug, um sich eine neue Identität zu kaufen. Reich genug, um sich Gott weiß wo auf der Welt niederzulassen. Sie könnte für den Rest ihres Lebens verschwunden bleiben.«

Doch Sarah wusste es besser.

Sie wusste, was es hieß, in den Abgrund zu blicken. Seine eigene Macht zu akzeptieren, sich ihr zu ergeben, sie sogar zu genießen. Alles zu riskieren und das Adrenalin wie flüssiges Feuer in den Adern zu spüren.

Das machte süchtig.

Katja würde zurückkommen, und beim nächsten Mal würden ihre Motive nicht mehr so uneigennützig sein.

Katja hatte Sarah eine wichtige Lektion gelehrt: Wenn man etwas wirklich will, muss man darauf warten. Man muss geduldig und listig zugleich sein. Und immer, *immer* muss man sein Ziel im Auge behalten.

Und so – das wusste Sarah – würde sie die Puppenspielerin eines Tages schnappen.

Danksagungen

Als ich diesen Roman geschrieben habe, konnte ich auf das Wissen von Mitarbeitern verschiedener Strafverfolgungsbehörden zurückgreifen, sowohl in den Vereinigten Staaten wie auch in Australien. Mein besonderer Dank gilt dabei dem FBI sowie der Polizei von Los Angeles, deren Unterstützung von unschätzbarem Wert für mich war.

Ganz herzlich danke ich meiner Agentin, Selwa Anthony, die sich stets Zeit für mein Geplapper nimmt und mit der Weisheit und Geduld einer Heiligen darauf antwortet.

Auch bei Hachette Livre Australia, die mich und Sarah Reilly unterstützt haben, möchte ich mich bedanken.

Mein besonderer Dank gilt Vanessa Radnidge, meiner Verlegerin, Rebecca Roberts, meiner Lektorin, sowie Fiona Hazard, Anne MacPherson, Louise Sherwin-Stark und Kate Taperell.

Des Weiteren danke ich den Mitarbeitern von Hodder für ihren großartigen Job und auch dafür, dass sie meine Rede geduldig ertragen und den ganzen Käsekuchen gegessen haben, sodass ich die leere Platte wieder mit nach Hause nehmen konnte.

Und last, but not least geht mein Dank an meine Frau Heather. Ohne dich, Heather, wäre die Welt ein einsamer Ort, über den zu schreiben sich nicht lohnen würde.

»Besser kann man einen Thriller nicht schreiben. In jeder Zeile lauert der Schrecken.« THE SPECTATOR

Sophie Hannah
STILL, STILL
Psychothriller
396 Seiten
ISBN 978-3-404-15979-6

Die Haustür steht offen! Verängstigt hastet Alice an die Wiege ihrer Tochter – und blickt in ein fremdes Gesicht. Das ist nicht ihre Florence!
Doch ihr Mann erklärt Alice für verrückt. Er behauptet, dass das Baby niemand anders ist als Florence. Und er verwandelt sich in einen Feind. Will er Alice in den Wahnsinn treiben?

»Brillant.« THE TIMES

Bastei Lübbe Taschenbuch